倚天屠龍記

金庸

THE HEAVEN SWORD AND THE DRAGON SABRE

1

屠龍寶刀

徐三庚「曾經滄海」

徐三庚（1826-1890），浙江上虞人，治印章法茂密，用刀挺勁，
清同治、光緒年間一世風靡，對日本篆刻家影響極大。

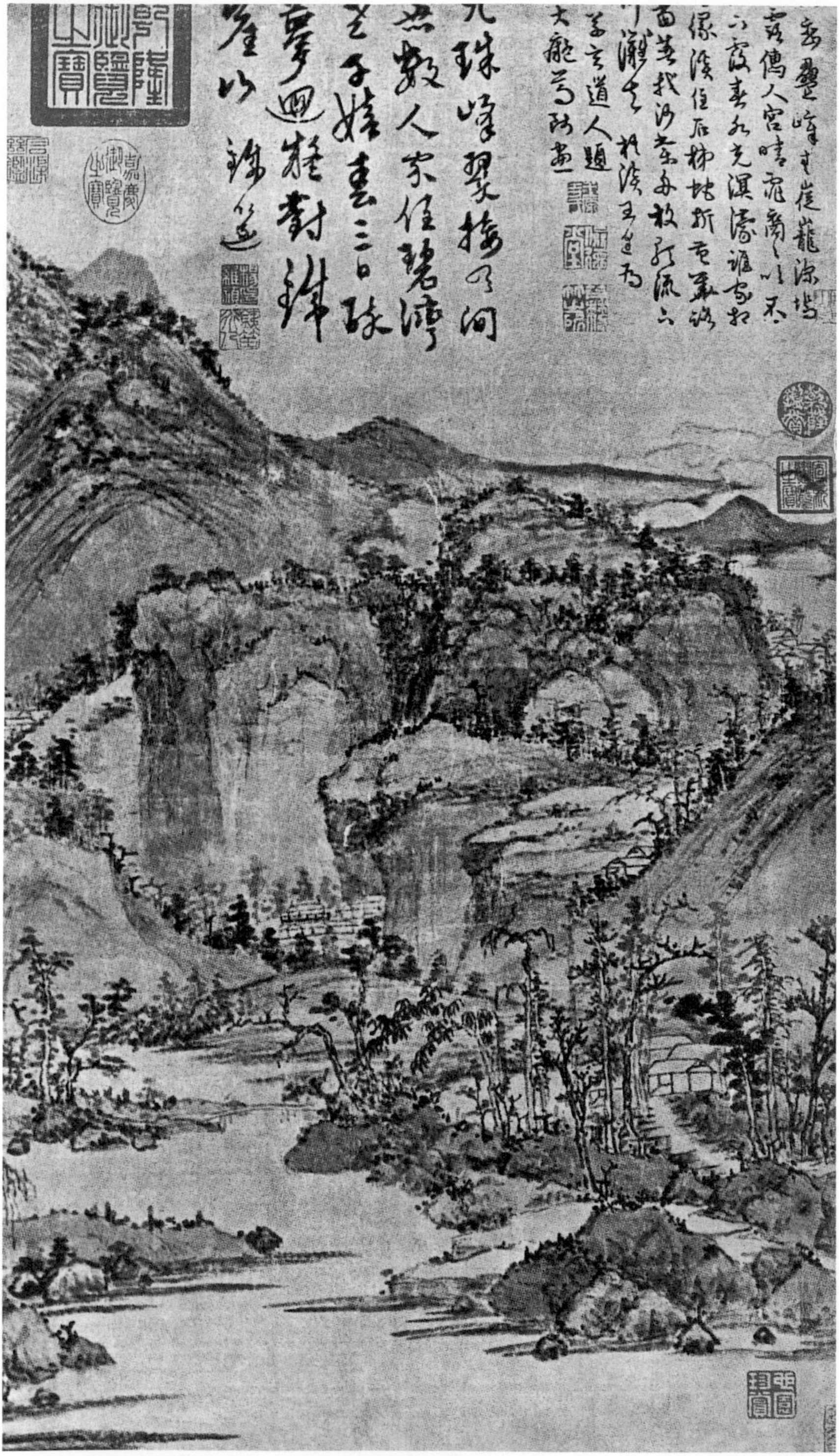

黃公望「九珠峯翠圖」。黃公望（1269-1354），江蘇常熟人（或作浙江富陽人），作畫筆勢雄偉簡明，山水以淺絳設色為多。「元代四大家」為黃公望、王蒙、吳鎮、倪瓚；以黃公望居首。四大家畫法獨創，不似趙孟頫之注重臨摹。四人皆敦品勵行，為人風格甚高。四大家均與張無忌為同時代人，年紀長於張無忌。黃、吳二人逝世時，張無忌當正在幽谷中參修九陽真經，王、倪二人於明朝洪武年間逝世。

潘天壽「之江一截」：之江即錢塘江，圖右之塔為六和塔。潘天壽，近代國畫家。

右頁上圖／蒙古武士鬥大鵬圖：土耳其伊斯坦堡博物院藏。

右頁下圖／蒙古大軍攻城圖：法國巴黎國家圖書館藏。兩圖均為古波斯畫家所作。

上圖／宋人「錢塘秋潮圖」：署名為夏□，傳為夏珪作，圖左之塔即六和塔。現藏蘇州博物館。

元人「平沙卓歇圖」：蒙古人在沙漠中旅行暫歇的實景。

趙雍「人馬卷」之一：趙雍（1289-卒年不詳），趙孟頫次子，王蒙稱其「畫馬得曹將軍法為多」。馬是蒙古人的第二生命，元人對馬的觀察特精，元代畫家畫馬也有特殊成就。

元人「射雁圖」。

蒙古武士行獵圖：波斯畫家作，伊朗德黑蘭皇家圖書館藏。

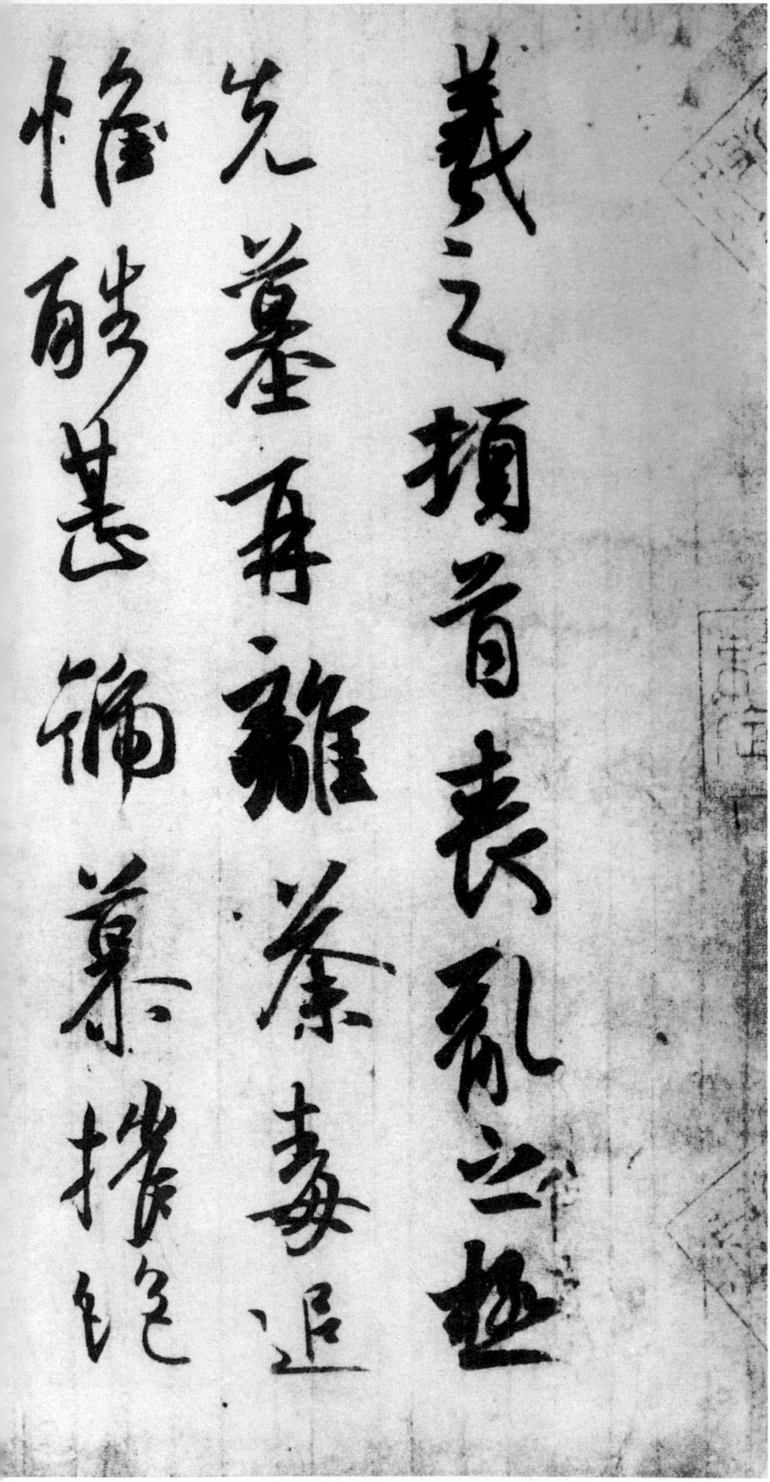
羲之頓首喪亂之極
先墓再離荼毒追
惟酷甚號慕摧絕

王羲之「喪亂帖」——文曰：「羲之頓首。喪亂之極。先墓再離荼毒，追惟酷甚，號慕摧絕，痛貫心肝。痛當奈何奈何？雖即修復，未獲奔馳，哀毒益深。奈何奈何！臨紙感哽，不知何言。羲之頓首頓首。」此帖為雙鉤摹本，為傳世摹本中第一等精品。現為日本皇室所藏。

痛貫心肝痛當奈何
奈何雖即脩復未獲
奔馳哀毒益深奈何
奈何臨紙感哽不知
何言羲之頓首

上右圖／武當山。
上左圖／武當山：錄自明刊「天下名山勝概記」。
下圖／武當山三公峯。

元代的銅鏡：古代銅鏡往往有照面及辟邪的雙重作用。下為漢梵兩體準提咒文鏡。

元人「禮聘圖卷」（部分）：原圖為一長卷，繪西域人東來元大都朝聘、途中行旅的情景，畫筆工細，當是寫實之作。原圖藏遼寧省博物館。

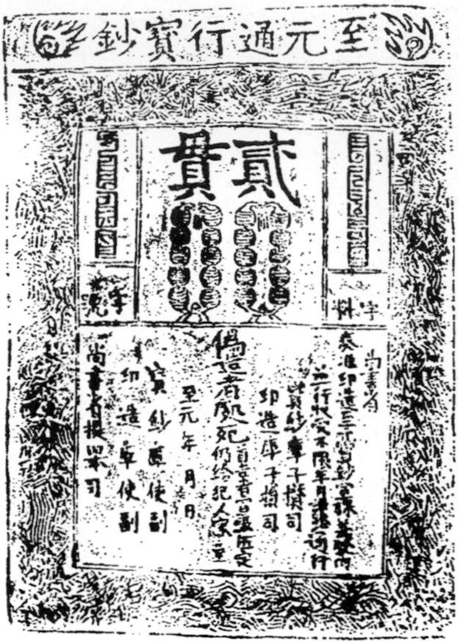

右上圖／元朝的鈔票：元朝有兩個「至元」年號，一是元世祖的，共三十一年；一是元順帝的，共六年。

右下圖／元至正年間銅錢：至正是元朝末代皇帝元順帝的年號，這一類的銅錢張無忌一定使用過。

左圖／張三丰像：錄自明刊版畫「列仙全傳」。明代關於張三丰的傳說很多，因為他壽長，有些人把他說成是仙人。

倚天屠龍記

1
屠龍寶刀

金庸
著

「金庸作品集」臺灣版序

小說是寫給人看的。小說的內容是人。

小說寫一個人、幾個人、一羣人、或成千成萬人的性格和感情。他們的性格和感情從橫面的環境中反映出來，從縱面的遭遇中反映出來，從人與人之間的交往與關係中反映出來。長篇小說中似乎只有「魯濱遜飄流記」，才只寫一個人，寫他與自然之間的關係，但寫到後來，終於也出現了一個僕人「星期五」。只寫一個人的短篇小說多些，寫一個人在與環境的接觸中表現他外在的世界，內心的世界，尤其是內心世界。

西洋傳統的小說理論分別從環境、人物、情節三個方面去分析一篇作品。由於小說作者不同的個性與才能，往往有不同的偏重。

基本上，武俠小說與別的小說一樣，也是寫人，只不過環境是古代的，人物是有武功的，情節偏重於激烈的鬪爭。任何小說都有它所特別側重的一面。愛情小說寫男女之間與性有關的感情，寫實小說描繪一個特定時代的環境，「三國演義」與「水滸」一類小說敘述大羣人物的鬪爭經歷，現代小說的重點往往放在人物的心理過程上。

小說是藝術的一種，藝術的基本內容是人的感情，主要形式是美，廣義的、美學上的美。在小說，那是語言文筆之美、安排結構之美，關鍵在於怎樣將人物的內心世界通過某種形式而表現出來。甚麼形式都可以，或者是作者主觀的剖析，或者是客觀的敘述故事，從人物的行動和言語中客觀的表達。

讀者閱讀一部小說，是將小說的內容與自己的心理狀態結合起來。同樣一部小說，有的人感到強烈的震動，有的人卻覺得無聊厭倦。讀者的個性與感情，與小說中所表現的個性與感情相接觸，產生了「化學反應」。

武俠小說只是表現人情的一種特定形式。好像作曲家要表現一種情緒，用鋼琴、小提琴、交響樂、或歌唱的形式都可以，畫家可以選擇油畫、水彩、水墨、或漫畫的形式。問題不在採取甚麼形式，而是表現的手法好不好，能不能和讀者、聽者、觀賞者的心靈相溝通，能不能使他的心產生共鳴。小說是藝術形式之一，有好的藝術，也有不好的藝術。

好或者不好，在藝術上是屬於美的範疇，不屬於真或善的範疇。判斷美的標準是美，是感情，不是科學上的真或不真，道德上的善或不善，也不是經濟上的值錢不值錢，政治上對統治者的有利或有害。當然，任何藝術作品都會發生社會影響，自也可以用社會影響的價值去估量，不過那是另一種評價。

在中世紀的歐洲，基督教的勢力及於一切，所以我們到歐美的博物院去參觀，見到所有中世紀的繪畫都以「聖經」為題材，表現女性的人體之美，也必須通過聖母的形象。直到文藝復興之後，凡人的形象才在繪畫和文學中表現出來，所謂文藝復興，是在文藝上復興希臘、羅馬時代對「人」的描寫，而不再集中於描寫神與聖人。

中國人的文藝觀，長期來是「文以載道」，那和中世紀歐洲黑暗時代的文藝思想是一致的，用「善或不善」的標準來衡量文藝。「詩經」中的情歌，要牽強附會地解釋為諷刺君主或歌頌后妃。陶淵明的「閒情賦」，司馬光、歐陽修、晏殊的相思愛戀之詞，或者惋惜地評之為白璧之玷，或者好意地解釋為另有所指。他們不相信文藝所表現的是感情，認為文字的唯一功能只是為政治或社會價值服務。

我寫武俠小說，只是塑造一些人物，描寫他們在特定的武俠環境（古代的、沒有法治的、以武力來解決爭端的社會）中的遭遇。當時的社會和現代社會已大不相同，人的性格和感情卻沒有多大變化。古代人的悲歡離合、喜怒哀樂，仍能在現代讀者的心靈中引起相應的情緒。讀者們當然可以覺得表現的手法拙劣，技巧不夠成熟，描寫殊不深刻，以美學觀點來看是低級的藝術作品。無論如何，我不想載甚麼道。我在寫武俠小說的同時，也寫政治評論，也寫與哲學、宗教有關的文字。涉及思想的文字，是訴諸讀者理智的，對這些文字，才有是非、真假的判斷，讀者或許同意，或許只部份同意，或許完全反對。

對於小說，我希望讀者們只說喜歡或不喜歡，只說受到感動或覺得厭煩。我最高興的是讀者喜愛或憎恨我小說中的某些人物，如果有了那種感情，表示我小說中的人物已和讀者的心靈發生聯繫了。小說作者最大的企求，莫過於創造一些人物，使得他們在讀者心中變成活生生的、有血有肉的人。藝術是創造，音樂創造美的聲音，繪畫創造美的視覺形象，小說是想創造人物。假使只求如實反映外在世界，那麼有了錄音機、照相機，何必再要音樂、繪畫？有了報紙、歷史書、記錄電視片、社會調查統計、醫生的病歷紀錄、黨部與警察局的人事檔案，何必再要小說？

一九八六・二・六　於香港

目錄

一 天涯思君不可忘

——

只見一個白衣男子正在彈琴，
身周樹上停滿了鳥雀，與琴聲應和。
過了一會，空中振翼之聲大作，
四下裏又飛來無數鳥雀，
毛羽繽紛，蔚為奇觀。

「春遊浩蕩，是年年寒食，梨花時節。白錦無紋香爛漫，玉樹瓊苞堆雪。靜夜沉沉，浮光靄靄，冷浸溶溶月。人間天上，爛銀霞照通徹。渾似姑射真人，天姿靈秀，意氣殊高潔。萬蕊參差誰信道，不與羣芳同列。浩氣清英，仙才卓犖，下土難分別。瑤臺歸去，洞天方看清絕。」

作這一首「無俗念」詞的，乃南宋末年一位武學名家，有道之士。此人姓丘，名處機，道號長春子，名列全真七子之一，是全真教中出類拔萃的人物。「詞品」評論此詞道：「長春，世之所謂仙人也，而詞之清拔如此」。這首詞誦的似是梨花，其實詞中真意卻是讚譽一位身穿白衣的美貌少女，說她「渾似姑射真人，天姿靈秀，意氣殊高潔」又說她「浩氣清英，仙才卓犖」，「不與羣芳同列」。詞中所頌這美女，乃是古墓派傳人小龍女。她一生愛穿白衣，當真如風拂玉樹，雪裹瓊苞，兼之生性清冷，實當得起「冷浸溶溶月」的形容，以「無俗念」三字贈之，可說十分貼切。長春子丘處機和她在終南山上比鄰而居，當年一見，便寫下這首詞來。

這時丘處機逝世已久，小龍女也已嫁與神鵰大俠楊過為妻。在河南少室山山道之上，卻另有一個少女，正在低低念誦此詞。

這少女十八九歲年紀，身穿淡黃衣衫，騎著一頭青驢，正沿山道緩緩而上，心中默想：「也只有龍姊姊這樣的人物，才配得上他。」這一個「他」字，指的自然是神鵰大俠楊過了。她也不拉韁繩，任由那青驢信步而行，一路上山。過了良久，她又低聲吟道：「歡樂趣，離別苦，就中更有癡兒女。君應有語，渺萬里層雲，千山暮雪，隻影向誰去？」

她腰懸短劍，臉上頗有風塵之色，顯是遠遊已久；韶華如花，正當喜樂無憂之年，可是容色間卻隱隱有懊悶意，似是愁思襲人，眉間心上，無計迴避。

這少女姓郭，單名一個襄字，乃大俠郭靖和女俠黃蓉的次女，有個外號叫作「小東邪」。她一驢一劍，隻身漫遊，原想排遣心中愁悶，豈知酒入愁腸固然愁上加愁，而名山獨遊，一般的也是愁悶徒增。

河南少室山山勢頗陡，山道卻是一長列寬大的石級，規模宏偉，工程著實不小，那是唐朝高宗為臨幸少林寺而開鑿，共長八里。郭襄騎著青驢委折而上，只見對面山上五道瀑布飛珠濺玉，奔瀉而下，再俯視羣山，已如蟻蛭。順著山道轉過一個彎，遙見黃牆碧瓦，好大一座寺院。

她望著連綿屋宇出了一會神，心想：「少林寺向為天下武學之源，但華山兩次論劍，怎地五絕之中並無少林寺高僧？難道寺中和尚自忖沒有把握，生怕墮了威名，索性便不去與會？又難道眾僧侶修為精湛，名心盡去，武功雖高，卻不去和旁人爭強賭勝？」

她下了青驢，緩步走向寺前，只見樹木森森，蔭著一片碑林。石碑大半已經毀破，字跡模糊，不知寫著些甚麼。心想：「便是刻鑿在石碑上的字，年深月久之後也須磨滅，如何刻在我心上的，卻是時日越久反而越加清晰？」瞥眼只見一塊大碑上刻著唐太宗賜少林寺寺僧的御劄，嘉許少林寺僧立功平亂。碑文中說唐太宗為秦王時，帶兵討伐王世充，少林寺和尚投軍立功，最著者共一十三人。其中只曇宗一僧受封為大將軍，其餘十二僧不願為官，唐太宗各賜紫羅袈裟一襲。她神馳想像：「當隋唐之際，少林寺武功便已名馳天下，數百年來精益求精，這寺中臥虎藏龍，不知有多少好手。」

郭襄自和楊過、小龍女夫婦在華山絕頂分手後，三年來沒得到他二人半點音訊。她心中長自記掛，於是稟明父母，說要出來遊玩山水，實則是打聽楊過的消息，她倒也不一定要和他夫婦會面，只須聽到一些楊過如何在江湖上行俠的訊息，也便心滿意足了。偏生一別之後，他夫婦從此便不在江湖上露面，不知到了何處隱居，郭襄自北而南，又從東至西，幾乎踏遍了大半個中原，始終沒聽到有人說起神鵰大俠楊過的近訊。

這一日她到了河南，想起少林寺中有一位僧人無色禪師是楊過的好友，自己十六歲生日之時，無色瞧在楊過的面上，曾託人送來一件禮物，雖然從未和他見過面，但不妨去問他一問，說不定他會知道楊過的蹤跡，這才上少林寺來。

正出神間，忽聽得碑林旁樹叢後傳出一陣鐵鍊噹啷之聲，一人誦唸佛經：「是時藥叉共王立要，即於無量百千萬億大眾之中，說勝妙伽他曰：由愛故生憂，由愛故生怖；若離於愛者，無憂亦無怖……」郭襄聽了這四句偈言，不由得癡了，心中默默唸道：「由愛故生憂，由愛故生怖；若離於愛者，無憂亦無怖。」只聽得鐵鍊拖地和念佛之聲漸漸遠去。

郭襄低聲道：「我要問他，如何才能離於愛，如何能無憂無怖？」隨手將驢韁在樹上一繞，撥開樹叢，追了過去。只見樹後是一條上山的小徑，一個僧人挑了一對大桶，正緩緩往山上走去。郭襄快步跟上，奔到距那僧人七八丈處，不由得吃了一驚，只見那僧人挑的是一對大鐵桶，比之尋常水桶大了兩倍有餘，那僧人頸中、手上、腳上，更繞滿了粗大的鐵鍊，行走時鐵鍊拖地，不停發出聲響。這對大鐵桶本身只怕便有二百來斤，桶中裝滿了水，重量更是驚人。郭襄叫道：「大和尚，請留步，小女子有句話請教。」

那僧人回過頭來，兩人相對，都是一愕。原來這僧人便是覺遠，三年以前，兩人在華山絕頂曾有一面之緣。郭襄知他雖然生性迂腐，但內功深湛，不在當世任何高手之下，便道：「我道是誰，原來是覺遠大師。你如何變成了這等模樣？」覺遠點了點頭，微微一笑，合什行禮，並不答話，轉身便走。郭襄叫道：「覺遠大師，你不認得我了麼？我是郭襄啊。」覺遠又是回首一笑，點了點頭，這次更不停步。郭襄又道：「是誰用鐵鍊綁住了你？如何這般虐待你？」覺遠左掌伸到腦後搖了幾搖，示意她不必再問。

郭襄見了這等怪事，如何肯不弄個明白？當下飛步追趕，想搶在他面前攔住，豈知覺遠雖然全身帶了鐵鍊，又挑著一對大鐵桶，但郭襄快步追趕，始終搶不到他身前。郭襄童心大起，展開家傳輕功，雙足一點，身子飛起，伸手往鐵桶邊上抓去，眼見這一下必能抓中，不料落手時終究還是差了兩寸。郭襄叫道：「大和尚，這般好本事，我非追上你不可。」但見覺遠不疾不徐的邁步而行，鐵鍊聲噹啷噹啷有如樂音，越走越高，直至後山。

郭襄直奔得氣喘漸急，仍是和他相距丈餘，不由得心中佩服：「爹爹媽媽在華山之上，便說這位大和尚武功極高，當時我還不大相信，今日一試，才知爹媽的話果然不錯。」

只見覺遠轉身走到一間小屋之後，將鐵桶中的兩桶水都倒進了一口井中。郭襄大奇，叫道：「大和尚，你莫非瘋了，挑水倒在井中幹麼？」覺遠神色平和，只搖了搖頭。郭襄忽有所悟，笑道：「啊，你是在練一門高深的武功。」覺遠又搖了搖頭。

郭襄心中著惱，說道：「我剛才明明聽得你在唸經，又不是啞了，怎地不答我的話？」覺遠合什行禮，臉上似有歉意，一言不發，挑了鐵桶便下山去。郭襄探頭井口向下望去，只見井水清澈，也無特異之處，怔怔望著覺遠的背影，心中滿是疑竇。

她適才一陣追趕，微感心浮氣躁，於是坐在井欄圈上，觀看四下風景，這時置身處已高於少林寺所有屋宇，但見少室山層崖刺天，橫若列屏，崖下風煙飄渺，寺中鐘聲隨風送上，令人一洗煩俗之氣。郭襄心想：「這和尚的弟子不知在那裏，和尚既不肯說，我去問那個少年便了。」當下信步落山，想去找覺遠的弟子張君寶來問。走了一程，忽聽得鐵鍊聲響，覺遠又挑了水上來。郭襄閃身躲在樹後，心想：「我暗中瞧瞧他到底在搗甚麼鬼。」

鐵鍊聲漸近，只見覺遠仍是挑著那對鐵桶，手中卻拿著一本書，全神貫注的輕聲誦讀。郭襄待他走到身邊，猛地裏躍出，叫道：「大和尚，你看甚麼書？」

覺遠失聲叫道：「啊喲，嚇了我一跳，原來是你。」郭襄笑道：「你裝啞巴裝不成了罷，怎麼說話了？」覺遠微有驚色，向左右一望，搖了搖手。郭襄道：「你怕甚麼？」

覺遠還未回答，突然樹林中轉出兩個灰衣僧人，一高一矮。那瘦長僧人喝道：「覺遠，不守戒法，擅自開口說話，何況又和廟外生人對答，更何況又和年輕女子說話？這便見戒律堂首座去。」覺遠垂頭喪氣，點了點頭，跟在那兩個僧人之後。

郭襄大為驚怒，喝道：「天下還有不許人說話的規矩麼？我識得這位大師，我自跟他說話，干你們何事？」那瘦長僧人白眼一翻，說道：「千年以來，少林寺向不許女流擅入。姑娘請下山去罷，免得自討沒趣。」郭襄心中更怒，說道：「女流便怎樣？難道女子便不是人？你們幹麼難為這位覺遠大師？既用鐵鍊綑綁他，又不許他說話？」那僧人冷冷的道：「本寺之事，便是皇帝也管不著。何勞姑娘多問？」

郭襄怒道：「這位大師是忠厚老實的好人，你們欺他仁善，便這般折磨於他，哼哼，天鳴禪師呢？無色和尚、無相和尚在那裏？你去叫他們出來，我倒要問問這個道理。」

兩個僧人聽了都是一驚。天鳴禪師是少林寺方丈，無色禪師是本寺羅漢堂首座，無相禪師是達摩堂首座，三人位望尊崇，寺中僧侶向來只稱「老方丈」、「羅漢堂座師」、「達摩堂座師」，從不敢提及法名，豈知一個年輕女子竟敢上山來大呼小叫，直斥其名。

那兩名僧人都是戒律堂首座的弟子，奉了座師之命，監視覺遠，這時聽郭襄言語莽撞，那瘦長僧人喝道：「女施主再在佛門清淨之地滋擾，莫怪小僧無禮。」

郭襄道：「難道我還怕了你這和尚？你快快把覺遠大師身上的鐵鍊除去，那便算了，否則我找天鳴老和尚算帳去。」

那矮僧聽郭襄出言無狀，又見她腰懸短劍，沉著嗓子道：「你把兵刃留下，我們也不來跟你一般見識，快下山去罷。」郭襄摘下短劍，雙手托起，冷笑道：「好罷，謹遵台命。」

那矮僧自幼在少林寺出家，一向聽師伯、師叔、師兄們說少林寺是天下武學的總源，又聽說不論名望多大、本領多強的武林高手，從不敢攜帶兵刃走進少林寺山門。這年輕姑娘雖然未入寺門，但已在少林寺範圍之內，只道她真是怕了，乖乖交出短劍，於是伸手便去接劍。他手指剛碰到劍鞘，突然間手臂劇震，如中電掣，但覺一股強力從短劍上傳了過來，推得他向後急仰，立足不定，登時摔倒。他身在斜坡之上，一經摔倒，便骨碌碌的向下滾了數丈，好容易硬生生的撐住，這才不再滾動。

那瘦長僧人又驚又怒，喝道：「你吃了獅子心豹子膽，竟到少林寺撒野來啦！」轉過身來，踏上一步，右手一拳擊出，左掌跟著在右拳上一搭，變成雙掌下劈，正是「闖少林」第二十八勢「翻身劈擊」。

郭襄握住劍柄，連劍帶鞘向他肩頭砸去。那僧人沉肩迴掌，來抓劍鞘。覺遠在旁瞧得惶急，大叫：「別動手，別動手！有話好說。」便在此時，那僧人右手已抓住劍鞘，正待運勁裏奪，猛覺手心一震，雙臂隱隱酸麻，只叫得一聲：「不好！」郭襄左腿橫掃，已將他踢下坡去。他所受的這一招比那矮僧重得多，一路翻滾，頭臉上擦出不少鮮血，這才停住。

郭襄心道：「我上少林寺來是打聽大哥哥的訊息，平白無端的跟他們動手，當真好沒來由。」眼見覺遠愁眉苦臉的站在一旁，當即抽出短劍，便往他手腳上的鐵鍊削去。這短劍雖非稀世奇珍，卻也是極鋒銳的利器，只聽得噹啷啷幾聲響，鐵鍊斷了三條。覺遠連呼：「使不得，使不得！」郭襄道：「甚麼使不得？」指著正向寺內奔去的高矮二僧說道：「這兩個惡和尚定是奔去報訊，咱們快走。你那個姓張的小徒兒呢？帶了他一起走罷！」覺遠只是搖手。忽聽得身後一人說道：「多謝姑娘關懷，小的在這兒。」

郭襄回過頭來，只見身後站著個十六七歲的少年，粗眉大眼，身材魁偉，臉上卻猶帶稚氣，正是三年前曾在華山之巔會過的張君寶。比之當日，他身形已高了許多，但容貌無甚改變。郭襄大喜，說道：「這裏的惡和尚欺侮你師父，咱們走罷。」張君寶搖頭道：「沒有誰欺侮我師父啊。」郭襄指著覺遠道：「那兩個惡和尚用鐵鍊鎖著你師父，連一句話也不許他說，還不是欺侮？」覺遠苦笑搖頭，指了指山下，示意郭襄及早脫身，免惹事端。

郭襄明知少林寺中武功勝過她的人不計其數，但既見了眼前的不平之事，決不能便此撒手不顧；可是卻又擔心寺中好手出來截攔，當下一手拉了覺遠，一手拉了張君寶，頓足道：「快走快走，有甚麼事，下山去慢慢說不好麼？」兩人只是不動。

忽見山坡下寺院邊門中衝出七八名僧人，手提齊眉木棍，吆喝道：「那裏來的野姑娘，膽敢來少林寺撒野？」張君寶提起嗓子叫道：「各位師兄不得無禮，這位是……」

郭襄忙道：「別說我名字。」她想今日的禍事看來鬧得不小，說不定鬧下去會不可收拾，可別牽累到爹爹媽媽，又補上一句：「咱們翻山走罷！千萬別提我爹爹媽媽和朋友的姓名。」只聽得背後山頂上吆喝聲響，又湧出七八名僧人來。

郭襄見前後都出現了僧人，秀眉深蹙，急道：「你們兩個婆婆媽媽，沒點男子漢氣概！到底走不走？」張君寶道：「師父，郭姑娘一片好意……」

便在此時，下面邊門中又竄出四名黃衣僧人，颼颼颼的奔上坡來，手中都沒兵器，但身法迅捷，衣襟帶風，武功頗為了得。郭襄見這般情勢，便想單獨脫身亦已不能，索性凝氣卓立，靜觀待變。當先一名僧人奔到離她四丈之處，朗聲說道：「羅漢堂首座尊師傳諭：著來人放下兵刃，在山下一葦亭中陳明詳情，聽由法諭。」

郭襄冷笑道：「少林寺的大和尚官派十足，官腔打得倒好聽。請問各位大和尚做的是大宋皇帝的官兒呢，還是做蒙古皇帝的官？」

這時淮水以北，大宋國土均已淪陷，少林寺所在之地自也早歸蒙古該管，只是蒙古大軍連年進攻襄陽不克，忙於調兵遣將，也無餘力來理會叢林寺觀的事，因此少林寺一如其舊，與前並無不同。那僧人聽郭襄的譏刺之言甚是厲害，不由得臉上一紅，心中也覺對外人下令傳諭有些不妥，合什說道：「不知女施主何事光臨敝寺，且請放下兵刃，赴山下一葦亭中奉茶說話。」

郭襄聽他語轉和緩，便想乘此收篷，說道：「你們不讓我進寺，我便希罕了？哼，難道少林寺中有寶，我見一見便沾了光麼？」向張君寶使個眼色，低聲道：「到底走不走？」

張君寶搖搖頭，嘴角向覺遠一努，意思說是要服侍師父。郭襄朗聲道：「好，那我不管啦，我走了。」拔步便下坡去。

第一名黃衣僧側身讓開。第二名和第三名黃衣僧卻同時伸手一攔，齊聲道：「且慢，放下了兵刃。」郭襄眉毛一揚，手按劍柄。第一名僧人道：「我們也不敢留著女施主的兵刃。女施主一到山下，我們立即將寶劍送上，這是少林寺千年來的規矩，還請包涵。」

郭襄聽他言語有禮，心下躊躇：「倘若不留短劍，勢必有場爭鬥，我孤身一人，如何是闔寺僧眾的敵手？但若留下短劍，豈不將外公、爹爹、媽媽、大哥哥、龍姊姊的面子一古腦兒都丟得乾淨？」

她一時沉吟未決，驀地裏眼前黃影晃動，一人喝道：「到少林寺來既帶劍，又傷人，世上焉有是理？」跟著勁風颯然，五隻手指往劍鞘上抓了下來。這僧人若不貿然出手，郭襄一番遲疑之後，多半便會將短劍留下。她和乃姊郭芙的性子大不相同，雖然豪爽，卻不魯莽，眼前處境既極度不利，便會暫忍一時之氣，日後再去和外公、爹媽商量，回頭找這場子。但對方突然逞強，豈能眼睜睜的讓他將劍奪去？

那僧人的擒拿手法既狠且巧，一抓住劍鞘，心想郭襄定會向裏迴奪，一個和尚跟一個年輕女子拉拉扯扯，大是不雅，當下運勁向左斜推，跟著抓而向右。郭襄被他這麼一推一抓，果然已拿不牢劍鞘，當即握住劍柄，刷的一聲，寒光出匣。那僧人右手將劍鞘奪了過去，左手卻有兩根手指被短劍順勢割斷，劇痛之下，拋下劍鞘，往旁退開。

眾僧人見同門受傷，無不驚怒，揮杖舞棍，一齊攻來。郭襄心想：「一不做二不休，反正今日已不能善罷。」當下使出家傳的「落英劍法」，便往山下衝去。眾僧人排成三列，迎面擋住。

那「落英劍法」乃黃藥師從「落英掌法」的路子中演化來，雖不若「玉簫劍法」的精妙，卻也是桃花島的一絕，但見青光激盪，劍花點點，便似落英繽紛，四散而下，霎時間僧人中又有兩人受傷。但背後數名僧人跟著搶到，居高臨下的夾攻。按理郭襄早已抵擋不住，只是少林僧眾慈悲為本，不願傷她性命，所出招數都非殺手，只求將她打倒，訓誡一番，扣下兵刃，將她逐下山去。可是郭襄劍光錯落，卻也不易攻近身去。

眾僧初時只道一個妙齡女郎，還不輕易打發？待見她劍法精奇，始知她若非名門之女，便是名師之徒，多半得罪不得，出招時更有分寸，一面急報羅漢堂首座無色禪師。

正鬥之間，一個身材高瘦的老年僧人緩步走近，雙手籠在袖中，微笑觀鬥。兩名僧人走到他身前，低聲稟告了幾句。郭襄已鬥得氣喘吁吁，劍法凌亂，大聲喝道：「說甚麼天下武學之源，原來是十多個和尚一擁而上，倚多為勝。」

那老僧便是羅漢堂首座無色禪師，聽她這麼說，便道：「各人住手！」眾僧人立時罷手躍開。無色禪師道：「姑娘貴姓，令尊和尊師是誰？光臨少林寺，不知有何貴幹？」

郭襄心道：「我爹娘的姓名不能告訴你。我到少林寺來是為了打聽大哥哥的訊息，那也不能當眾述說。眼下已鬧成這等模樣，日後爹娘和大哥哥知道了定要怪我，不如悄悄的溜了罷。」說道：「我的姓名不能跟你說，我不過見山上風景優美，這便上來遊覽玩耍。原來少林寺比皇宮內院還要厲害，動不動便要扣人家兵刃。請問大師，我進了貴寺的山門沒有？當日達摩祖師傳下武藝，想來也不過教眾僧侶強身健體，便於精進修為，想不到少林寺名頭越大，武功越高，恃眾逞強的名頭也越來越響。好，你們要扣我兵刃，這便留下，除非將我殺了，否則今日之事江湖上不會無人知曉。」

她本來伶牙俐齒，這件事也並非全是她的過錯，一席話只將無色禪師說得啞口無言。郭襄鑒貌辨色，心想：「這番胡鬧我固怕人知曉，看來少林寺更加不願張揚。十多個和尚圍鬥一個年輕姑娘，說出去有甚麼好聽？」當下哼的一聲，將短劍往地下一擲，舉步便行。

無色禪師斜步上前，袍袖一拂，已將短劍捲起，雙手托起劍身，說道：「姑娘既不願見示家門師承，這口寶劍還請收回，老衲恭送下山。」

郭襄嫣然一笑，道：「還是老和尚通達情理，這才是名家的風範呢。」她既佔到便宜，隨口便讚了無色一句，當下伸手拿劍，一提之下，不禁一驚。原來對方掌心生出一股吸力，她雖抓住劍柄，卻不能提起劍身。她連運三下勁，始終無法取過短劍，說道：「好啊，你是顯功夫來著。」突然間左手斜揮，輕輕拂向他左頸「天鼎」「巨骨」兩穴。無色心下一凜，斜身閃避，氣勁便此略鬆，郭襄應手提起短劍。

無色道：「好俊的蘭花拂穴手功夫！姑娘跟桃花島主怎生稱呼？」

郭襄笑道：「桃花島主嗎？我便叫他作老東邪。」桃花島主東邪黃藥師是郭襄的外公，他性子怪僻，向來不遵禮法。他叫外孫女兒「小東邪」，郭襄便叫他「老東邪」，黃藥師非但不以為忤，反而歡喜。

無色少年時出身綠林，雖在禪門中數十年修持，佛學精湛，但往日豪氣仍是不減，否則怎能與楊過結成好友？見這小姑娘不肯說出師承來歷，偏要試她出來，當下朗聲笑道：「小姑娘接我十招，瞧老和尚眼力如何，能不能說出你的門派？」

郭襄道：「十招中瞧不出，那便如何？」無色禪師哈哈大笑，說道：「姑娘若是接得下老衲十招，那還有甚麼說的，自是唯命是聽。」郭襄指著覺遠道：「我和這位大師昔年曾有一面之緣，要代他求一個情。倘若十招中你說不出我的師父是誰，你須得答應我，可不能再難為這位大師了。」

無色甚是奇怪，心想覺遠迂腐騰騰，數十年來在藏經閣中管書，從來不與外人交往，怎會識得這個女郎？說道：「我們本來就沒難為他啊。本寺僧眾犯了戒律，不論是誰，均須受罰，那也不算是甚麼難為。」郭襄小嘴一扁，冷笑道：「哼，說來說去，你還是混賴。」

無色雙掌一擊，道：「好，依你，依你。老衲若是輸了，便代覺遠師弟挑這三千一百零八擔水。姑娘小心，我要出招了。」

郭襄跟他說話之時，心下早已計議定當，尋思：「這老和尚氣凝如山，武功了得，倘若由他出招，我竭力抵禦，非顯出爹爹媽媽的武功不可。不如我佔了機先，連發十招。」聽他說到「姑娘小心，我要出招了」這兩句話，不待他出拳抬腿，嗤的一聲，短劍當胸直刺過去，使的仍是桃花島「落英劍法」中的一招，叫作「萬紫千紅」，劍尖刺出去時不住顫動，使對手瞧不定劍尖到底攻向何處。無色知道厲害，不敢對攻，當即斜身閃開。

郭襄喝道：「第二招來了！」短劍迴轉，自下而上倒刺，卻是全真派劍法中一招「天紳倒懸」。無色道：「好，是全真劍法。」郭襄道：「那也未必。」短劍一刺落空，眼見無色反守為攻，伸指逕來拿自己手腕，暗吃一驚：「這老和尚果然了得，在這如此兇險的劍招之下，居然赤手空拳的還能搶攻。」眼見他手指伸到面門，短劍晃了幾晃，使的竟是「打狗棒法」中的一招「惡狗攔路」，乃屬「封」字訣。

她自幼和丐幫的前任幫主魯有腳交好，喝酒猜拳之餘，有時便纏著他比試武藝。丐幫中雖有規矩，打狗棒法是鎮幫神技，非幫主不傳，但魯有腳使動之際，郭襄終於偷學了一招半式。何況先任幫主黃蓉是她母親，現任幫主耶律齊是她姊夫，這打狗棒法她看到的次數著實不少，雖然不明其中訣竅，但猛地裏依樣葫蘆的使出一招來，卻也駭人耳目。

無色的手指剛要碰到她手腕，突然白光閃動，劍鋒來勢神妙無方，險些兒五根手指一齊削斷，總算他武功卓絕，變招快速，百忙中急退兩步，但嗤嗤聲響，左袖已給短劍劃破了一條長長的口子。無色禪師變色斜睨，背上驚出了一陣冷汗。

郭襄大是得意，笑道：「這是甚麼劍法？」其實天下根本無此劍術，她只不過偷學到一招打狗棒法，用在劍招之中，只因那打狗棒法過於奧妙，她雖使得似是而非，卻也將一位大名鼎鼎的少林高僧嚇得滿腹疑團，瞠目不知所對。

郭襄心想：「我只須再使得幾招打狗棒法，非殺得這老和尚大敗虧輸不可，只可惜除了這一下子，我再也不會了。」不待無色緩過氣來，短劍輕揚，飄身而進，姿態飄飄若仙，劍鋒向無色的下盤連點數點，卻是從小龍女處學來的一招玉女劍法「小園藝菊」。

那玉女劍法乃當年女俠林朝英所創，不但劍招凌厲，而且講究丰神脫俗，姿式嫻雅，眾僧人從所未見，無不又驚又喜。少林派的「達摩劍法」、「羅漢劍法」等等走的均是剛猛路子，那「玉女劍法」絕少現於江湖，本質與少林派的諸路劍術又截然相反，其實以劍法而論，也未必真的勝於少林各路劍術，只是一眼瞧來，實在美絕麗絕，有如佛經中所云：「容儀婉媚，莊嚴和雅，端正可喜，觀者無厭。」

無色禪師見了如此美妙的劍術，只盼再看一招，當下斜身閃避，待她再發。

郭襄劍招斗變，東趨西走，連削數劍。張君寶在旁看得出神，忽地「噫」的一聲。原來郭襄這一招卻是「四通八達」，三年前楊過在華山之巔傳授張君寶，郭襄在旁瞧在眼中，這時便使了出來。當年楊過所授的乃是掌法，這時郭襄變為劍法，威力已減弱了幾成，但劍術之奇，卻已足使無色暗暗心驚。

屈指數來，郭襄已連使五招，無色竟瞧不出絲毫頭緒。他盛年時縱橫江湖，閱歷極富，十餘年來身任羅漢堂首座，更精研各家各派的武功，以與本寺的武功相互參照比較，而收截長補短、切磋攻錯之效。因此他自信不論是何方高人，數招中必能瞧出他的來歷，和郭襄約到十招，已留下了極大餘地。豈知郭襄的父母師友盡是當代第一流高手，她在每人的武功中截出一招，東拉西扯的一番雜拌，只瞧得無色眼花繚亂，那裏說得出甚麼名目。

那「四通八達」的四劍八式一過，無色心念一動：「我若任她出招，只怕她怪招源源不絕，別說十招，一百招也未必能瞧出甚麼端倪。只有我發招猛攻，她便非使出本門武功拆解不可。」當即上身左轉，一招「雙貫手」，雙拳虎口相對，劃成弧形，交相撞擊。

郭襄見他拳勢勁力奇大，不敢擋架，身形一扭，竟從雙拳之間溜了過去。她當年在黑龍潭中見瑛姑與楊過相鬥，弱不敵強，使「泥鰍功」溜開，這時便依樣葫蘆。她功力身法自均不及瑛姑，但無色禪師也並不真下殺手，任由她輕輕溜開。

無色喝采道：「好身法，再接我一招。」一左掌圈花揚起，屈肘當胸，虎口朝上，正是少林拳中的「黃鶯落架」。他是少林寺的武學大師，身分不同，雖然所會武功之雜猶勝郭襄，但每一招每一式使的均是純正本門武功。少林拳門戶正大，看來平平無奇，練到精深之處，實是威力無窮。他這左掌圈花一揚，郭襄但覺自己上半身已全在掌力籠罩之下，當即倒轉劍柄，以劍柄作為手指，使一招從武修文處學來的「一陽指」，逕點無色手腕上「腕骨」、「陽谷」、「養老」三穴。她於「一陽指」點穴法實只學到一點兒皮毛，膚淺之至，但一指點三穴的手法，卻正是一陽指功夫的精要所在。

一燈大師的一陽指功夫天下馳名，無色禪師自然識得，斗見郭襄出此一招，一驚之下，急忙縮手變招。其實無色若不縮手，任她連撞三處穴道，登時便可發覺這「一陽指」功夫並非貨真價實，但雙方各出全力搏鬥之際，他豈肯輕易以一世英名冒險相試？

郭襄嫣然一笑，道：「大和尚倒識得厲害！」無色哼了一聲，擊出一招「單鳳朝陽」，這一招雙手大開大闔，寬打高舉，勁力到處，郭襄手中短劍拿捏不住，脫手落地。

她明知對方不會當真狠下殺手，當下也不驚惶，雙拳交錯，若有若無，正是老頑童周伯通得意傑作七十二路空明拳中第五十四路「妙手空空」。

這路拳法是周伯通所自創，江湖上並未流傳，無色雖然淵博，卻也不識，當下雙掌劃弧，發出一招「偏花七星」，雙掌如電，一下子切到了郭襄掌上，她若不出內力相抗，手掌便須向後一拗而斷。這一招少林派基本功夫「偏花七星」似慢實快，似輕實重，雖是「闖少林」的姿式，意勁內力，卻出自「神化少林」的精奧。

郭襄手掌被制，心想：「難道你真能折斷我的掌骨不成？」順手一揮，使出一招「鐵蒲扇手」，以掌對掌，反擊過去。這一招她是從武修文之妻完顏萍處學來，是當年鐵掌水上飄裘千仞傳下來的心法。這鐵掌功在武學諸派掌法之中向稱剛猛第一，無色禪師精研掌法，如何不知？眼見這女郎猛地裏使出這招鐵掌幫的看家掌法，不禁嚇了一跳，若是硬拚掌力，一來不願便此傷她，二來卻也真的對鐵掌功夫有三分忌憚。他是個忠厚豪邁之人，但見郭襄每一招都使得似模似樣，一時之間卻沒想到若要精研這許多門派的武功，豈是這二十歲不到的少女就能辦到，當下急忙收掌，退開半丈。

郭襄嫣然一笑，叫道：「第十招來了，你瞧我是甚麼門派？」左手一揚，和身欺上，右手伸出，便去托拿無色的下顎。

無色和旁觀眾僧情不自禁的都是一聲驚呼。這一招「苦海回頭」，正是少林派正宗拳藝羅漢拳中的一招，卻是別派所無。這一招的用意是左手按住敵人頭頂，右手托住敵人下顎，將他頭頸一扭，重則扭斷敵人頭頸，輕則扭脫關節，乃是一招極厲害的殺手。

無色禪師見她竟然使到這一招羅漢拳，當真是孔夫子面前讀孝經，魯班門口弄大斧，不由得又是好氣，又是好笑。這路拳法他在數十年前早已拆得滾瓜爛熟，一碰上便是不加思索，隨手施應，即令是睡著了，遇到這路招式只怕也能對拆，當下斜身踏步，左手橫過郭襄身前，一翻手，已扣住她右肩，右手疾如閃電，伸手到她頸後。這一招叫做「挾山超海」，原是拆解那招「苦海回頭」的不二法門，雙手一提，便能將敵人身子提得離地橫起。郭襄接下去本可用「盤肘」式反壓他的手肘，既能脫困，又可反制敵人，但無色禪師這一招實在來得太快，眼睛一瞬，身子便已提起，她雙足離地，還能施展甚麼功夫，自然是輸了。

無色禪師隨手將郭襄制住，心中一怔：「糟糕！我只顧取勝，卻沒想到辨認她的師承門派。她在十招中使了十門不同的拳法，那是如何說法？我總不能說她是少林派！」

郭襄用力掙扎，叫道：「放開我！」只聽得錚的一聲響，從她身上掉下了一件物事。郭襄又叫道：「老和尚，你還不放我？」

無色禪師眼中看出眾生平等，別說已無男女之分，縱是馬牛豬犬，他也一視同仁，笑道：「老衲這一大把年紀，做你祖父也做得，還怕甚麼？」說著雙手輕輕一送，將她拋出二丈之外。

這一番動手，郭襄雖然被制，但無色在十招之內終究認不出她的門派，正要出言服輸，一低頭，忽見地下黑黝黝的一團物事，乃是兩個小小的鐵鑄羅漢。

郭襄落地站定，說道：「大和尚，你可認輸了罷？」

無色抬起頭來，喜容滿面，笑道：「我怎麼會輸？我知道令尊是大俠郭靖，令堂是女俠黃蓉，桃花島黃島主是你外公。郭二小姐的芳名，是一個襄陽的『襄』字。令尊學兼江南七怪、桃花島、九指神丐、全真派各家之長。郭二小姐家學淵源，身手果然不凡。」

這一番話只把郭襄聽得瞠目結舌，半晌說不出話來，心想：「這老和尚當真邪門，我這十招亂七八糟，他居然仍然認了出來。」

無色禪師見她茫然自失，笑吟吟的拾起那對鐵鑄小羅漢，說道：「郭二姑娘，老和尚不能騙你小孩子，我認出你來，全憑著這對鐵羅漢。楊大俠可好，你可有見到他麼？」

郭襄一怔之下，立時恍然，說道：「啊，你便是無色禪師，這對鐵羅漢是你送給我的生日禮物，自然認得。你可有見到我大哥哥和龍姊姊？我上寶剎來，便是想見你，來打聽他二人的下落。啊，你不知道，我說的大哥哥和龍姊姊，便是楊過楊大俠夫婦了。」

無色道：「數年之前，楊大俠曾來敝寺盤桓數日，跟老和尚很說得來。後來他在襄陽抗敵，老衲奉他之召，也曾去稍效微勞。不知他刻下是在何處？」

他二人均欲得知楊過音訊，你問一句，我問一句，卻是誰也沒回答對方的問話。

郭襄呆了半晌，說道：「你也不知我大哥哥到了那裏。可有誰知道啊？」她定了定神，說道：「你是我大哥哥的好朋友，怪不得武功如此高明。嗯，我還沒謝過你送給我的生日禮物，今日得謝謝你啦。」無色笑道：「咱們當真是不打不相識。你見到楊大俠時，可別說老和尚以大欺小。」郭襄望著遠處山峯，自言自語：「幾時方能見著他啊。」

當郭襄十六歲生日那天，楊過忽發奇想，柬邀江湖同道，羣集襄陽給她慶賀生辰。一時白道黑道上無數武林高手，衝著楊過的面子，都受邀趕到祝壽，即使無法分身的，也都贈送珍異賀禮。無色禪師請人帶去的生日禮物，便是這一對精鐵鑄成的羅漢。這對鐵羅漢肚腹之中裝有機括，扭緊彈簧之後，能對拆一套少林羅漢拳。那是百餘年前少林寺中一位異僧花了無數心血方始製成，端的是靈巧精妙無比。郭襄覺得好玩，便帶在身邊，想不到今日從懷中跌將出來，終於給無色禪師認出了她的身分。她適才最後所使的一招少林拳法，便是從這對鐵羅漢身上學來。

無色笑道：「格於敝寺歷代相傳的寺規，不能請郭二姑娘到寺中隨喜，務請包涵。」郭襄黯然道：「那沒甚麼，我要問的事，反正也問過了。」無色又指著覺遠道：「至於這位師弟的事，我慢慢再跟你解釋。這樣罷，老和尚陪你下山去，咱們找一家飯鋪，讓老和尚作個東道，好好喝一天酒，你說怎樣？」無色禪師在少林寺中位份極高，竟對這一個妙齡女郎如此尊敬，要親自送她下山，隆重款待，眾僧侶聽了，無不暗暗稱奇。

郭襄道：「大師不必客氣。小女子出手不知輕重，得罪了幾位大和尚，還請代致歉意，這便別過，後會有期。」說著施了一禮，轉身下坡。

無色笑道：「你不要我送，我也要送。那年姑娘生日，老和尚奉楊大俠之命燒了南陽蒙古大軍的草料、火藥之後，便即回寺，沒來襄陽道賀，心中已自不安，今日光臨敝寺，若再不恭送三十里，豈是相待貴客之道？」郭襄見他一番誠意，又喜他言語豪爽，也願和他結個方外的忘年之交，於是微微一笑，說道：「走罷！」

二人並肩下坡，走過一葦亭後，只聽得身後腳步聲響，回首一看，只見張君寶遠遠在後跟著，卻不敢走近。郭襄笑道：「張兄弟，你也來送客下山嗎？」張君寶臉上一紅，應了一聲：「是！」

便在此時，只見山門前一個僧人大步奔下，他竟全力施展輕功，跑得十分匆忙。無色眉頭一皺，說道：「大驚小怪的幹甚麼？」那僧人奔到無色身前，行了一禮，低聲說了幾句。無色臉色忽變，大聲道：「竟有這等事？」那僧人道：「方丈請首座便去商議。」

郭襄見無色臉上神色為難，知他寺中必有要事，說道：「老禪師，朋友相交，貴在知心，這些俗禮算得了甚麼？你有事便請回去。他日江湖相逢，有緣邂逅，咱們再喝酒論武，有何不可？」無色喜道：「怪不得楊大俠對你這般看重，你果然是人中英俠，女中丈夫，老和尚交了你這個朋友。」郭襄微微一笑，說道：「你是我大哥哥的朋友，早就已是我的朋友了。」當下兩人施禮而別。無色回向山門。

郭襄循路下山，張君寶在她身後，相距五六步，不敢和她並肩而行。郭襄問道：「張兄弟，他們到底幹麼欺侮你師父？你師父一身精湛內功，怕他們何來？」張君寶走近兩步，說道：「寺中戒律精嚴，僧眾凡是犯了事的都須受罰，倒不是故意欺侮師父。」

郭襄奇道：「你師父是個正人君子，天下從來沒這樣的好人，他又犯了甚麼事？我瞧他定是代人受過，要不，便是甚麼事弄錯了。」

張君寶嘆道：「這事的原委姑娘其實也知道的，還不是為了那部楞伽經。」郭襄道：

「啊，是給瀟湘子和尹克西這兩個傢伙偷去的經書麼？」張君寶道：「是啊。那日在華山絕頂，小人得楊過大俠的指點，親手搜查了那兩人全身，一下華山之後，再也找不到這兩人的蹤跡了。我師徒倆無奈，只得回寺稟報方丈。那部楞伽經是達摩祖師親手所書，戒律堂首座責怪我師父經管不慎，以致失落這無價之寶，重加處罰，原是罪有應得。」

郭襄嘆了口氣，道：「那叫做晦氣，甚麼罪有應得？」她比張君寶只大幾歲，但儼然以大姊姊自居，又問：「為了這事，便罰你師父不許說話？」張君寶道：「這是寺中歷代相傳的戒律，上鐐挑水，不許說話。我聽寺裏老禪師們說，雖然這是處罰，但對受罰之人其實也大有好處。一個人一不說話，修為自是易於精進，而上鐐挑水，也可強壯體魄。」

郭襄笑道：「這麼說來，你師父非但不是受罰，反而是在練功了，倒是我的多事。」張君寶忙道：「姑娘一番好心，師父和我都十分感激，永遠不敢忘記。」

郭襄輕輕嘆了口氣，心道：「可是旁人卻早把我忘記得一乾二淨了。」

只聽得樹林中一聲驢鳴，那頭青驢便在林中吃草。郭襄道：「張兄弟，你也不必送我啦。」呼哨一聲，招呼青驢近前，張君寶頗為依依不捨，卻又沒甚麼話好說。

郭襄將手中那對鐵羅漢遞了給他，道：「這個給你。」張君寶一怔，不敢伸手去接，道：「這……這個……」郭襄道：「我說給你，你便收下了。」張君寶道：「我……我……」

郭襄將鐵羅漢塞在他的手中，縱身一躍，上了驢背。

突然山坡石級上一人叫道：「郭二姑娘，且請留步。」正是無色禪師又從寺門中奔了出來。郭襄心道：「這個老和尚也忒煞多禮，何必定要送我？」無色行得甚快，片刻間便到了郭襄身前。他向張君寶道：「你回寺中去，別在山裏亂走亂闖。」

張君寶躬身答應，向郭襄凝望一眼，走上山去。

無色待他走開，從袖中取出一張紙箋，說道：「郭二姑娘，你可知是誰寫的麼？」郭襄下了驢背，接過一看，見是一張詩箋，箋上墨瀋淋漓，寫著兩行字道：「少林派武功，稱雄中原西域有年。十天之後，崑崙三聖前來一併領教。」筆勢挺拔遒勁。郭襄問道：「崑崙三聖是誰啊，這三個人的口氣倒大得緊。」

無色道：「原來姑娘也不識得他們。」郭襄搖頭道：「我不識得。連『崑崙三聖』的名字也從沒聽爹爹媽媽說過。」無色道：「奇便奇在這兒。」郭襄道：「甚麼奇怪啊？」

無色道：「姑娘和我一見如故，自可對你實說。你道這張紙箋是在那裏得來的？」郭襄道：「是那崑崙三聖派人送來的麼？」無色道：「若是派人送來，也就沒甚麼奇怪。常言道樹大招風，我少林寺數百年來號稱天下武學之源，因此不斷有高手到寺中來挑戰較藝。每次有武林中人到來，我們總是好好款待，說到比武較量，能夠推得掉的便儘量推辭。我們做和尚的，講究勿嗔勿怒，不得逞強爭勝，倘若天天跟人家打架，還算是佛門弟子麼？」郭襄點頭道：「那也說得是。」

無色又道：「只不過武師們既然上得寺來，若是不顯一下身手，總是心不甘服。少林寺的羅漢堂，做的便是這門接待外來武師的行當。」郭襄笑道：「原來大和尚的專職是跟人打架。」無色苦笑道：「一般武師，武功再強，本堂的弟子們總能應付得了，倒也不必老和尚出手。今日因見姑娘身手不凡，我才自己來試上一試。」郭襄笑道：「你倒挺瞧得起我。」

無色道：「你瞧我把說話扯到那裏去啦。實不相瞞，這張紙箋，是在羅漢堂上降龍羅漢佛像的手中取下來的。」郭襄奇道：「是誰放在佛像手中的？」無色搔頭道：「便是不知道啊。我少林寺僧眾數百，若有人混進寺來，豈能無人見到？這羅漢堂經常有八名子弟輪值，日夜不斷。剛才有人見到這張紙箋，飛報老方丈，大家都覺得奇怪，因此召我回寺商議。」

郭襄聽到這裏，已明其意，說道：「你疑心我和那甚麼崑崙三聖串通了，我在寺外搗亂，那三個傢伙便混到羅漢堂中放這紙箋。是也不是？」

無色道：「我既和姑娘見了面，自是決無疑心。但也是事有湊巧，姑娘剛離寺，這張紙箋便在羅漢堂中出現。方丈和無相師弟他們便不能不錯疑到姑娘身上。」郭襄道：「我不認得這三個傢伙。大和尚，你怕甚麼？十天之後他們倘若膽敢前來，跟他們見個高下便了。」無色道：「害怕嘛，自然不怕。姑娘既跟他們沒有干係，我便不用擔心了。」

郭襄知他實是一番好意，只怕崑崙三聖是自己的相識，動手之際便有許多顧忌，唯恐得罪了好朋友，說道：「大和尚，他們客客氣氣來切磋武藝，那便罷了，否則好好給他們吃些苦頭。這張字條上的口氣可狂妄得很呢。甚麼叫做『一併領教』？難道少林派七十二項絕藝，這三個傢伙要『一併領教』麼？」

她說到這裏，忽然想起一事，說道：「說不定寺中有誰跟他們勾結了，偷偷放上這樣一張字條，也沒甚麼希奇。」無色道：「這事我們也想過了，可是決計不會。降龍羅漢的手指離地有三丈多高，平時掃除佛身上灰塵，必須搭起高架。有人能躍到這般高處，輕功之佳，實所罕有。寺中縱有叛徒，料來也不會有這樣好的功夫。」

郭襄好奇心起，很想見見這崑崙三聖到底是何等樣的人物，要瞧他們和少林寺僧眾比試武藝，結果誰勝誰負，但少林寺不接待女客，看來這場好戲是不能親眼得見了。

無色見她側頭沉思，只道她是在代少林寺籌策，說道：「少林寺千年來經歷了不知多少大風大浪，至今尚在，這崑崙三聖倘若決意跟我們過不去，少林寺也總當跟他們周旋一番。郭姑娘，半月之後，你在江湖上當可聽到音訊，且看崑崙三聖是否能把少林寺挑了。」說到此處，壯年時的豪情勝概不禁又勃然而興。

郭襄笑道：「大和尚勿嗔勿怒，你這說話的樣子，能算是佛門弟子麼？好，半月之後，我佇候好音。」說著翻身上了驢背。兩人相視一笑。

郭襄催動青驢，得得下山，心中卻早打定主意，非瞧一瞧這場熱鬧不可。

她心想：「怎生想個法兒，十天後混進少林寺中去瞧一瞧這場好戲？」又想：「只怕那崑崙三聖未必是有甚麼真才實學的人物，給大和尚們一擊即倒，那便熱鬧不起來。只要他們有外公、爹爹、或是大哥哥一半的本事，這一場『崑崙三聖大鬧少林寺』便有些看頭。」

想到楊過，心頭又即鬱鬱，這三年來到處尋尋覓覓，始終落得個冷冷清清，終南山古墓長閉，萬花坳花落無聲，絕情谷空山寂寂，風陵渡冷月冥冥。她心頭早已千百遍的想過了：「其實，我便是找到了他，那又怎地？還不是重添相思，徒增煩惱？他所以悄然遠引，也還不是為了我好？但明知那是鏡花水月一場空，我卻又不能不想，不能不找。」

任著青驢信步所之，在少室山中漫遊，一路向西，已入嵩山之境，回眺少室東峯，蒼蒼峻拔，沿途山景，觀之不盡。如此遊了數日，這一天到了三休台上，心道：「三休，三休！卻不知是那三休？人生千休萬休，又豈止三休？」

折而向北，過了一嶺，只見古柏三百餘章，皆挺直端秀，凌霄托根樹旁，作花柏頂，燦若雲荼。郭襄正自觀賞，忽聽得山坳後隱隱傳出一陣琴聲，心感詫異：「這荒僻之處，居然有高人雅士在此操琴。」她幼受母教，琴棋書畫，無一不會，雖均不過粗識皮毛，但她生性聰穎，又愛異想天開，因此和母親論琴、談書，往往有獨到之見，發前人之所未發。這時聽到琴聲，好奇心起，當下放了青驢，循聲尋去。

走出十餘丈，只聽得琴聲之中雜有無數鳥語，初時也不注意，但細細聽來，琴聲竟似和鳥語互相應答，間間關關，宛轉啼鳴，郭襄隱身花木之後，向琴聲發出處張去，只見三株大松樹下一個白衣男子背向而坐，膝上放著一張焦尾琴，正自彈奏。他身周樹木上停滿了鳥雀，黃鶯、杜鵑、喜鵲、八哥，還有許多不知其名的，和琴聲或一問一答，或齊聲和唱。郭襄心道：「媽說琴調之中有一曲『空山鳥語』，久已失傳，莫非便是此曲麼？」

聽了一會，琴聲漸響，但愈到響處，愈是和醇，羣鳥卻不再發聲，只聽得空中振翼之聲大作，東南西北各處又飛來無數雀鳥，或止歇樹顛，或上下翱翔，毛羽繽紛，蔚為奇觀。那琴聲平和中正，隱然有王者之意。

郭襄心下驚奇：「此人能以琴聲集鳥，這一曲難道竟是『百鳥朝鳳』？」心想可惜外公不在這裏，否則以他天下無雙的玉簫與之一和，實可稱並世雙絕。

那人彈到後來，琴聲漸低，樹上停歇著的雀鳥一齊起而盤旋飛舞。突然錚的一聲，琴聲止歇，羣鳥飛翔了一會，慢慢散去。

那人隨手在琴弦上彈了幾下短音，仰天長嘆，說道：「撫長劍，一揚眉，清水白石何離離？世間苦無知音，縱活千載，亦復何益？」說到此處，突然間從琴底抽出一柄長劍，但見青光閃閃，照映林間。郭襄心想：「原來此人文武全才，不知他劍法如何。」

只見他緩步走到古松前的一塊空地上，劍尖抵地，一畫一畫的劃了起來，劃了一畫又是一畫。郭襄大奇：「世間怎會有如此奇怪的劍法？難道以劍尖在地下亂劃，便能克敵制勝？此人之怪，真是難以測度。」

默數劍招，只見他橫著劃了十九招，跟著變向縱劃，一共也是一十九招。劍招始終不變，不論縱橫，均是平直的一字。郭襄依著他劍勢，伸手在地下劃了一遍，隨即險些失笑，他使的那裏是甚麼怪異劍法，卻是以劍尖在地下畫了一張縱橫各一十九道的棋盤。

那人劃完棋盤，以劍尖在左上角和右下角圈了一圈，再在右上角和左下角畫了個交叉。郭襄既已看出他畫的是一張圍棋棋盤，自也想到他是在四角布上勢子，圓圈是白子，交叉是黑子。跟著見他在左上角距勢子三格處圈了一圈，又在那圓圈下兩格處畫了一叉，待得下到第十九著時，以劍拄地，低頭沉思，當是決不定該當棄子取勢，還是力爭邊角。

郭襄心想：「此人和我一般寂寞，空山撫琴，以雀鳥為知音；下棋又沒對手，只得自己跟自己下。」

那人想了一會，白子不肯罷休，當下與黑子在左上角展開劇鬥，一時之間妙著紛紜，自北而南，逐步爭到了中原腹地。郭襄看得出神，漸漸走近，但見白子布局時棋輸一著，始終落在下風，到第九十三著上遇到了個連環劫，白勢已然岌岌可危，但他仍在勉力支撐。常言道：「當局者迷，旁觀者清。」郭襄棋力雖然平平，卻也看出白棋若不棄子他投，難免在中腹全軍覆沒，忍不住脫口叫道：「何不逕棄中原，反取西域？」

那人一凜，見棋盤西邊尚自留著一大片空地，要是乘著打劫之時連下兩子，佔據要津，即使棄了中腹，仍可設法爭取個不勝不敗的局面。那人得郭襄一言提醒，仰天長笑，連說：「好，好！」跟著下了數子，突然想起有人在旁，將長劍往地下一擲，轉身說道：「那一位高人承教，在下感激不盡。」說著向郭襄藏身處一揖。

郭襄見這人長臉深目，瘦骨稜稜，約莫三十歲左右年紀。她向來脫略，也不理會男女之嫌，從花叢中走了出來，笑道：「適才聽得先生雅奏，空山鳥語，百禽來朝，實深欽佩。又見先生畫地為局，黑白交鋒，引人入勝，一時忘形，忍不住多嘴，還祈見諒。」

那人見郭襄是個妙齡女郎，大以為奇，但聽她說到琴聲，居然絲毫不錯，很是高興，說道：「姑娘深通琴理，若蒙不棄，願聞清音。」

郭襄笑道：「我媽媽雖也教過我彈琴，但比起你的神乎其技，卻差得遠了。不過我既已聽過你的妙曲，不回答一首，卻有點說不過去。好罷，我彈便彈一曲，你卻不許取笑。」那人道：「怎敢？」雙手捧起瑤琴，送到郭襄面前。

郭襄見這琴古紋斑斕，顯是年月已久，於是調了調琴弦，彈了起來，奏的是一曲「考槃」。她的手法自沒甚麼出奇，但那人卻頗有驚喜之色，順著琴音，默想詞句：「考槃在澗，碩人之寬，獨寐寤言，永矢勿諼。」這詞出自「詩經」，是一首隱士之歌，說大丈夫在山澗之間遊蕩，獨往獨來，雖寂寞無侶，容色憔悴，但志向高潔，永不改變。那人聽這琴音說中自己心事，不禁大是感激，琴曲已終，他還是癡癡的站著。

郭襄輕輕將瑤琴放下，轉身走出松谷，縱聲而歌：「考槃在陸，碩人之軸，獨寐獨宿，永矢勿告。」招來青驢騎上了，又往深山林密之處行去。

她在江湖上闖蕩三年，所經異事甚多，那人琴韻集禽、畫地自弈之事，在她也只是如過眼雲煙，風萍聚散，不著痕跡。

又過兩天，屈指算來已是她闖鬧少林寺的第十天，便是崑崙三聖約定要和少林僧較量武藝的日子。郭襄想不出如何混入寺中看這場熱鬧，心道：「媽媽甚麼事兒眼睛一轉，便想到了十七八條妙計。我偏這麼蠢，連一條計策也想不出來。好罷，不管怎樣，先到寺外去瞧瞧再說，說不定他們應付外敵時打得緊急，便忘了攔我進寺。」

胡亂吃了些乾糧，騎著青驢又往少林寺進發，離寺約莫十來里，忽聽得馬蹄聲響，左側山道上三乘馬連騎而來。三匹馬步子迅捷，轉眼間便從郭襄身側掠過，直上少林寺而去。馬上三人都是五十來歲的老者，身穿青布短衣，馬鞍上都掛著裝兵刃的布囊。

郭襄心念一動：「這三人身負武功，今日帶了兵刃上少林寺，多半便是崑崙三聖了。我若遲了一步，只怕瞧不到好戲。」伸手在青驢臀上一拍，青驢昂首一聲嘶叫，放蹄疾馳，追到了三乘馬的身後。

馬上乘客揮鞭催馬，三乘馬疾馳上山，腳力甚健，頃刻間將郭襄的青驢拋得老遠，再也追趕不及。一個老者回頭望了一眼，臉上微現詫異之色。

郭襄縱驢又趕了二三里地，三騎馬已影蹤不見，青驢這一程快奔，卻已噴氣連連，頗有些支持不住。郭襄叱道：「不中用的畜生，平時儘愛鬧脾氣，發蠻勁，姑娘當真要用你時，卻又趕不上人家。」眼見再催也是無用，索性便在道旁一座石亭中憩息片刻，讓青驢在亭子旁的溪水中喝一個飽。過不多時，忽聽得馬蹄聲響，那三乘馬轉過山坳，奔了回來。郭襄大奇：「怎地這三人一上去便回了轉來，難道竟如此不堪一擊？」

三匹馬奮鬣揚蹄，直奔進石亭中來，三個乘客翻身下馬。郭襄瞧那三人時，見一個矮老者臉若硃砂，一個酒糟鼻子火也般紅，笑咪咪的頗為溫和可親；一個竹竿般身材的老者臉色鐵青，蒼白之中隱隱泛出綠氣，似乎終年不見天日一般，這兩人身形容貌，無一不是截然相反。第三個老者相貌平平無奇，只是臉色蠟黃，微帶病容。

郭襄好奇心起，問道：「三位老先生，你們到了少林寺沒有？怎地剛上去便回下來啦？」青臉老者橫了她一眼，似怪她亂說亂問。那酒糟鼻的紅臉矮子笑道：「姑娘怎知我們是到少林寺去？」郭襄道：「從此上去，不到少林寺卻往何處？」紅臉老者點頭道：「這話倒也不錯。姑娘卻又往何處去？」郭襄道：「你們去少林寺，我自然也去少林寺。」青臉老者道：「少林寺向來不許女流踏進山門一步，又不許外人攜帶兵刃進寺。」說話語氣傲慢，他身形甚高，眼光從郭襄頭頂上瞧了過去，向她望也不望上一眼。

郭襄心下著惱，說道：「你們怎又攜帶兵刃？那馬鞍旁的布囊之中，放的難道不是兵器麼？」青臉老者冷冷的道：「你怎能跟我們相比？」郭襄冷笑一聲：「你們三個又怎樣？難道便這般橫？崑崙三聖跟少林寺的老和尚們交過手了麼？誰勝誰敗啊？」

三個老者登時臉色微變。紅臉老者問道：「小姑娘，你怎知道崑崙三聖的事？」郭襄道：「我自然知道。」青臉老者突然踏上一步，厲聲道：「你姓甚麼？是誰的門下？到少林寺來幹甚麼？」郭襄俏臉一揚，道：「你管得著麼？」

青臉老者脾氣暴躁，手掌一揚，便想給她一個耳光，但跟著便想到大欺小、男欺女甚不光采，自己是何等身分，怎能跟姑娘家一般見識？身形微晃，伸手便摘下郭襄腰間懸著的短劍。這一下出手之快實是難以形容，郭襄但覺涼風輕颺，人影閃動，佩劍便給他搶了過去。

她猝不及防，猛地裏著了人家的道兒，實是她行走江湖以來從所未有的事。其實以她武功閱歷，要在江湖間闖蕩原是大大不夠，但武林中十之八九都知她是郭靖、黃蓉的女兒，自經楊過傳柬給她慶賀生辰之後，旁門左道之士幾乎也是無人不曉，就算不礙著郭靖、黃蓉的面子，也得礙著楊過的面子。兼之她人既美麗，又豪爽好客，即是市井中引車賣漿，屠狗負販之徒，她也一視同仁，往往沽了酒來請他們共飲一杯。因此江湖間雖然風波險惡，她竟履險如夷，逢凶化吉，從來沒吃過大虧。此刻這青臉老者驀然間奪了她的劍去，竟使她一時不知所措，若是上前相奪，自忖武功遠遠不及，但如就此罷休，心下又豈能甘？

青臉老者左手中指和食指挾著短劍的劍鞘，冷冰冰的道：「你這把劍，我暫且扣下了。你膽敢對我這等無禮，自是父母和師長少了管教。你要他們來向我取劍，我會跟他們好好說一說，教你父母師長多留上一點兒神。」

這番話真把郭襄氣得滿臉通紅，聽此人說話，直是將她當作了一個沒家教的頑童，心想：「好哇！你罵了我，也罵了我外公和爹娘，你當真有通天的本事，這般天不怕地不怕的亂逞威風？」她定了定神，強忍一口怒氣，說道：「你叫甚麼名字？」

青臉老者哼了一聲，道：「甚麼『你叫甚麼名字』？我教你，你該這麼問：『不敢請教老前輩尊姓大名？』」

郭襄怒道：「我偏要問你叫甚麼名字。你不說便不說罷，誰又希罕了？這把劍又值得甚麼？你為老不尊，偷人搶人的東西，我也不要了。」說著轉過身子，便要走出石亭。

忽然間眼前紅影一閃，那紅臉矮子已擋在她身前，笑咪咪的道：「女孩兒家脾氣不可這般大，將來去婆家去做媳婦兒，難道也由得你使小性兒麼？好，我便跟你說，我們是師兄弟三人，這幾天萬里迢迢的剛從西域趕來中原……」

郭襄小嘴一扁，道：「你不說我也知道，我們神州中原，本是沒你三個的字號。」

三個老者相互望了一眼。紅臉老者道：「請問姑娘，尊師是那一位？」郭襄在少林寺中不肯說父母的名字，這時心下真的惱了，說道：「我爹爹姓郭，單名一個『靖』字。我媽媽姓黃，單名一個『蓉』字。我沒師父，就是爹爹媽媽胡亂教一些兒。」

三個老者又互相望了一眼。青臉老者喃喃的道：「郭靖？黃蓉？他們是那一門那一派的？是誰的弟子？」

郭襄這一氣當真非同小可，心想我父母名滿天下，別說武林中人，便是尋常百姓，又有誰不知義守襄陽的郭大俠？但瞧那三個老者的神色，卻又不似假裝不知。她心念一動，當即恍然：「這崑崙三聖遠處西域，從來不履中土。以這般高的武功，爹媽卻從來沒提過他們的名頭，那麼他們真的不知爹爹媽媽，也不足為奇的了。想必他們在崑崙山深處隱居，勤練武功，對外事從來不聞不問。」想到這裏，登時釋然，怒氣便消，她本不是愛使小性兒的小器姑娘，說道：「我姓郭名襄，是襄陽城這個『襄』字。好啦，我已對你們說了。請問你們三位老先生尊姓大名啊？」

紅臉老者笑嘻嘻的道：「是啊，小女娃兒很乖，一教便會，這才是尊敬長輩的道理。」指著那黃臉老者道：「這位是我們的大師哥，他姓潘，名字叫天耕。我是二師兄，姓方，叫方天勞。」一手指青臉老者道：「這位三師弟，姓衛，名叫天望。我們師兄弟三個，排行中都有一個『天』字。」

郭襄「嗯」了一聲，默記一遍，問道：「你們到底上不上少林寺去？你們跟那些和尚們比過武麼？卻是誰的武功強些？」

青臉老者衛天望「咦」的一聲，厲聲道：「怎地你甚麼都知道？我們要跟少林寺和尚比試武藝，天下沒幾人知道，你怎麼得知？快說，快說！」說著直逼到郭襄身前，右手揑緊了拳頭，惡狠狠的瞪著她。

郭襄暗想：「我豈能受你的威嚇？本來跟你說了也不打緊，但你越惡，我越是不說。」向著他也瞪了一眼，冷然道：「你這個名字不好，為甚麼不改作『天惡』？」衛天望怒道：「甚麼？」郭襄道：「如你這般凶神惡煞般的人物，當真少見，搶了我的東西，還這麼狠霸霸的，這不是天上的天惡星下凡麼？」衛天望喉頭胡胡幾聲，發出猶似獸嗥般的響聲，胸脯突然間脹大了一倍，似乎頭髮和眉毛都豎了起來。

紅臉老者方天勞急叫：「三弟，不可動怒！」拉著郭襄手臂往後一扯，將她扯後數尺，自己身子已隔在二人之間。

郭襄見衛天望這般情狀，他若猛然出手，其勢定不可當，不由得也暗生懼意。

衛天望右手拔劍出鞘，左手兩根手指平平挾住劍刃，勁透指節，喀的一聲，劍刃登時斷為兩截，跟著將半截斷劍還入劍鞘，說道：「誰要你這把不中用的短劍了？」

郭襄見他指上勁力如此厲害，更是駭然。

衛天望見她變色，甚是得意，抬頭哈哈大笑，這笑聲刺人耳鼓，直震得石亭上的瓦片也格格而響。

驀地裏喀喇一聲，石亭屋頂破裂，掉下一大塊物事來。眾人都吃了一驚，連衛天望也是大出意料之外，他運足內力，發出笑聲，方能震動屋瓦，其實這笑聲中殊無歡愉之意，只不過是運功發勁，大叫幾聲「哈哈、哈哈」而已，居然能震破屋頂，不由得驚喜交集，想不到近來不知不覺之中，內功竟然大進。再看那掉下來的物事時，更是一驚，只見一個身穿白衣的中年漢子，雙手抱著一張瑤琴，躺在地下，兀自閉目沉睡。

郭襄喜道：「喂，你在這兒啊！」原來此人正是數日前她在山坳中遇見的那個撫琴自弈的男子。

那人聽到郭襄說話，跳起身來，說道：「姑娘，我到處找你，卻不道又在此間邂逅。」郭襄道：「你找我幹甚麼？」那人道：「我忘了請教姑娘的尊姓大名。」郭襄道：「甚麼尊姓大名？文謅謅酸溜溜的，我最不愛聽。」那人一怔，笑道：「不錯，不錯！越是鬧虛文，擺架子，越是沒真才實學，這種人去混騙鄉巴老兒，那就最妙不過。」說罷雙眼瞪看衛天望，嘿嘿冷笑。郭襄大喜，想不到此人如此知趣，這般幫著自己。

衛天望給他這雙眼一瞪，一張鐵青的臉更加青了，冷冷的道：「尊駕是誰？」

那人竟不理他，對郭襄道：「姑娘，你叫甚麼名字？」郭襄道：「我姓郭，單名一個襄字。」那人鼓掌道：「啊，當真有眼不識泰山，原來便是四海聞名的郭大姑娘。令尊郭靖郭大俠，令堂黃蓉黃女俠，除了無知無識之徒、不明好歹之輩，江湖上誰人不知，那個不曉？他二人文武雙全，刀槍劍戟，拳掌氣功，琴棋書畫，詩詞歌賦，無一不是凌駕古今，冠絕當時。哈哈，偏有一干妄人，竟爾不知他二位響噹噹的名頭。」

郭襄心中一樂：「原來你躲在石亭頂上，早聽到了我和這三人的對答。看來你也不知我爹娘是何等樣人。我行二，卻叫我郭大姑娘，又說我爹爹會得琴棋書畫、詩詞歌賦，真是笑話奇談了。」笑問：「那你叫甚麼名字啊？」

那人道：「我姓何，名字叫作『足道』。」郭襄笑道：「何足道！何足道哉？這名字倒謙遜得很。」何足道說道：「比之天甚麼、地甚麼的大言不慚、妄自尊大的小子，區區的名字還算不易令人作嘔。」

何足道一直對衛天望等三人不絕口的冷嘲熱諷。那三人見他壓破亭頂而下，顯非尋常，初時尚且忍耐，要瞧瞧這個白衣怪客到底是甚麼來歷。但聽他言語越來越刻薄，衛天望再也按捺不住，反手一掌，便往他左頰打去。

何足道頭一低，從他手臂底下鑽過。衛天望只覺左腕上微微一麻，手中持著的短劍已給他挾手奪去。衛天望搶奪郭襄的短劍之時，身法奇快，令人無法看清，但何足道這一下卻是飄然而過，輕描淡寫的便將短劍隨手取了過來，身法手勢，均無甚麼特異之處。

衛天望一驚，搶步而上，出指如鉤，往他肩頭抓落。何足道斜身略避，這一抓從他身側擦過。潘天耕和方天勞突然間倒躍出亭。衛天望左拳右掌，風聲呼呼，霎時之間打出了七八招。何足道左閃右避，竟連衣角也沒給帶到半點。他手中捧著短劍。對敵人猶如暴風驟雨般的拳招始終不招不架，只微微一側身，衛天望的拳招便即落空。

郭襄限於年歲，武功雖不甚精，但她親友中不少是當世第一流的武學高手，見識是極高的，見何足道舉重若輕，以極巧妙身法，閃避極剛猛敵招，這等武功身法另成一家，和中土各家各派著名的武學均自不同，不由得越看越奇。

衛天望連發二十餘招，兀自不能逼得對方出手，猛地一聲低嘷，拳法忽變，出招遲緩，但拳力卻凝重強勁。郭襄站在亭中，漸覺拳風壓體，於是一步步的退到亭外。

這時何足道也不敢再只閃避而不還招，將短劍插入腰帶，雙足穩穩站定，喝道：「你會硬功，難道我便不會麼？」待衛天望雙掌推到，左手反擊一掌，以硬功對硬功，砰的一聲，衛天望身子一晃，倒退了兩步。何足道卻站在原地不動。

衛天望自恃外門硬功當世少有敵手，豈知對方硬碰硬的反擊，毫不借勢取巧，竟以硬功將自己震退。他心中不服，吸一口氣，大喝一聲，又是雙掌劈出。何足道也是一聲猛喝，反擊一掌，喀喇喇響聲過去，只震得亭子頂上的破洞中泥沙亂落。

衛天望退了四步，方始拿樁站住。他對了這兩掌後，頭髮蓬亂，雙睛凸出，模樣甚是可怖，雙手抱著丹田，呼呼呼的運了幾口氣，胸口凹陷，肚脹如鼓，全身骨節格格亂響，一步步的向何足道緩緩走來。

何足道見了他這等聲勢，便也不敢怠慢，調勻真氣，以待敵勢。

衛天望走到離敵人身前四五尺之處，本該發招，可是仍不停步，又向前走了兩步，直到兩人面對而立，幾乎呼吸相接，這才雙掌驟起，一掌擊向敵人面門，另一掌卻按向對方小腹。這一次他雙掌錯擊，要令對手力分而散。招勢掌力，俱是凌厲已極。

何足道也是雙掌齊出，交叉著左掌和他左掌相接，右掌和他右掌相接，但掌力之中卻分出了一剛一柔。衛天望只覺擊向對方小腹的一掌有如打在空處，擊他面門的右掌卻似碰到了銅牆鐵壁，甫覺不妙，猛地裏一股巨力撞來，已將他身子直送出石亭之外。

這一下仍是硬碰硬的以力對力，力弱者傷，中間實無絲毫迴旋餘地，不論衛天望拿樁站定，或是一交摔倒，他自己的掌力反擊回來，再加上何足道的掌力，定須迫得他口噴鮮血。潘天耕和方天勞齊聲叫道：「出手！」兩人同時躍起，分別抓住衛天望的手臂向上急提，這才消去了何足道剛猛的掌力。衛天望雖未受傷，但五臟翻動，全身骨骼如欲碎裂，一口氣緩不過來，登時委頓不堪。那紅臉矮子方天勞見師弟吃了這般大的苦頭，暗自驚怒，臉上仍是笑嘻嘻的說道：「閣下掌力之強，真乃世所少見，佩服佩服。」

郭襄心想：「說到掌力的剛猛渾厚，又有誰能及得爹爹的降龍十八掌？你們這崑崙三聖僻處荒山，井底觀天，夜郎自大，總有一日叫你們見識見識中土人物。」她言念及此，心中驀地一酸，原來這時她想到要方天勞等見識的中土人物，竟不是她父親，而是楊過。

只聽方天勞又道：「小老兒不才，再來領教領教閣下的劍法。」何足道道：「方兄對郭姑娘很是客氣，在下可沒怪你，咱們不用比了。」

郭襄一怔：「你給那姓衛的吃這番苦頭，原來為了他對我不客氣？」

方天勞走到坐騎之旁，從布囊中取出一柄長劍，刷的一響，拔劍出鞘，伸指在劍身上一彈，嗡嗡之聲，良久不絕。他一劍在手，笑容忽斂，左手揑個劍訣，平推而出，訣指上仰，右手劍朝天不動，正是一招「仙人指路」。

何足道道：「方兄既然定要動手，我就拿郭姑娘這短劍跟你試幾招。」說著抽出半截短劍。那短劍本不過二尺來長，給衛天望以指截斷後，劍刃只餘下七八寸，而且平頭無鋒，連匕首也不像。他左手仍然握著劍鞘，右手舉起半截斷劍，斗然搶攻。

這一下出招快極，方天勞眼前白影一閃，何足道已連攻三招，雖因斷劍太短，傷不著他，但方天勞已自暗暗心驚，心想：「這三招來得好快，當真難以擋架，那是甚麼劍法？他手中拿的若是長劍，只怕此刻我已血濺當場。」

何足道三招過後，向旁竄開，凝立不動。方天勞展開劍法，半守半攻，猱身搶上。何足道閃身相避，只不還手，突然間快攻三招，逼得方天勞手忙足亂，他卻又已縱身躍開。方天勞一柄劍使將開來，白光閃閃，出手甚是迅捷。

郭襄心道：「這老兒招數剛猛狠辣，和那姓衛的掌法是同一條路子，只是帶了三分靈動之氣，卻更加厲害些……」正想到此處，忽聽得何足道喝道：「小心了！」一個「了」字剛脫口，左手劍鞘一舉，快逾電光石火，撲的一聲輕響，已用劍鞘套住了方天勞長劍的劍頭，右手斷劍跟著遞出，直指他的咽喉。

方天勞長劍不得自由，無法迴劍招架，眼睜睜的瞧著斷劍抵向自己咽喉，只得撇下長劍，就地一滾，才閃開了這一招。他尚未躍起，人影一閃，潘天耕已縱身過來，抓住長劍劍柄，一抖一抽，脫出劍鞘。何足道與郭襄同時喝了聲采：「好身法！」這臉有病容的老頭始終不發一言，武功竟是三人之首。

何足道道：「閣下好功夫，在下甚是佩服。」回頭向郭襄道：「郭姑娘，自從日前得聆姑娘雅奏，我作了一套曲子，想請你品評品評。」郭襄道：「甚麼曲子啊？」何足道盤膝坐下，將瑤琴放在膝上，理絃調韻，便要彈琴。

潘天耕道：「閣下連敗我兩個師弟，姓潘的還欲請教。」

何足道搖手道：「武功比試過了，沒甚麼餘味。我要彈琴給郭姑娘聽。這是一首新曲。你們三位愛聽，便請坐著，若是不懂，尚請自便。」左手按節撚弦，右手彈了起來。

郭襄只聽了幾節，不由得又驚又喜。原來這琴曲一部分是自己奏過的「考槃」，另一部分卻是秦風中的「蒹葭」之詩，兩曲截然不同的調子，給他別出心裁的混和在一起，一應一答，說不出的奇妙動聽，但聽琴韻中奏著：「考槃在澗，碩人之寬。蒹葭蒼蒼，白露為霜，所謂伊人，在天一方……碩人之寬，碩人之寬……溯迴從之，道阻且長，溯遊從之，宛在水中央……獨寐寤言，永矢勿諼，永矢勿諼……」郭襄心中驀地一動：「他琴中說的『伊人』，難道是我麼？這琴韻何以如此纏綿，充滿了思慕之情？」想到此處，不由得臉上微微一紅。只是這琴曲實在編得巧妙，「考槃」和「蒹葭」兩首曲子的原韻絲毫不失，相互參差應答，卻大大的豐瞻華美起來。她一生之中，從未聽到過這樣的樂曲。

潘天耕等三人卻半點不懂。他們不知何足道為人疏狂，頗有書獃子的癡氣，既編了一首新曲，便巴巴的趕來要郭襄欣賞，何況這曲子也確是為她而編，登時將別事盡皆拋在腦後。但見他凝神彈琴，竟沒將自己三人放在眼裏，顯是對自己輕視已極，是可忍孰不可忍？潘天耕長劍一指，點向何足道左肩，喝道：「快站起來，我跟你比劃比劃。」

何足道全心沉浸在琴聲之中，似乎見到一個狷介的狂生在山澤之中漫遊，遠遠望見水中小島上站著一個溫柔的少女，於是不理會山隔水阻，一股勁兒的過去見她……

忽然間左肩上一痛，他登時驚覺，抬起頭來，只見潘天耕手中長劍指著他肩頭，輕輕刺破了一點兒皮膚，如再不招架，只怕他便要挺劍傷人，但琴曲尚未彈完，俗人在旁相擾，實在大煞風景，當下抽出半截斷劍，噹的一聲，將潘天耕長劍架開，右手卻仍是撫琴不停。

這當兒何足道終於顯出了生平絕技，他右手彈琴，左手使劍，無法再行按絃，於是對著第五根琴絃聚氣一吹，琴絃便低陷下去，竟與用手按捺一般無異，右手彈奏，琴聲高下低昂，無不宛轉如意。

潘天耕急攻數招，何足道順手應架，雙眼只是凝視琴絃，惟恐一口氣吹的部位不合，亂了琴韻。潘天耕愈怒，劍招越攻越急，但不論長劍刺向何方，總是給他輕描淡寫的擋開。

郭襄聽著琴聲，心中樂音流動，對潘天耕的挺劍疾攻也沒在意，只是雙劍相交之聲擾亂了琴聲。她雙手輕擊，打著節拍，皺眉對潘天耕道：「你出劍快慢全然不合，難道半點不懂音韻嗎？喏，你聽這節拍出劍，一拍一劍，夾在琴聲之中就不會難聽。」

潘天耕如何理她？眼見敵人坐在地下，單掌持著半截斷劍，眼光凝視琴絃，自己卻兀自奈何不了他，更是焦躁起來，斗然間劍法一變，一輪快攻，兵刃相交的噹噹之聲登時便如密雨。這繁絃急管一般的聲音，和那溫雅纏綿的琴韻絕不諧和。

何足道雙眉一挑，勁傳斷劍，錚的一響，潘天耕手中的長劍登時斷為兩截，但就在此時，七絃琴上的第五絃也應聲崩斷。

潘天耕臉如死灰，一言不發，轉身出亭。三人跨上馬背，向山上疾馳而去。

郭襄甚是奇怪，說道：「咦，這三人打了敗仗，怎地還上少林寺去？當真是要死纏到底麼？」回過頭來，卻見何足道滿臉沮喪，手撫斷絃，似乎說不出的難受。郭襄心想：「斷了一根琴絃，又算得甚麼？」當下接過瑤琴，解下半截斷絃，放長琴絃，重行繞柱調音。

何足道搖頭嘆息，說道：「枉自多年修為，終究心不能靜。我左手鼓勁斷他兵刃，右手卻將琴絃也彈斷了。」

郭襄這才明白，原來他是懊喪自己武功未純，笑道：「你想左手凌厲攻敵，右手舒緩撫琴，這是分心二用之法，當今之世只有三人能夠。你沒練到這個地步，那也用不著氣沮啊。」何足道問道：「是那三位？」郭襄道：「第一位老頑童周伯通，第二位便是我爹爹，第三位是楊夫人小龍女。除他三人之外，就算我外公桃花島主、我媽媽、神鵰大俠楊過等武功再高之人，也不能夠。」何足道道：「世間居然有此奇人，幾時你給我引見引見。」

郭襄黯然道：「要見我爹爹不難，其餘那兩位哪，可不知到何處去找了。」但見何足道惘然出神，兀自想著適才斷絃之事，安慰他道：「你一舉擊敗崑崙三聖，也足以傲視當世了，何必為了崩斷琴絃的小事鬱鬱不樂？」

何足道瞿然而驚，問道：「崑崙三聖？你說甚麼？你怎知道？」

郭襄笑道：「那三個老兒來自西域，自是崑崙三聖了。他們的武功果然有獨到之處，只是要向少林寺挑戰，卻未免太自不量力……」只見何足道驚訝的神色愈來愈盛，不自禁的住口不言，問道：「有甚麼奇怪？」

何足道喃喃的道：「崑崙三聖，崑崙三聖何足道，那便是我啊。」

郭襄吃了一驚，說道：「你是崑崙三聖？那麼其餘兩個呢？」

何足道道：「崑崙三聖只有一人，從來就沒三個。我在西域闖出了一點小小名頭，當地的朋友說我琴劍棋三絕，可以說得上是琴聖、劍聖、棋聖。因我長年住於崑崙山中，是以給了我一個外號，叫作『崑崙三聖』。但我想這個『聖』字，豈是輕易稱得的？雖然別人給我臉上貼金，也不能自居不疑，因此上我改了自己的名字，叫作『足道』，聯起來說，便是『崑崙三聖何足道』。人家聽了，便不會說我狂妄自大了。」

郭襄拍手笑道：「原來如此。我只道既是崑崙三聖，定然是三個人。那麼剛才這三個老兒呢？」何足道道：「他們麼？他們是少林派的。」

郭襄更是奇怪，道：「原來這三個老頭反而是少林弟子。嗯，他們的武功果然是剛猛一路。不錯，不錯，那紅臉老頭使的可不是達摩劍法？對啦，那黃臉病夫最後一輪急攻，卻不是韋陀伏魔劍？只是他加了許多變化，我一時之間沒瞧出來。怎麼他們又是從西域來？」

何足道說道：「這件事說起來有個緣故。去年春天，我在崑崙山驚神峯絕頂彈琴，忽聽得茅屋外有毆擊之聲，出去一看，只見兩個人扭作一團，已各受致命重傷，卻兀自竭力拚鬥。我喝他們住手，兩人誰也不肯罷休，於是我將他們拆解開來。其中一人白眼一翻，登時死了，另一個卻還沒斷氣。我將他救回屋中，給他服了一粒少陽丹，救治了半天，終於他受傷太重，靈丹無法續命。他臨死之時，說他名叫尹克西……」

郭襄「啊」的一聲，說：「那個跟他毆鬥的莫非是瀟湘子？那人身形瘦長，臉容便似殭屍一般，是麼？」何足道奇道：「是啊，怎地你甚麼都知道？」郭襄道：「我也見過他們的，想不到這對活寶，最後終於互鬥而死。」

何足道道：「那尹克西說，他一生作惡多端，臨死之時，懊悔卻也已遲了。他說他和瀟湘子從少林寺中盜了一部經書出來，兩人互相防範，誰也不放心讓對方先看，深怕對方學強了武功，便下手將自己除去，獨霸這部經書。兩人同桌而食，同床而睡，當真是寸步不離，但吃飯時生怕對方下毒，睡覺時擔心對方暗算，提心吊膽，魂夢不安；又怕少林寺的和尚追索，於是遠遠逃向西域。到得驚神峯上之時，兩人已然筋疲力盡，都知這般下去，終究會生生的累死，終於出手打了起來。尹克西說，那瀟湘子武功本來在他之上，那知雖是瀟湘子先動手打了他一掌，結果反而是他略佔上風。後來他才想起，瀟湘子曾在華山受了重傷，元氣始終不復。否則的話，若不是兩人各有所忌，也挨不到崑崙山上了。」

郭襄聽了這番話，想像那二人一路上心驚肉跳，死挨苦纏的情景，不由得惻然生憫，嘆道：「為了一部經書，也不值得如此啊！」

何足道道：「那尹克西說了這番話，已然上氣不接下氣，他最後求我來少林寺走一遭，要我跟寺中一位覺遠和尚說，說甚麼經書是在油中。我聽得奇怪，甚麼經書在油中？欲待再問詳細，他已支持不住，暈了過去。我準擬待他好好睡上一覺，醒過來再問端詳，那知他這一睡就沒再醒。我想莫非那部經書包在油布之中？但細搜二人身邊，卻是影蹤全無。受人之託，忠人之事，我平生足跡未履中土，正好乘此遊歷一番，於是便到少林寺來啦。」

郭襄道：「那你怎地又到寺中去下戰書，說要跟他們比試武藝。」

何足道微笑道：「這事卻是從適才這三人身上而起了。這三個人是西域少林派的俗家弟子，據西域武林中的人說，他們都是『天』字輩，和少林寺的方丈天鳴禪師是同輩。好像他們的師祖從前和寺中的師兄弟鬧了意見，一怒而遠赴西域，傳下了少林派的西域一支。本來嘛，少林派武功是達摩祖師自天竺傳到中土，再從中土分到西域，也沒甚麼希奇。這三人聽到了我『崑崙三聖』的名頭，要來跟我比劃比劃，一路上揚言說甚麼少林派武功天下無敵，我號稱琴聖、棋聖，那也罷了，這『劍聖』兩字，他們卻萬萬容不得，非逼得我去了這名頭不可。只可『二聖』，『三聖』便不行。正好這時我碰上尹克西，心想反正要上少林寺來，兩番功夫一番做，於是派人跟他們約好了在少林寺相見，便自行來到中原。這三位仁兄腳程也真快，居然前腳接後腳的也趕到了。」

郭襄笑道：「此事原來如此，可全教我猜岔了。三個老兒這時候回到了少林寺，不知說些甚麼？」

何足道道：「我跟少林寺的和尚素不相識，又沒過節，所以跟他們訂約十天，原是要待這三個老兒趕到，這才動手。現下架也打過了，咱們一齊上去，待我去傳了這句話，便下山去罷。」郭襄皺眉道：「和尚們的規矩大得緊，不許女子進寺。」何足道道：「呸！甚麼臭規矩了？咱們偏偏闖進去，還能把人殺了？」

郭襄雖是個好事之人，但既已和無色禪師訂交，對少林寺已無敵意，搖頭笑道：「我在山門外等你，你自進寺去傳言，省了不少麻煩。」

何足道點頭道：「就是這樣，剛才的曲子沒彈完，回頭我好好的再彈一遍給你聽。」

二　武當山頂松柏長

一

覺遠側過鐵桶，將郭襄和張君寶分別兜入桶中。他連轉七八個圈子，一對大鐵桶給他渾厚無比的內力揮將開來，猶如流星鎚一般。達摩堂眾弟子紛紛閃避。

兩人緩步上山，直走到寺門外，竟不見一個人影。

何足道道：「我也不進去啦，請那和尚出來說句話就是了。」朗聲說道：「崑崙山何足道造訪少林寺，有一言奉告。」這句話剛說完，只聽得寺內十餘座巨鐘一齊鳴了起來，噹噹之聲，只震得羣山皆應。

突見寺門大開，分左右走出兩行身穿灰袍的僧人，左邊五十四人，右邊五十四人，共一百零八人，那是羅漢堂弟子，合一百零八名羅漢之數。其後跟出來十八名僧人，灰袍上罩著淡黃袈裟，年歲均較羅漢堂弟子為大，是高一輩的達摩堂弟子。稍隔片刻，出來七個身穿大塊格子僧袍的老僧。七僧皺紋滿面，年紀少的也已七十餘歲，老的已達九十高齡，乃是心禪堂七老。然後天鳴方丈緩步而出，左首達摩堂首座無相禪師，右首羅漢堂首座無色禪師。潘天耕、方天勞、衛天望三人跟隨其後。最後則是七八十名少林派俗家弟子。

那日何足道悄入羅漢堂，在降龍羅漢手中留下簡帖，這份武功已令方丈及無色、無相等大為震驚。數日後潘天耕等自西域趕到，說起約會比武，寺中高僧更增戒心。西域少林一支因途程遙遠，數十年來極少和中州少林互通音問，但寺中眾高僧均知，當年遠赴西域開派的那位師叔祖苦慧禪師武功上實有驚人造詣，他傳下的徒子徒孫自亦不同凡響。聽潘天耕等言語中對崑崙三聖絲毫不敢輕視，料想善者不來，來者不善，寺中便即加緊防範。方丈並傳下法旨，五百里以內的僧俗弟子，一律歸寺聽調。

初時眾僧也道崑崙三聖乃是三人，後來聽潘天耕等說了，方知只是一人，至於容貌年紀，潘天耕等也不甚了然，只知他自負琴劍棋三絕而已。彈琴、弈棋兩道，馳心逸性，大為禪宗所忌，少林寺眾僧向來不理，但寺中所有精於劍術的高手卻無不加緊磨練，要和這個號稱「劍聖」的狂人一較高下。

潘天耕師兄弟自忖此事由自己身上而起，當由自己手裏了結，因此每日騎了駿馬，在山前山後巡視，一心要攔住這個自稱「琴棋劍三聖」的傢伙，打得他未進寺門，先就倒爬著回去，然後再回寺來和眾僧侶較量一下，要令西域少林派壓得中原少林派從此抬不起頭來。那知石亭中一戰，何足道只出半力，已令三人鎩羽而遁。

天鳴禪師一得訊息，心知今日少林寺已面臨榮辱盛衰的大關頭，但估量自己和無色、無相的武功，未必能強於潘天耕等三人多少，這才不得不請出心禪堂七老來押陣。只是心禪七老的武功到底深到了何等地步，誰也不知，是否真能在緊急關頭出手制得住這崑崙三聖，在方丈和無色、無相三人心中，也只是胡亂猜測罷了。

老方丈天鳴禪師見到何足道和郭襄，合什說道：「這一位想是號稱琴劍棋三聖的何居士了。老僧未能遠迎，還乞恕罪。」何足道躬身行禮，說道：「晚生何足道，『三聖』狂名，何足道哉！滋擾寶剎，甚是不安，驚動眾位高僧出寺相迎，更何以克當？」

天鳴心道：「這狂生說話倒也不狂啊。瞧他不過三十歲左右年紀，怎能一舉而敗潘天耕等三人？」說道：「何居士不用客氣，請進奉茶。這位女居士嘛……」言下頗有為難之色。

何足道聽他言中之意顯是要拒郭襄進寺，狂生之態陡然發作，仰天大笑，說道：「老方丈，晚生到寶剎來，本是受人之託，來傳一句言語。這句話一說過，原想拍手便去，但寶剎重男輕女，莫名其妙的清規戒律未免太多，晚生卻頗有點看不過眼。須知佛法無邊，眾生如一，妄分男女，心有滯礙。」

天鳴方丈是有道高僧，禪心明澈，寬博有容，聽了何足道之言，微笑道：「多謝居士指點。我少林寺強分男女，倒顯得小氣了。如此請郭姑娘一併光降奉茶。」

郭襄向何足道一笑，心道：「你這張嘴倒會說話，居然片言折服老和尚。」見天鳴方丈向旁一讓，伸手肅客，正要舉步進寺，忽見天鳴左首一個乾枯精瘦的老僧踏上一步，說道：「單憑何居士一言，便欲我少林寺捨棄千年來的規矩，雖無不可，卻也要瞧說話之人是否當真大有本事，還是只不過浪得虛名。何居士請留上一手，讓眾僧侶開開眼界，也好令合寺心服，知道本寺行之千年的規矩，是由誰而廢。」這人正是達摩院首座無相禪師。他說話聲音宏亮，顯見中氣充沛，內力深厚。

潘天耕等三人聽了，臉上都微微變色。無相這幾句話中，顯然含有瞧不起他三人之意，謂何足道雖然擊敗三人，卻也未必便真有過人的本領。

郭襄見無色禪師臉帶憂容，心想這位老和尚為人很好，又是大哥哥的朋友，倘若何足道和少林僧眾為了我而爭鬥起來，不論那一方輸了，我都要過意不去，於是朗聲說道：「何大哥，我又不是非進少林寺不可。你傳了那句話，這便去罷。」指著無色道：「這位無色禪師是我的好朋友，你們兩家不可傷了和氣。」

何足道一怔，道：「啊，原來如此。」轉向天鳴道：「老方丈，貴寺有一位覺遠禪師，是那一位？在下受人之託，有句話要轉告於他。」

天鳴低聲道：「覺遠禪師？」覺遠在寺中地位低下，數十年來隱身藏經閣，沒沒無聞，從來沒人在他法名之下加上「禪師」兩字，是以天鳴一時竟沒想到。他呆了一呆，才道：「啊，看守楞伽經失職的那人。何居士找他，可是與楞伽經一事有關麼？」何足道搖頭道：「我不知道。」天鳴向一名弟子道：「傳覺遠前來見客。」那弟子領命匆匆而去。

無相禪師又道：「何居士號稱琴劍棋三聖，想這『聖』之一字，豈是常人所敢居？何居士於此三者自有冠絕天人的造詣。日前留書敝寺，說欲顯示武功，今日既已光降，可肯不吝賜教，得讓我輩瞻仰絕技！」

何足道搖頭道：「這位姑娘既已說過，咱兩家便不可傷了和氣。」

無相怒氣勃發，心想你留書於先，事到臨頭，卻來推託，千年以來，有誰敢對少林寺如此無禮？何況潘天耕等三人敗在你手下，江湖上傳言出去，說是少林派的大弟子輸了給你，這「劍聖」兩字，豈不是叫得更加響了？看來一般弟子也不是他的對手，非親自出馬不可，當下踏上兩步，說道：「比武較量，也不是傷了和氣，何居士何必推讓？」回頭向達摩堂的弟子喝道：「取劍！咱們領教領教『劍聖』的劍術，到底『聖』到何等地步？」

寺中諸般兵刃早已備妥，只是列隊迎客之際不便取將出來，以免徒顯小器。那弟子聽到無相吩咐，轉身進寺，取了七八柄長劍出來，雙手橫托，送到何足道身前，說道：「何居士使自攜的寶劍？還是借用敝寺的尋常兵刃？」

何足道不答，俯身拾起一塊尖角石子，突然在寺前的青石板上縱一道、橫一道的畫了起來，頃刻之間，畫成了縱橫各一十九道的一張大棋盤。經緯界線筆直，猶如用界尺界成一般，每一道線都是深入石板半寸有奇。這石板乃以少室山的青石鋪成，堅硬如鐵，數百年人來人往，亦無多少磨耗，他隨手以一塊尖石揮劃，竟然深陷盈寸，這份內功實是世間罕有，只聽他笑道：「比劍嫌霸道，琴音無法比併。大和尚既然高興，咱們便來下一局棋如何？」

他這手劃石為局的驚人絕技一露，天鳴、無色、無相以及心禪堂七老無不面面相覷，心下駭然。天鳴方丈知道此人這般渾雄的內力寺中無一人及得，他心地光風霽月，正要開口認輸，忽聽得鐵鍊拖地之聲，叮噹而來。

只見覺遠挑著一對大鐵桶走到跟前，後面隨著一個長身少年。覺遠左手扶著鐵扁擔，右手單掌向天鳴行禮，說道：「謹奉老方丈呼召。」天鳴道：「這位何居士有話要跟你說。」覺遠回過身來，一看何足道，卻不相識，說道：「小僧覺遠，居士有何吩咐？」何足道畫好棋局，棋興勃發，說道：「這句話慢慢再說不遲。那一位大和尚先跟在下對弈一局？」他倒不是有意炫示功夫，只是生平對琴劍棋三項都是愛到發癡，興之所到，連天塌下來都是置之度外，既想到弈棋，便只求有人對局，早忘了比試武功之事。

天鳴禪師道：「何居士劃石為局，如此神功，老衲生平未見，敝寺僧眾甘拜下風。」覺遠聽了天鳴之言，再看了看青石板上的大棋局，才知此人竟是來寺顯示武功，當下挑著那擔大鐵桶，吸了一口氣，將畢生所練的功力都下沉雙腿，在那棋局的界線上一步步的走了過去。

只見他腳上鐵鍊拖過，石板上便現出一條五寸來寬的印痕，何足道所劃的界線登時抹去。眾僧一見，忍不住大聲喝采。天鳴、無色、無相等更是驚喜交集，那想得到這個癡癡呆呆的老僧竟有這等深厚內功，和他同居一寺數十年，卻沒瞧出半點端倪。天鳴等自知一人內力再強，欲在石板上踏出印痕，也決無可能，只因覺遠挑了一對大鐵桶，桶中裝滿了水，總共何慮四百餘斤之重，這幾百斤巨力從他肩頭傳到腳上的鐵鍊，向前拖曳，便如一把大鑿子在石板上敲鑿一般，這才能鏈去何足道所劃的界線，倘若覺遠空身而行，那便萬萬不能了。但雖有力可借，終究也是罕見的神功。

何足道不待他鏈完縱橫一共三十八道的界線，大聲喝道：「大和尚，你好深厚的內功，在下可不及你！」

覺遠鏈到此時，丹田中真氣雖愈來愈盛，但兩腿終是血肉之物，早已大感酸痛，聽他這麼一喝，當即止步，微笑吟道：「一枰袖手將置之，何暇為渠分黑白？」

何足道道：「不錯！這局棋不用下，我已然輸了。我領教領教你的劍法。」說著刷的一響，從背負的瑤琴底下抽出一柄長劍，劍尖指向自己胸口，劍柄斜斜向外，這一招起手式怪異之極，竟似迴劍自戕一般，天下劍法之中，從未見有如此不通的一招。

覺遠道：「老僧只知唸經打坐，晒書掃地，武功一道可一竅不通。」

何足道卻那裏肯信？嘿嘿冷笑，縱身近前，長劍斗然彎彎彈出，劍尖直刺覺遠胸口，出招之快真乃為任何劍法所不及。原來這一招不是直刺，卻是先聚內力，然後蓄勁彈出。但覺遠的內功實已到了隨心所欲、收發自如的境界。何足道此劍雖快，覺遠的心念卻動得更快，意到手到，身意合一，他右手一收，扁擔上的大鐵桶登時盪了過來，擋在身前，噹的一聲，劍尖刺在鐵桶之上。劍身柔韌，彎成了個弧形。何足道急收長劍，隨手揮出，覺遠左手的鐵桶橫過，又擋開了。

何足道心想：「你武功再高，這對鐵桶總是笨重之極，焉能擋得住我的快攻？倘若你空手對招，我反而有三分忌憚。」伸指在劍身上一彈，劍聲嗡嗡，有若龍吟，叫道：「大和尚，可小心了！」長劍顫處，前後左右，瞬息之間攻出了四四一十六招。

但聽得噹噹噹噹一十六下響過，何足道這一十六手「迅雷劍」竟盡數刺在鐵桶之上。旁觀眾人見覺遠手忙腳亂，左支右絀，顯得狼狽之極，果是不會半分武功，但何足道這一十六下神妙無方的劍招，卻全給覺遠以極笨拙、極可笑的姿式以鐵桶擋開了。

無色、無相等都不禁擔心，齊叫：「何居士劍下留情！」郭襄也道：「休下殺手！」

眾人都瞧出覺遠不會武功，但何足道身在戰局之中，竭盡全力施展，竟爾奈何不了對方半分，那會想到他其實從未學過武功，所以能擋住劍招，全仗他在不知不覺中練成了上乘內功所致。何足道快擊無功，斗然間大喝一聲，寒光閃動，挺劍向覺遠小腹上直刺過去。覺遠叫聲：「啊喲！」百忙中雙手一合，噹的一聲巨響，兩隻鐵桶竟將長劍硬生生的挾住了。何足道使勁迴奪，那裏動得半毫？他應變奇速，右手撤劍，雙手齊推，一股排山倒海的掌力，直撲覺遠面門。

這時覺遠已分不出手去抵擋，眼見情勢十分危急，張君寶師徒情深，縱身撲上，使出楊過昔年所教那招「四通八達」，揮掌斜擊何足道肩頭。便在此時，覺遠的勁力已傳到鐵桶之中，兩道水柱從桶中飛出，也撲向何足道的面門。掌力和水柱一撞，水花四濺，潑得兩人滿身是水，何足道這雙掌之力便就此卸去。

何足道正自全力與覺遠比拚，顧不得再抵擋張君寶這一掌，噗的一下，肩頭中掌。豈知張君寶小小年紀，掌法既奇，內力竟也大為深厚，何足道立足不定，向左斜退三步。

覺遠叫道：「阿彌陀佛，阿彌陀佛，何居士饒了老僧罷！這幾劍直刺得我心驚肉跳。」說著伸袖抹去臉上水珠，急忙避在一邊。

何足道怒道：「少林寺臥虎藏龍之地，果真非同小可，連一個小小少年竟也有這等身手。好小子，咱們來比劃比劃，你只須接得我十招，何足道終身不履中土。」

無色、無相等均知張君寶只是藏經閣中一個打雜小廝，從未練過武功，剛才不知如何陰差陽錯的推了他一掌，若要當真動武，別說十招，只怕一招便會喪生於他掌底。無相昂然道：「何居士此言差矣！你號稱崑崙三聖，武學震古鑠今，如何能和這烹茶掃地的小廝動手？若不嫌棄，便由老僧接你十招。」

何足道搖頭道：「這一掌之辱，豈能便此罷休？小子，看招！」說著呼的一掌，便向張君寶胸口打去。這一拳去勢奇快，他和張君寶站得又近，無色、無相等便欲救援，卻那裏來得及？

眾人剛自暗暗叫苦，卻見張君寶兩足足根不動，足尖左磨，身子隨之右轉，成右引左箭步，輕輕巧巧的便卸開了他這一拳，跟著左掌握拳護腰，右掌切擊而出，正是少林派基本拳法的一招「右穿花手」。這一招氣凝如山，掌勢之出，有若長江大河，委實是名家耆宿的風範，那裏是一個少年人的身手？

何足道自肩上受了他一掌，早知道這少年的內力遠在潘天耕等三人之上，但自忖十招之內定能將他擊敗，見這招「右穿花手」雖是少林拳的入門功夫，但發掌轉身之際，勁力雄渾，身形沉穩，當真無懈可擊，忍不住喝了聲采：「好拳法！」

無相心念一動，向無色微笑道：「恭喜師兄暗中收了個得意弟子！」無色搖頭道：「不是……」但見張君寶「拗步拉弓」、「單鳳朝陽」、「二郎擔衫」，連續三招，法度之嚴，勁力之強，實不下於少林派的一流高手。

天鳴、無色、無相以及心禪七老見張君寶這幾招少林拳打得如此出色，無不相顧駭然。無相道：「他拳法如此法度嚴謹，也還罷了，這等內勁……」

說話之際，何足道已出了第六招，心想：「我連這黃口少年尚且對付不了，竟敢到少林寺來留簡挑戰，豈不教天下英雄笑掉了牙齒？」突然滴溜溜的轉身，一招「天山雪飄」，掌影飛舞，霎時之間將張君寶四面八方都裹住了。

張君寶除了在華山絕頂受過楊過指點四招之外，從未有武師和他講解武功，陡然間見到這般奇幻百端、變化莫測的上乘掌法，那裏能夠拆解？危急之中，身腰左轉成寒鷄勢，雙掌舉過額角，左手虎口與右手虎口遙遙相對，卻是少林拳中的一招「雙圈手」。這一招凝重如山，敵招不解自解。不論何足道從那個一方位進襲，全在他「雙圈手」籠罩之下。

猛聽得達摩堂、羅漢堂眾弟子轟雷也似的喝一聲采，盡對張君寶這一招衷心欽服，讚他竟以少林拳中最平淡無奇的拳招，化解了最繁複奧妙的敵招。

喝采聲中，何足道一聲清嘯，呼的一拳，向張君寶當胸猛擊過去。這一拳竟然也是自巧轉拙，卻是勁力非凡。張君寶應以一招「偏花七星」，雙切掌推出。拳掌相交，只聽得砰的一聲，何足道身子一晃，張君寶向後退了三步。何足道「哼」的一聲，拳法不變，卻搶上了兩步，發拳猛硬擊狠打。張君寶仍應以一招「偏花七星」，雙切掌向前平推。砰的一聲大響，張君寶這次退出五步。何足道身子向前一撞，臉上變色，喝道：「只賸下一招了，你全力接著。」踏上三步，坐穩馬步，一拳緩緩擊出。

這時少林寺前數百人聲息全無，人人皆知這一拳是何足道一生英名之所繫，自是竭盡了全力。

張君寶第三次再使「偏花七星」，這番拳掌相交，竟然無聲無息，兩人微一凝持，各催動內力相抗。說到武功家數，何足道比之張君寶何止勝過百倍？但一經比併內力，張君寶曾自「九陽真經」學得心法，內力綿綿密密，渾厚充溢。頃刻之間，何足道便知並無勝他把握，當即縱身躍起，讓張君寶的拳力盡皆落空，反掌在他背上輕輕一推。張君寶仆跌在地，一時站不起來。

何足道右手一揮，苦笑道：「何足道啊何足道，當真是狂得可以。」向天鳴禪師一揖到地，說道：「少林寺武功揚名千載，果然非同小可，今日令狂生大開眼界，方知盛名之下，實無虛士。佩服，佩服！」說著轉過身來，足尖一點，已飄身在數丈之外。

他停了腳步，回頭對覺遠道：「覺遠大師，那人叫我轉告一句話，說道：『經書是在油中』。」話聲甫歇，他足尖連點數下，遠遠的去了，身法之快，實所罕見。

張君寶慢慢爬起，額頭臉上盡是泥塵。他雖被何足道打倒，但眾高手皆知何足道只是取巧，飄然遠去，話中之意已說明不敵少林寺的神功。

心禪七老中一個精瘦骨立的老僧突然說道：「這個弟子的武功是誰所授？」他說話聲音

極是尖銳，有若寒夜梟鳴，各人聽在耳裏，都是不自禁的打個寒噤。天鳴、無色、無相等心中均早存有這個疑問，一齊望著覺遠和張君寶。覺遠師徒卻呆呆站著，一時說不出話來。天鳴道：「覺遠內功雖精，未學拳法。那少年的少林拳，卻是何人所授？」

達摩堂和羅漢堂眾弟子均想，萬料不到今日本寺遭逢危難，竟是由這個小廝出頭趕走強敵，老方丈定有大大的賞賜，而授他內功拳法的師父，也自必盛蒙榮寵。

那老僧見張君寶呆立不動，斗然間雙眉豎起，滿臉殺氣，厲聲道：「我在問你，你的羅漢拳是誰教的？」

張君寶從懷中取出郭襄所贈的那對鐵羅漢，說道：「弟子照著這兩個鐵羅漢所使的套子，自己學上幾手，實在是無人傳授弟子武功。」

那老僧踏上一步，聲音放低，說道：「你再明明白白的說一遍：你的羅漢拳並非本寺那一位師父所授，乃是自己學的。」他語音雖低，話中威嚇之意卻又大增。

張君寶心中坦然，自忖並未做過甚麼壞事，雖見那老僧神態咄咄逼人，卻也不懼，朗聲道：「弟子只在藏經閣中掃地烹茶，服侍覺遠師父，本寺並沒那一位師父教過弟子武功。這羅漢拳是弟子自己學的，想是使得不對，還請老師父指點。」

那老僧目光中如欲噴出火來，狠狠盯著張君寶，良久良久，一動也不動。

覺遠知道這位心禪堂的老僧輩份甚高，乃是方丈天鳴禪師的師叔，見他對張君寶如此聲色俱厲，大為不解，但見他眼色之中充滿了怨毒，腦海中忽地一閃，疾似電光石火般，想起了不知那一年在藏經閣上偶然看到過一本小書。

那是薄薄的一冊手抄本，書中記載著本寺的一樁門戶大事：

距此七十餘年之前，少林寺的方丈是苦乘禪師，乃是天鳴禪師的師祖。這一年中秋，寺中例行一年一度的達摩堂大校，由方丈及達摩堂、羅漢堂兩位首座考較合寺弟子武功，查察在過去一年中有何進境。眾弟子獻技已罷，達摩堂首座苦智禪師升座品評。

突然間一個帶髮頭陀越眾而出，大聲說道，苦智禪師的話狗屁不通，根本不知武功為何物，竟然妄居達摩堂首席之位，甚是可恥。眾僧大驚之下，看這人時，卻是香積廚中灶下燒火的一個火工頭陀。達摩堂諸弟子自是不等師父開言，早已齊聲呵叱。

那火工頭陀喝道：「師父狗屁不通，弟子們更加不通狗屁。」說著湧身往堂中一站。眾弟子一一上前跟他動手，都被他三拳兩腳便擊敗了。本來達摩堂中過招，同門較藝，自是點到即止，人人手下留情。這火工頭陀卻出手極是狠辣，他連敗達摩堂九大弟子，九個僧人不是斷臂便是折腿，無不身受重傷。

首座苦智禪師又驚又怒，見這火工頭陀所學全是少林派本門拳招，並非別家門派的高手混進寺來搗亂，當下強忍怒氣，問他的武功是何人所傳。

那火工頭陀說道：「無人傳過我武功，是我自己學的。」

原來這頭陀在灶下燒火。監管香積廚的僧人性子極是暴躁，動不動提拳便打，他身有武功，出手自重。那火工頭陀三年間給打得接連吐血三次，積怨之下，暗中便去偷學武功。少林寺弟子人人會武，要偷學拳招，機緣良多。他既苦心孤詣，又有過人之智，二十餘年間竟練成了極上乘的武功。但他深藏不露，仍是不聲不響的在灶下燒火，那監廚僧人拔拳相毆，他也總不還手，只是內功已精，再也不會受傷了。這火工頭陀生性陰鷙，直到自忖武功已勝過合寺僧眾，這才在中秋大校之日出來顯露身手。數十年來的鬱積，使他恨上了全寺的僧侶，一出手竟然毫不容情。

苦智禪師問明原委，冷笑三聲，說道：「你這份苦心，委實可敬！」當下離座而起，伸手和他較量。苦智禪師是少林寺高手，但一來年事已高，那火工頭陀正當壯年，二來苦智手下容情，火工頭陀使的卻是招招殺手，因此竟鬥到五百合外，苦智方穩操勝券。兩人拆到一招「大纏絲」時，四條手臂扭在一起，苦智雙手卻俱已按上對方胸口死穴，內力一發，火工頭陀立時斃命，已然無拆解餘地。苦智愛惜他潛心自習，居然有此造詣，不忍就此傷了他性命，雙掌一分，喝道：「退開罷！」

豈知那火工頭陀會錯了意，只道對方使的是「神掌八打」中的一招。這「神掌八打」是少林武功中絕學之一，他曾見達摩堂的大弟子使過，雙掌劈出，打斷一條木樁，勁力非同小可。火工頭陀武功雖強，畢竟全是偷學，未得名師指點，少林武功博大精深，他只是暗中窺看，時日雖久，又豈能學得全了？苦智這一招其實是「分解掌」，借力卸力，雙方一齊退開，乃是停手罷鬥之意。火工頭陀卻錯看成「神掌八打」中的第六掌「裂心掌」，心想：「你要取我性命，卻沒如此容易。」飛身撲上，雙拳齊擊。

這雙拳之力如排山倒海般湧了過來，苦智禪師一驚之下，急忙回掌相抵，其勢卻已不及，但聽得喀喇喇數聲，左臂臂骨和胸前四根肋骨登時斷裂。

旁觀眾僧驚惶變色，一齊搶上救護，只見苦智氣若游絲，一句話也說不出來，原來內臟已被震得重傷。再看火工頭陀時，早已在混亂中逃得不知去向。當晚苦智便即傷重逝世。合寺悲戚之際，那火工頭陀又偷進寺來，將監管香積廚和平素和他有隙的五名僧人一一使重手打死。合寺大震之下，派出幾十名高手四下追索，但尋遍了江南江北，絲毫不得蹤跡。

寺中高輩僧侶更為此事大起爭執，互責互咎。羅漢堂首座苦慧禪師一怒而遠走西域，開創了西域少林一派。潘天耕、方天勞、衛天望等三人，便是苦慧禪師的再傳弟子。

經此一役，少林寺的武學竟爾中衰數十年。自此定下寺規，凡是不得師授而自行偷學武功，發現後重則處死，輕則挑斷全身筋脈，使之成為廢人。數十年來，因寺中防範嚴密，再也無人偷學武功，這條寺規眾僧也漸漸淡忘了。

這心禪堂的老僧正是當年苦智座下的小弟子，恩師慘死的情景，數十年來深印心頭，此時見張君寶又是不得師傳而偷學武功，觸動前事，自是悲憤交集。

覺遠在藏經閣中管書，無書不讀，猛地裏記起這樁舊事，霎時間滿背全是冷汗，叫道：「老方丈，這……這須怪不得君寶……」

一言未畢，只聽得達摩堂首座無相禪師喝道：「達摩堂眾弟子一齊上前，把這小廝拿下了。」達摩堂十八弟子登時搶出，將覺遠和張君寶四面八方團團圍住。十八弟子佔的方位甚大，連郭襄也圍在中間。

那心禪堂的老僧厲聲高喝：「羅漢堂眾弟子，何以不併力上前？」羅漢堂一百零八名弟子暴雷也似的應了聲：「是！」又在達摩堂十八弟子之外圍了三個圈子。

張君寶手足無措，還道自己出手打走何足道，乃是犯了寺規，說道：「師父，我……我……」

覺遠十年來和這徒兒相依為命，情若父子，情知張君寶只要一被擒住，就算僥倖不死，也必成了廢人。但聽得無相禪師喝道：「還不動手，更待何時？」達摩堂十八弟子齊宣佛號，踏步而上。覺遠不暇思索，驀地裏轉了個圈子，兩隻大鐵桶舞了開來，一股勁風逼得眾僧不能上前，跟著揮桶一抖，鐵桶中清水都潑了出來，側過雙桶，左邊鐵桶兜起郭襄，右邊鐵桶兜起張君寶。他連轉七八個圈子，那對大鐵桶給他渾厚無比的內力使將開來，猶如流星鎚一般，這股千斤之力，天下誰能擋得？達摩堂眾弟子紛紛閃避。

覺遠健步如飛，挑著張君寶和郭襄踏步下山而去。眾僧人吶喊追趕，只聽得鐵鍊拖地之聲漸去漸遠，追出七八里後，鐵鍊聲半點也聽不到了。

少林寺的寺規極嚴，達摩堂首座既然下令擒拿張君寶，眾僧人雖見追趕不上，還是鼓勇疾追。時候一長，各僧腳力便分出了高下，輕功稍遜的漸漸落後。追到天黑，領頭的只賸下五名大弟子，眼前又出現了幾條岔路，也不知覺遠逃到了何方，此時便是追及，單是五僧，也決非覺遠和張君寶之敵，只得垂頭喪氣的回寺覆命。

覺遠一擔挑了兩人，直奔出數十里外，方才止步，只見所到處是一座深山之中。暮靄四合，歸鴉陣陣，覺遠內力雖強，這一陣捨命急馳，卻也已筋疲力竭，一時之間，再也無力將鐵桶卸下肩來。

張君寶與郭襄從桶中躍出，各人托起一隻鐵桶，從他肩頭放下。張君寶道：「師父，你歇一歇，我去尋些吃的。」但眼見四下裏長草齊膝，在這荒野山地，那裏有甚吃的，張君寶去了半日，只採得一大把草莓來。三人胡亂吃了，倚石休息。

郭襄道：「大和尚，我瞧少林寺那些僧人，除了你和無色禪師，都有點兒古裏古怪。」覺遠「嗯」了一聲，並不答話。郭襄道：「那個崑崙三聖何足道來到少林寺，寺中無人能敵，全仗你師徒二人將他打退，才保全了少林寺的令譽。他們不來謝你，反而惡狠狠的要捉拿張兄弟，這般不分是非黑白，當真好沒來由。」

覺遠嘆了口氣，道：「這事須也怪不得老方丈和無相師兄，少林寺有一條寺規……」說到這裏，一口氣提不上來，咳嗽不止。郭襄輕輕替他捶背，說道：「你累啦，且睡一忽兒，明兒慢慢再說不遲。」覺遠嘆了口氣，道：「不錯，我也真的累啦。」

張君寶拾些枯柴，生了個火，烤乾郭襄和自己身上的衣服。三人便在大樹之下睡了。

郭襄睡到半夜，忽聽得覺遠喃喃自語，似在唸經，當即從矇矓中醒來，只聽他唸道：「……彼之力方礙我之皮毛，我之意已入彼骨裏。兩手支撐，一氣貫穿。左重則左虛，而右已去，右重則右虛，而左已去……」郭襄心中一凜：「他唸的並不是甚麼『空即是色、色即是空』的佛經啊。甚麼左重左虛、右重右虛，倒似是武學拳經。」

只聽他頓了一頓，又唸道：「……氣如車輪，周身俱要相隨，有不相隨處，身便散亂，其病於腰腿求之……」郭襄聽到「其病於腰腿求之」這句話，心下更無疑惑，知他唸的自是武學要旨，暗想：「這位大和尚全然不會武功，只是讀書成癡，凡是書中所載，無不視為天經地義。昔年在華山絕頂初次和他相逢，曾聽他言道，達摩老祖在親筆所抄的楞伽經行縫之間又寫著一部九陽真經，他只道這是強身體健之術，便依照經中所示修習。他師徒倆不經旁人傳授，不知不覺間竟達到了天下一流高手的境界。那日瀟湘子打他一掌，他挺受一招，反而使瀟湘子身受重傷，如此神功，便是爹爹和大哥哥也未必能夠。今日他師徒倆令何足道悄然敗退，自又是這部九陽真經之功。他口中喃喃唸誦的，莫非便是此經？」

她想到此處，生怕岔亂了覺遠的神思，悄悄坐起，傾聽經文，暗自記憶，自忖：「倘若他念的真是九陽真經，奧妙精微，自非片刻之間能解。我且記著，明兒再請他指教不遲。」只聽他唸道：「……先以心使身，從人不從己，後身能從心，由己仍從人。由己則滯，從人則活。能從人，手上便有分寸，秤彼勁之大小，分釐不錯；權彼來之長短，毫髮無差。前進後退，處處恰合，工彌久而技彌精……」

郭襄聽到這裏，不自禁的搖頭，心中說道：「不對不對。爹爹和媽媽常說，臨敵之際，須當制人而不可受制於人。這大和尚可說錯了。」只聽覺遠又唸道：「彼不動，己不動，彼微動，己已動。勁似寬而非鬆，將展未展，勁斷意不斷……」

郭襄越聽越感迷惘，她自幼學的武功全是講究先發制人、後發制於人，處處搶快，著著爭先。覺遠這時所說的拳經功訣，卻說甚麼「由己則滯，從人則活」，實與她平素所學大相逕庭，心想：「臨敵動手之時，雙方性命相搏，倘若我竟捨己從人，敵人要我東便東、要我西便西，那不是聽由挨打麼？」

便這麼一遲疑，覺遠說的話便溜了過去，竟是聽而不聞，月光之下，忽見張君寶盤膝而坐，也在疑神傾聽，郭襄心道：「不管他說的對與不對，我只管記著便了。這大和尚震傷瀟湘子、氣走何足道，乃是我親眼目睹。他所說的武功法門，總是大有道理的。」於是又用心暗記。

覺遠隨口背誦，斷斷續續，有時卻又夾著幾段楞伽經的經文，說到佛祖在楞伽島上登山說法的事。原來那九陽真經夾書在楞伽經的字旁行間，覺遠讀書又有點泥古不化，隨口背誦之際，竟連楞伽經也背了出來。那楞伽經本是天竺文字，覺遠背的卻是譯文，更加纏夾不清。郭襄聽著，愈是摸不著頭腦，幸好她生來聰穎，覺遠所唸經文雖然顛三倒四，卻也能記得了二三成。

冰輪西斜，人影漸長，覺遠唸經的聲音漸漸低沉，口齒也有些模糊不清。郭襄勸道：「大和尚，你累了一整天，再睡一忽兒。」

覺遠卻似沒聽到她的話，繼續唸道：「……力從人借，氣由脊發。胡能氣由脊發？氣向下沉，由兩肩收入脊骨，注於腰間，此氣之由上而下也，謂之合。由腰展於脊骨，布於兩膊，施於手指，此氣之由下而上也，謂之開。合便是收，開便是放。能懂得開合，便知陰陽……」他越唸聲音越低，終於寂然無聲，似已沉沉睡去。

郭襄和張君寶不敢驚動，只是默記他唸過的經文。

斗轉星移，月落西山，驀地裏烏雲四合，漆黑一片。又過一頓飯時分，東方漸明，只見覺遠閉目垂眉，靜坐不動，臉上微露笑容。

張君寶一回頭，突見大樹後人影一閃，依稀見到黃色袈裟的一角。他吃了一驚，喝道：

「是誰？」只見一個身材瘦長的老僧從樹後轉了出來，正是羅漢堂首座無色禪師。

郭襄又驚又喜，說道：「大和尚，你怎地苦苦不捨，還是追了來？難道非擒他們師徒歸寺不可麼？」無色道：「善哉，善哉！老僧尚分是非，豈是拘泥陳年舊規之人？老僧到此已有半夜，若要動手，也不等到此時了。覺遠師弟，無相師弟率領達摩堂弟子正向東追尋，你們快快往西去罷！」卻見覺遠垂首閉目，兀自不醒。

張君寶上前說道：「師父醒來，羅漢堂首座跟你說話。」覺遠仍是不動。張君寶驚慌起來，伸手摸他額頭，觸手冰冷，原來早已圓寂多時了。張君寶大悲，伏地叫道：「師父，師父！」卻那裏叫他得醒？

無色禪師合什行禮，說偈道：「諸方無雲翳，四面皆清明，微風吹香氣，眾山靜無聲。今日大歡喜，捨卻危脆身。無嗔亦無憂，寧不當欣慶？」說罷，飄然而去。

張君寶大哭一場，郭襄也流了不少眼淚。少林寺僧眾圓寂，盡皆火化，當下兩人撿些枯柴，將覺遠的法身焚化了。

郭襄道：「張兄弟，少林寺僧眾尚自放你不過，你諸多小心在意。咱們便此別過，後會有期。」張君寶垂淚道：「郭姑娘，你到那裏去？我又到那裏去？」

郭襄聽他問自己到那裏去，心中一酸，說道：「我天涯海角，行蹤無定，自己也不知道到那裏去。張兄弟，你年紀小，又全無江湖上的閱歷。少林寺的僧眾正在四處追捕於你，這樣罷。」從腕上褪下一隻金絲鐲兒，遞了給他，道：「你拿這鐲兒到襄陽去見我爹爹媽媽，他們必能善待於你。只要在我爹媽跟前，少林寺的僧眾再狠，也不能來難為你。」

張君寶含淚接了鐲兒。郭襄又道：「你跟我爹爹媽媽說，我身子很好，請他們不用記掛。我爹爹最喜歡少年英雄，見你這等人才，說不定會收了你做徒兒。我弟弟忠厚老實，一定跟你很說得來。只是我姊姊脾氣大些，一個不對，說話便不給人留臉面，但你只須順著她些兒，也就是了。」說著轉身而去。

張君寶但覺天地茫茫，竟無安身之處，在師父的火葬堆前呆立了半日，這才舉步。走出十餘丈，忽又回身，挑起師父所留的那對大鐵桶，搖搖晃晃的緩步而行。荒山野嶺之間，一個瘦骨稜稜的少年黯然西去，悽悽惶惶，說不盡的孤單寂寞。

行了半月，已到湖北境內，離襄陽已不在遠。少林寺僧卻始終沒追上他。原來無色禪師暗中眷顧，故意將僧眾引向東方，以致反其道而行，和他越離越遠。

這日午後，來到一座大山之前，但見鬱鬱蒼蒼，林木茂密，山勢甚是雄偉。一問過路的鄉人，得知此山名叫武當山。

他在山腳下倚石休息，忽見一男一女兩個鄉民從身旁山道上經過，兩人並肩而行，神態甚是親密，顯是一對少年夫妻。那婦人嘮嘮叨叨，不住的責備丈夫。那男子卻低下了頭，只不作聲。

但聽那婦人說道：「你一個男子漢大丈夫，不能自立門戶，卻去依傍姊姊和姊夫，沒來由的自己討這場羞辱。咱倆又不是少了手腳，自己幹活兒自己吃飯，青菜蘿蔔，粗茶淡飯，何等逍遙自在？偏是你全身沒根硬骨頭，當真枉為生於世間了。」那男子「嗯、嗯」數聲。

那婦人又道：「常言道得好：除死無大事。難道非依靠別人不可？」那男子給妻子這一頓數說，不敢回一句嘴，一張臉脹得豬肝也似的成了紫醬之色。

那婦人這番話，句句都打進了張君寶心裏：「你一個男子漢大丈夫，不能自立門戶……沒來由的自己討這場羞辱……常言道得好，除死無大事，難道非依靠別人不可？」他望著這對鄉下夫妻的背影，呆呆出神，心中翻來覆去，儘是想著那農婦這幾句當頭棒喝般的言語。只見那漢子挺了挺腰板，不知說了幾句甚麼話，夫妻倆大聲笑了起來，似乎那男子已決意自立，因此夫妻倆同感歡悅。

張君寶又想：「郭姑娘說道，她姊姊脾氣不好，說話不留情面，要我順著她些兒。我好好一個男子漢，又何必向人低聲下氣，委曲求全？這對鄉下夫婦尚能發奮圖強，我張君寶何必寄人籬下，瞧人眼色？」

言念及此，心意已決，當下挑了鐵桶，便上武當山去，找了一個巖穴，渴飲山泉，飢餐野果，孜孜不歇的修習覺遠所授的九陽真經。

數年之後，便即悟到：「達摩祖師是天竺人，就算會寫我中華文字，也必文理粗疏。這部九陽真經文字佳妙，外國人決計寫不出，定是後世中土人士所作。多半便是少林寺中的僧侶，假託達摩祖師之名，寫在天竺文字的楞伽經夾縫之中。」這番道理，卻非拘泥不化、盡信經書中文字的覺遠所能領悟。只不過並無任何佐證，張君寶其時年歲尚輕，也不敢斷定自己的推測必對。

他得覺遠傳授甚久，於這部九陽真經已記了十之五六，十餘年間竟然內力大進，其後多讀道藏，於道家鍊氣之術更深有心得。某一日在山間閒遊，仰望浮雲，俯視流水，張君寶若有所悟，在洞中苦思七日七夜，猛地裏豁然貫通，領會了武功中以柔克剛的至理，忍不住仰天長笑。

這一番大笑，竟笑出了一位承先啟後、繼往開來的大宗師。他以自悟的拳理、道家沖虛圓通之道和九陽真經中所載的內功相發明，創出了輝映後世、照耀千古的武當一派武功。

後來北遊寶鳴，見到三峯挺秀，卓立雲海，於武學又有所悟，乃自號三丰，那便是中國武學史上不世出的奇人張三丰。

三

寶刀百鍊生玄光

眼前突然光亮耀眼，一股熱氣撲面而來，只見廳心是一隻用岩石砌成的大爐子，火燄升騰，爐旁分站三人，分拉三隻大風箱向爐中煽火。爐中橫架著一柄四尺來長、烏沉沉的單刀。

花開花落，花落花開。少年子弟江湖老，紅顏少女的鬢邊終於也見到了白髮。

這一年是元順帝至元二年，宋朝之亡至此已五十餘年。

其時正當暮春三月，江南海隅，一個三十來歲的藍衫壯士，腳穿草鞋，邁開大步，正自沿著大道趕路，眼見天色向晚，一路上雖然桃紅柳綠，春色正濃，他卻也無心賞玩，心中默默計算：「今日三月廿四，到四月初九還有一十四天，須得道上絲毫沒有耽擱，方能及時趕到武當山，祝賀恩師他老人家九十歲大壽。」

這壯士姓俞名岱巖，乃武當派祖師張三丰的第三名弟子。這年年初奉師命前赴福建誅殺一個戕害良民、無惡不作的劇盜。那劇盜聽到風聲，立時潛藏隱匿，俞岱巖費了兩個多月時光，才找到他的秘密巢穴，上門挑戰，使出師傳玄虛刀法，在第十一招上將他殺了。本來預計十日可完的事，卻耗了兩個多月，屈指算來，距師父九十大壽的日子已經頗為逼促，因此上急急自福建趕回，這日已到浙東錢塘江之南。

他邁著大步急行一陣，路徑漸窄，靠右近海一面，常見一片片光滑如鏡的平地，往往七八丈見方，便是水磨的桌面也無此平整滑溜。俞岱巖走遍大江南北，見聞實不在少，但從未見過如此奇異的情狀，一問土人，不由得啞然失笑，原來那便是鹽田。當地鹽民引海水灌入鹽田，晒乾以後，刮下含鹽泥土，化成鹵水，再逐步晒成鹽粒。俞岱巖心道：「我吃了三十年鹽，卻不知一鹽之成，如此辛苦。」

正行之間，忽見西首小路上一行二十餘人挑了擔子，急步而來。俞岱巖一瞥之間，便留上了神，但見這二十餘人一色的青布短衫褲，頭戴斗笠，擔子中裝的顯然都是海鹽。他知當政者暴虐，收取鹽稅極重，因之雖是濱海之區，尋常百姓也吃不起官鹽，只有向私鹽販子購買私鹽。這批人行動剽悍，身形壯實，看來似是一幫鹽梟，奇的是每人肩頭挑的扁擔非竹非木，黑黝黝的全無彈性，便似是一條條鐵扁擔。各人雖都挑著二百來斤的重物，但行路甚是迅速。俞岱巖心想：「這幫鹽梟個個都有武功。聽說江南海沙派販賣私鹽，聲勢極大，派中不乏武學名家，但二十餘個好手聚在一起挑鹽販賣，決無是理。」若在平時，便要去探視究竟，這時念著師父的九十歲大壽，不能因多管閒事而再有躭擱，當下放開腳步趕路。

傍晚時分來到餘姚縣的庵東鎮。由此過錢塘江，便到臨安，再折向西北行，經江西、湖南省才到湖北武當。晚間無船渡江，只得在庵東鎮上找家小客店宿了。

用過晚飯，洗了腳剛要上床，忽聽得店堂中一陣喧譁，一羣人過來投宿。聽那些人說的是浙東鄉音，但中氣充沛，顯然均是會家子，探頭向門外一瞧，便是途中所遇那羣鹽梟。俞岱巖也不在意，盤膝坐在床上，練了三遍行功，便即著枕入睡。

睡到中夜，忽聽得鄰房中喀喀輕響，俞岱巖登時便醒了。只聽得一人低聲道：「大家悄悄走罷，莫驚動了鄰房那客人，多生事端。」餘人輕輕推開房門，走到了院子中。俞岱巖從窗縫中向外張望，只見那羣鹽梟挑著擔子出門，想起那人那句話：「莫驚動了鄰房那個客人，多生事端。」暗想：「這羣私梟鬼鬼祟祟，顯是要去幹甚麼歹事，既教我撞見了，可不能不管。若能阻止他們傷天害理，救得一兩個好人，便是誤了恩師的千秋壽誕，他老人家也必喜歡。」將藏著兵刃暗器的布囊往背上一縛，穿窗而出，躍出牆外。

耳聽得腳步聲往東北方而去，他展開輕身功夫，悄悄追去。當晚烏雲滿天，星月無光，沉沉黑夜之中，隱約見那二十餘名鹽梟挑著擔子，在田塍上飛步而行，心想：「私梟黑夜趕路，事屬尋常。但這干人身手不凡，若要作些非法勾當，別說偷盜富室，就是搶劫倉庫，官兵又那裏阻擋得住，何必偷偷摸摸的販賣私鹽，賺此微利？料來其中必有別情。」

不到半個時辰，那幫私梟已奔出二十餘里，俞岱巖輕功了得，腳下無聲無息，那幫私梟又似有要事在身，貪趕路程，竟不回顧，因此並沒發覺。這時已行到海旁，波濤衝擊巖石，轟轟之聲不絕。

正行之間，忽聽得領頭的一人一聲低哨，眾人都站定了腳步。領頭的人低聲喝問：「是誰？」黑暗中一個嘶啞的聲音說道：「三點水旁的朋友麼？」領頭那人道：「不錯。閣下是誰？」俞岱巖心下嘀咕：「三點水旁的朋友，那是甚麼？」一轉念，登時省悟：「嗯，果然是海沙派，『海沙派』這三字都是水旁的。」那嘶啞的聲音道：「屠龍刀的事，我勸你們別插手啦。」領頭那人道：「尊駕也是為屠龍刀而來？」語音中頗有驚怒之意。那嗓子嘶啞的人一聲冷笑，黑夜中但聽他「嘿嘿嘿」幾聲，卻不答話。

俞岱巖隱身於海旁岩石之後，繞到前面，只見一個身材高瘦的男子攔在路中。黑暗中瞧不清他的面貌，只見他穿著一襲白袍，夜行人而身穿白衣，則顯然於自己武功頗為自負。

只聽海沙派的領頭人道：「這屠龍刀已歸本派，既給宵小盜去，自當索回。」那白袍客又是「嘿嘿嘿」三聲冷笑，仍是大模大樣的攔在路中。那領頭人身後一人厲聲喝道：「快些讓開，惡狗攔路，你不是自己找死……」他話聲未畢，突然「啊」的一聲慘叫，往後便倒。眾人一驚，但見黑暗中白袍晃了幾晃，攔路惡客已然不見。

海沙派眾私梟瞧那跌倒的同伴時，但見他蜷成一團，早已氣絕。各人又驚又怒，有幾人放下擔子向白袍客去路急追，但那人奔行如飛，黑暗之中那裏還尋得到他的蹤影。

俞岱巖心道：「這白袍客出手好快，這一抓似乎是少林派的『大力金剛抓』，但黑暗之中，卻不大瞧得清楚。聽這人的口音腔調，顯是來自西北塞外。江南海沙派結下的仇家可遠得很哪！」他縮身在岩石之中，一動也不敢動，生怕給海沙派的幫眾發見了，沒來由的招惹禍端。只聽那領頭人道：「將老四的屍首放在一旁，回頭再來收拾，將來總查究得出。」眾人答應了，挑上擔子，又向前飛奔。

俞岱巖待他們去遠，走近屍身察看，但見那人喉頭穿了兩個小孔，鮮血兀自不住流出，傷口顯是以手指抓出，他覺此事大是蹊蹺，當下加快腳步，再跟蹤那幫鹽梟。

一行人又奔出數里，那領頭人一聲唿哨，二十餘人四下散開，向東北方一座大屋慢慢逼近。俞岱巖心想：「他們說的甚麼屠龍刀，難道便是在這屋中麼？」只見那大屋的煙囪中一柱濃煙衝天而起，久聚不散。眾鹽梟放下了擔子，各人拿起一隻木杓，在籮筐中抄起甚麼東西，四下撒播。俞岱巖見所撒之物如粉如雪，顯然便是海鹽，心道：「在地下撒鹽幹甚麼？當真古怪，日後說給師兄弟們知道，他們定是不信。」

但見他們撒鹽時出手既輕且慢，似乎生怕將鹽粒濺到身上，俞岱巖登時恍然，知道鹽上含有劇毒，這批人用毒鹽圍屋，當是對屋中人陰謀毒害。暗想：「我固不知雙方誰是誰非，但這批人如此搗鬼，太不光明。無論如何須得通知屋中之人，好教他不致為宵小所害。」一眼見海沙派眾鹽梟尚在屋前撒鹽，於是兜個大圈子繞到屋後，輕輕跳進圍牆。

大屋前後五進，共有三四十間，屋內黑沉沉的沒一處燈火。俞岱巖心想：「濃煙從中間一進屋中冒出，該處想必有人。」抬頭認明濃煙噴出之處，快步走去，只聽得廳中傳出火燄猛烈燃燒的畢剝之聲。他轉過一道照壁，跨步進了正廳，突然光亮耀眼，一股熱氣撲面而來，只見廳心一隻岩石砌成的大爐子，火燄升騰，爐旁分站三人，分拉三隻大風箱，向爐中搧火。爐中橫架著一柄四尺來長、烏沉沉的單刀。

那三人都是六十來歲老者，一色的青布袍子，滿頭滿臉都是灰土，袍子上點點斑斑，到處是火星濺開來燒出的破洞。只見那三人同時鼓風，火燄升起五尺來高，繞著單刀，嗤嗤聲響。俞岱巖站立之處和那爐子相距數丈，已然熱得厲害，爐中之熱，可想而知，但見火燄由紅轉青，由青轉白，那柄單刀卻始終黑黝黝地，竟沒起半點暗紅之色。

便在此時，屋頂上忽有個嘶啞的聲音叫道：「損毀寶刀，傷天害理，快住手！」

俞岱巖一聽，知道途中所遇的那個白袍客到了。那三個鼓風煉刀的老者卻恍若不聞，只是鼓風更急。但聽得屋頂「嘿嘿嘿」三聲冷笑，簷前一聲響，那白袍客已閃身而進。

這時廳中爐火正旺，俞岱巖瞧得清楚，見這白袍客四十左右年紀，臉色慘白，隱隱透出一股青氣，他雙手空空，冷然說道：「長白三禽，你們想得屠龍寶刀，那也罷了，卻何以膽敢用爐火損毀這等寶物？」說著踏步上前。

三名老者中西首一人探身而前，左手倏出，往白袍客臉上抓去。白袍客側首避過，搶上一步。東首那老者見他逼近身來，提起爐子旁的大鐵錘，呼的一聲，向他頭頂猛擊下去。白袍客身子微側，鐵錘擊空，砰的一聲響，火星四濺，原來地下鋪的不是尋常青磚，卻是堅硬異常的花崗石。西首老者自旁夾攻，雙手猶如鷄爪，上下飛舞，攻勢凌厲。

俞岱巖見那白袍客的武功根基無疑是少林一派，但出手陰狠歹毒，與少林派剛猛正大的名門手法殊不相同。鬥了數合，那使鐵錘的老者大聲喝道：「閣下是誰？便要此寶刀，也得留個萬兒。」白袍客冷笑三聲，只不答話。猛地裏一個轉身，兩手抓出，喀喀兩響，西首老者雙腕齊折，東首老者鐵錘脫手。大鐵錘向上疾飛，穿破屋頂，直墮入院子中，響聲猛惡之極。這老者當即俯身提起一柄火鉗，便向爐中去挾那單刀。

站在南首的老者手中扣著暗器，俟機傷敵，只是白袍客轉身迅速，一直沒找著空子，這時眼見東首老者用火鉗去挾寶刀，突然伸手入爐，搶先抓住刀柄，提了出來，一握住刀柄，一股白煙冒起，各人鼻中聞到一陣焦臭，他手掌心登時燒焦。但他兀自不放，提著單刀向後急躍，跟著一個踉蹌，便要跌倒。他左手伸上，托住了刀背，這才站定身子，似乎那刀太過沉重，單手提不起一般，但這麼一來，左手手掌心也燒得嗤嗤聲響。

餘人盡皆駭然，一呆之下，但見那老者雙手捧著單刀，向外狂奔。

白袍客冷笑道：「有這等便宜事？」手臂一長，已抓住了他背心。那老者順手迴掠，將寶刀揮了過來。刀鋒未到，便已熱氣撲面，白袍客的鬢髮眉毛立時都捲曲起來。他不敢擋架，手上勁力一送，將老者連人帶刀擲向洪爐。

俞岱巖本覺得這干人個個兇狠悍惡，事不關己，也就不必出手。斯時見老者命在頃刻，只要一入爐中，立時化成焦炭，終究救命要緊，當即縱身高躍，一轉一折，在半空中伸下手來，抓住那老者的髮髻一提，輕輕巧巧的落在一旁。

白袍客和長白三禽早見他站在一旁，一直無暇理會，突然見他顯示了這手上乘輕功，盡皆吃驚。白袍客長眉上揚，問道：「這一手便是聞名天下的『梯雲縱』麼？」

俞岱巖聽他叫出了自己這路輕功的名目，先是微微一驚，跟著不自禁的暗感得意：「我武當派功夫名揚天下，聲威遠播。」說道：「不敢請教尊駕貴姓大名？在下這點兒微末功夫，何足道哉？」

那白袍客道：「很好很好，武當派的輕功果然是有兩下子。」口氣甚是傲慢。

俞岱巖心頭有氣，卻不發作，說道：「尊駕途中一舉手而斃海沙派高手，這份功夫神出鬼沒，更令人莫測高深。」

那人心頭一凜，暗想：「這事居然叫你看見了，我卻沒瞧見你啊。不知你這小子當時躲在何處？」淡淡的道：「不錯，我這門武功，旁人原是不易領會，別說閣下，便是武當派掌門人張老頭兒，也未必懂得。」

俞岱巖聽那白袍客辱及恩師，這口氣如何忍得下去？可是武當派弟子自來講究修心養性的功夫，心想：「他有意挑釁，不知存著甚麼心？此人功夫怪異，不必為了幾句無禮的言語為本門多樹強敵。」當下微微一笑，說道：「天下武學無窮無盡，正派邪道，千千萬萬，武當派所學原只滄海一粟。如尊駕這等功夫，似少林而非少林，只怕本師多半不識。」這句話雖說得客氣，骨子中含義，卻是說武當派實不屑懂得這些旁門左道的武功。那人聽到他「似少林而非少林」那七字，臉色立變。

他二人言語針鋒相對。那南首老者赤手握著一柄燒得熾熱的單刀，皮肉焦爛，幾已燒到骨骼，東首西首兩個老者躬身蓄勢，均想俟機奪刀。突然間呼的一聲響，南首那老者揮動單刀，向外急闖。他這一刀在身前揮動，不是向著何人而砍，但俞岱巖正站在他身前，首當其衝。他沒料到自己救了這老者的性命，此人竟會忽施反噬，急忙躍起，避過刀鋒。

那老者雙手握住刀柄，發瘋般亂砍亂揮，衝了出去。白袍客和其餘兩個老者忌憚刀勢凌厲，不敢硬擋，連聲呼叱，隨後追去。那提刀老者跌跌撞撞的衝出了大門，突然間腳下一個踉蹌，向前仆跌，跟著一聲慘呼，似乎突然身受重傷。

白袍客和另外兩個老者一齊縱身過去，同時伸手去搶單刀，但不約而同的叫了出來，似乎猛地裏被甚麼奇蛇毒蟲所咬中一般。那白袍客只打個跌，跟著便躍起身來，急向外奔，那三個老者卻在地下不住翻滾，竟爾不能站起。

俞岱巖見了這等慘狀，正要躍出去救人，突然一凜，想起海沙派在屋外撒鹽的情景，此時屋周均是毒鹽，自己也無法出去了，遊目四顧，見大門內側左右各放著一張長凳，當即伸手抓起，將兩凳豎直，一躍而上，雙腳分別勾著一隻長凳，便似踩高蹺一般踏著雙凳走了出去。但見三個老者長聲慘叫，不停的滾來滾去。俞岱巖扯下一片衣襟裹在手上，長臂抓起了那懷抱單刀的老者後心，腳踩高蹺，向東急行。

這一下大出海沙派眾人意料之外，眼見便可得手，卻斜刺裏殺出個人來將寶刀搶走，眾人紛紛湧出，大聲呼叱，鋼鏢袖箭，十餘般兵器齊向俞岱巖後心射去。

俞岱巖雙足使勁，在兩張長凳上一蹬，向前竄出丈許，暗器盡皆落空。他腳上勾了長凳，雙足便似加長了四尺，只跨出四五步，早將海沙派諸人遠遠拋在後面，耳聽得各人大呼追來，俞岱巖提著那老者縱身躍起，雙足向後反踢，兩張長凳飛了出去。但聽得砰砰兩響，跟著三四人大聲呼叫，顯是為長凳擊中。就這麼阻得一阻，俞岱巖已奔出十餘丈外，手中雖提著一人，卻越奔越遠，海沙派諸人再也追不上了。

俞岱巖急趕一陣，耳聽得潮聲澎湃，後面無人追來，問道：「你怎樣了？」那老者哼了一聲，並不回答，跟著呻吟一下。俞岱巖尋思：「他身上沾滿毒鹽，先給他洗去要緊。」於是走到海邊，將他在淺水處浸了下去。海水碰上他手中燙熱的單刀，嗤嗤聲響，白煙冒起。那老者半昏半醒，在海水中浸了一陣，爬不起來。俞岱巖正要伸手去拉他，忽然一個大浪打來，將那老者沖上了沙灘。

俞岱巖道：「現下你已脫險，在下身有要事，不能相陪，咱們便此別過。」那老者撐起身來，說道：「你……怎地……不搶這把寶刀？」俞岱巖一笑，道：「寶刀縱好，又不是我的，我怎能橫加搶奪？」那老者心下大奇，不能相信，道：「你……你到底有何詭計，要怎樣炮製我？」俞岱巖道：「我跟你無怨無仇，炮製你幹麼？我今夜路過此處，見你中毒受傷，因此出手相救。」那老者搖了搖頭，厲聲道：「我命在你手，要殺便殺。若想用甚麼毒辣手段加害，我便是死了，也必化成厲鬼，放你不過。」

俞岱巖知他受傷後神智不清，也不去跟他一般見識，只是微微一笑，正要舉步走開，海中又是一個大浪打上海灘。那老者呻吟一聲，伏在海水之中，只是發顫。

俞岱巖心想，救人須救徹，這老者中毒不輕，我若於此時捨他而去，他還得葬身海底，於是伸手抓住他背心，提著他走上一個小丘，四下眺望，見東北角一塊突出的山巖之上有一間屋子，瞧模樣似是一所廟宇，當下抱著那老者奔了過去，凝目看屋前匾額，隱約可見是「海神廟」三字。推門進去，見這海神廟極是簡陋，滿地塵土，廟中也無廟祝。

於是將那老者放在神像前的木拜墊上，他懷中火摺已被海水打濕，當下在神檯上摸索，找到火絨火石，點燃了半截蠟燭，看那老者時，只見他滿面青紫，顯是中毒已深，從懷中取出一粒「天心解毒丹」來，說道：「你服了這粒解毒丹藥。」

那老者本來緊閉雙目，聽他這麼說，睜眼說道：「我不吃你害人的毒藥。」

俞岱巖脾氣再好，這時也忍不住了，長眉一挑，說道：「你道我是誰？武當門下豈能幹害人之事？這是一粒解毒丹藥，只是你身中劇毒，這丹藥也未必能夠解救，但至少可延你三日之命。你還是將這把刀送去給海沙派，換得他們的本門解藥救命罷。」

那老者斗然間站起身來，厲聲道：「誰想要我的屠龍刀，那是萬萬不能。」俞岱巖道：「你性命也沒有了，空有寶刀何用？」那老者顫聲道：「我寧可不要性命，屠龍刀總是我的。」說著將刀牢牢抱著，臉頰貼著刀鋒，當真是說不出的愛惜，一面卻將那粒「天心解毒丹」吞入了肚中。

俞岱巖好奇心起，想要問一問這刀到底有甚麼好處，但見這老者雙眼之中充滿著貪婪兇狠的神色，宛似飢獸要擇人而噬，不禁大感厭惡，轉身便出。忽聽得那老者厲聲喝道：「站住！你要到那裏去？」俞岱巖笑道：「我到那裏去，你又管得著麼？」說著揚長便走。

沒行得幾步，忽聽那老者放聲大哭，俞岱巖轉過頭來，問道：「你哭甚麼了？」那老者道：「我千辛萬苦的得到了屠龍寶刀，但轉眼間性命不保，要這寶刀何用？」俞岱巖「嗯」

了一聲，道：「你除了以此刀去換海沙派的獨門解藥，再無別法。」那老者哭道：「可是我捨不得啊，我捨不得啊。」這神態在可怖之中帶著三分滑稽。

俞岱巖想笑，卻笑不出來，隔了一會，說道：「武學之士，全憑本身功夫克敵制勝，仗義行道，顯名聲於天下後世。寶刀寶劍只是身外之物，得不足喜，失不足悲，老丈何必為此煩惱？」

那老者怒道：「『武林至尊，寶刀屠龍，號令天下，莫敢不從！』這話你聽見過麼？」

俞岱巖啞然失笑，道：「這幾句話我自然聽見過，下面還有兩句呢，甚麼『倚天不出，誰與爭鋒？』那說的是幾十年前武林中一件驚天動地的大事，又不是真的說甚麼寶刀。」那老者問道：「甚麼驚天動地的大事？」

俞岱巖道：「那是當年神鵰大俠楊過殺死蒙古皇帝蒙哥，大大為我漢人出了一口胸中惡氣。自此楊大俠有甚麼號令，天下英雄『莫敢不從』。『龍』便是蒙古皇帝，『屠龍』便是殺死蒙古皇帝。難道世間還真有龍之一物麼？」

那老者冷笑道：「我問你，當年楊過大俠使甚麼兵刃？」俞岱巖一怔，道：「我曾聽師父說，楊大俠斷了一臂，平時不用兵刃。」那老者道：「是啊，楊大俠怎生殺死蒙古皇帝的？」俞岱巖道：「他投擲石子打死蒙哥，此事天下皆知。」那老者大是得意，道：「楊大俠平時不用兵刃，殺蒙古皇帝用的又是石子，那麼『寶刀屠龍』四字從何說起？」

這一下問得俞岱巖無言可答，隔了片刻，才道：「那多半是武林中說得順口而已，總不能說『石頭屠龍』啊，那豈不難聽？」那老者冷笑道：「強辭奪理，強辭奪理！我再問你，

『倚天不出，誰與爭鋒？』這兩句話，卻又作何解釋？」

俞岱巖沉吟道：「我不知道。『倚天』也許是一個人罷？聽說楊大俠的武功學自他的妻子，那麼『倚天』或許便是他夫人的名字，又或是死守襄陽的郭靖郭大俠。」

那老者道：「是嗎？我料你說不上來了，只好這麼一陣胡扯。我跟你說，『屠龍』是一把刀，便是這把屠龍刀，『倚天』卻是一把劍，叫作倚天劍。這六句話的意思是說，武林中至尊之物，是屠龍刀，誰得了這把刀，不管發施甚麼號令，天下英雄好漢都要聽令而行。只要倚天劍不出，屠龍刀便是最厲害的神兵利器了。」

俞岱巖將信將疑，道：「你將刀給我瞧瞧，到底有甚麼神奇？」那老者緊緊抱住單刀，冷笑道：「你當我是三歲小孩嗎？想騙我的寶刀。」他中毒之後，本已神疲力衰，全仗服了俞岱巖的一粒解毒丹藥，這才振奮了起來，這時一使勁，卻又呻吟不止。俞岱巖笑道：「不給瞧便不給瞧，你雖得了屠龍寶刀，卻號令得動誰？難道我見你懷裏抱著這樣一把刀，便非聽你的話不可嗎？當真是笑話奇談。你本來好端端地，卻去信了這些荒誕不經的鬼話，到頭來枉自送了性命，還是執迷不悟。你既號令我不得，便可知這刀其實無甚奇處。」

那老者呆了半晌，做聲不得，隔了良久，才道：「老弟，咱們來訂個約，你救我性命，我將寶刀的好處分一半給你。」

俞岱巖仰天大笑，說道：「老丈，你可把我武當派瞧得忒也小了。扶危濟困，乃是我輩份內之事，豈難道是貪圖報答？你身上沾了毒鹽，我卻不知鹽中安的是甚麼毒藥，你只有去求海沙派解救。」那老者道：「我這把屠龍刀，是從海沙派手中盜出來的，他們恨我切骨，豈肯救我？」俞岱巖道：「你既將刀交還，怨仇即解，他們何必傷你性命？」

那老者道：「我瞧你武功甚強，大有本事到海沙派中去將解藥盜來，救我性命。」俞岱巖道：「一來我身有要事，不能耽擱；二來你去偷盜人家寶刀，是你的不是，我怎能顛倒是非？老丈，你快快去找海沙派的人罷！再有耽擱，毒性發作起來，那便來不及了。」

那老者見他又是舉步欲行，忙道：「好罷，我再問你一句話，你提著我身子之時，可覺到有甚麼異樣？」俞岱巖道：「我確有些兒奇怪，你身子瘦瘦小小，卻有二百來斤重，不知是甚麼緣故，又沒見你身上負有甚麼重物。」

那老者將屠龍刀放在地下，道：「你再提一下我的身子。」俞岱巖抓住他肩頭向上一提，手中登時輕了，只不過八十來斤，心下恍然：「原來這小小一柄單刀，竟有一百多斤之重，確是有點古怪，不同凡品。」將老者放下，說道：「這把刀倒是很重。」

那老者忙又將屠龍刀牢牢抱住，說道：「豈僅沉重而已。老弟，你尊姓俞還是姓張？」俞岱巖道：「敝姓俞，草字岱巖，老丈何以得知？」那老者道：「武當派張真人收有七位弟子，武當七俠中宋大俠有四十來歲，殷莫兩位還不到二十歲，餘下的二三兩俠姓俞，四五兩俠姓張，武林中誰人不知。原來是俞三俠，怪不得這麼高的功夫。武當七俠威震天下，今日一見，果然名不虛傳。」俞岱巖年紀雖然不大，卻也是老江湖了，聽他這般當面諂諛，知他不過有求於己，心中反生厭惡之感，說道：「老丈尊姓大名？」

那老者道：「小老兒姓德，單名一個成字，遼東道上的朋友們送我一個外號，叫作海東青。」那海東青是生於遼東的一種大鷹，兇狠鷙惡，捕食小獸，是關外著名的猛禽。

俞岱巖拱手道：「久仰，久仰。」抬頭看了看天色。德成知他急欲動身，若非動以大利，不能求得他伸手救命，說道：「你不懂得那『號令天下，誰敢不從』這八個字的含義，只道是誰捧著屠龍刀，只須張口發令，人人便得聽從。不對，不對，這可全盤想錯了。」

他剛說到這裏，俞岱巖臉上微微變色，右手伸出一揮，噗的一聲輕響，搧滅了神檯上的蠟燭，低聲道：「有人來啦！」德成內功修為遠不如他，卻沒聽見有何異聲，正遲疑間，只聽得遠處幾聲唿哨，有人相互傳呼，奔向廟來。德成驚道：「敵人追來啦，咱們快從廟後退走。」俞岱巖道：「廟後也有人來。」德成道：「不會罷……」俞岱巖道：「德老丈，來的是海沙派人眾，你正好向他們討取解藥。在下可不願趕這淌渾水了。」

德成伸出左手，牢牢抓住他手腕，顫聲道：「俞三俠，你萬萬不能捨我而去，你萬萬不能……」俞岱巖只覺他五根手指其寒如冰，緊緊嵌入了自己手腕肉裏，當下手腕一翻，使半招「九轉丹成」，轉了個圈子，登時將他五指甩落。

這時只聽得一路腳步之聲，直奔到廟外，跟著砰的一響，有人伸足踢開了廟門，接著刷刷聲響，有甚麼細碎物事從黑暗中擲了進來。俞岱巖身子一縮，縱到了海神菩薩的神像後面。但聽得德成「啊」的一聲低哼，跟著刷刷數聲，暗器打中了他身上，接著又落在地下。那些暗器一陣接著一陣，毫不停留的撒進來。俞岱巖心想：「這是海沙派的毒鹽。」接著聽得屋頂上喀啦、喀啦幾聲，有人躍上屋頂揭開瓦片，又向下投擲毒鹽。

俞岱巖曾眼見那白袍客和長白三禽身受毒鹽之害，那白袍客武功著實了得，但一沾毒鹽，立即慘呼逃走，可見此物極是厲害。毒鹽在小廟中瀰空飛揚，心知再過片刻，非沾上不可，情急之下，數拳擊破神像背心，縮著身子溜進了神像肚腹之中，登時便如穿上了一層厚厚的泥土外衣，毒鹽雖多，卻已奈何他不得。

只聽得廟外海沙派人眾大聲商議起來：「點子不出聲，多半是暈倒了。」「那年輕的點子手腳好硬，再等一回，何必性急？」「就怕他溜了，不在海神廟裏。」只聽得有人喝道：「喂，吃橫樑的點子，乖乖出來投降罷。」

正亂間，忽聽得遠處馬蹄聲響，十餘匹快馬急馳而來。蹄聲中有人朗聲叫道：「日月光照，鷹王展翅。」

廟外海沙派人眾立時寂靜無聲，過了片刻，有人顫聲道：「是天……天鷹教，大夥兒快走……」話猶未畢，馬蹄聲已止在廟外。海沙派中有人悄聲道：「走不了啦！」

只聽得腳步聲響，有數人走進廟來。俞岱巖藏身神像腹中，卻也感到有點光亮，想是來人持有火把燈籠。過了一會，有人問道：「大家知道我們是誰了？」海沙派中數人同聲答道：「是，是，各位是天鷹教的朋友。」那人道：「這位是天鷹教天市堂李堂主。他老人家等閒也不出來，今兒算你們運氣好，見到他老人家一面。李堂主問你們，屠龍刀在那裏，好好獻了出來，李堂主大發慈悲，你們的性命便都饒了。」

只聽海沙派中一人道：「是他……他盜去了的，我們正要追回來，李……堂主……」

天鷹教那人道：「喂，那屠龍刀呢？」這句話顯然是對著德成說的了，德成卻不答話，跟著噗的一聲響，有人倒在地下。幾個人叫了起來：「啊喲！」

天鷹教那人道：「這人死了，搜他身邊。」

但聽得衣衫悉率之聲，又有人體翻轉之聲。天鷹教那人道：「稟報堂主，這人身邊無甚異物。」海沙派中領頭的人顫聲道：「李堂……堂主，這寶刀明明是……是他盜去的，我們決不敢隱瞞……」聽他聲音，顯是在李堂主威嚇的眼光之下，驚得心膽俱裂。

俞岱巖心想：「那把刀德成明明握在手中，怎地會不見了？」

只聽天鷹教那人道：「你們說這刀是他盜去的，怎會不見？定是你們暗中藏了起來。這樣罷，誰先把真相說了出來，李堂主饒他不死。你們這羣人中，只留下一人不死，誰先說，誰便活命。」廟中寂靜一片，隔了半晌，海沙派的首領說道：「李堂主，我們當真不知，是天鷹教要的物事，我們決不敢留……」李堂主哼了一聲，並不答話。他那下屬說道：「誰先稟報真相，就留誰活命。」過了一會兒，海沙派中無一人說話。

突然一人叫道：「我們前來奪刀，還沒進廟，你們就到了。是你們天鷹教先進海神廟，我們怎能得刀？你既然一定不信，左右是個死，今日跟你拚了。這又不是天鷹教的東西，這般強橫霸道，瞧你們……」一句話沒說完，驀地止歇，料是送了性命。

只聽另一人顫聲道：「適才有個三十歲左右的漢子，救了這老兒出來，那漢子輕功甚是了得，這會兒卻已不知去向，那寶刀定是給他搶去了。」

李堂主道：「各人身上查一查！」數人齊聲答應。只聽得殿中悉率聲響，料是天鷹教的人在眾鹽梟身上搜檢。李堂主道：「多半便是那漢子取了去。走罷！」但聽腳步聲響，天鷹教人眾出了廟門，接著蹄聲向東北方漸漸遠去。

俞岱巖不願捲入這樁沒來由的糾紛之中，要待海沙派人眾走了之後這才出來，但等了良久，廟中了無聲息，海沙派人眾似乎突然間不知去向。他從神像後探頭出來一望，只見二十餘名鹽梟好端端的站著，只是一動不動，想是都給點了穴道。

他從神像腹中躍了出來，這時地下遺下的火把兀自點燃，照得廟中甚是明亮，只見海沙派眾人臉色陰暗可怖，暗想：「那天鷹教不知是甚麼教派，怎地沒聽說過？這些海沙派的人眾本來也都不是好相與的，一遇上天鷹教卻便縛手縛腳。當真是惡人尚有惡人磨了。」伸手到身旁那人的「華蓋穴」上一推，想替他解開穴道。

那知觸手僵硬，竟是推之不動，再一探他鼻息，早已沒了呼吸，原來已被點中了死穴。他逐一探察，只見海沙派二十餘條大漢均已死於非命，只一人委頓在地，不住喘氣，自是最後那個說話之人，得蒙留下性命。俞岱巖驚疑不定：「天鷹教下毒手之時，竟沒發出絲毫聲息，這門手法好不陰毒怪異。」扶起那沒死的海沙派鹽梟來，問道：「天鷹教是甚麼教派？他們教主是誰？」連問了幾句，那人只翻白眼，神色癡癡呆呆。俞岱巖一搭他手腕，只覺脈息紊亂，看來性命雖然留下，卻已給人使重手震斷了幾處經脈，成了白癡。

這時他不驚反怒，心想：「何物天鷹派，下手竟這般毒辣殘酷？」但想對方武功甚高，自己孤身一人，實非其敵，該當先趕回武當山請示師父，查明天鷹教的來歷再說。

但見廟中白茫茫一片，猶似堆絮積雪，到處都是毒鹽，心想：「遲早會有不知情由的百姓闖了進來，非遭禍殃不可。毒鹽和屍首收拾為難，不如放一把火燒了這海神廟，以免後患。」當下將那給震斷了經脈之人拉到廟外，回進廟內，只見二十餘具屍首殭立殿上，模樣甚是詭異，卻見神枱邊一屍俯伏，背上老大一灘血漬。俞岱巖微覺奇怪，抓住那屍體後領，想提起來察看，突然上身向前微微一俯，只覺這人身子重得出奇，但瞧他也只是尋常身材，並非魁梧奇偉之輩，卻何以如此沉重？

提起他身子仔細看時，見他背上長長一條大傷口，伸手到傷口中一探，著手冰涼，掏出一把刀來，那刀沉甸甸的至少有一百來斤重，正是不少人拚了性命爭奪的那把屠龍刀。一凝思間，已知其理：德成臨死時連人帶刀撲將下來，砍入海沙派一名鹽梟的後心。此刀既極沉重，又是鋒銳無比，一跌之下，直沒入體。天鷹教教眾搜索各人身邊時，竟未發覺。

俞岱巖拄刀而立，四顧茫然，尋思：「此刀是否真屬武林至寶，那也難說得很，看來該算不祥之物，海東青德成和海沙派這許多鹽梟都為它枉送了性命。眼下只有拿去呈給師父，請他老人家發落。」於是拾起地下火把，往神幔上點火，眼見火頭蔓延，便即出廟。

他將屠龍刀拂拭乾淨，在熊熊大火之旁細看。但見那刀烏沉沉的，非金非鐵，不知是何物所製，先前長白三禽鼓起烈火鍛鍊，但此刀竟絲毫無損，實是異物，又想：「此刀如此沉重，臨敵交手之時如何施展得開？關王爺神力過人，他的青龍偃月刀也只八十一斤。」將刀包入包袱，向德成的葬身處默祝：「德老丈，我決非貪圖此刀。但此刀乃天下異物，如落入惡人手中，助紂為虐，勢必貽禍人間。我師父一秉至公，他老人家必有妥善處置。」

他將包袱負在背上，邁開步子，向北疾行。不到半個時辰，已至江邊，星月微光照映水面，點點閃閃，宛似滿江繁星，放眼而望，四下裏並無船隻。沿江東下，又走一頓飯時分，只見前面燈火閃爍，有艘漁船在離岸數丈之處捕魚。俞岱巖叫道：「打漁的大哥，費心送我過江，當有酬謝。」只是那漁船相距過遠，船上的漁人似乎沒聽見他的叫聲，毫不理睬。俞岱巖吸了一口氣，縱聲而呼，叫聲遠遠傳了出去。

過不多時，只見上流一艘小船順流而下，駛向岸邊，船上梢公叫道：「客官可是要過江麼？」俞岱巖喜道：「正是，相煩梢公大哥方便。」那梢公道：「請上來罷。」俞岱巖縱身上船，船頭登時向下一沉。那梢公吃了一驚，說道：「這般沉重，客官，你帶著甚麼？」俞岱巖笑道：「沒甚麼，是我身子蠢重，開船罷！」

那船張起風帆，順風順水，斜向東北過江，行駛甚速。航出里許，忽聽遠處雷聲隱隱，轟轟之聲大作。俞岱巖道：「梢公，要下大雨了罷？」那梢公笑道：「這是錢塘江的夜潮，順著潮水一送，轉眼便到對岸，比甚麼都快。」

俞岱巖放眼東望，只見天邊一道白線滾滾而至。潮聲愈來愈響，當真是如千軍萬馬一般。江浪洶湧，遠處一道水牆疾推而前，心想：「天地間竟有如斯壯觀，今日大開眼界，也不枉辛苦一遭。」正瞧之際，只見一艘帆船乘浪衝至，白帆上繪著一隻黑色的大鷹，展開雙翅，似乎要迎面撲來。他想起「天鷹教」三字，心下暗自戒備。

突然之間，那梢公猛地躍起，跳入江心，霎時間不見了蹤影。小船無人掌舵，給潮水一衝，登時打起圈子來，俞岱巖忙搶到後梢去把舵，便在此時，那黑鷹帆船砰的一聲，撞正小船。帆船的船頭包以堅鐵，一撞之下，小船船頭登時破了一個大洞，潮水猛湧進來。俞岱巖又驚又怒：「你天鷹教好奸！原來這梢公是你們的人，賺我來此。」眼見小船已不能乘坐，縱身高躍，落向帆船的船頭。

這時剛好一個大浪湧到，將帆船一拋，憑空上升丈餘。俞岱巖身在半空，帆船上升，他變成落到了船底，危急中提一口真氣，左掌拍向船邊，一借力，雙臂急振，施展「梯雲縱」輕功，跟著又上竄丈餘，終於落上了帆船船頭。

但見艙門緊閉，不見有人。俞岱巖叫道：「是天鷹教的朋友嗎？」他連說兩遍，船中無人答話。他伸手去推艙門，觸手冰涼，那艙門竟是鋼鐵鑄成，一推之下，絲毫不動。俞岱巖勁貫雙臂，大喝一聲，雙掌推出，喀喇一響，鐵門仍是不開，但鐵門與船艙邊相接的鉸鍊卻給他掌力震落了。鐵門搖晃了幾下，只須再加一掌，便能擊開。

只聽得艙中一人說道：「武當派梯雲縱輕功，震山掌掌力，果然名下無虛。俞三俠，請你把背上的屠龍刀留下，我們送你過江。」話雖說得客氣，語意腔調卻十分傲慢，便似發號施令一般。俞岱巖尋思：「不知他如何知道我的姓名。」

那人又道：「俞三俠，你心中奇怪，何以我們知道你的大名，是不是？其實一點也不希奇，這梯雲縱輕功和震山掌掌力，除了武當高手，又有誰能使得這般出神入化？俞三俠來到江南，我們天鷹教身為地主，沿途沒接待招呼，還得多多擔代啊。」俞岱巖倒覺不易回答，便道：「尊駕高姓大名，便請現身相見。」那人道：「天鷹教跟貴派無親無故、沒怨沒仇，還是不見的好。請俞三俠將屠龍刀放在船頭，我們這便送你過江。」

俞岱巖氣往上衝，說道：「這屠龍刀是貴教之物嗎？」那人道：「這倒不是。此刀是武林至尊，天下武學之士，那一個不想據而有之。」俞岱巖道：「這便是了，此刀既落入在下手中，須得交到武當山上，聽憑師尊發落，在下可作不得主。」那人細聲細氣的說了幾句話，聲音低微，如蚊子叫一般，俞岱巖聽不清楚，問道：「你說甚麼？」

艙裏那人又細聲細氣的說了幾句話，聲音更加低了。俞岱巖只聽到甚麼「俞三俠……屠龍刀……」幾個字，他走上兩步，問道：「你說甚麼？」這時一個浪頭打來，將帆船直拋了上去，俞岱巖胸腹間和大腿之上，似乎同時被蚊子叮了一口。其時正當春初，本來不該有蚊蚋，但他也不在意，朗聲說道：「貴教為了一刀，殺人不少，海神廟中遺屍數十，未免下手太過毒辣。」

艙中那人道：「天鷹教下手向來分別輕重，對惡人下手重，對好人下手輕。俞三俠名震江湖，我們也不能害你性命，你將屠龍刀留下，在下便奉上蚊鬚針的解藥。」

俞岱巖聽到「蚊鬚針」三字，一震之下，忙伸手到胸腹間適才被蚊子咬過的處所一按，只覺微微麻癢，明明是蚊蟲叮後的感覺，轉念一想，登時省悟：「他適才說話聲音故意模糊細微，引我走近，乘機發這細小暗器。」想起海沙派眾鹽梟對天鷹教如此畏若蛇蝎，這暗器定是歹毒無比，眼下只有先擒住他，再逼他取出解藥救治，當下低哼一聲，左掌護面，右掌護胸，縱身便往船艙中衝了進去。

人未落地，黑暗中勁風撲面，艙中人揮掌拍出。俞岱巖右掌擊出，盛怒之下，這一掌使了十成力。兩人雙掌相交，砰的一聲，艙中人向後飛出，喀喇喇聲響，撞毀不少桌椅等物。俞岱巖但覺掌中一陣劇痛。原來適才交了這掌，又已著了道兒，對方掌心暗藏尖刺利器，雙掌一交，幾根尖刺同時穿入他掌中。對方雖在他沉重掌力下受傷不輕，但黑暗中不知敵人多寡，不敢冒險逕自搶上擒人，又即躍回船頭。

只聽那人咳嗽了幾下，說道：「俞三俠掌力驚人，果是不凡，佩服啊佩服。不過在下這掌心七星釘也另有一功，咱們倒成了半斤八兩，兩敗俱傷。」

俞岱巖急忙取幾顆「天心解毒丹」服下，一抖包裹，取出屠龍寶刀，雙手持柄，呼的一聲，橫掃過去，但聽得擦的一下輕響，登時將鐵門斬成了兩截，這刀果然是鋒銳絕倫。他橫七豎八的連斬七八刀，鐵鑄的船艙遇著寶刀，便似紙糊草紮一般。艙中那人縱身躍向後梢，叫道：「你連中二毒，還發甚麼威？」俞岱巖舞刀追上，攔腰斬去。

那人見來勢兇猛，順手提起一隻鐵錨一擋，擦的一聲輕響，鐵錨從中斷截。那人向旁躍開，叫道：「要性命還是要寶刀？」俞岱巖道：「好！你給我解藥，我給你寶刀。」這時他腿上中了蚊鬚針之處漸漸麻癢，料知「天心解毒丹」解不了這毒，這把屠龍刀他是無意中得來，本不如何重視，於是將刀擲在艙面。

那人大喜，俯身拾起，不住的拂拭摩挲，愛惜無比。那人背著月光，面貌瞧不清楚，但見他只是看刀，卻不去取解藥。俞岱巖覺得掌中疼痛加劇，說道：「解藥呢？」那人哈哈大笑，似乎聽到了滑稽之極的說話。俞岱巖怒道：「我問你要解藥，有甚麼好笑？」

那人伸出左手食指，指著他臉，笑道：「嘻嘻！你這人怎地這般傻，不等我給解藥，卻先將寶刀給了我？」俞岱巖怒道：「男兒一言，快馬一鞭，我答應以刀換藥，難道還抵賴不成？先給遲給不是一般？」那人笑道：「你手中有刀，我終是忌你三分。便說你打我不過，將刀往江中一拋，未必再撈得到。現下寶刀既入我手，你還想我給解藥麼？」

俞岱巖一聽，一股涼氣從心底直冒上來，自忖武當派和天鷹教無怨無仇，這人武功不低，也當是頗有身分之人，既取了屠龍刀，怎能說過的話不算話？他向來行事穩重，原不致輕易上當，只是此番一上來便失了先機，孤身陷於敵舟，料想對方既有備而來，舟中自必另行伏有幫手，又兼身中二毒，急欲換取解藥，竟爾低估了對方的奸詐兇狡，當下沉住了氣，哼了一聲，問道：「尊駕高姓大名？」

那人笑道：「在下只是天鷹教中一個無名小卒，武當派要找天鷹教報仇，自有本教教主和眾位堂主接著。再說，俞三俠今晚死得不明不白，貴教張三丰祖師便真有通天徹地之能，也未必能知俞三俠是死於何人之手。」他這般說，竟如當俞岱巖已然死了一般。

俞岱巖只覺手掌心似有千萬隻螞蟻同時咬噬，痛癢難當，當即伸手抓住了半截斷錨，心想：「我今日便是不活，也當和你拚個同歸於盡。」

但聽那人嘮嘮叨叨，正自說得高興，俞岱巖猛地裏一聲大喝，縱起身來，左手揮起斷錨，右手推出一掌，往那人面門胸口，同時擊了過去。

那人「啊喲」一聲，橫揮屠龍刀想來擋截，百忙中卻沒想到那刀沉重異常，他順手一揮，只揮出半尺，手腕忽地一沉。以他武功，原非使不動此刀，只是運力之際沒估量到這兵刃竟如此沉重，力道用得不足，那刀直墮下去，砍向他膝蓋。那人吃了一驚，臂上使力，待要將刀挺舉起來，只覺勁風撲面，半截斷錨直擊過來。這一下威猛凌厲，決難抵擋，當下雙足使勁，一個觔斗，倒翻入江。

那人雖然避開了斷錨的橫掃，但俞岱巖右手那一掌卻終於沒有讓過，這一掌正按在他小腹之上，但覺五臟六腑一齊翻轉，撲通一聲跌入潮水之中，已是人事不知。

俞岱巖吁了一口長氣，見他雖然中掌，兀自牢牢的握住那屠龍寶刀不放，冷笑一聲，心道：「你便是搶得了寶刀，終於葬身江底。」

驀地裏白影閃動，一道白練斜入江心，捲住那人腰間，連人帶刀一起捲上船來。俞岱巖吃了一驚，順著白練的來路瞧去，只見船頭站著一個青衫瘦子，雙手交替，急速扯動白練。俞岱巖待欲縱向船頭擊敵，身上毒性發作，倒在船梢，眼前一黑，登時昏了過去。

也不知過了多少時候，睜開眼來時，首先見到的是一面鏢旗，旗上繡著一尾金色鯉魚，俞岱巖閉了閉眼，再睜開來時，仍是見到這面小小的鏢旗。這旗插在一隻青花碎瓷的花瓶之中，花繡金光閃閃，旗上的鯉魚在波浪中騰身跳躍，心道：「這是臨安府龍門鏢局的鏢旗啊。我到底怎麼了？」其時腦子中兀自昏昏沉沉，一片混亂，沒法多想，略一凝神，發覺自己是睡在一張擔架之上，前後有人抬著，而所處之地似乎是在一座大廳。他想轉頭一瞧左右，豈知項頸僵直，竟然不能轉動。

他大駭之下，想要躍下擔架，但手足便似變成了不是自己的，空自使力，卻一動也不能動了，這才想到：「我在錢塘江上中了七星釘和蚊鬚針的劇毒。」

只聽得兩個人在說話。一人聲音宏大，說道：「閣下高姓？」另一人道：「你不用問我姓名，我只問你，這單鏢接是不接？」俞岱巖心道：「這人聲音嬌嫩，似是女子！」

那聲音宏大的人怫然道：「我們龍門鏢局難道少了生意，閣下既然不肯見告姓名，那麼請光顧別家鏢局去罷。」那女子聲音的人道：「臨安府只龍門鏢局還像個樣子，別家鏢局都比不上。你若作不得主，快去叫總鏢頭出來。」言下頗為無禮。那聲音宏大的人果然很不高興，說道：「我便是總鏢頭。在下另有別事，不能相陪，尊客請便罷。」

那女子聲音的人說道：「啊，你便是多臂熊都大錦……」頓了一頓，才道：「都總鏢頭，久仰久仰，我姓殷。」都大錦胸中似略感舒暢，問道：「尊客有甚麼差遣？」那姓殷的客人道：「我得先問你，你是不是承擔得下。這單鏢非同小可，卻是半分躭誤不得。」

都大錦強抑怒氣，說道：「我這龍門鏢局開設二十年來，官鏢、鹽鏢，金銀珠寶，再大的生意也接過，可從來沒出過半點岔子。」

俞岱巖也聽過都大錦的名頭，知道他是少林派的俗家弟子，拳掌單刀，都有相當造詣，尤其一手連珠鋼鏢，能一口氣連發七七四十九枚鋼鏢，因此江湖上送了他一個外號，叫作「多臂熊」。他這「龍門鏢局」在江南一帶也是頗有名聲。只是武當、少林兩派弟子自來並不親近，因此雖然聞名，並不相識。

只聽那姓殷的微微一笑，說道：「我若不知龍門鏢局名聲不差，找上門來幹麼？都總鏢頭，我有一單鏢交給你，可有三個條款。」都大錦道：「牽扯糾纏的鏢我們不接，來歷不明的鏢不接，五萬兩銀子以下的鏢不接。」他沒聽對方說三個條款，自己先說了三個條款。

那姓殷的道：「我這單鏢啊，對不起得很，可有點兒牽扯糾纏，來歷也不大清白，值得多少銀子，那也難說得很。我這三個條款也挺不容易辦到。第一，要請你都總鏢頭親自押送。第二，自臨安府送到湖北襄陽府。必須日夜不停趕路，十天之內送到。第三，若有半分差池，嘿嘿，別說你都總鏢頭性命不保，叫你龍門鏢局滿門雞犬不留。」

只聽得砰的一聲，想是都大錦伸手拍桌，喝道：「你要找人消遣，也不能找到我龍門鏢局來！若不是我瞧你瘦骨伶仃的，身上沒三兩肉，今日先叫你吃些苦頭。」

那姓殷的「嘿嘿」兩聲冷笑，砰嘭、砰嘭幾下，將一些沉重的物事接連拋到了桌上，說道：「這裏二千兩黃金，是保鏢的費用，你先收下了。」

俞岱巖聽了，心下一驚：「二千兩黃金，要值好幾萬兩銀子，做鏢局的值百抽十，這幾萬兩鏢金，不知要辛苦多少年才掙得起。」

俞岱巖項頸不能轉動，眼睜睜的只能望著那面插在瓶中的躍鯉鏢旗，這時大廳中一片靜寂，唯見營營青蠅，掠面飛過。只聽得都大錦喘息之聲甚是粗重，俞岱巖雖不能見他臉色，但猜想得到，他定是望著桌上那金光燦爛的二千兩黃金，目瞪口呆，心搖神馳，料想他開設鏢局，大批的金銀雖然時時見到，但看來看去，總是別人的財物，這時突然見到有二千兩黃金送到面前，只消一點頭，這二千兩黃金就是他的，又怎能不動心？

過了半晌，聽得都大錦道：「殷大爺，你要我保甚麼鏢？」那姓殷的道：「我先問你。我定下的三個條款，你可能辦到？」都大錦頓了一頓，伸手一拍大腿，道：「殷大爺既出了這等重酬，我姓都的跟你賣命就是了。殷大爺的寶物幾時送來？」

那姓殷的道：「要你保的鏢，便是躺在擔架中的這位爺台。」

此言一出，都大錦固然「咦」的一聲，大為驚訝，而俞岱巖更是驚奇無比，忍不住叫道：「我……我……」不料他張大了口，卻發不出聲音，便似人在噩夢之中，不論如何使力，周身卻不聽使喚，此時全身俱廢，僅餘下眼睛未盲，耳朵未聾。只聽都大錦問道：

「是……是這位爺台？」

那姓殷的道：「不錯。你親自護送，換車換馬不換人，日夜不停的趕道，十天之內送到湖北襄陽府武當山上，交給武當派掌門祖師張三丰真人。」俞岱巖聽到這句話，吁了一口長氣，心中一寬，聽都大錦道：「武當派？我們少林弟子，雖和武當派沒甚麼樑子，但是……但是，從來沒甚麼來往……這個……」

那姓殷的冷冷的道：「這位爺台身上有傷，躭誤片刻，萬金莫贖。這單鏢你接便接，不接便不接。大丈夫一言而決，甚麼這個那個的？」

都大錦道：「好，衝著殷大爺的面子，我龍門鏢局便接下了。」

那姓殷的微微一笑，說道：「好！今日三月廿九，到四月初九，你若不將這位爺台平平安安送上武當山，我叫你龍門鏢局滿門雞犬不留！」但聽得嗤嗤聲響，十餘枚細小的銀針激射而出，釘在那隻插著鏢旗的瓷瓶之上，砰的一響，瓷瓶裂成數十片，四散飛迸。

這一手發射暗器的功夫，實是駭人耳目。都大錦「啊喲」一聲驚呼。俞岱巖也是心中一凜。只聽那姓殷的喝道：「走罷！」抬著俞岱巖的人將擔架放在地下，一湧而出。

過了半晌，都大錦才定下神來，走到俞岱巖跟前，說道：「這位爺台高姓大名，可是武當派的麼？」俞岱巖只是向他凝望，無法回答。但見這都總鏢頭約莫五十來歲年紀，身材魁偉，手臂上肌肉虬結，相貌威武，顯是一位外家好手。

都大錦又道：「這位殷大爺俊秀文雅，想不到武功如此驚人，卻不知是那一家那一派的？」他連問數聲，俞岱巖索性閉上雙眼，不去理他。都大錦心下嘀咕，他自己是發射暗器的好手，「多臂熊」的外號說出來也甚響亮，但這姓殷的少年袖子一揚，數十枚細如牛毛的銀針竟將一隻大瓷瓶射得粉碎，這份功夫，實非自己所及。

都大錦主持龍門鏢局二十餘年，江湖上的奇事也不知見過多少，但以二千兩黃金的鏢金來託保一個活人，別說自己手裏從未接過，只怕天下各處的鏢行也是聞所未聞。當下收起黃金，命人抬俞岱巖入房休息，隨即召集鏢局中各名鏢頭，套車趕馬，即日上道。

各人飽餐已畢，結束定當，趟子手抱了鏢局裏的躍鯉鏢旗，走出鏢局大門，一展旗子，大聲喝道：「龍門鯉三躍，魚兒化為龍。」

俞岱巖躺在大車之中，心下大是感慨：「我俞岱巖縱橫江湖，生平沒將保鏢護院的瞧在眼內，想不到今日遭此大難，卻要他們護送我上武當山去。」又想：「救我的這位姓殷朋友不知是誰，聽他聲音嬌嫩，似是個女子，那都總鏢頭又說他形貌俊雅，但武功卓絕，行事出人意表，只可惜我不能見他一面，更不能謝他一句。我俞岱巖若能不死，此恩必報。」

一行人馬不停蹄的向西趕路，護鏢的除了都、祝、史三個鏢頭外，另有四個年輕力壯的青年鏢師。各人選的都是快馬，真便如那姓殷的所說，一路上換車換馬不換人，日夜不停的趲程趕路。

當出臨安西門之時，都大錦滿腹疑慮，料得到這一路上不知要有多少場惡鬥，那知道離浙江、過安徽、入鄂省，數日來竟是太平無事。這一日過了樊城，經太平店、仙人渡、光化縣，渡漢水來到老河口，離武當山已只一日的路程。

次日未到午牌時分，已抵雙井子，去武當山已不過數十里地，一路上雖然趕得辛苦，總算沒誤了那姓殷客人所定的期限，剛好於四月初九抵達武當山。這些日來埋頭趕路，大夥兒人人都擔著極重的心事。直到此時，一眾鏢師方才心中大寬。

其時正當春末夏初，山道上繁花迎人，殊足暢懷。都大錦伸馬鞭指著隱入雲中的天柱峯，說道：「祝三弟，近年來武當派聲勢甚盛，雖還及不上我少林派，然而武當七俠名頭響亮，在江湖上闖下了極煊赫的萬兒。瞧這天柱峯高聳入雲，常言道人傑地靈，那武當派看來當真有幾下子。」祝鏢頭道：「武當派近年聲威雖大，畢竟根基尚淺，跟少林派千餘年的道行相比，那可萬萬不及了。就憑總鏢頭這二十四手降魔掌和四十九枚連珠鋼鏢，武當派中的人便決不能有如此精純的造詣。」史鏢頭接口道：「是啊。江湖上的傳言，多半靠不住。武當七俠的聲名響是響的，但真實功夫到底如何，咱們都沒見過。只怕是江湖上一些未見過世面的鄉下佬加油添醬，將他們的本領吹了上天去。」

都大錦微微一笑，他見識可比祝史二人都高得多，心知武當七俠盛名決非倖致，人家定有驚人藝業，只是他走鏢二十餘年，罕逢敵手，對自己的功夫卻也十分信得過，聽祝史二人一吹一唱的替自己捧場，這些話已不知聽了多少遍，仍是不自禁的得意。

行得一程，山道漸窄，三騎已不能併肩，史鏢頭勒馬退後幾步。祝鏢頭道：「總鏢頭，待會見到武當派張三丰老道，怎生見禮啊？」都大錦道：「大家不同門派，本來都是平輩。只是張老道快九十歲啦，當今武林之中數他年紀最長。咱們尊重他是武林前輩，向他磕幾個頭，也沒甚麼。」祝鏢頭道：「依我說嘛，咱們躬身說道：『張真人，晚輩們跟你磕頭啦！』

他一定伸手攔住，說道：『遠來是客，不用多禮。』咱們這幾個頭便省下啦。」

都大錦微微一笑，心中卻是在琢磨大車中躺著的那人到底是甚麼來歷。這人十天來不言不動，飲食便溺全要鏢行的趟子手照料。都大錦和眾鏢師談論了好幾次，總是摸不準他的身分，到底他是武當派的弟子呢？是朋友呢？還是武當派的仇敵，給人擒住了這般送上山去？都大錦離武當山近一步，心中的疑慮便深一層，尋思不久便可見到張三丰，這疑團見面就可剖明，但不知是禍是福，卻也不免惴惴。

正沉吟間，忽聽得西首山道上馬蹄聲響，數匹馬奔馳而至。祝鏢頭縱馬衝上去察看。過不多時，只見斜刺裏奔來六乘馬，馳到離鏢行人眾十餘丈處，突然勒馬，三乘前，三乘後，攔在當路。都大錦心下嘀咕：「真不成到了武當山下，反而出事？」低聲對史鏢頭道：「小心保護大車。」拍馬迎上前去。趟子手將躍鯉鏢旗一捲一揚，作個敬禮的姿式，叫道：「臨安府龍門鏢局道經貴地，禮數不周，請好朋友們原諒。」

都大錦看那攔路的六人時，見兩人是黃冠道士，其餘四人是俗家打扮。六人身旁都懸佩刀劍兵刃，個個英氣勃勃，精神飽滿。都大錦心念一動：「這六人豈非便是武當七俠中的六俠？」縱馬上前，抱拳說道：「在下臨安府龍門鏢局都大錦，不敢請問六位高姓大名？」

前邊三人中右首的是個高個兒，左頰上生著顆大黑痣，痣上留著三莖長毛，冷冷的道：「都兄到武當山來幹甚麼？」都大錦道：「敝局受人之託，送一位傷者上貴山來。要面見貴派掌門張真人。」那人道：「送一個傷者？那是誰啊？」

都大錦道：「我們受一個姓殷的客官所囑，將這位身受重傷的爺台護送上武當山來。這位爺台是誰，如何受傷，中間過節，我們一概不知。龍門鏢局受人之託，忠人之事，至於客人們的私事，我們向來不加過問。」他闖蕩江湖數十年，幹的又是鏢行，行事自然圓滑，這番話把干係推得乾乾淨淨，俞岱巖是武當派的朋友也好，仇人也好，都怪不到他頭上。

那臉生黑痣之人向身旁兩個同伴瞧了一眼，問道：「姓殷的客人？是怎生模樣的人物？」都大錦道：「那是一位俊雅秀美的年輕客官，發射暗器的功夫大是了得。」那生黑痣之人問道：「你跟他動過手了？」都大錦忙道：「不，不，是他自行……」一句話沒說完，攔在前面的一個禿子搶著問道：「那屠龍刀呢？是在誰的手中？」

都大錦愕然道：「甚麼屠龍刀？便是歷來相傳那『武林至尊，寶刀屠龍』麼？」那禿子似乎性子暴躁，不耐煩多講，突然翻身落馬，搶到大車之前，挑開車簾，向內張望。

都大錦見他身手矯捷，一縱一落，姿式看來隱隱有些熟悉，心想：「武當創派祖師張三丰曾在我少林寺住過，他武當派武功果然未脫我少林派的範圍，說是獨創，卻也不見得。」當下更無懷疑，問道：「各位便是名播江湖的武當七俠麼？那一位是宋大俠？小弟久聞英名，甚是仰慕。」那面生黑痣的人道：「區區虛名，何足掛齒？都兄太謙了。」

那禿子回身上馬，說道：「他傷勢甚重，躭誤不得，我們先接了去。」那臉生黑痣的人抱拳道：「都兄遠來勞頓，大是辛苦，小弟這裏謝過。」都大錦拱手還禮，說道：「好說，好說。」那人道：「這位爺台傷勢不輕，我們先接上山去施救。」都大錦巴不得早些脫卻干係，說道：「好，那麼我們在這裏把人交給武當派了。」那人道：「都兄放心，由小弟負責便是。都兄的鏢金已付清了麼？」都大錦道：「早已收足。」

那人從懷中取出一隻金元寶，約有二十兩之譜，長臂伸出，說道：「些些茶資，請都兄賞給各位兄弟。」都大錦推辭不受，說道：「二千兩黃金的鏢金，說甚麼都夠了，都某並不是貪得無厭之人。」那人道：「嗯，給了二千兩黃金！」他身旁二人縱馬上前，一人躍上車夫的座位，接過馬韁，趕車先行，其餘四人護在車後。

那面生黑痣的人手一揚，輕輕將金元寶擲到都大錦面前，笑道：「都兄不必客氣，這便請回臨安去罷！」都大錦見元寶擲到面前，只得伸手接住，待要送還，那人勒過馬頭，急馳而去。只見五乘馬擁著一輛大車，轉過山坳，片刻間去得不見了影蹤。

都大錦看那金元寶時，見上面揑出了五個指印，深入數分。黃金雖較銅鐵柔軟得多，但如此指力，卻也令人不勝駭異。都大錦呆呆的望著，心道：「武當七俠的大名，果然不是僥倖得來。我少林派中，只怕只有幾位精研金剛指力的師伯叔方有如此功力。」

祝鏢頭見他瞪視金錠上的指印呆呆出神，說道：「總鏢頭，武當門下的子弟，未免太不明禮數，見了面也不通名道姓，咱們千里迢迢的趕來，到了武當山腳下，又不請上山去留膳留宿。大家武林一脈，可太不夠朋友啦。」

都大錦心中早就不滿，只是沒說出口，當下淡淡一笑，道：「省了咱們幾步路，那不好麼？少林子弟進了武當派的道觀之中，原是十分尷尬。兩位賢弟，打道回府去罷！」

這一趟走鏢，雖然沒出半點岔子，但事事給人蒙在鼓裏，而有意無意之間又是處處給人折辱，武當七俠連姓名也不肯說，顯是絲毫沒將他放在眼內，都大錦越想越是不忿，暗自盤算如何方能出這一口惡氣。一行人眾原路而回，都大錦心中不快，眾鏢師和趟子手卻人人興高采烈，想起十天十夜辛苦，換來了二千兩黃金的鏢金，總鏢頭向來出手慷慨，弟兄們定可分到一筆豐厚的花紅謝禮。

行到向晚，離雙井子已不過十餘里路，祝鏢頭見都大錦神情鬱鬱，說道：「總鏢頭，今日此事，那也不必介懷，山高水長，江湖上他年總有相逢之時，瞧武當七俠的威風又能使得到幾時？」都大錦嘆道：「有一件事，我心中好生懊悔。」祝鏢頭道：「甚麼事？」

說到此處，忽聽得身後馬蹄聲響，一乘馬自後趕來，蹄聲得得，行得甚是悠閒，但說也奇怪，那馬卻越追越近。眾人回頭瞧時，原來那馬四腿特長，身子較之尋常馬匹高了一尺有餘，腿一長，自然走得快了。那馬是匹青驄，遍體油毛。

祝鏢頭讚了句：「好馬！」又道：「總鏢頭，咱們沒甚麼幹得不對啊？」都大錦黯然道：「我是說二十五年前的事。那時我在少林寺學藝滿師。恩師留我再學五年，把一套大韋陀掌學全了。當時我年少氣盛，自以為憑著當時的本事，已足以在江湖上行走，不耐煩再在寺中吃苦，不聽恩師之言。唉，當年若能多下五年苦功，今日又怎會把甚麼武當七俠放在眼內，也不致受他們這番羞辱了……」正說到此處，那青驄馬從鏢隊身旁掠過，馬上乘者斜眼向都大錦和祝鏢頭打量了幾眼，臉上大有詫異之色。

都大錦見有生人行近，當即住口，見馬上乘者是個二十一二歲的少年，面目俊秀，雖然略覺清癯，但神朗氣爽，身形的瘦弱竟掩不住一股剽悍之意。那少年抱拳道：「借光，借光。」他胯下青驄馬邁開長腿，越過鏢隊，一直向前去了。

都大錦望著那人後影，道：「祝賢弟，你瞧這是何等樣的人物？」祝鏢頭道：「他從山上下來，說不定也是武當派的弟子了。只是他沒帶兵刃，身子又這般瘦弱，似乎不是練家子的模樣。」剛說了這句話，那少年突然圈轉馬頭，奔了回來，遠遠抱拳道：「勞駕！小弟有句話動問，請勿見怪。」

都大錦見他說得客氣，便勒馬說道：「尊駕要問甚麼事？」那少年望了望趟子手中高舉著的躍鯉鏢旗，道：「貴局可是臨安府龍門鏢局麼？」祝鏢頭道：「正是！」那少年道：「請問幾位高姓大名？貴局都總鏢頭可好？」祝鏢頭雖見他彬彬有禮，但江湖上人心難測，不能逢人便吐真言，說道：「在下姓祝。朋友貴姓？和敝局都總鏢頭可是相識？」

那少年翻身下鞍，一手牽韁，走上幾步，說道：「在下姓張，賤字翠山。素仰貴局都總鏢頭大名，只是無緣得見。」

他這一報名自稱「張翠山」，都大錦和祝、史二鏢頭都是一驚。張翠山在武當七俠中名列第五。近年來武林中多有人稱道他的大名，均說他武功極是了得，想不到竟是這樣一個文質彬彬、弱不禁風的少年。都大錦將信將疑，縱馬上前，道：「在下便是都大錦，閣下可是江湖上人稱『銀鉤鐵劃』的張五俠麼？」

那少年微笑道：「甚麼俠不俠的，都總鏢頭言重了。各位來到武當，怎地過門不入？今日正是家師九十壽誕之期，倘若不躭誤各位要事，便請上山去喝杯壽酒如何？」

都大錦聽他說得誠懇，心想：「武當七俠人品怎地如此大不相同？那六人傲慢無禮，這位張五俠卻十分的謙和可親。」於是也躍下馬來，笑道：「倘若令師兄也如張五俠這般愛朋友，我們這時早在武當山上了。」張翠山道：「怎麼？總鏢頭見過我師兄了？是那一個？」

都大錦心想：「你真會做戲，到這時還在假作癡呆。」說道：「在下今日運氣不差，一日之間，武當七俠人人都會遍了。」張翠山「啊」的一聲，呆了一呆，問道：「我俞三哥你也見到了麼？」都大錦道：「俞岱巖俞三俠麼？我可不知那一位是俞三俠。只是六個人一起見了，俞三俠總也在內。」

張翠山道：「六個人？這可奇了？是那六個啊？」都大錦怫然道：「你這幾位師兄弟不肯通名道姓，我怎知道？閣下既是張五俠，那六位自然是宋大俠以至莫七俠六位了。」他說到每個「俠」字，都頓了一頓，聲音拖長，頗含譏諷之意。

但張翠山正自思索，並沒察覺，又問：「都總鏢頭當真見了？」都大錦道：「不但是我見了，我這鏢行一行人數十對眼睛，齊都見了。」張翠山搖頭道：「那決計不會，宋師哥他們今日一直在山上紫霄宮中侍奉師父，沒下山一步。師父和宋師哥見俞三哥過午還不上山，命小弟下山等候，怎地都鏢頭會見到宋師哥他們？」

都大錦道：「那位臉頰上生了一顆大黑痣，痣上有三莖長毛的，是宋大俠呢？還是俞二俠？」張翠山一楞，道：「我師兄弟之中，並無一人頰上有痣，痣上生毛。」

都大錦聽了這幾句話，一股涼氣從心底直冒上來，說道：「那六人自稱是武當六俠，既在武當山下現身，其中又有兩個是黃冠道人，我們自然……」張翠山插口道：「我師父雖是道人，但他所收的卻都是俗家弟子。那六人自稱是『武當六俠』麼？」

都大錦回思適才情景，這才想起，是自己一上來便把那六人當作武當六俠，對方卻並無一句自表身分的言語，只是對自己的誤會沒加否認而已，不禁和祝史二鏢頭面面相覷，隔了半晌，才道：「如此說來，這六人只怕不懷好意，咱們快追！」說著翻身上馬，撥過馬頭，順著上坡的山路疾馳。

張翠山也跨上了青驄馬。那馬邁開長腿，不疾不徐的和都大錦的坐騎齊肩而行。張翠山道：「那六人混冒姓名，都兄便由得他們去罷！」都大錦氣喘喘的道：「可是那人呢？俺受人重囑，要將那人送上武當山來交給張真人。這六人假冒姓名，接了那個人去，只怕……只怕事情要糟……」張翠山道：「都兄送誰來給我師父？那六人接了誰去？」

都大錦催馬急奔，一面將如何受人囑託送一個身受重傷之人來到武當山之事說了。張翠山頗為詫異，問道：「那受傷之人是甚麼姓名？年貌如何？」都大錦道：「也不知他姓甚名誰，他傷得不會說話，不能動彈，只賸下一口氣了。這人約莫三十左右年紀。」跟著說了俞岱巖的相貌模樣。

張翠山大吃一驚，叫道：「這……這便是我俞三哥啊。」他雖心中慌亂，但片刻間隨即鎮定，左手一伸，勒住了都大錦的馬韁。

那馬奔得正急，被張翠山這麼一勒，便即硬生生的斗地停住，再也上前不得半步，嘴邊鮮血長流，縱聲而嘶。都大錦斜身落鞍，刷的一聲，拔出了單刀，心下暗自驚疑，瞧不出此人身形瘦弱，這一勒之下，竟能立止健馬。

張翠山道：「都大哥不須誤會，你千里迢迢的護送我俞三哥來此，小弟只有感激，決無別意。」都大錦「嗯」了一聲，將單刀刀頭插入鞘中，右手仍是執住刀柄。

張翠山道：「我俞三哥怎會受傷？對頭是誰？是何人請都大哥送他前來？」對這三句問話，都大錦卻是一句也答不上來。張翠山皺起眉頭，又問：「接了我俞三哥去的人是怎生模樣？」史鏢頭口齒靈便，搶著說了。張翠山道：「小弟先趕一步。」一抱拳，縱馬狂奔。

青驄馬緩步而行，已然迅疾異常，這一展開腳力，但覺耳邊風生，山道兩旁樹木不住倒退。武當七俠同門學藝，連袂行俠，當真情逾骨肉，張翠山聽得師哥身受重傷，又落入了不明來歷之人手中，心急如焚，不住的催馬，這匹駿馬便立時倒斃，那也顧不得了。

一口氣奔到了草店，那是一處三岔口，一條路通向武當山，另一條路東北而行至鄖陽。張翠山心想：「這六人若是好心送俞三哥上山，那麼適才下山時我定會撞到。」雙腿一挾，縱馬向東北方追了下去。

這一陣急奔，足有大半個時辰，坐騎雖壯，卻也支持不住，越跑越慢，眼見天色漸漸黑了下來，這一帶山上人跡稀少，無從打聽。張翠山不住思索：「俞三哥武功卓絕，怎會被人打得重傷？但瞧那都大錦的神情，卻又不是說謊？」眼看將至十偃鎮，忽見道旁一輛大車歪歪的倒臥在長草之中。再走近幾步，但見拉車的騾子頭骨破碎，腦漿迸裂，死在地下。

張翠山飛身下馬，掀開大車的簾子，只見車中無人，轉過身來，卻見長草中一人俯伏，動也不動，似已死去多時。張翠山心中砰砰亂跳，搶將過去，瞧後影正是三師兄俞岱巖，急忙伸臂抱起。暮色蒼茫之中，只見他雙目緊閉，臉如金紙，神色甚是可怖，張翠山又驚又痛，伸過自己臉頰去挨在他的臉上，感到略有微溫。張翠山大喜，伸手摸他胸口，覺得他一顆心尚在緩緩跳動，只是時停時跳，說不定隨時都能止歇。

張翠山垂淚道：「三哥，你……你怎麼……我是五弟……五弟啊！」抱著他慢慢站起身來，卻見他雙手雙足軟軟垂下，原來四肢骨節都已被人折斷。但見指骨、腕骨、臂骨、腿骨到處冒出鮮血，顯是敵人下手不久，而且是逐一折斷，下手之毒辣，實令人慘不忍睹。

張翠山怒火攻心，目眥欲裂，知道敵人離去不久，憑著健馬腳力，當可追趕得上，狂怒之下，便欲趕去廝拚，但隨即想起：「三哥命在頃刻，須得先救他性命要緊。君子報仇，十年未晚。」偏偏下山之際預擬片刻即回，身上沒帶兵刃藥物，眼看著俞岱巖這等情景，馬行顛簸，每一震盪便增加他一分痛楚。當下穩穩的將他抱在手中，展開輕功，向山上疾行。那青驄馬跟在身後，見主人不來乘坐，似乎甚感奇怪。

這一日是武當派創派祖師張三丰的九十壽辰。當天一早，紫霄宮中便喜氣洋洋，六個弟子自大弟子宋遠橋以下，逐一向師父拜壽。只是七弟子中少了個俞岱巖不到。張三丰和諸弟子知道俞岱巖做事穩重，到南方去誅滅的那個劇盜也不是如何厲害的人物，預計當可及時趕到。但等到正午，仍不見他人影。眾人不耐起來，張翠山便道：「弟子下山接三哥去。」

那知他一去之後，也是音訊全無。按說他所騎的青驄馬腳力極快，便是直迎到老河口，也該回轉了，不料直到酉時，仍不見回山。大廳上壽筵早已擺好，紅燭高燒，已點去了小半枝。眾人都有些心緒不寧起來。六弟子殷梨亭、七弟子莫聲谷在紫霄宮門口進進出出，也不知已有多少遍。張三丰素知這兩個弟子的性格，俞岱巖穩重可靠，能擔當大事，張翠山聰明機靈，辦事迅敏，從不拖泥帶水，到這時還不見回山，定是有了變故。

宋遠橋望了望紅燭，陪笑道：「師父，三弟和五弟定是遇下了甚麼不平之事，因之出手干預。師父常教訓我們要積德行善，今日你老人家千秋大喜，兩個師弟幹一件俠義之事，那才是最好不過的壽儀啊。」張三丰一摸長鬚，笑道：「嗯嗯，我八十歲生日那天，你救了一個投井寡婦的性命，那好得很啊。只是每隔十年才做一件好事，未免叫天下人等得心焦。」五個弟子一齊笑了起來。張三丰生性詼諧，師徒之間也常說笑話。

四弟子張松溪道：「你老人家至少活到二百歲，我們每十年幹樁好事，加起來也不少啦。」七弟子莫聲谷笑道：「哈哈，就怕我們七個弟子沒這麼多歲數好活……」

他一言未畢，宋遠橋和二弟子俞蓮舟一齊搶到滴水簷前，叫道：「是三弟麼？」只聽得張翠山道：「是我！」聲音中帶著嗚咽。只見他雙臂橫抱一人，搶了進來，滿臉血污混著汗水，奔到張三丰面前一跪，泣不成聲，叫道：「師父，三……三哥受人暗算……」

眾人大驚之下，只見張翠山身子一晃，向後便倒。他這般足不停步的長途奔馳，加之心中傷痛，終於支持不住，一見到師父和眾同門，竟自暈去。

宋遠橋和俞蓮舟知張翠山之暈，只是心神激盪，再加疲累過甚，三師弟俞岱巖卻是存亡未卜，兩人不約而同的伸手將俞岱巖抱起，只見他呼吸微弱，只賸下遊絲般一口氣。

張三丰見愛徒傷成這般模樣，胸中大震，當下不暇詢問，奔進內堂取出一瓶「白虎奪命丹」。丹瓶口本用白蠟封住，這時也不及除蠟開瓶，左手兩指一揑，瓷瓶碎裂，取出三粒白色丹藥，餵在俞岱巖嘴裏。但俞岱巖知覺已失，那裏還會吞嚥？

張三丰雙手食指和拇指虛拿，成「鶴嘴勁」勢，以食指指尖點在俞岱巖耳尖上三分處的

「龍躍竅」，運起內力，微微擺動。以他此時功力，這「鶴嘴勁點龍躍竅」使將出來，便是新斷氣之人也能還魂片刻，但他手指直擺到二十下，俞岱巖仍是動也不動。

張三丰輕輕嘆了口氣，雙手揑成劍訣，掌心向下，兩手雙取俞岱巖「頰車穴」。那「頰車穴」就在腮上牙關緊閉的結合之處，張三丰陰手點過，立即掌心向上，翻成陽手，一陰一陽，交互變換，翻到第十二次時，俞岱巖終於張開了口，緩緩將丹藥吞入喉中。

殷梨亭和莫聲谷一直提心吊膽，這時「啊」的一聲，同時叫了出來。

但俞岱巖喉頭肌肉僵硬，丹藥雖入咽喉，卻不至腹。張松溪便伸手按摩他喉頭肌肉。張三丰隨即伸指閉了俞岱巖肩頭「缺盆」、「俞府」諸穴，尾脊的「陽關」、「命門」諸穴，讓他醒轉之後，不致因四肢劇痛而重又昏迷。

宋遠橋和俞蓮舟平素見師父無論遇到甚麼疑難驚險大事，始終泰然自若，但這一次雙手竟然微微發顫，眼神中流露出惶惑之色，兩人均知三師弟之傷，實是非同小可。

過不多時，張翠山悠悠醒轉，叫道：「師父，三哥還能救麼？」張三丰不答，只道：「翠山，世上誰人不死？」

只聽得腳步聲響，一個小童進來報道：「觀外有一干鏢客求見祖師爺，說是臨安府龍門鏢局的都大錦。」

張翠山霍地站起，滿臉怒色，喝道：「便是這廝！」縱身出去，只聽得門外嗆啷啷幾聲響，兵刃落地。殷梨亭和莫聲谷正要搶出去相助師兄，只見張翠山右手抓住一條大漢的後心，提了進來，往地下重重一摔，怒道：「都是這廝壞的大事！」

莫聲谷聽是這人害得三師哥如此重傷，伸腳便往都大錦身上踢去。宋遠橋低喝：「且慢！」莫聲谷當即收腳。

只聽得門外有人叫道：「你武當派講理不講？我們好意求見，卻這般欺侮人麼？」宋遠橋眉頭微皺，伸手在都大錦後肩和背心拍了幾下，解開張翠山點了他的穴道，說道：「門外客人不須喧譁，請稍待片刻，自當分辨是非。」這兩句話語氣威嚴，內力充沛。祝史兩鏢頭聽了，登時氣為之懾，只道是張三丰出言喝止，那裏還敢囉唣？

宋遠橋道：「五弟，三弟如何受傷，你慢慢說，不用氣急。」張翠山向都大錦狠狠瞪了一眼，才將龍門鏢局如何受託護送俞岱巖來武當山、卻給六個歹人冒名接去之事說了。宋遠橋見都大錦這等功夫，早知決非傷害俞岱巖之人，何況既敢登門求見，自是心中不虛，當下和顏悅色的向都大錦詢問經過。

都大錦一一照實而說，最後慘然道：「宋大俠，我姓都的辦事不周，累得俞三俠遭此橫禍，自是該死。我們臨安滿局子的老小，此時還不知性命如何呢。」

張三丰一直雙掌貼著俞岱巖「神藏」「靈台」兩穴，鼓動內力送入他體內，聽都大錦說到這裏，忽道：「蓮舟，你帶同聲谷，立即動身去臨安，保護龍門鏢局的老小。」

俞蓮舟答應了，心中一怔，但即明白師父慈悲之心，俠義之懷，那姓殷的客人既然說過，這件事中途若有半分差池，要殺得他們龍門鏢局滿門雞犬不留，這雖是一句恫嚇之言，但都大錦等好手均出外走鏢，倘若鏢局中當真有甚危難，卻是無人抵擋。

張翠山道：「師父，這姓都的胡塗透頂，三師哥給他害成這個樣子，咱們不找他麻煩，也就是了，怎能再去保護他的家小？」張三丰搖了搖頭，並不答話。宋遠橋道：「五弟，你怎地心胸這般狹窄？都總鏢頭千里奔波，為的是誰來？」張翠山冷笑道：「他還不是為了那二千兩黃金。難道他對俞三哥還存著甚麼好心？」

都大錦一聽，登時滿臉通紅，但捫心自問，所以接這趟鏢，也確是為了這筆厚酬。

宋遠橋喝道：「五弟，對客人不得無禮，你累了半天，快去歇歇罷！」武當門中，師兄威權甚大，宋遠橋為人端嚴，自俞蓮舟以下，人人對他極是尊敬，張翠山聽他這麼一喝，不敢再作聲了，但關心俞岱巖的傷勢，卻不去休息。宋遠橋道：「二弟，師父有命，你就同七弟連夜動程，事情緊急，不得躭誤。」俞蓮舟和莫聲谷答應了，各自去收拾衣物兵刃。

都大錦見俞莫二人要趕赴臨安去保護自己家小，心中一股說不出的滋味，抱拳向張三丰道：「張真人，晚輩的事，不敢驚動俞莫二俠，就此告辭。」

宋遠橋道：「各位今晚請在敝處歇宿，我們還有一些事請教。」他說話聲音平平淡淡，但自有一股威嚴，教人無法抗拒。都大錦只得默不作聲，坐在一旁。

俞蓮舟和莫聲谷拜別師父，依依不捨的望了俞岱巖幾眼，下山而去。兩人心頭極是沉重，也不知這一次是生離還是死別，不知日後是否還能和俞岱巖相見。

這時大廳中一片寂靜，只聽得張三丰沉重的噴氣和吸氣之聲，又見他頭頂心熱氣繚繞，猶似蒸籠一般。約莫過了半個時辰，突然俞岱巖「啊」的一聲大叫，聲震屋瓦。都大錦嚇了一跳，偷眼瞧張三丰時，見他臉上不露喜憂之聲，無法猜測俞岱巖這一聲大叫主何吉凶。

張三丰緩緩的道：「松溪、梨亭，你們抬三哥進房休息。」張松溪和殷梨亭抬了傷者進房，回身出來。殷梨亭忍不住問道：「師父，三哥的武功能全部復原嗎？」張三丰嘆了一口長氣，隔了半晌，才道：「他能否保全性命，要一個月後方能分曉，但手足筋斷骨折，終是無法再續。這一生啊，這一生啊……」說著淒然搖頭。殷梨亭突然哇的一聲，哭了出來。

張翠山霍地跳起，拍的一聲，便打了都大錦一個耳光。這一下出手如電，都大錦忙伸手擋格，但手臂伸出時，臉上早已中掌。張翠山怒氣難以遏制，左肘彎過，往他腰眼裏撞去。這一下仍是極快，但張松溪伸掌在張翠山肩頭一推，張翠山這肘槌便落了空。都大錦向後一讓，噹的一聲，一隻金元寶從他懷中落下地來。

張翠山左足一挑，將金元寶挑了起來，伸手接住，冷笑道：「貪財無義之徒，人家送你一隻金元寶，你便將我三哥送給人家作踐……」話未說完，突然「咦」的一聲，瞧著金元寶上所捏出的五個指印，道：「大師哥，這……這是少林派的金剛指功夫啊。」

宋遠橋接過金元寶，看了片刻，遞給師父。張三丰將金元寶翻來覆去看了幾遍，和宋遠橋對望一眼，均不說話。

張翠山大聲道：「師父，這是少林派的金剛指功夫。天下再沒有第二個門派會這門功夫。你說是不是，你說是不是啊？」

在這一瞬之間，張三丰想起了自己幼時如何在少林寺藏經閣中侍奉覺遠禪師，如何和崑崙三聖何足道對掌，如何被少林僧眾追捕而逃上武當，數十年間的往事，猶似電閃般在心頭一掠而過。他臉上一陣迷惘，從那金元寶上的指印看來，明明是少林派的金剛指法，張翠山說得不錯，方今之世，確是再無別個門派會這一項功夫。自己武當門的功夫講究內力深厚，不練這類碎金裂石的硬功，而其餘外家門派，儘有威猛凌厲的掌力、拳力、臂力、腿力，以至頭槌、肘槌、膝槌、踭槌，說到指力，卻均無這般造詣。聽得張翠山連問兩聲，若是說出真相，門下眾弟子決不肯和少林派干休，如此武林中領袖羣倫的兩大門派，相互間便要惹起極大風波了。

張翠山見師父沉吟不語，已知自己所料不錯，又問：「師父，武林中是否有甚麼奇人異士，能自行練成這門金剛指力？」

張三丰緩緩搖頭，說道：「少林派累積千年，方得達成這等絕技，決非一蹴而至，就算是絕頂聰明之人，也無法自創。」他頓了一頓，又道：「我當年在少林寺中住過，只是未蒙傳授武功，直到此時，也不明白尋常血肉之軀如何能練到這般指力。」

宋遠橋眼中突然放出異樣光芒，大聲說道：「三弟的手足筋骨，便是給這金剛指力捏斷的。」殷梨亭「啊」的一聲，眼中淚光瑩瑩，忍不住又要流下淚來。

都大錦聽說殘害俞岱巖的人竟是少林派弟子，更是驚惶，張大了口合不攏來，過了一陣才道：「不……決計不會的，我在少林寺中學藝十餘年，從未見過這個臉生黑痣之人。」

宋遠橋凝視他雙眼，不動聲色的道：「六弟，你送都總鏢頭他們到後院休息，預備酒飯，囑咐老王好好招呼遠客，不可怠慢。」殷梨亭答應了，引導都大錦一行人走向後院。都大錦還想辯解幾句，但在這情景之下，卻一句話也說不出來了。

殷梨亭安頓了眾鏢師後，再到俞岱巖房中去，只見三師哥睜目瞪視，狀如白癡，那裏還是平時英爽豪邁的模樣，不由得一陣心酸，叫了聲「三哥」，掩面奔出，衝入大廳，見宋遠橋等都坐在師父身前，於是挨著張翠山肩側坐下。

張三丰望著天井中的一棵大槐樹出神，搖頭道：「這事好生棘手，松溪，你說如何？」

武當七弟子中以張松溪最是足智多謀。他平素沉默寡言，但潛心料事，言必有中，自張翠山抱了俞岱巖上山，他雖心中傷痛，但一直在推想其中的過節，這時聽師父問起，說道：「據弟子想，罪魁禍首不是少林派，而是屠龍刀。」

張翠山和殷梨亭同時「啊」的一聲。宋遠橋道：「四弟，這中間的事理，你必已推想明白，快說出來再請師父示下。」

張松溪道：「三哥行事穩健，對人很夠朋友，決不致輕易和人結仇。他去南方所殺的那個劇盜，是個下三濫，為武林人物所不齒，少林派決不致為了此人而下手傷害三哥。」張三丰點了點頭。張松溪又道：「三哥手足筋骨折斷，那是外傷，但在浙江臨安府已身中劇毒。據弟子想，咱們首先要去臨安查詢三哥如何中毒，是誰下的毒手？」

張三丰點了點頭，道：「岱巖所中之毒，異常奇特，我還沒想出是何種毒藥。岱巖掌心有七個小孔，腰腿間有幾個極細的針孔。江湖之上，還沒聽說有那一位高手使這般歹毒的暗器。」宋遠橋道：「這事也真奇怪，按常理推想，發射這細小暗器而令三弟閃避不及，必是一流好手，但真正第一流的高手，怎又能在暗器上餵這等毒藥？」

各人默然不語，心下均在思索，到底那一門那一派的人物是使這種暗器的？過了半晌，五人面面相覷，都想不起誰來。

張松溪道：「那臉生黑痣之人何以要捏斷三哥的筋骨？倘若他對三哥有仇，一掌便能將他殺了，若是要他多受些痛苦，何不斷他脊骨，傷他腰肋？這道理很明顯，他是要逼問三哥的口供。他要問甚麼呢？據弟子推想，必是為了屠龍刀。那都大錦說：那六人之中有一人問道：『屠龍刀呢？是在誰的手中？』」

殷梨亭道：「『武林至尊，寶刀屠龍，號令天下，莫敢不從。倚天不出，誰與爭鋒』，這句話傳了幾百年，難道時至今日，真的出現了一把屠龍刀？」

張三丰道：「不是幾百年，最多不過七八十年，當我年輕之時，就沒聽過這幾句話。」張翠山霍地站起，說道：「四哥的話對，傷害三哥的罪魁禍首，必是在江南一帶，咱們便找他去。只是那少林派的惡賊下手如此狠辣，咱們也決計放他不過。」

張三丰向宋遠橋道：「遠橋，你說目下怎生辦理？」近年來武當派中諸般事務，張三丰都已交給了宋遠橋，這個大弟子處理得井井有條，早已不用師父勞神。他聽師父如此說，站起身來，恭恭敬敬的道：「師父，這件事不單是給三弟報仇雪恨，還關連著本派的門戶大事，若是應付稍有不當，只怕引起武林中的一場大風波，還得請師父示下。」

張三丰道：「好！你和松溪、梨亭二人，持我的書信到嵩山少林寺去拜見方丈空聞禪師，告知此事，請他指示。這件事咱們不必插手，少林門戶嚴謹，空聞方丈望重武林，必有妥善處置。」宋遠橋、張松溪、殷梨亭三人一齊肅立答應。

張松溪心想：「倘若只不過送一封信，單是差六弟也就夠了。師父命大師哥親自出馬，還叫我同去，其中必有深意，想是還防著少林寺護短不認，叫我們相機行事。」

果然張三丰又道：「本派與少林派之間，情形很是特殊。我是少林寺的逃徒，這些年來，總算他們瞧我一大把年紀，不上武當山來抓我回去，但兩派之間，總是存著芥蒂。」說到這裏莞爾一笑，又道：「你們上少林寺去，對空聞方丈固當恭敬，但也不能墮了本門的聲名。」宋張殷三弟子齊聲答應。

張三丰轉頭對張翠山道：「翠山，你明兒動身去江南，設法查詢，一切聽二師哥的吩咐。」張翠山垂手答應。

張三丰道：「今晚這杯壽酒也不用再喝了。一個月之後，大家在此聚集，岱巖倘若不治，師兄弟也可和他再見上一面。」他說到這裏，不禁淒然，想不到威震武林數十載，臨到九十之年，心愛的弟子竟爾遭此不幸。殷梨亭伸袖拭淚，抽抽噎噎的哭了起來。張三丰袍袖一揮，道：「大家去睡罷。」

宋遠橋勸道：「師父，三師弟一生行俠仗義，積德甚厚，常言道吉人自有天相，老天爺有眼，總不該讓他……讓他夭折……」但說到後來，眼淚已滾滾而下，知道若再相勸，只有徒增師父傷感，於是和諸師弟向師父道了安息，分別回房。

註：據舊籍載，張三丰之七名弟子為宋遠橋、俞蓮舟、俞岱巖、張松溪、張翠山、殷利亨、莫聲谷七人。殷利亨之名當取義於易經「元亨利貞」，但與其餘六人不類，茲就其形似而改名為「梨亭」。

四

字作喪亂意彷徨

只見師父臨空以手指書寫，
筆劃漸長，手勢卻越來越慢，
到後來縱橫開闔，宛如施展拳腳一般。
這二十四個字合在一起，
分明是一套極高明的武功，
每一字包含數招，便有數般變化。

張翠山滿懷傷痛惱怒，難以發洩，在床上躺了一個多時辰，悄悄起身，決意去打都大錦一頓出口氣。他生怕大師兄、四師兄干預，不敢發出聲息，將到大廳時，只見大廳上一人背負著雙手，不停步的走來走去。

黑暗朦朧中見這人身長背厚，步履凝重，正是師父。張翠山藏身柱後，不敢走動，心知即令立刻回房，也必為師父知覺，他查問起來，自當實言相告，不免招一場訓斥。

只見張三丰走了一會，仰視庭除，忽然伸出右手，在空中一筆一劃的寫起字來。張三丰文武兼資，吟詩寫字，弟子們司空見慣，也不以為異。張翠山順著他手指的筆劃瞧去，原來寫的是「喪亂」兩字，連寫了幾遍，跟著又寫「荼毒」兩字。張翠山心中一動：「師父是在空臨『喪亂帖』。」他外號叫作「銀鉤鐵劃」，原是因他左手使爛銀虎頭鉤、右手使鑌鐵判官筆而起，他自得了這外號後，深恐名不副實，為文士所笑，於是潛心學書，真草隸篆，一一遍習。這時見師父指書的筆致無垂不收，無往不復，正是王羲之「喪亂帖」的筆意。

這「喪亂帖」張翠山兩年前也曾臨過，雖覺其用筆縱逸，清剛峭拔，總覺不及「蘭亭詩序帖」、「十七帖」各帖的莊嚴肅穆，氣象萬千，這時他在柱後見師父以手指臨空連書「羲之頓首：喪亂之極，先墓再離荼毒，追惟酷甚」這十八個字，一筆一劃之中充滿了拂鬱悲憤之氣，登時領悟了王羲之當年書寫這「喪亂帖」時的心情。

王羲之是東晉時人，其時中原板蕩，淪於異族，王謝高門，南下避寇，於喪亂之餘，先人墳墓慘遭毒手，自是說不出滿腔傷痛，這股深沉的心情，盡數隱藏在「喪亂帖」中。張翠山翩翩年少，無牽無慮，從前怎能領略到帖中的深意？這時身遭師兄存亡莫測的大禍，方懂得了「喪亂」兩字、「荼毒」兩字、「追惟酷甚」四字。

張三丰寫了幾遍，長長嘆了口氣，步到中庭，沉吟半晌，伸出手指，又寫起字來。這一次寫的字體又自不同。張翠山順著他手指的走勢看去，但看第一字是個「武」字，第二個寫了個「林」字，一路寫下來，共是二十四字，正是適才提到過的那幾句話：「武林至尊，寶刀屠龍。號令天下，莫敢不從。倚天不出，誰與爭鋒？」想是張三丰正自琢磨這二十四個字中所含的深意，推想俞岱巖因何受傷？此事與倚天劍、屠龍刀這兩件傳說中的神兵利器到底有甚麼關連？

只見他寫了一遍又是一遍，那二十四個字翻來覆去的書寫，筆劃越來越長，手勢卻越來越慢，到後來縱橫開闔，宛如施展拳腳一般。張翠山凝神觀看，心下又驚又喜，師父所寫的二十四個字合在一起，分明是一套極高明的武功，每一字包含數招，便有數般變化。「龍」字和「鋒」字筆劃甚多，「刀」字和「下」字筆劃甚少，但筆劃多的不覺其繁，筆劃少的不見其陋，其縮也凝重，似尺蠖之屈，其縱也險勁，如狡兔之脫，淋漓酣暢，雄渾剛健，俊逸處如風飄，如雪舞，厚重處如虎蹲，如象步。張翠山於目眩神馳之餘，隨即潛心記憶。這二十四個字中共有兩個「不」字，兩個「天」字，但兩字寫來形同而意不同，氣似而神不似，變化之妙，又是另具一功。

近年來張三丰極少顯示武功，殷梨亭和莫聲谷兩個小弟子的功夫大都是宋遠橋和俞蓮舟代授，因此張翠山雖是他的第五名弟子，其實已是他親授武功的關門弟子。從前張翠山修為未到，雖然見到師父施展拳劍，未能深切體會到其中博大精深之處。近年來他武學大進，這一晚兩人更是心意相通，情致合一，以遭喪亂而悲憤，以遇荼毒而拂鬱。張三丰情之所至，將這二十四個字演為一套武功。他書寫之初原無此意，而張翠山在柱後見到更是機緣巧合。師徒倆心神俱醉，沉浸在武功與書法相結合、物我兩忘的境界之中。

這一套拳法，張三丰一遍又一遍的翻覆演展，足足打了兩個多時辰，待到月湧中天，他長嘯一聲，右掌直劃下來，當真是星劍光芒，如矢應機，霆不暇發，電不及飛，這一直乃是「鋒」字的最後一筆。

張三丰仰天遙望，說道：「翠山，這一路書法如何？」

張翠山吃了一驚，想不到自己躲在柱後，師父雖不回頭，卻早知道了，當即走到廳口，說道：「弟子得窺師父絕藝，真是大飽眼福。我去叫大師哥他們出來一齊瞻仰，好麼？」

張三丰搖頭道：「我興致已盡，只怕再也寫不成那樣的好字了。遠橋、松溪他們不懂書法，便是看了，也領悟不多。」說著袍袖一揮，進了內堂。

張翠山不敢去睡，生怕著枕之後，適才所見到的精妙招數會就此忘了，當即盤膝坐下，一筆一劃、一招一式的默默記憶，當興之所至，便起身試演幾手。也不知過了多少時候，才將那二十四字二百一十五筆中的騰挪變化盡數記在心中。

他躍起身來，習練一遍，自覺揚波搏擊，雁飛鵰振，延頸協翼，勢似凌雲，全身都是輕飄飄的，有如騰雲駕霧一般，最後一掌直劈，呼的一響，將自己的衣襟掃下一大片來。張翠山心下驚喜，驀回頭，只見日頭晒在東牆。他揉了揉眼睛，只怕看錯了，一定神之下，才知日已過午，原來潛心練功，不知不覺的已過了大半天。

張翠山伸袖一抹額頭汗水，奔至俞岱巖房中，只見張三丰雙掌按住俞岱巖胸腹，正自運功替他療傷。張翠山出來一問，才知宋遠橋、張松溪、殷梨亭三人一早便去了，各人見他靜坐默想，都不來打擾他用功。龍門鏢局的一干鏢師也已下山。張翠山這時全身衣履都浸濕了汗水，但急於師兄之仇，不及沐浴更衣，帶了隨身的兵刃衣服，拿了幾十兩銀子，又至俞岱巖房中，說道：「師父，弟子去了。」張三丰點了點頭，微微一笑，意示鼓勵。

張翠山走近床邊，只見俞岱巖滿臉灰黑之氣，顴骨高聳，雙頰深陷，眼睛緊閉，除了鼻中尚在微微呼吸之外，直與死人無異。他心中酸痛，哽咽道：「三哥，我便粉身碎骨，也要為你報仇。」說著跪下向師父磕了個頭，掩面奔出。

他騎了那匹長腿青驄馬，疾下武當，這時天時已晚，只行了五十餘里天便黑了。他剛投店，天空烏雲密布，接著便下起傾盆大雨來。這一場雨越下越大，直落了一晚竟不停止。次日清晨起來，但見四下裏霧氣茫茫，耳中只聽到殺殺雨聲。張翠山向店家買了簑衣笠帽，冒雨趕路。虧得那青驄馬極是神駿，大雨之中，道路泥濘滑溜，但仍是奔馳迅捷。

趕到老河口過漢水時，但見黃浪混濁，江流滾滾，水勢極是凶險，一過襄樊，便聽得道路傳言，說道下游流水溝決了堤，傷人無數。這一日來到宜城，只見水災的難民拖兒帶女的逃了上來，大雨兀自未止，人人淋得極是狼狽。

張翠山正行之間，只見前面有一行人騎馬趕路，鏢旗高揚，正是龍門鏢局的眾鏢師。張翠山催馬上前，掠過了鏢隊，迴馬過來，攔在當路。

都大錦見是張翠山追到，心下驚惶，結結巴巴的道：「張……張五俠有何見教？」張翠山道：「水災的難民，都總鏢頭瞧見了麼？」都大錦沒料到他會問這句話，怔了一怔，道：「怎麼？」張翠山冷笑道：「要請善長仁翁，拿些黃金出來救濟災民啊。」都大錦臉上變色，道：「我們走鏢之人，在刀尖子上賣命混口飯吃，有甚麼力量賑濟救災？」張翠山低沉著嗓子道：「你把囊中那二千兩黃金，都給我拿出來。」都大錦手握刀柄，說道：「張五俠，你今日硬找上我姓都的了？」張翠山道：「不錯，我吃定你啦。」

祝史兩鏢頭各取兵刃，和都大錦並肩而立。張翠山仍是空著雙手，嘿嘿冷笑，說道：「都總鏢頭，你受人之祿，可曾忠人之事？這二千兩黃金，虧你有臉放在袋中。」

都大錦一張臉脹成了紫醬色，說道：「俞三俠不是已經到了武當山上？當他交在我們手中之時，他早便身受重傷，這時候可也沒死。」張翠山大怒，喝道：「你還強辯，我俞三哥從臨安出來時，可是手足折斷麼？」都大錦默然。

史鏢頭插口道：「張五俠，你到底要怎樣，劃下道兒來罷。」張翠山道：「我要將你們的手骨腳骨折得寸寸斷絕。」這句話一出口，倏地躍起，飛身而前。史鏢頭舉棍欲擊，張翠山左手一揮一掠，使出新學的那套武功，卻是「天」字訣的一撇。史鏢頭棍棒脫手，倒撞下馬。祝鏢頭待要退縮，卻那裏來得及？張翠山順手使出「天」字的一捺，手指掃中他腰肋，砰的一聲，將他連人帶鞍，摔出丈餘。原來祝鏢頭雙足牢牢鉤在鞍鐙之中，但張翠山這一捺勁道凌厲之極，馬鞍下的肚帶給他一掃迸斷，祝鏢頭足不離鐙，卻跌得爬不起來。

都大錦見他出手如此矯捷，一驚之下，提韁催馬向前急衝。張翠山轉身吐氣，左拳送出，卻是「下」字訣的一直，拍的一聲，已擊中他後心。都大錦身子一晃，他武功可比祝史二鏢頭高得多了，並不摔下馬來，惱怒之下，正欲下馬放對，突然間喉頭一甜，哇的一聲，噴出一口鮮血。他腳下一個踉蹌，吸一口氣，只覺胸口又有熱血湧上，雖是要強，卻也支持不住，雙膝一軟，坐倒在地。

鏢行中其餘三名青年鏢師和眾趟子手只驚得目瞪口呆，那敢上前相扶？

張翠山初時怒氣勃勃，原想把都大錦等一干人個個手足折斷，出一口胸中惡氣，待見自己隨手一掌一拳，竟將三個鏢師打得如此狼狽，都大錦更身受重傷，不禁暗暗驚異，自己事先絲毫沒想到，這套新學的二十四字「倚天屠龍功」竟有如此巨大威力。心中這麼一喜，便不想再下辣手，說道：「姓都的，今日我手下容情，打到你這般地步，也就夠了。你把囊中的二千兩黃金，盡數取將出來救濟災民。我在暗中窺探，只要你留下一兩八錢，我拆了你的龍門鏢局，將你滿門殺得雞犬不留。」最後這兩句話是他聽都大錦轉述的，這時忽然想到，隨口說了出來。

都大錦緩緩站起，但覺背心劇痛，略一牽動，又吐出一口鮮血。史鏢頭卻只受了些皮肉外傷，自知決非張翠山的對手，嘴頭上再也不敢硬了，說道：「張五俠，我們雖然受了人家的鏢金，但這一趟道中出了岔子，須得將金子還給人家。再說，那些金子存在臨安府鏢局子中，我們身在異鄉，這當口那裏有錢來救濟災民啊。」

張翠山冷笑道：「你欺我是小娃娃嗎？你們龍門鏢局傾巢而出，臨安府老家中沒好手看守，這黃金自是隨身攜帶。」他向鏢隊一行人瞧了幾眼，走到一輛大車旁邊，手起一掌，喀喇喇幾聲響，車廂碎裂，跌出十幾隻金元寶來。

眾鏢師臉上變色，相顧駭然，不知他何以竟知道這藏金之處。原來張翠山年紀雖輕，但隨著眾師兄行俠天下，江湖上的事見得多了。他見這輛大車在爛泥道中輪印最深，而三名青年鏢師眼見都大錦中拳跌倒，並不上前救助，反而齊向這輛大車靠攏，可想而知車中定是藏著貴重之物，眼見黃金跌得滿地，冷笑幾聲，翻身上馬，逕自去了。

適才這件事做得甚是痛快，料想都大錦等念著家中老小，不敢不將這二千兩黃金拿來救濟災民。張翠山一面趕路，一面默想那二十四字中的招數變化。他在那天晚上依樣模學，只覺得師父所使的招數奇妙莫測而已，豈知一經施展，竟具如斯神威，真比撿獲了無價之寶還要快活十倍，然一想到俞岱巖生死莫測，不自禁的又是一聲長嘆。

大雨中連接趕了幾日路，那青驄馬雖然壯健，卻也支持不住了，到得江西省地界，忽地口吐白沫，發起燒來。張翠山愛惜牲口，只得緩緩而行。這麼一來，到得臨安府時已是四月三十傍晚。

張翠山投了客店，尋思：「我在道上走得慢了，不知都大錦他們是否回了鏢局？二哥和七弟不知落腳何處？我已跟鏢局子的人破了臉，不便逕去拜會，今晚且上鏢局去一探。」用過晚膳，向店伴一打聽，得知龍門鏢局坐落在裏西湖畔。他到街上買了一套衣巾，又買一把杭州城馳名天下的摺扇，在澡堂中洗了浴，命待詔理髮梳頭，周身換得煥然一新，對鏡一照，儼然是個濁世佳公子，卻那裏像是個威揚武林的俠士？借過筆墨，想在扇上題些詩詞，但一拿到筆，自然而然的便寫下了那「倚天屠龍」的二十四字，一筆一劃，無不力透紙背，寫罷持扇一看，自覺得意，心道：「學了師父這套拳法之後，竟連書法也大進了。」輕搖摺扇，踱著方步，逕往裏西湖而去。

此時宋室淪亡，臨安府已陷入元人之手。蒙古人因臨安是南宋都城，深恐人心思舊，民戀故君，特駐重兵鎮壓。蒙古兵為了立威，比在他處更是殘暴，因此城中十室九空，居民泰半遷移到了別處。百年前臨安城中戶戶垂楊、處處笙歌的盛況，早已不可復睹。

張翠山一路行來，但見到處是斷垣殘瓦，滿眼蕭索，昔年繁華甲於江南的一座名城已幾若廢墟。其時天未全黑，但家家閉戶，街上稀見行人，唯見蒙古騎兵橫衝直撞，往來巡邏。張翠山不欲多惹事端，一聽到蒙古巡兵鐵騎之聲，便縮身在牆角小巷相避。

往昔一到夜晚，便是滿湖燈火，但這時張翠山走上白堤，只見湖上一片漆黑，竟無一個遊人。他依著店小二所言途徑，尋覓龍門鏢局的所在。

那龍門鏢局是座一連五進的大宅，面向裏西湖，門口蹲著一對白石獅子，氣象威武。張翠山遠遠便即望見，慢慢走近，只見鏢局門外湖中停泊著一艘遊船，船頭掛著兩盞碧紗燈籠，燈光下依稀見有一人據案飲酒。張翠山心道：「這人倒有雅興！」只見鏢局外懸著的大燈籠中沒點燃蠟燭，朱漆銅環的大門緊緊關閉，想是鏢局中人都已安睡。

張翠山走到門前，心道：「一個月之前，有人送三哥經這大門而入，卻不知那人是誰？」心中一酸，忽聽得背後有人幽幽嘆了口氣。

這一下嘆息，在黑沉沉的靜夜中聽來大是鬼氣森森，張翠山霍地轉身，卻見背後竟無一人，遊目環顧，除了湖上小舟中那個單身遊客之外，四下裏寂無人影。張翠山微覺驚訝，斜睨舟中遊客，只見他青衫方巾，和自己一樣，也是作文士打扮，朦朧中看不清他的面貌，只見他側面的臉色極是蒼白，給碧紗燈籠一照，映著湖中綠波，寒水孤舟，冷冷冥冥，竟不似塵世間人。但見他悄坐舟中，良久良久，除了風拂衣袖，竟是一動也不動。

張翠山本想從黑暗處越牆而入鏢局，但見了舟中那人，覺得夜踰人垣未免有些不夠光明正大，於是走到鏢局大門外，拿起門上銅環，噹噹噹的敲了三下。靜夜之中，這三下擊門聲甚是響亮，遠遠傳了出去。隔了好一陣，屋內無人出來應門。張翠山又擊三下，聲音更響了些，可是側耳傾聽，屋內竟無腳步之聲。他大是奇怪，伸手在大門上一推，那門無聲無息的開了，原來裏面竟沒上門。他邁步而入，朗聲道：「都總鏢頭在家麼？」說著走進大廳。

廳中黑沉沉地並無燈燭，便在此時，忽聽得砰的一聲響，大門竟然關上了。

張翠山心念一動，躍出大廳，只見大門已緊緊閉上，而且上了橫閂，顯是屋中有人。張翠山嘿嘿冷笑，心想：「鬧甚麼玄虛？」索性便大踏步闖進廳去。

一踏進廳門，只聽得前後左右風聲颯然，共有四人搶上圍攻。張翠山斜身躍開。黑暗中白光微閃，見這四人手中都拿著兵刃。他一個左拗步，搶到了西首，右掌自左向右平平橫掃，拍的一聲，打在一人的太陽穴上，登時將那人擊暈，跟著左手自右上角斜揮左下角，擊中了另一人的腰肋。這兩下是「不」字訣的一橫一撇。他兩擊得手，左手直鉤，右拳砰的一「點」，四筆寫成了一個「不」字，登時將四名敵人盡數打倒。

他不知暗伏廳中忽施襲擊的敵手是何等樣人，因此出手並不沉重，每一招都只使上了三分勁力。第四個給他一「點」中拳的敵人退出幾步，喀喇一響，壓碎了一張紅木椅子，喝道：「你如此狠毒，下這等辣手，是男兒漢大丈夫便留下姓名。」張翠山笑道：「我若真施辣手，你那裏還有命在？在下武當張翠山便是。」那人「咦」的一聲，似乎甚是驚異，說道：「你當真是武當派的張五……張五……銀鉤鐵劃張翠山？可不是冒名罷？」

張翠山微微一笑，伸手到腰間摸出兵刃，左手爛銀虎頭鉤，右手鑌鐵判官筆，兩件兵刃相交一擊，嗆啷啷一陣響亮，爆出幾點火花。

這火花一閃之間，張翠山已看清眼前跌倒的四人身穿黃色僧衣，原來都是和尚。那四個僧人中有兩個人面向著他，也見到了他的相貌。張翠山見這兩個僧人滿臉血污，眼光中流露出極度的怨毒，真似恨不得食己之肉、寢己之皮一般，奇道：「四位大師是誰？」

只聽一個僧人叫道：「這血海深仇，非今日能報，走罷！」說著四僧站起身來，往外便走，其中一人腳步踉蹌，走了幾步，摔倒在地，想是給張翠山擊得重了。兩個僧人返身扶起，奔出廳外。

張翠山叫道：「四位慢走！甚麼血海……」話未說完，四個僧人已越牆而出。

張翠山覺得今晚之事大是蹊蹺，沉思半晌，想不出一個所以然來，怎麼龍門鏢局之中竟埋伏著四個和尚？自己一進門便忽施突襲，又說甚麼「血海深仇」？心想：「此事只有詢問鏢局中人，方能釋此疑團。」提聲又問：「都總鏢頭在家麼？都總鏢頭在家麼？」大廳空曠，隱隱有回聲傳來，但鏢局中竟無一人答應。

他心道：「決不能都睡得死人一般。難道是怕了我，都躲了起來？又難道是人人出去避難，鏢局中沒了人？」當下從身邊取出火摺晃亮了，見茶几上放著一隻燭台，便點亮蠟燭，走向後堂，沒走得幾步，便見地下俯伏著一個女子，僵臥不動。張翠山叫道：「大姐，怎麼啦？」那女子仍是不動。張翠山扳起她肩頭，將燭台湊過去一照，不禁一聲驚呼。

只見這女子臉露笑容，但肌肉僵硬，早已死去多時。張翠山手指碰到她肩頭之時，已料到這女子或許已死，然而死人臉上竟是一副笑容，黑夜中斗然見到，禁不住吃了一驚。他站直身子，只見左前柱子後又僵臥著一人，走過去一看，卻是個僕役打扮的老者，也是臉露傻笑，死在當地。

張翠山心中大奇，左手從腰間拔出虎頭鉤，右手高舉燭台，一步步的四下察看，但見東一個、西一個，裏裏外外，一共死了數十人，當真是屍橫遍地，偌大一座龍門鏢局，竟沒留下一個活口。張翠山行走江湖，生平慘酷的事也見了不少，但驀地裏見到這等殺滅滿門的情景，禁不住心下怦怦亂跳，只見自己映在牆上的影子不住抖動，原來手臂發戰，燭火搖晃，映照得影子也顫慄起來。

他橫鉤悄立，心中猛地想起了兩句話：「路上若有半分差池，我殺得你龍門鏢局滿門雞犬不留。」眼前龍門鏢局人人皆死，顯是因都大錦護送俞岱巖不力之故，尋思：「那人下此毒手，皆因三哥而起，由此推想，他該當是三哥極要好的朋友。此人本領既高出都大錦甚多，又知此行途中可能會遇上凶險，然則他何不親自送來武當？三哥仁俠正直，嫉惡如仇，又怎能和這等心如蛇蝎之人交上朋友？」越想疑團越多，舉步從西廳走出。燭光下只見兩個黃衣僧人，背靠牆壁，瞪視著自己露齒而笑。

張翠山急退兩步，按鉤喝道：「兩位在此何事？」只見兩個僧人一動也不動，這才醒悟，原來兩人也早死了，突然心下一涼，叫道：「啊喲，不好，血海深仇，血海深仇……」適才那四名僧人說甚麼「你如此狠毒，下這等辣手，是男兒漢大丈夫便留下姓名。」又說：「這血海深仇，非今日能報。」看來龍門鏢局這筆數十口的血債，都要寫在自己頭上了。當時自己不明就裏，不但親報姓名，還露出仗以成名的銀鉤鐵劃兵刃。那四名黃衣僧人卻是甚麼來歷？

適才自己出手太快，只使了「不」字訣的四筆，便將四僧一一擊倒，沒來得及察看對方武功家數，但四僧撲擊時勁力剛猛，顯是少林派外家的路子。都大錦是少林子弟，這些少林僧多半是應龍門鏢局之邀前來赴援的，卻不知俞二哥和莫七弟到了何處，師父命他們前來保護龍門鏢局的老小，怎地以二哥之能，還是給人下了手去？

張翠山沉吟半晌，解開了若干疑團，尋思：「這四名少林僧一去，少林派自非找上我不可，但此事總有水落石出的一日，真兇到底是誰，少林武當兩派聯手，決無訪查不出之理。這裏一切且莫移動，眼下是找到二哥和七弟要緊。」吹滅燭火，走到牆邊，一躍而出。

人未落地，突聽得呼的一聲巨響，一件重兵刃攔腰橫掃而來，跟著聽得有人喝道：「張翠山，躺下了。」張翠山人在半空，無法閃避，敵人這一擊又是既狠且勁，危急之中，伸左掌在敵人兵刃上一按，一借力，輕輕巧巧的翻上了牆頭，這一招乃是「武」字訣中的一「戈」，正所謂「差池燕起，振迅鴻飛，臨危制節，中險騰機」，當千鈞一髮之際，轉危為安。他在無可奈何中行險僥倖，想不到新學的這套功夫重似崩石，輕如游霧，竟絕不費力的便化解了敵人雷霆般的一擊。他左足踏上牆頭，右手的判官筆已取在手中，敵人適才這攔腰一擊，剛猛勁狠，實是不可輕視的好手。

那出手襲擊之人見張翠山居然能如此從容的避開，也是大出意料之外，忍不住「咦」的一聲，喝道：「好小子，當真有兩下子。」

張翠山左鉤右筆，橫護前心，鉤頭和筆尖都斜向下方，這一招叫做「恭聆教誨」，乃是與武林前輩對敵之時的謙敬表示。對方如此驀地裏出手，張翠山若不是無意間跟師父學了一套從書法中化出來的武功，早已腰斷骨折，身受重傷，他心中雖然氣惱，但謹守師訓，對武林好手不敢失禮。

黑暗中但見牆下一左一右分站兩名身穿黃袍的僧人，每人手中都執著一根粗大禪杖。左首那僧人將禪杖在地下一頓，噹的一聲巨響，說道：「張翠山，你武當七俠也算是江湖上的成名人物，如何行事這等毒辣？」

張翠山聽他直斥己名，既不稱「張五俠」，也不叫一聲「張五爺」，心頭有氣，冷冷的道：「大師不問情由，不問是非，躲在牆下偷偷摸摸的忽施襲擊，這也算是英雄好漢的行徑嗎？素聞少林派武功馳名天下，想不到暗算手段也另有獨得之秘。」

那僧人怒吼一聲，橫挺禪杖，躍向牆頭，人未到，杖頭已然襲到。張翠山但覺一股勁風點至胸口，當下虎頭鉤一帶，封住了禪杖的來勢，判官筆疾點而出，噹的一聲，筆尖斜砸杖身。那僧人只覺手臂一震，竟爾站不上牆頭，重又落在地下。但此招一交，張翠山只覺雙臂發麻，原來這僧人膂力奇大，當下喝道：「兩位是誰，請通法號！」

右首那僧人緩緩的道：「貧僧圓音，這是我師弟圓業。」張翠山倒垂鉤筆，拱手道：「原來是少林派『圓』字輩的兩位大師，小可久仰清名，不知有何見教？」

圓音說話似乎有氣沒力，呼呼喘急，說道：「這事關係少林武當兩派的門戶大事，貧僧師兄弟乃少林派的小輩，沒份說甚麼話，只是今日既撞上了這件事，只想請問，龍門鏢局男女數十口，還有我兩個師姪，都死在張五俠手下。常言道人命關天，如何善後，要請張五俠的示下。」他說話似乎辭意謙抑，其實咄咄逼人，為人顯是比圓業厲害得多。

張翠山冷笑道：「龍門鏢局中的命案是何人所為，小可也正大感奇怪。大師一口咬定是小可下的毒手，可是大師親眼所見麼？」圓音叫道：「慧風，你來跟張五俠對質。」

樹叢後走出四名黃衣僧人，正是適才在鏢局中給張翠山一招「不」字訣擊倒的四僧。那法名慧風的僧人躬身道：「啟稟師伯，龍門鏢局數十口性命，還有慧通、慧光兩位師弟，都是……這姓張的惡賊下的手。」圓音道：「你們可是親眼所見？」慧風道：「確是親眼所見，若不是弟子等四人逃得快，也都已死在這惡賊的手下。」圓音道：「佛門弟子可不能打誑，此事關連我少林和武當兩大門派，你千萬胡說不得。」慧風雙膝跪地，合什說道：「我佛在上，弟子慧風所云，實是真情，決不敢欺矇師伯。」圓音道：「你將眼見的情景，一一說來。」張翠山聽到這裏，從牆頭上飄身而下。

圓業只道張翠山要加害慧風，揮動禪杖疾向他頭頸間掃去。張翠山頭一低，搶步上前，已轉到了慧風身後。圓業一擊不中，按著這伏魔杖的招數，本當帶轉禪杖，迴擊張翠山的肩頭，但他此時已站在慧風身後，禪杖若是迴轉，勢須先擊到慧風，一驚之下，硬生生的收住禪杖，喝道：「你待怎地？」

張翠山道：「我要仔仔細細的聽一聽，聽他說怎生見到我殺害鏢局中人。」

慧風眼見張翠山欺近自己身旁，相距不過兩尺，他只須手中兵刃一動，自己立時喪命，雖有兩位師伯在旁，卻也相救不及，但他心中憤怒，竟是凜然不懼，朗聲說道：「圓心師叔在江北接到都大錦師兄求救告急的書信，當即派慧通、慧光兩位師兄星夜啟程赴援，其後又傳來號令，命弟子帶同三名師弟，趕來龍門鏢局。我們一進鏢局，慧光師兄就說今夜恐有強敵到來，命我們四人埋伏在東邊照牆之下應敵，又說小心別中了敵人的調虎離山之計，不可隨便走動。」圓音道：「後來怎樣？說下去！」

慧風道：「天黑之後沒多久，便聽得慧通師兄呼叱喝罵，與人在後廳動手，接著他長聲慘呼，似乎身受重傷。我忙奔過去，只見他……他……已然圓寂，這姓張的惡賊……」

他說到這裏，霍地站起，伸著手指，直點到張翠山的鼻尖上，跟著道：「我親眼見你一掌把慧光師兄推到牆上，將他撞死。我自知不是你這惡賊的敵手，便伏在窗上，只見你直奔後院殺人，接著鏢局子的八個人從後院逃了出來，你跟蹤追到，伸指一一點斃，直至鏢局中滿門老少給你殺得清光，你才躍牆出去。」

張翠山一動不動的站住，慧風講得口沫橫飛，許多水珠都濺到他臉上。他既不閃避，也不出手，只冷冷的道：「後來怎樣？」

慧風憤然道：「後來麼？後來我回至東牆，和三位師弟商量，都覺你武功太強，我們四人敵你不過，只有瞧瞧情形再說。那知等不了多久，你居然又破門而入，這次卻是指名道姓的找都總鏢頭來著。我們四人明知是送死，卻也要跟你一拚。我問你姓名，你不是自報名號，叫做『銀鉤鐵劃張翠山』麼？我初時還不能相信，只道你名列『武當七俠』，不該做出這等殺人不眨眼的邪惡勾當來，但你自露兵刃，那難道是假的麼？」

張翠山道：「我自報姓名，露出兵刃，此事半點不假，你們四位確也是我出手打倒。但你再說一遍：這鏢局中數十口的命案，確是你親眼瞧見我姓張的所幹！」

便在此時，圓音衣袖一揮，將慧風身子帶起，推出數尺，森然道：「他便再說一遍，要教這位名震天下的張五俠無可抵賴。」他揮袖將慧風推開，是使他身離險地，免得張翠山惱怒之下，突然間殺人滅口，那可是死無對證了。

慧風道：「好，我便再說一遍，我親眼目睹，見到你出掌擊死慧光、慧通兩位師兄，見到你出指點死鏢局的八個人。」張翠山道：「你瞧清楚了我的面貌麼？我是穿這一身衣服麼？」說著晃亮火摺，在自己臉上照一照。慧風瞪視著他的面容，恨恨的道：「你就是穿這身衣服，長袍方巾，不錯，你那時左手拿著一把摺扇，這把摺扇，現下你插在頭頸裏啦。」

張翠山惱怒如狂，不知他何以要誣陷自己，高舉火摺，走上兩步，喝道：「你有種便再說一遍，殺人者便是我張翠山，不是旁人！」

慧風雙眼中突然發出奇異的神色，指著他道：「你……你……你不……」猛地裏身子翻倒，橫臥在地。圓音和圓業同聲驚呼，一齊搶上扶起，只見他雙目大睜，滿臉惶惑驚恐之色，卻已氣絕而死。

圓音叫道：「你……你打死他了？」這一下變起倉卒，圓音和圓業固然驚怒交集，張翠山也大出意料之外，急忙回頭，只見身後的樹叢輕輕一動。張翠山喝道：「慢走！」縱身躍起，明知樹叢中有人隱伏，竄下去極是危險，但勢逼處此，若不擒住暗箭傷人的兇手，自己難脫干係。

那知他身在半空，只聽得身後呼呼兩響，兩柄禪杖分從左右襲到，同時聽到兩僧喝道：「惡賊休逃！」張翠山筆鉤下掠，反手使出一記「刀」字訣，銀鉤帶住圓業的禪杖杖頭，判官筆的一撇在圓音禪杖一點，身子借勢竄起，躍上了牆頭，凝目瞧樹叢時，只見樹梢兀自輕晃，隱伏之人早已影蹤不見。

圓業怪吼連連，揮動禪杖便要躍上牆來拚命。張翠山喝道：「追趕正兇要緊，兩位休得阻攔。」圓音氣喘喘的道：「你……你在我眼前殺人，還想抵賴甚麼？」張翠山揮動虎頭鉤，逼得圓業無法上牆。

圓音道：「張五俠，咱們今日也不要你抵命，你拋下兵刃，隨我們去少林寺罷。」張翠山怒道：「你二人阻手礙腳，放走了兇手，還在這裏纏夾不清。我跟你們去少林寺幹麼？」圓音道：「去少林寺聽由本寺方丈發落，你連害本寺三條人命，這樣的大事，我也做不得主。」張翠山冷笑道：「枉你身為少林派『圓』字輩好手，兇手在你眼前逃走，居然毫無知覺。」圓音道：「善哉，善哉！你傷害人命，決計不容你逃走。」

張翠山聽他口口聲聲硬指自己是兇手，心下愈益惱怒，一面跟他鬥口，一面和圓業見招拆招，鬥得極是猛烈，冷笑道：「兩位大師有本事便擒得我去！」

只見圓業禪杖在地下一撐，借力竄躍起來，張翠山跟著縱起，他的輕功可比圓業高得多了，凌空下擊，捷若御風。圓業橫杖欲擋，張翠山虎頭鉤一轉，嗤的一聲，圓業肩頭中鉤，鮮血長流，負痛吼叫，摔下地來。這一下還是張翠山手下留情，否則鉤頭稍稍一偏，鉤中他的咽喉，圓業當場便得送命。

圓音叫道：「圓業師弟，傷得重嗎？」圓業怒道：「不礙事！你還不出手，婆婆媽媽的幹甚麼？」圓音咳嗽一聲，運杖上擊。圓業極是悍勇，竟不裹紮肩頭傷口，舞杖如風，雙雙夾擊。張翠山見這兩僧膂力甚強，使的又是極沉重的兵刃，倘若給他們躍上牆頭，自己以一敵二，倒是不易取勝，當下門戶守得極是嚴密，居高臨下，兩僧始終無法攻上。「慧」字輩的三僧武功低得多了，眼見兩位師伯久戰無功，雖欲上前相助，卻怎有插手足處？

張翠山心道：「為今之計，須得查明真兇，沒來由跟他們糾纏不清。」筆鉤橫交，封閉敵招來勢，一聲清嘯，正要躍起，忽聽得牆內一人縱聲大吼，聲若霹靂，跟著背後有一股巨力推到。張翠山飄身下牆，只見一個身材魁梧的僧人翻過牆頭，伸出兩手，便來硬奪他手中兵刃。黑暗中瞧不清他的面貌，但見他十指如鉤，硬抓硬奪，正是少林派中極厲害的「虎爪功」。圓業叫道：「圓心師兄，千萬不能讓這惡賊走了。」

張翠山自藝成以來，罕逢敵手，半月前學得「倚天屠龍功」，武功更高，此時見這少林僧來得威猛，反而起了敵愾之心，將虎頭鉤和判官筆往腰間一插，叫道：「你三個少林僧便聯手齊上，我張翠山又有何懼？」眼見圓心的左手抓到，他右掌疾探，迴指反抓，嗤的一聲響，已撕下了他僧袍的一片衣袖。圓心手抓剛欲搭上他的肩頭，張翠山左足飛起，正好踢中了他的膝蓋。

豈知圓心的下盤功夫極是堅實，膝蓋上受了這重重的一腳，只是身子一晃，卻不跌倒，虎吼一聲，右手跟著便抓了過來。同時圓音、圓業兩條禪杖一點腰肋，一擊頭蓋，同時襲到。那圓音說話氣喘吁吁，似乎身患重病，其實三僧之中武功以他最高，一根數十斤重的精銅禪杖，在他使來竟如尋常刀劍一般靈便，點打挑撥，輕捷自如。

張翠山乍逢好手，尋思：「我武當和少林近年來齊名武林，到底誰高誰低，卻始終沒較量過，今日裏正好一試少林高僧的手段。」當下展開一對肉掌，在兩根禪杖、一對虎爪之間縱橫來去，斬截擒拿、指點掌劈，雖是以一敵三，反而漸漸佔了上風。

少林和武當兩派武功各有長短，武當派中出了一位蓋世奇才張三丰，可是少林寺千餘年的浸潤傳授，究竟非同小可，只不過張翠山此時功夫在武當派中已是第一等高手，而圓音、圓心、圓業三僧雖然武功也算頗為了得，在少林寺中總不過是二流腳色。時候一長，張翠山越戰越是神定氣足，揮灑自如，驀地裏右手倏出，使個「龍」字訣中的一鉤，抓住了圓業的禪杖，順手一拉，往圓音的禪杖上碰了過去。這一下借力打力，但聽得噹的一下巨響，只震得各人耳中嗡嗡作響。圓音和圓業力氣均大，再加上張翠山的力道，兩人只震得虎口血流。圓心一驚之下，撲上相救。張翠山伸足一鉤，反掌在他背心拍落，又是借力打力，便以他自己向前一撲的勁道，將他摔了一交。

張翠山冷笑道：「要擒我上少林寺去，只怕還得再練幾年。」說著轉身便行。圓心縱身躍起，叫道：「兇徒休逃！」跟著圓音和圓業也追了上來。張翠山心道：「這三個和尚糾纏不清，總不成將他們打死了。」提一口氣，腳下展開輕功便奔。

圓心和圓業大呼趕來。他們輕功不及張翠山，只是大叫：「捉殺人的兇手啊！惡賊休得逃走！」沿著西湖的湖邊窮追不捨。

張翠山暗暗好笑，心想你們怎追得上我？忽聽得身後圓心和圓業不約而同的大叫一聲：「啊喲！」圓音卻悶哼一聲，似乎也是身上受了痛楚。

張翠山一驚回頭，只見三僧都伸手掩住了右眼，似乎眼上中了暗器，果然聽得圓業大聲罵道：「姓張的，你有種便再打瞎我這隻左眼！」

張翠山更是一楞：「難道他的右眼已給人打瞎了？到底是誰在暗助我？」心念一動，叫道：「七弟，七弟，你在那裏？」武當七俠中以七俠莫聲谷發射暗器之技最精，因此張翠山猜想是莫七弟到了。

他叫了幾聲，卻無人答應。張翠山急步繞著湖邊幾株大柳樹一轉，也不見半個人影。圓業一目被射瞎後，暴怒如狂，不顧性命的要撲上來再和張翠山死拚到底。但圓音知道便是雙目完好，自己三人也不是他的敵手，忙拉住圓業，說道：「圓業師弟，報仇之事，何必急在一時？這事就算你我肯罷休，老方丈和兩位師叔能放過麼？」

張翠山見三僧不再追來，滿腹疑團：「暗中隱伏之人出手助我，卻不知是誰。」當下不敢在湖畔多所逗留，急步趕回客店，沒奔出十餘丈，只見湖邊蘆葦不住擺動。

此時湖上無風，蘆葦自擺，定是藏得有人，張翠山輕輕走近，正要出聲喝問，蘆葦中猛地躍出一人，舉刀向他當頭疾砍，喝道：「不是你死，便是我亡！」

張翠山斜身出腳，踢在他的右腕，那人鋼刀脫手，白光一閃，那刀撲通一聲，落入了湖中，看那人時，僧袍光頭，又是個少林僧。張翠山喝道：「你在這裏幹甚麼？」只見蘆葦叢中躺著三人，不知是死是傷。他見那少林僧武功平平，對他也不顧忌，走上幾步俯身看時，只見躺著的三人卻是龍門鏢局的都大錦和祝史二鏢頭。

張翠山一驚，叫道：「都總鏢頭，你……你怎地……」一言未畢，都大錦倏地躍起，雙手牢牢揪住了張翠山胸口衣服，咬牙切齒的道：「惡賊，我不過留下三百兩黃金，你……你便下這毒手！」張翠山道：「你幹甚麼？」待要施擒拿法掙脫，只見他眼角邊、嘴角上都是鮮血，此時雖在黑夜，但和他相距不過半尺，看得甚是清楚，驚問：「你受了內傷麼？」

都大錦向那少林僧叫道：「師弟，你認清楚了，這人叫作銀鉤鐵劃張翠山，便是……便是害人的兇手。你快走，快走，別要被他追上……」突然間雙手一緊，將額頭往張翠山額上猛撞過去，要跟他撞個頭骨齊碎，同歸於盡。

張翠山急忙雙手翻轉，在他臂上一推，只聽得嗤的一聲響，都大錦摔了出去，自己胸口衣襟卻也被扯下了一大片。張翠山雖然大膽，但今晚迭見異事，都大錦的神情又大是令人生怖，不由得心中怦怦而跳，俯首看時，只見都大錦雙眼翻白，已然氣絕，自是早受極重的內傷，自己在他臂上這麼輕輕一推，決不能就此殺了他。

那少林僧失聲驚呼：「你……你又殺了都師兄……」轉身沒命的奔逃，又慌又急，只奔出數步，便摔了一交。

張翠山搖了搖頭，見祝史兩鏢頭雙足浸在湖水之中，已死去多時。瞧著三具屍體，不禁憮然，他和都大錦並無交情，而龍門鏢局護送俞岱巖出了差池，更一直惱恨在心，但眼見他忽而不明不白的死去，不免頓有傷逝之感，在湖畔悄立片刻，忽想：「都大錦說道：『惡賊，我不過留下三百兩黃金，你便下這毒手！』我叫他將二千兩黃金都救濟災民，想是他捨不得，暗中留下了三百兩。別說我並不知情，便是知道，也只一笑了之，豈有因此而跟你為難之理？」

一提都大錦的背囊，果然重甸甸地，撕開包袱，囊中跌出幾隻金元寶，滾在都大錦的臉旁。便在這霎時之間，心中忽感人生無常，這總鏢頭一生勞累，千里奔波，在刀尖子上拚命，只不過為了一些黃金，眼前黃金好端端的便在他身旁，可是他卻再也無法享用了。再想自己此刻力戰少林三僧，大獲全勝，固英雄一時，但百年之後，和都大錦也無所分別，想到此處，不由得嘆了口長氣。

忽聽得琴韻冷冷，出自湖中，張翠山抬起頭來，只見先前在鏢局外湖中所見的那個少年文士正在舟中撫琴。張翠山眼見腳下是三具屍體，遊船若是搖近，給那人瞧見了聲張起來，驚動蒙古巡兵，不免多惹麻煩。正要行開，忽聽那文士在琴絃上輕撥三下，抬起頭來，說道：「兄台既有雅興子夜遊湖，何不便上舟來？」說著將手一揮。後梢伏著的一個舟子坐起身來，盪起雙槳，將小舟划近岸邊。

張翠山心道：「此人一直便在湖中，或曾見到甚麼，倒可向他打聽打聽。」於是走到水邊，待小舟划近，輕輕躍上了船頭。

舟中書生站起身來，微微一笑，拱手為禮，左手向著上首的座位一伸，請客人坐下。碧紗燈籠照映下，這書生手白勝雪，再看他相貌，玉頰微瘦，眉彎鼻挺，一笑時左頰上淺淺一個梨渦，遠觀之似是個風流俊俏的公子，這時相向而對，顯是個女扮男裝的妙齡麗人。

張翠山雖然倜儻瀟灑，但師門規矩，男女之防守得極緊。武當七俠行走江湖，於女色上人人律己嚴謹，他見對方竟是個女子，一愕之下，登時臉紅，站起身來，立時倒躍回岸，拱手說道：「在下不知姑娘女扮男裝，多有冒昧。」

那少女不答。忽聽得槳聲響起，小舟已緩緩盪向湖心，但聽那少女撫琴歌道：「今夕興盡，來宵悠悠，六和塔下，垂柳扁舟。彼君子兮，寧當來游？」舟去漸遠，歌聲漸低，但見波影浮動，一燈如豆，隱入了湖光水色。

在一番刀光劍影、腥風血雨的劇鬥之後，忽然遇上這等縹緲旖旎的風光，張翠山悄立湖畔，不由得思如潮湧，過了半個多時辰，這才回去客店。

次日臨安城中，龍門鏢局數十口人命的大血案已傳得人人皆知。張翠山外貌蘊藉儒雅，自然誰也不會疑心到他身上。

午前午後，他在市上和寺觀到處閒逛，尋訪二師兄俞蓮舟和七師弟莫聲谷的蹤跡，但走了一天，竟找不到武當七俠相互聯絡的半個記號。

到得申牌時分，心中不時響起那少女的歌聲：「今夕興盡，來宵悠悠，六和塔下，垂柳扁舟。彼君子兮，寧當來游？」那少女的形貌，更在心頭拭抹不去，尋思：「我但當持之以禮，跟她一見又有何妨？倘若二師哥和七師弟在此，和他二人同去自是更好，但此刻除了從她身上之外，更無第二處可去打聽昨晚命案的真相。」

用過晚飯，便向錢塘江邊的六和塔走去。

五

皓臂似玉梅花妝

張翠山右足向前踢出，身子已然騰起，輕輕巧巧的便過了小溝，只聽得舟中少女喝了聲采。張翠山轉過頭來，見她頭上載了頂斗笠，站在船頭，風雨中衣袂飄飄。

錢塘江到了六和塔下轉一個大彎，然後直向東流。該處和府城相距不近，張翠山腳下雖快，得到六和塔下，天色也已將黑，只見塔東三株大柳樹下果然繫著一艘扁舟。錢塘江中的江船張有風帆，自比西湖裏的遊船大得多了，但船頭掛著的兩盞碧紗燈籠，卻和昨晚所見的一般模樣。張翠山心中怦怦而跳，定了定神，走到大柳樹下，只見碧紗燈下，那少女獨坐船頭，身穿淡綠衫子，卻已改了女裝。

張翠山本來一意要問她昨晚之事，這時見她換了女子裝束，卻躊躇起來，忽聽那少女仰天吟道：「抱膝船頭，思見嘉賓，微風動波，惘焉若酲。」張翠山朗聲道：「在下張翠山，有事請教，不敢冒昧。」那少女道：「請上船罷。」張翠山輕輕躍上船頭。

那少女道：「昨晚烏雲蔽天，未見月色，今天雲散天青，可好得多了。」聲音嬌媚清脆，但說話時眼望天空，竟沒向他瞧上一眼。張翠山道：「不敢請問姑娘尊姓。」那少女突然轉過頭來，兩道清澈明亮的眼光在他臉上滾了兩轉，並不答話。張翠山見她清麗不可方物，為此容光所逼，登覺自慚，不敢再說甚麼，轉身躍上江岸，發足往來路奔回。

奔出十餘丈，斗然停步，心道：「張翠山啊張翠山，你昂藏七尺，男兒漢大丈夫，縱橫江湖，無所畏懼，今日卻怕起一個年輕姑娘來？」側頭迴望，只見那少女所坐的江船沿著錢塘江順流緩緩而下，兩盞碧紗燈照映江面，張翠山一時心意難定，在岸邊信步而行。

人在岸上，舟在江中，一人一舟並肩而下。那少女仍是抱膝坐在船頭，望著天邊新昇的眉月。

張翠山走了一會，不自禁的順著她目光也向月亮一看，卻見東北角上湧起一大片烏雲。

當真是天有不測風雲，這烏雲湧得甚快，不多時便將月亮遮住，一陣風過去，撒下細細的雨點來。江邊一望平野，無可躲雨之處，張翠山心中惘然，也沒想到要躲雨，雨雖不大，但時候一久，身上便已濕透。只見那少女仍是坐在船頭，自也已淋得全身皆濕。

張翠山猛地省起，叫道：「姑娘，你進船艙避雨啊。」那少女「啊」的一聲，站起身來，不禁一怔，說道：「難道你不怕雨了？」說著便進了船艙，過不多時，從艙裏出來，手中多了一把雨傘，手一揚，將傘向岸上擲來。

張翠山伸手接住，見是一柄油紙小傘，張將開來，見傘上畫著遠山近水，數株垂柳，一幅淡雅的水墨山水畫，題著七個字道：「斜風細雨不須歸。」杭州傘上多有書畫，自來如此，也不足為奇，傘上的繪畫書法出自匠人手筆，便和江西的瓷器一般，總不免帶著幾分匠氣，豈知這把小傘上的書畫竟然甚為精致，那七個字微嫌勁力不足，當是出自閨秀之手，但頗見清麗脫俗。

張翠山抬起了頭看傘上書畫，足下並不停步，卻不知前面有條小溝，左足一腳踏下，竟踏了個空。若是常人，這一下非摔個大觔斗不可。但他變招奇速，右足向前踢出，身子已然騰起，輕輕巧巧的跨過了小溝。只聽得舟中少女喝了聲采：「好！」張翠山轉過頭來，見她頭上戴了頂斗笠，站在船頭，風雨中衣袂飄飄，真如凌波仙子一般。

那少女道：「傘上書畫，還能入張相公法眼麼？」張翠山於繪畫向來不加措意，留心的只是書法，說道：「這筆衛夫人名姬帖的書法，筆斷意連，筆短意長，極盡簪花寫韻之妙。」那少女聽他認出自己的字體，心下甚喜，說道：「這七字之中，那個『不』字寫得最不好。」張翠山細細凝視，說道：「這『不』字寫得很自然啊，只不過少了含蓄，不像其餘的六字，餘韻不盡，觀之令人忘倦。」那少女道：「是了，我總覺這字寫得不愜意，卻想不出是甚麼地方不對，經相公一說，這才恍然。」

她所乘江船順水下駛，張翠山仍在岸上伴舟而行。兩人談到書法，一問一答，不知不覺間已行出里許。這時天色更加黑了，對方面目早已瞧不清楚。那少女忽道：「聞君一席話，勝讀十年書，多謝張相公指點，就此別過。」她手一揚，後梢舟子拉動帆索，船上風帆慢慢升起，白帆鼓風，登時行得快了。張翠山見帆船漸漸遠去，不自禁的感到一陣悵惘，只聽得那少女遠遠說道：「我姓殷……他日有暇，再向相公請教……」

張翠山聽到「我姓殷」三個字，驀然一驚：「那都大錦曾道，託他護送俞三哥的，是個相貌俊美的書生，自稱姓殷，莫非便是此人喬裝改扮？」他想至此事，再也顧不得甚麼男女之嫌，提氣疾追。帆船駛得雖快，但他展開輕功，不多時便已追及，朗聲問道：「殷姑娘，你識得我俞三哥俞岱巖嗎？」

那少女轉過了頭，並不回答。張翠山似乎聽到了一聲嘆息，只是一在岸上，一在舟中，卻也聽不明白，不知到底是不是嘆氣。

張翠山又道：「我心下有許多疑團，要請剖明。」那少女道：「又何必一定要問？」張翠山道：「委託龍門鏢局護送我俞三哥赴鄂的，可就是殷姑娘麼？此番恩德，務須報答。」那少女道：「恩恩怨怨，那也難說得很。」張翠山道：「我三哥到了武當山下，卻又遭人毒手，殷姑娘可知道麼？」那少女道：「我很是難過，也覺抱憾。」

他二人一問一答，風勢漸大，帆船越行越快。張翠山內力深厚，始終和帆船並肩而行，竟沒落後半步。那少女內力不及張翠山，但一字一句，卻也聽得明白。

錢塘江越到下游，江面越闊，而斜風細雨也漸漸變成了狂風暴雨。

張翠山問道：「昨晚龍門鏢局滿門數十口被殺，是誰下的毒手，姑娘可知道麼？」那少女道：「我跟都大錦說過，要好好護送俞三俠到武當，若是路上出了半分差池……」張翠山道：「你說要殺得他鏢局中鷄犬不留。」那少女道：「不錯。他沒好好保護俞三俠，這是他自取其咎，又怨得誰來？」張翠山心中一寒，說道：「鏢局中這許多人命，都是……都是……」那少女道：「都是我殺的！」

張翠山耳中嗡的一響，實難相信這嬌媚如花的少女竟是殺人不眨眼的兇手，過了一會，說道：「那……那兩個少林寺的和尚呢？」那少女道：「也是我殺的。我本來沒想要和少林派結仇，不過他們用歹毒暗器傷我在先，便饒他們不得。」張翠山道：「怎麼……怎麼他們又冤枉我？」那少女格格一聲笑，說道：「那是我安排下的。」

張翠山氣往上衝，大聲道：「你安排下叫他們冤枉我？」那少女嬌聲笑道：「不錯。」張翠山怒道：「我跟姑娘無怨無仇，何以如此？」

只見那少女衣袖一揮，鑽進了船艙之中，到此地步，張翠山如何能不問個明白？眼見那帆船離岸數丈，無法縱躍上船，狂怒之下，伸掌向岸邊一株楓樹猛擊，喀喀數聲，折下兩根粗枝。他用力將一根粗枝往江中擲去，左手提了另一根樹枝，右足一點，躍向江中，左足在那粗枝上一借力，向前躍出，跟著將另一根粗枝又抛了出去，右足點上樹枝，再一借力，躍上了船頭，大聲道：「你……你怎麼安排？」

船艙中黑沉沉地寂然無聲，張翠山便要舉步跨進，但盛怒之下仍然頗有自制，心想：「擅自闖入婦女船艙，未免無禮！」正躊躇間，忽見火光一閃，艙中點亮了蠟燭。

那少女道：「請進來罷！」

張翠山整了整衣冠，收攏雨傘，走進船艙，登時不由得一怔，只見艙中坐著一個少年書生，方巾青衫，摺扇輕搖，神態甚是瀟灑，原來那少女在這頃刻之間又已換上了男裝，一瞥之下，竟與張翠山的形貌極其相似。他問她如何安排使得少林派冤枉自己，她這一改裝，不用答覆，已使他恍然大悟，昏暗之際，誰都會把他二人混而為一，無怪少林僧慧風和都大錦都一口咬定是自己所下的毒手。

那少女伸摺扇向對面的座位一指，說道：「張五俠，請坐。」提起几上的細瓷茶壺斟了一杯茶，送到他面前，說道：「寒夜客來茶當酒，舟中無酒，未免有減張五俠清興。」

她這麼斯斯文文的斟一杯茶，登時張翠山滿腔怒火發作不出來，只得欠身道：「多謝。」

那少女見他全身衣履盡濕，說道：「舟中尚有衣衫，春寒料峭，張五俠到後梢換一換罷。」張翠山搖頭道：「不用。」當下暗運內力，一股暖氣從丹田升了起來，全身滾熱，衣服上的水氣漸漸散發。那少女道：「武當派內功甲於武林，小妹請張五俠更衣，真是井底之見了。」張翠山道：「姑娘是何門何派，可能見示麼？」

那少女聽了他這句話，眼望窗外，眉間登時罩上一層愁意。

張翠山見她神色間似有重憂，倒也不便苦苦相逼，但過了一會，忍不住又問：「我俞三哥到底是何人所傷，盼姑娘見示。」那少女道：「不單都大錦走了眼，連我也上了大當。我早該想到武當七俠英姿颯爽，怎會是如此險鷙粗魯的人物。」

張翠山聽她不答自己問話，卻說到「英姿颯爽」四字，顯是當面讚譽自己的丰采，心頭怦的一跳，臉上微微發燒，卻不明白她說這幾句話是甚麼意思。

那少女嘆了口氣，突然捲起左手衣袖，露出白玉般的手臂來。張翠山急忙低下了頭，不敢觀看。那少女道：「你認得這暗器麼？」

張翠山聽她說到「暗器」兩字，這才抬頭，只見她左臂上釘著三枚小小黑色鋼鏢，膚白如雪，中鏢之處卻深黑如墨。三枚鋼鏢尾部均作梅花形，鏢身不過一寸半長，卻有寸許深入肉裏。張翠山吃了一驚，霍地站起，叫道：「這是少林派梅花鏢，怎……怎地是黑色的？」那少女道：「不錯，是少林派梅花鏢，鏢上餵得有毒。」

她晶瑩潔白的手臂上釘了這三枚小鏢，燭光照映之下又是艷麗動人，又是詭秘可怖，便如雪白的宣紙上用黑墨點了三點。

張翠山道：「少林派是名門正派，暗器上決計不許餵毒，但這梅花小鏢除了少林子弟之外，卻沒聽說還有那一派的人物會使，你中鏢有多久了？快些設法解毒要緊。」

那少女見他神色間甚是關切，說道：「中鏢已二十餘日，毒性給我用藥逼住了，一時不致散發開來，但這三枚惡鏢卻也不敢起下，只怕鏢一拔出，毒性隨血四走。」

張翠山道：「中鏢二十餘日再不起出，只怕……只怕……將來治愈後，肌膚上會有極大……極大的疤痕……」其實他本來想說：「只怕毒性在體內停留過久，這條手臂要廢。」

那少女淚珠瑩然，幽幽的道：「我已經盡力而為……昨天晚上在那些少林僧身邊又沒搜到解藥……我這條手臂是不中用的了。」說著慢慢放下了衣袖。

張翠山胸口一熱，道：「殷姑娘，你信得過我麼？在下內力雖淺，但自信尚能相助姑娘逼出臂上的毒氣。」那少女嫣然一笑，露出頰上淺淺的梨渦，似乎心中極喜，但隨即說道：「張五俠，你心中疑團甚多，我須先跟你說個明白，免得你助了我之後，卻又懊悔。」張翠山昂然道：「治病救人，原是我輩當為之事，怎會懊悔？」

那少女道：「好在二十多天也熬過來啦，也不忙在這一刻。我跟你說，我將俞三俠交託給了龍門鏢局之後，自己便跟在鏢隊後面，道上果然有好幾起人想對俞三俠下手，都給我暗中打發了，可笑都大錦如在夢中。」張翠山拱手道：「姑娘大恩大德，我武當子弟感激不盡。」那少女冷然道：「你不用謝我，待會你恨我也來不及呢。」張翠山一呆，不明其意。

那少女又道：「我一路上更換裝束，有時裝作農夫，有時扮作商人，遠遠跟在鏢隊之後，那知到了武當山腳下卻出了岔子。」張翠山咬牙道：「那六個惡賊，姑娘親眼瞧見了？可恨都大錦矇矇瞳瞳，說不明白這六賊的來歷。」

那少女嘆了口氣道：「我不但見了，還跟他們交了手，可是我也矇矇瞳瞳，說不明白他們的來歷。」她拿起茶杯，喝了一口，說道：「那日我見這六人從武當山上迎下來，都大錦跟他們招呼，稱之為『武當六俠』，那六人也居之不疑。我遠遠望著，見他們將俞三俠所乘的大車接了去，心想此事已了，於是勒馬道旁，讓都大錦等一行走過，但一瞥之下，心中起了老大疑竇：『武當七俠是同門師兄弟，情同骨肉，俞三俠身受重傷，他們該當一擁而上，立即看他傷勢才是。但只有一人往大車中望了一眼，餘人非但並不理會，反而頗有喜色，大聲唿哨，趕車而去，這可不是人情之常。』」

張翠山點頭道：「姑娘心細，所疑甚是。」

那少女道：「我越想越覺不對，於是縱馬追趕上去，喝問他們姓名。這六人眼力倒也不弱，一見面就看出我是女子。我罵他們冒充武當子弟，劫持俞三俠存心不良。三言兩語，我便衝上去動手。六人中出來一個三十來歲的瘦子跟我相鬥，一個道士在旁掠陣，其餘四人便趕著大車走了。那瘦子手底下甚是了得，三十餘合中我勝他不得，突然間那道人左手一揚，我只感臂上一麻，無聲無息的便中了這三枚梅花鏢，手臂登時麻癢。那瘦子出言無禮，想要擒我，我還了他三枚銀針，這才脫身。」說到這裏，臉上微現紅暈，想來那瘦子見她是個孤身的美貌少女，竟有非禮之意。

張翠山沉吟道：「這梅花小鏢用左手發射？少林派門下怎地出現了道人，莫非也是喬裝的？」那少女微笑道：「道士扮和尚須剃光頭，和尚扮道士卻容易得多，戴頂道冠便成。」張翠山點了點頭。那少女道：「我心知此事不妙，但那瘦子我尚自抵敵不過，那道人似乎更厲害得多，何況他們共有六人？這可沒了計較。」張翠山張口欲言，但終於忍住了。

那少女道：「我猜你是想問：『幹麼不上武當山來跟我們說明？』是不是？我可不能上武當山啊，倘若我自己能出面，又何必委託都大錦走這趟鏢呢？我徬徨無計，在道上悶走，恰好撞到你跟都大錦他們說話。後來見你去找尋俞三俠，我想武當七俠正主兒已接上了手，不用我再湊熱鬧，憑我這點兒微末本領，也幫不了甚麼忙。那時我急於解毒，便即東還，不知俞三俠後來怎樣了？」

張翠山當下說了俞岱巖受人毒害的情狀。那少女長嘆一聲，睫毛微微顫動，說道：「但願俞三俠吉人天相，終能治愈，否則……否則……」張翠山聽她語氣誠懇，心下感激，說道：「多謝姑娘好心。」說著眼眶微濕。那少女搖了搖頭，說道：「我回到江南，叫人一看這梅花鏢，有人識得是少林派的獨門暗器，說道除非是發暗器之人的本門解藥，否則毒性難除。臨安府除了龍門鏢局，還有誰是少林派？於是我夜入鏢局，要逼他們給解藥，豈知他們不但不給，還埋伏下了人馬，我一進門便對我猛下毒手。」

張翠山「嗯」了一聲，沉吟道：「你說故意安排，教他們認作是我？」那少女臉有靦腆之色，低下了頭，輕輕的道：「我見你到衣鋪去買了這套衣巾，覺得穿戴起來很是……很是好看，於是我跟著也買了一套。」張翠山道：「這便是了。只是你一出手便連殺數十人，未免過於狠辣，鏢局中的人跟你又沒怨仇。」

那少女沉下臉來，冷笑道：「你要教訓我麼？我活了一十九歲，倒還沒聽人教訓過呢。張五俠大仁大義，這就請便罷。我這般心狠手辣之輩，原沒盼望跟你結交。」

張翠山給她一頓數說，不由得滿臉通紅，霍地站起，待要出艙，但隨即想起已答應了助她治療鏢傷，說道：「請你捲起衣袖。」那少女蛾眉微豎，說道：「你愛罵人，我不要你治了。」張翠山道：「你臂上之傷延誤已久，再耽誤上去只怕……只怕毒發難治。」

那少女恨恨的道：「送了性命最好，反正是你害的。」張翠山奇道：「咦，那少林派的惡人發鏢射你，跟我有甚麼相干？」那少女道：「倘若我不是千里迢迢的護送你三師哥上武當山，會遇上這六個惡賊麼？這六人搶了你師哥去，我若是袖手旁觀，臂上會中鏢麼？你倘若早到一步，助我一臂之力，我會中鏢受傷麼？」

除了最後兩句有些強辭奪理，另外的話卻也合情合理。張翠山拱手道：「不錯，在下助姑娘療傷，只是略報大德。」那少女側頭道：「那你認錯了麼？」張翠山道：「我認甚麼錯？」那少女道：「你說我心狠手辣，這話說錯了。那些少林和尚、都大錦這干人、鏢局中的，全都該殺。」張翠山搖頭道：「姑娘雖然臂上中毒，但仍可有救。我三師哥身受重傷，也未斃命，即使當真不治，咱們也只找首惡，這樣一舉連殺數十人，總是於理不合。」

那少女秀眉一揚，道：「你說我殺錯了人？難道發梅花鏢打我的不是少林派的？難道龍門鏢局不是少林派開的？」張翠山道：「少林門徒遍於天下，成千成萬，姑娘臂上中了三枚鏢，難道便要殺盡少林門下弟子？」

那少女辯他不過，忽地舉起右手，一掌往左臂上拍落，著掌之處，正是那三枚梅花鏢的所在，這一掌下去，三鏢深入肉裏，傷得可就更加重了。

張翠山萬料不到她脾氣如此怪誕，一言不合，便下重手傷殘自己肢體，她對自身尚且如此，出手隨便殺人自是不在意下了，待要阻擋，已然不及，急道：「你……你何苦如此？」只見她衫袖中滲出黑血。張翠山知道此時鏢傷甚重，她內力已阻不住毒血上流，若不急救，立時便有性命之憂，當下左手探出，抓住了她的左臂，右手便去撕她衫袖。

忽聽得背後有人喝道：「狂徒不得無禮！」呼的一聲，有人揮刀向他背上砍來。張翠山知是船上舟子，事在緊急，無暇分辯，反腿一腳，將那舟子踢出艙去。

那少女道：「我不用你救，我自己愛死，關你甚麼事？」說著拍的一聲，清清脆脆的打了他一個耳光。她出掌奇快，張翠山事先又毫無防備，一楞之下，放開了她手臂。

那少女沉著臉道：「你上岸去罷，我再也不要見你啦！」張翠山給她這一掌打得羞怒交迸，道：「好！我倒沒見過這般任性無禮的姑娘！」跨步走上船頭。那少女冷笑道：「你沒見過，今日便要給你見見。」

張翠山拿起一塊木板，待要拋在江中，踏板上岸，但轉念一想：「我這一上去，她終究性命不保。」當下強忍怒氣，回進艙中，說道：「你打我一掌，我也不來跟你這不講理的姑娘計較，快捲起袖來。你要性命不要？」

那少女嗔道：「我要不要性命，跟你有甚麼相干？」張翠山道：「你千里送我三哥，此恩不能不報。」那少女冷笑道：「好啊，原來你不過是代你三哥還債來著。倘若我沒護送過你三哥，我受的傷再重，你也見死不救啦。」

張翠山一怔，道：「那卻也未必。」只見她忽地打個寒戰，身子微顫，顯是毒性上行，忙道：「快捲起袖子，你當真拿自己性命開玩笑。」那少女咬牙道：「你不認錯，我便不要你救。」她臉色本就極白，這時嬌嗔怯弱，更增楚楚可憐之態。

張翠山嘆了口氣，道：「好，算我說錯了，你殺人沒有錯。」那少女道：「那不成，錯便是錯，有甚麼算不算的。你為甚麼嘆了口氣再認錯，顯然不是誠心誠意的。」

張翠山救命要緊，也無謂跟她多作口舌之爭，大聲道：「皇天在上，江神在下，我張翠山今日誠心誠意，向殷……殷……」說到這裏，頓了一頓。那少女道：「殷素素。」張翠山道：「嗯，向殷素素姑娘認錯。」

殷素素大喜，嫣然而笑，猛地裏腳下一軟，坐倒在椅上。張翠山忙從懷中藥瓶裏取出一粒「天心解毒丹」給她服下，捲起她衣袖，只見半條手臂已成紫黑色，黑氣正自迅速上行。張翠山伸左手抓住她上臂，問道：「覺得怎樣？」殷素素道：「胸口悶得難受。誰教你不快認錯？倘若我死了，便是你害的。」

張翠山當此情景，只能柔聲安慰：「不礙事的，你放心。你全身放鬆，一點也不用力運氣，就當自己是睡著了一般。」殷素素白了他一眼，道：「就當我已經死了。」

張翠山心道：「在這當口，這姑娘還是如此橫蠻刁惡，將來不知是誰做她丈夫，這一生一世可有苦頭吃了。」一想到此處，不由得心中怔然而動，臉上登時發燒，生怕殷素素已知覺了自己的念頭，向她望了一眼。只見她雙頰暈紅，大是嬌羞，不知正想到了甚麼。兩人眼光一觸，不約而同的都轉開了頭去。

殷素素忽然低聲道：「張五哥，我說話沒輕重，又打了你，你……你別見怪。」

張翠山聽她忽然改口，把「張五俠」叫作「張五哥」，心中更是怦怦亂跳，當下吸一口氣，收攝心神，一股暖氣從丹田中升上，勁貫雙臂，抓住她手臂傷口的上下兩端。

過了一會，張翠山頭頂籠罩氤氳白氣，顯是出了全力，汗氣上蒸。殷素素心中感激，知道這是療毒的緊要關頭，生恐分了他的心神，閉目不敢和他說話。忽聽得波的一聲，臂上一枚梅花小鏢彈了出來，躍出丈餘，跟著一縷黑血，從傷口中激射而出。黑血漸漸轉紅，跟著第二枚梅花鏢又被張翠山的內力逼出。

便在此時，忽聽得江上有人縱聲高呼：「殷姑娘在這兒嗎？朱雀壇壇主參見。」張翠山微覺怪異，但運力正急，不去理會。那人又呼了一聲。卻聽自己船上的舟子叫道：「這裏有個惡人，要害殷姑娘，常壇主快來！」那邊船上的人大聲喝道：「惡賊不得無禮，你只要傷了殷姑娘一根寒毛，叫你身受千刀萬剮。」這人聲若洪鐘，在江面上呼喝過來，大是威猛。

殷素素睜開眼來，向張翠山微微一笑，對這場誤會似表歉意。第三枚梅花鏢給她一拍之下，入肉甚深，張翠山連運了三遍力道，仍是逼不出來。但聽見槳聲甚急，那艘船飛也似的靠近，張翠山只覺船身一晃，有人躍上船來，他只顧用力，卻也不去理會。

那人鑽進船艙，但見張翠山雙手牢牢的抓住殷素素左臂，怎想得到他是在運功療傷，急怒之下，呼的一掌便往張翠山後心拍去，同時喝道：「惡賊還不放手？」

張翠山緩不出手來招架，吸一口氣，挺背硬接了他這一掌，但聽蓬的一聲，這一掌力道奇猛，結結實實的打中了他背心。張翠山深得武當派內功的精要，全身不動，借力卸力，將這沉重之極的掌力引到掌心，只聽到波的一聲響，第三枚梅花鏢從殷素素臂上激射而出，釘在船艙板上，餘勢不衰，兀自顫動。

發掌之人一掌既出，第二掌跟著便要擊落，見了這等情景，第二掌拍到半路，硬生生的收回，叫道：「殷姑娘，你……你沒受傷麼？」但見她手臂傷口中噴出毒血，這人也是江湖上的大行家，知道是打錯了人，心下好生不安，暗忖自己這一掌有裂石破碑之勁，看來張翠山內臟已盡數震傷，只怕性命難保，忙從懷中取出傷藥，想給張翠山服下。

張翠山搖了搖頭，見殷素素傷口中流出來的已是殷紅的鮮血，於是放開手掌，回過頭來笑道：「你這一掌的力道真是不小。」那人大吃一驚，心想自己掌底不知擊斃過多少成名的武林好手，怎麼這少年不避不讓的受了一掌，竟如沒事人一般，說道：「你……你……」瞧瞧他臉色，伸手指去搭他脈搏。張翠山心想：「索性開開他的玩笑。」暗運內勁，腹膜上頂，霎時間心臟停止了跳動。那人一搭上他手腕，只覺他脈搏已絕，更嚇了一跳。

張翠山接過殷素素遞來的手帕，給她包紮傷口，又道：「毒質已然隨血流出，姑娘只須服食尋常解毒藥物，便已無礙。」殷素素道：「多謝了。」側過頭來，臉一沉，道：「常壇主不得無禮，見過武當派的張五俠。」那人退後一步，躬身施禮。說道：「原來是武當七俠的張五俠，怪不得內功如此深厚，小人常金鵬多多冒犯，請勿見怪。」

張翠山見這人五十來歲年紀，臉上手上的肌肉凹凹凸凸、盤根錯節，當下抱拳還禮。

常金鵬向張翠山見禮已畢，隨即恭恭敬敬的向殷素素施下禮去。殷素素大剌剌的點一點頭，不怎麼理會。張翠山暗暗納罕，只聽常金鵬說道：「玄武壇白壇主約了海沙派、巨鯨幫和神拳門的人物，明日清晨在錢塘江口王盤山島上相會，揚刀立威。姑娘身子不適，待小人護送姑娘回臨安府去。王盤山島上的事，諒來白壇主一人料理，也已綽綽有餘。」

殷素素哼了一聲，道：「海沙派、巨鯨幫、神拳門……嗯，神拳門的掌門人過三拳也去嗎？」常金鵬道：「聽說是他親自率領神拳門的十二名好手弟子，前去王盤山赴會。」殷素素冷笑道：「過三拳名氣雖大，不足當白壇主的一擊，還有甚麼好手？」

常金鵬遲疑了一下，道：「聽說崑崙派有兩名年輕劍客，也去赴會，說要見識見識屠……屠……」說到這裏，眼角向張翠山一掠，卻不說下去了。殷素素冷冷的道：「他們要去瞧瞧屠龍刀嗎？只怕是眼熱起意……」張翠山聽到「屠龍刀」三字，心中一凜，只聽殷素素又道：「嗯，崑崙派的人物倒是不可小覷了。我手臂上的輕傷算不了甚麼，這麼著，咱們也去瞧瞧熱鬧，說不定須得給白壇主助一臂之力。」轉頭向張翠山道：「張五俠，咱們就此別過，我坐常壇主的船，你坐我的船回臨安去罷！你武當派犯不著牽連在內。」

張翠山道：「我三師哥之傷，似與屠龍刀有關，詳情如何，還請殷姑娘見示。」殷素素道：「這中間的細微曲折之處，我也不大了然，他日還是親自問你三師哥罷！」

張翠山見她不肯說，心知再問也是徒然，暗想：「傷我三哥之人，其意在於屠龍寶刀。常壇主說要在王盤山揚刀立威，似乎屠龍刀是在他們手中，那些惡賊倘若得訊，定會趕去。」說道：「發射這三枚梅花小鏢的道士，你說會不會也上王盤山去呢？」

殷素素抿嘴一笑，卻不答他的問話，說道：「你定要去趕這份熱鬧，咱們便一塊兒去罷！」轉頭對常金鵬道：「常壇主，請你的船在前引路。」常金鵬應道：「是！」彎著腰退出船艙，便似僕役廝養對主人一般恭謹。殷素素只點了點頭。張翠山卻敬重他這份武功修為，站起身來，送到艙口。

殷素素望了望他長袍後心被常金鵬擊破的碎裂之處，待他回入船艙，說道：「你除下長袍，我給你補一補。」張翠山道：「不用了！」殷素素道：「你嫌我手工粗劣嗎？」

張翠山道：「不敢。」說了這兩個字，默不作聲，想起她一晚之間連殺龍門鏢局數十口老小，這等大奸大惡的兇手，自己原該出手誅卻，可是這時非但和她同舟而行，還助她起鏢療毒，雖說是酬謝她護送師兄之德，但總嫌善惡不明，王盤山島上的事務一了，須得立即分手，再也不能和她相見了。

殷素素見他臉色難看，已猜中他的心意，冷冷的道：「不但都大錦和祝史兩鏢頭，不但龍門鏢局滿門和那兩個少林僧，還有那個慧風和尚，也是我殺的。」張翠山道：「我早疑心是你，只是想不到你用甚麼手段。」殷素素道：「那有甚麼希奇？我潛在湖邊水中聽你們說話。那慧風突然發覺咱們兩人相貌不同，想要說出口來，我便發銀針從他口中射入，你在路上、樹上、草裏尋我的蹤跡，卻那裏尋得著？」張翠山道：「這麼一來，少林派便認定是我下的毒手了，殷姑娘，你當真好聰明，好手段！」他這幾句話中充滿了憤激，殷素素假作不懂，盈盈站起，笑道：「不敢，張五俠謬讚了！」

張翠山怒氣填膺，大聲喝道：「姓張的跟你無怨無仇，你何苦這般陷害於我？」

殷素素微笑道：「我也不是想陷害你，只是少林、武當，號稱當世武學兩大宗派，我想要你們兩派鬥上一鬥，且看到底是誰強誰弱？」

張翠山悚然而驚，滿腔怒火暗自潛息，卻大增戒懼之意，心道：「原來她另有重大奸謀，不只是陷害我一人而已。倘若我武當派和少林派當真為此相鬥，勢必兩敗俱傷，成為武林中的一場浩劫。」

殷素素摺扇輕揮，神色自若，說道：「張五俠，你扇上的書畫，可否供我開開眼界？」

張翠山尚未回答，忽聽得前面常金鵬船上有人朗聲喝道：「是巨鯨幫的船嗎？那一位在船上？」右首江面上有人叫道：「巨鯨幫少幫主，到王盤山島上赴會。」常金鵬船上那人叫道：「天鷹教殷姑娘和朱雀壇常壇主在此，另有名門貴賓。貴船退在後面罷！」右首船上那人粗聲粗氣的道：「若是貴教教主駕臨，我們自當退讓，是旁的人，那也不必了。」

張翠山心中一動：「天鷹教？那是甚麼邪教？怎地沒聽說過，眼見他們這等聲勢，力量可當真不小啊。想是此教崛起未久，我們少到江南一帶走動，是以不知。巨鯨幫倒是久聞其名，可不是甚麼好腳色。」推開船窗向外望去，只見右首那船船身彫成一頭巨鯨之狀，船頭上白光閃閃，數十柄尖刀鑲成巨鯨的牙齒，船身彎彎，船尾高翹，便似鯨魚的尾巴。這艘巨鯨船帆大船輕，行駛時比常金鵬那艘船快得多。

常金鵬站到船頭，叫道：「麥少幫主，殷姑娘在這兒，你這點小面子也不給嗎？」巨鯨船船艙中鑽出一個黃衣少年，冷笑道：「陸地上以你們天鷹教為尊，海面上該算是我們巨鯨幫了罷？好端端的為甚麼要讓你們先行？」張翠山心想：「江面這般寬闊，數百艘大船也可並行，何必定要他們讓道，這天鷹教也未免太橫。」

這時巨鯨船上又加了一道風帆，搶得更加快了，兩船越離越遠，再也無法追上。常金鵬「哼」的一聲，說道：「巨鯨幫……屠龍刀……也……屠龍刀……」大江之上，風急浪高，兩船相隔又遠，不知他說些甚麼。

那麥少幫主聽他連說了兩句「屠龍刀」，心想事關重大，命水手側過船身，漸漸和常金鵬的座船靠近，大聲問道：「常壇主你說甚麼？」常金鵬道：「麥少幫主……咱們玄武壇白壇主……那屠龍刀……」張翠山微覺奇怪：「怎麼他說話斷斷續續？」

眼見巨鯨船靠得更加近了，相距已不過數丈，猛聽得呼的一聲，常金鵬提起船頭巨錨擲將出去，錨上鐵鍊嗆啷啷連響，對面船上兩個水手長聲慘叫，大鐵錨已鉤在巨鯨船上。

麥少幫主喝道：「你幹甚麼？」常金鵬手腳快極，提起左邊的大鐵錨又擲了出去。兩隻鐵錨擊斃了巨鯨船上三名水手，同時兩艘船也已連在一起。麥少幫主搶到船邊，伸手去拔鐵錨。常金鵬右手揮動，鍊聲嗆啷，一個碧綠的大西瓜飛了出去，砰的一聲猛響，打在巨鯨船的主桅之上。張翠山才知這大西瓜是常金鵬所用兵器，眼見是精鋼鑄成，瓜上漆成綠黑間條之色，共有一對，繫以鋼鍊，便和流星鎚無異，只是兩個西瓜特大特重，每個不下五六十斤，若非膂力驚人，如何使得他動？

右手的鐵西瓜擊出，巨鯨船的主桅喀啦啦響了兩聲，常金鵬拉回右手鐵西瓜，跟著左手鐵西瓜又擊了出去，待到右手鐵西瓜三度進擊，那主桅喀啦、喀啦連響，從中斷為兩截。巨鯨船上眾海盜驚叫呼喝。常金鵬雙瓜齊飛，同時擊在後桅之上，後桅較細，一擊便斷。

這時兩船相隔兩丈有餘，那麥少幫主眼睜睜的瞧著兩根桅桿一一斷折，竟是無法可施，只有高聲怒罵。

常金鵬喝道：「有天鷹教在此，水面上也不能任你巨鯨幫稱雄！」右臂揚處，鐵瓜又是呼的一聲飛出，這一次卻擊在巨鯨船的船舷之上，砰的一聲，船旁登時破了一個大洞，海水湧入，船上眾水手大聲呼叫起來。

麥少幫主抽出分水蛾眉刺，雙足一點，縱身躍起，便往常金鵬的船頭撲來。常金鵬待他躍到最高之時，左手鐵瓜飛出，逕朝他迎面擊去，這一招甚是毒辣，鐵瓜到時，正是他人在半空，一躍之力將衰未衰。麥少幫主叫聲：「啊喲！」伸蛾眉雙刺在鐵瓜上一擋，便欲借力翻回，猛覺胸口氣塞，眼前一黑，翻身跌回船中。

常金鵬雙瓜此起彼落，霎時之間在巨鯨船上擊了七八個大洞，跟著提起錨鍊，運勁回拉。喀喇喇幾聲響，巨鯨船船板碎裂，兩隻鐵錨拉回了船頭。

天鷹教船上眾水手不待壇主吩咐，揚帆轉舵，向前直駛。

張翠山見到常金鵬擊破敵船的這等威勢，暗自心驚：「我若非得恩師傳授，學會了借力卸力之法，他那巨靈神掌般的一掌擊在我背心，卻如何經受得起？這人於瞬息間誘敵破敵，不但武功驚人，而且陰險毒辣，十分工於心計，實是邪教中一個極厲害的人物。」回眼看殷素素時，只見她神色自若，似乎這類事司空見慣，絲毫沒放在心上。

只聽得雷聲隱隱，錢塘江上夜潮將至。巨鯨幫的幫眾雖然人人精通水性，但這時已在江海相接之處，江面闊達數十里，距離南北兩岸均甚遙遠。巨鯨幫幫眾聽到潮聲，忍不住大叫呼救。常金鵬和殷素素的兩艘座船向東疾駛，毫不理會。

張翠山探首窗外，向後望去，只見那艘巨鯨船已沉沒了一小半，待得潮水一衝，登時便要粉碎。他耳聽得慘叫呼救之聲，心下甚是不忍，但知殷素素和常金鵬都是心狠手辣之輩，若要他們停船相救，徒然自討沒趣，只得默然不語。

殷素素瞧了他的神色，微微一笑，縱聲叫道：「常壇主，咱們的貴客張五俠大發慈悲，你把巨鯨船中那些傢伙救起來罷！」這一著大出張翠山的意外。只聽得前面船上常金鵬應道：「謹遵貴客之命！」船身側過，斜搶著向上游駛去。

常金鵬大聲叫道：「巨鯨幫的幫眾們聽著，武當派張五俠救你們性命，要命的快游下來罷！」諸幫眾順流游下。常金鵬的座船逆流迎上，搶在潮水的頭裏，將巨鯨船上自麥少幫主以下救起了十之八九，但終於有八九名水手已葬身在波濤之中。

張翠山心下大慰，喜道：「多謝你啦！」殷素素冷冷的道：「巨鯨幫殺人越貨，那船中沒一個人的手上不是染滿了血腥，你救他們幹麼？」張翠山茫然若失，答不出話來。巨鯨幫惡名素著，是水面上四大惡幫之一，他早聞其名，卻不道今日反予相救。只聽殷素素道：「若不將他們救上船來，張五俠心中更要罵我啦：『哼！這年輕姑娘心腸狠毒，甚於蛇蠍，我張翠山悔不該助她起鏢療毒！』」這句話正好說中了張翠山的心事，他臉上一紅，只得笑道：「你伶牙俐齒，我怎說得過你？救了那些人，是你自己積的功德，可不跟我相干。」

就在這時，潮聲如雷，震耳欲聾，張翠山和殷素素所乘江船猛地被拋了起來。說話聲盡皆掩沒。張翠山向窗外看時，只見巨浪猶如一堵透明的高牆，巨鯨幫的人若不獲救上船，這時都被掩沒在驚濤之中了。

殷素素走到後艙，關上了門，過了片刻出來，又已換上了女裝。她打個手勢，要張翠山除下長袍。張翠山不便再行峻拒，只得脫下。他只道殷素素要替自己縫補衫背的破裂之處，那知她提起她自己剛換下來的男裝長袍，打手勢叫他穿上，卻將他的破袍收入後艙。

張翠山身上只有短衫中衣，只得將殷素素的男裝穿上了。那件袍子本就寬大，張翠山雖比她高大得多，卻也不顯得窄小，袍子上一縷縷淡淡的幽香送入鼻端。張翠山心神一蕩，不敢向她看去，恭恭敬敬的坐著，裝作欣賞船艙板壁上的書畫，但心事如潮，和船外船底的波濤一般洶湧起伏，卻那裏看得進去？殷素素也不來跟他說話。

忽地一個巨浪湧來，船身傾側，艙中燭火登時熄了。張翠山心道：「我二人孤男寡女，坐在船艙之中，雖說我不欺暗室，卻怕於殷姑娘的清名有累。」於是推開後艙艙門，走到把舵的舟子身旁，瞧著他穩穩掌著舵柄，穿波越浪下駛。

半個多時辰之後，上湧的潮水反退出海，順風順水，舟行更遠，破曉後已近王盤山島。那王盤山在錢塘江口的東海之中，是個荒涼小島，山石嶙峋，向無人居。兩艘船駛近島南，相距尚有數里，只聽得島上號角之聲嗚嗚吹起，岸邊兩人各舉大旗，揮舞示意。座船漸漸駛近，只見兩面大旗上均繡著一頭大鷹，雙翅伸展，甚是威武。

兩面大旗之間站著一個老者。只聽得他朗聲說道：「玄武壇白龜壽恭迎殷姑娘。」聲音漫長，綿綿密密，雖不響亮，卻是氣韻醇厚。片刻間座船靠岸，白龜壽親自鋪上跳板。殷素素請張翠山先行，上岸後和白龜壽引見。

白龜壽見殷素素神氣間對張翠山極為重視，待聽到他是武當七俠中的張五俠，更是心中一凜，說道：「久仰武當七俠的清名，今日幸得識荊，大是榮幸。」張翠山謙遜了幾句。

殷素素笑道：「你兩個言不由衷，說話大不痛快。一個心想：『啊喲，不好，武當派的人也來啦，多了個爭奪屠龍刀的棘手人物。』另一個心中卻說：『你這種左道邪教的人物，我才犯不著跟你結交呢。』我說啊，你們想說甚麼便說甚麼，不用口是心非的。」

白龜壽哈哈一笑。張翠山卻道：「不敢！白壇主武功精湛，在下聽得白壇主這份隔海傳聲的功夫，心下好生佩服。在下只是陪殷姑娘來瞧瞧熱鬧，決無覬覦寶刀之心。」

殷素素聽他這般說，面溢春花，好生喜歡。白龜壽素知殷素素面冷心狠，從來不對任何人稍假詞色，但這時對張翠山的神態卻截然不同，知道此人在她心中的分量實是不輕，又聽得他稱讚自己內功，當下敵意盡消，說道：「殷姑娘，海沙派、巨鯨幫、神拳門那些傢伙早就到啦，還有兩個崑崙派的年輕劍客。這兩個小子飛揚跋扈，囂張得緊，那如張五俠名揚天下，卻這麼謙光。可見有一分本事，便有一分修養……」

他剛說到這裏，忽聽得山背後一人喝道：「背後鬼鬼祟祟的毀謗旁人，這又算是甚麼行徑了？」話聲一歇，轉出兩個人來。兩人均穿青色長袍，背上斜插長劍，都是二十八九歲年紀，臉罩寒霜，一副要惹事生非的模樣。

白龜壽笑道：「說起曹操，曹操便到。來來來，我跟各位引見引見。」

那兩個崑崙派的青年劍客本來就要發作，但斗然間見到殷素素容光照人，艷麗非凡，不由得心中都是怦然一動。一個人目不轉瞬的呆瞧著她，另一個看了她一眼，急忙轉開了頭，但隨即又偷偷斜目看她。

白龜壽指著呆看殷素素的那人道：「這位是高則成高大劍客。」指著另一人道：「這位是蔣濤蔣大劍客。兩位都是崑崙派的武學高手。想崑崙派威震西域，武學上有不傳之秘，高蔣兩位更是崑崙派中出乎其類、拔乎其萃、矯矯不羣的人物。這一次來到中原，定當大顯身手，讓我們開開眼界。」

他這番話中顯是頗含譏嘲，張翠山心想這二人若不立即動武，也必反唇相稽，那知高蔣二人只唯唯否否，似乎並沒聽見他說些甚麼，再看二人的神色，這才省悟，原來他二人一見殷素素，一個傻瞪，一個偷瞧，竟都神不守舍的如癡如呆。張翠山暗暗好笑，心道：「崑崙派名播天下，號稱劍術通神，那知派中弟子卻這般無聊。」

白龜壽又道：「這位是武當派張翠山張相公，這位是殷素素殷姑娘，這位是敝教的常金鵬常壇主。」他說這三人姓名時都輕描淡寫，不加形容，對張翠山更只稱一聲「張相公」，連「張五俠」的字眼也免了，顯是將他當作極親近的自己人看待。

殷素素心中甚喜，眼光在張翠山臉上一轉，秋波流動，梨渦淺現。

高則成見殷素素對張翠山神態親近，胸頭也不知從那裏來的一叢怒火，狠狠的向張翠山怒目橫了一眼，冷冷的道：「蔣師弟，咱們在西域之時，好像聽說過，武當派算是中原武林中的名門正派啊。」蔣濤道：「不錯，好像聽說過。」高則成道：「原來耳聞不如目見，道聽塗說之言，大不可信。」蔣濤道：「是嗎？江湖上謠言甚多，十之八九原本靠不住。高師哥說武當派怎麼了？」高則成道：「名門正派的弟子，怎地和邪教人物廝混在一起，這不是自甘墮落麼？」二人一吹一唱，竟向張翠山叫起陣來。他們可不知殷素素也是天鷹教中人物，「邪教」二字，只指白常二人而言。

張翠山聽他二人言語如此無禮，登時便要發作，但轉念一想，自己這次上王盤山來，用意純在查察傷害俞岱巖的兇手，這兩個崑崙弟子年紀雖較自己為大，卻是初出茅廬的無名之輩，犯不著跟他們一般見識，何況天鷹教行事確甚邪惡，觀乎殷素素和常金鵬將殺人當作家常便飯一事可知，自己決不能跟他們牽纏在一起，於是微微一笑，說道：「在下跟天鷹教的這幾位也是初識，和兩位仁兄沒甚麼分別。」

這兩句話眾人聽了都是大出意外。白常兩壇主只道殷素素跟他交情甚深，原來卻是初識。殷素素心中惱怒，知道張翠山如此說，分明有瞧不起天鷹教之意。高蔣兩人相視冷笑，心想：「這小子是個膿包，一聽到崑崙派的名頭，心裏就怕了咱們啦。」

白龜壽道：「各位賓客都已到齊，只有巨鯨幫的麥少幫主還沒來，咱們也不等他啦。現下各位到處隨便逛逛，正午之時，請到那邊山谷飲酒看刀。」常金鵬笑道：「麥少幫主座船失事，是張相公命人救了起來，這時便在船中，待會請他赴宴便了。」

張翠山見白常兩位壇主對己執禮甚恭，殷素素的眼光神色之間更是柔情似水，但想跟這些人越疏遠越好，說道：「小弟想獨自走走，各位請便。」也不待各人回答，一舉手，便向東邊一帶樹中走去。

王盤山是個小島，山石樹木亦無可觀之處。東南角有個港灣，桅檣高聳，停舶著十來艘大船，想是巨鯨幫、海沙派一干人的座船。張翠山沿著海邊信步而行，他對殷素素任意殺人的殘暴行徑雖然大是不滿，但說也奇怪，一顆心竟念茲在茲的縈繞在她身上：「這位殷姑娘在天鷹教中地位極是尊貴，白常兩位壇主對她像公主一般侍候，但她顯然不是教主，不知是甚麼來頭？」又想：「天鷹教要在這島上揚刀立威，對方海沙派、神拳門、巨鯨幫等都由首要人物赴會，天鷹教卻只派兩個壇主主持，全沒將這些對手放在心上。瞧那玄武壇白壇主的氣派，似乎功力尚在朱雀壇常壇主之上。看來天鷹教已是武林中一個極大隱憂，今日須當多摸清一些他們的底細，日後武當七俠只怕要跟他們勢不兩立。」

正沉吟間，忽聽得樹林外傳來一陣陣兵刃相交之聲，他好奇心起，循聲過去，只見樹蔭下高則成和蔣濤各執長劍，正在練劍，殷素素在一旁笑吟吟的瞧著。張翠山心道：「師父常說崑崙派劍術大有獨到之處，他老人家少年之時，還和一個號稱『劍聖』的崑崙派名家交過手，這機緣倒是難得。」但武林人士練習武功之時極忌旁人偷看。張翠山雖極想看個究竟，終是守著武林規矩，只望了一眼，轉身便欲退開。

但他這麼一探頭，殷素素已見到了，向他招了招手，叫道：「張五哥，你過來。」張翠山這時若再避開，反落了個偷看的嫌疑，於是邁步走近，說道：「兩位兄台在此練劍，咱們別惹人厭，到那邊走走罷。」還沒聽到殷素素回答，只見白光一閃，嗤的一響，蔣濤反劍掠上，高則成左臂中劍，鮮血冒出。張翠山吃了一驚，只道是蔣濤失手誤傷。那知高則成哼也不哼，鐵青著臉，刷刷刷三劍，招數巧妙狠辣，全是指向蔣濤的要害。張翠山這才看清，原來兩人並非練習劍法，竟是真打真鬥，不禁大是訝異。

殷素素笑道：「看來師哥不及師弟，還是蔣兄的劍法精妙些。」

高則成聽了此言，一咬牙，翻身迴劍，劍訣斜引，一招「百丈飛瀑」，劍鋒從半空中直瀉下來。張翠山忍不住喝采：「好劍法！」蔣濤縮身急躲，但高則成的劍勢不到用老，中途變招，劍尖抖動，「嘿！」的一聲呼喝，刺入了蔣濤左腿。殷素素拍手道：「原來做師兄的畢竟也有兩手，蔣兄這一下可比下去啦。」蔣濤怒道：「也不見得。」劍招忽變，歪歪斜斜的使出一套「雨打飛花」劍法來。這一路劍走的全是斜勢，飄逸無倫，但七八招斜勢之中，偶爾又挾著一招正勢，教人極難捉摸。高則成對這路本門劍法自是爛熟於胸，見招拆招，毫不客氣的還以擊削劈刺。兩人身上都已受傷，雖然非在要害，但劇鬥中鮮血飛濺，兩人臉上、袍上、手上都是血點斑斑。師兄弟倆越鬥越狠，到後來竟似性命相撲一般。殷素素在旁不住口的推波助瀾，讚幾句高則成，又讚幾句蔣濤，把兩人激得如顛如癡，恨不得一劍將對方刺倒，顯得自己劍法高強，好討得殷素素歡喜。

這時張翠山早已明白，他師兄弟倆忽然捨命惡鬥，全是殷素素從中挑撥，以報復兩人先前出言輕侮了天鷹教。眼見兩人越打越狠，初時還不過意欲取勝，到後來均已難以自制，竟似要致對方死命一般，再鬥下去勢將闖出大禍。看這二人劍法確然頗為精妙，然變化不夠靈動，內力也嫌薄弱，劍法中的威力只發揮得出一二成而已。

殷素素拍手嬉笑，甚是高興，說道：「張五哥，你瞧崑崙派的劍法怎樣？」不聽張翠山回答，一回頭，見他眉頭微皺，頗有厭惡之色，說道：「使來使去這幾路，也沒甚麼看頭，咱們到那邊瞧瞧海景去罷！」說著拉著張翠山的左手，舉步便行。

張翠山只覺一隻溫膩軟滑的手掌握住自己的手，心中一動，明知她是有意激怒高蔣二人，卻也不便掙脫，只得隨著她走向海邊。

殷素素瞧著一望無際的大海，出了一會神，忽道：「『莊子』秋水篇中說道：『天下之水，莫大於海，萬川歸之，不知何時止而不盈。』然而大海卻並不驕傲，只說：『吾在於天地之間，猶小石小木之在大山也。』莊子真是了不起，胸襟如此博大！」

張翠山見她挑動高蔣二人自相殘殺，引以為樂，本來甚是不滿，忽然聽到這幾句話，不禁一怔。「莊子」是道家修真之士所必讀，張翠山在武當山時，張三丰也常拿來和他們師兄弟講解。但這個殺人不眨眼的女魔頭突然在這當兒發此感慨，實大出於他意料之外。他一怔之下，說道：「是啊，『夫千里之遠，不足以舉其大，千仞之高，不足以極其深。』」

殷素素聽他以「莊子・秋水篇」中形容大海的話相答，但臉上神氣，卻有不勝仰慕欽敬之情，說道：「你想起了師父嗎？」

張翠山吃了一驚，情不自禁的伸出右手，握住了她另外一隻手，道：「你怎知道？」當年他在山上和大師兄宋遠橋、三師兄俞岱巖共讀「莊子」，讀到「夫千里之遠，不足以舉其大，千仞之高，不足以極其深」這兩句話時，俞岱巖說道：「咱們跟師父學藝，越學越覺得跟他老人家相差得遠了，倒似每天都在退步一般。用『莊子』上這兩句話來形容他老人家深不可測、高無盡頭的功夫，那才適當。」宋遠橋和張翠山都點頭稱是。這時他想起「莊子」上這兩句話，自然而然的想起了師父。

殷素素道：「你臉上的神情，不是心中想起父母，便是想起了師長，但『千里之遠，不足以舉其大』云云，當世除了張三丰道長，只怕也沒第二個人當得起了。」張翠山甚喜，道：「你真聰明。」驚覺自己忘形之下握住了她的雙手，臉上一紅，緩緩放開。

殷素素道：「尊師的武功到底是怎樣出神入化，你能說些給我聽聽麼？」張翠山沉吟半晌，道：「武功只是小道，他老人家所學遠不止武功，唉，博大精深，不知從何說起。」殷素素微笑道：「『夫子步亦步，夫子趨亦趨，夫子馳亦馳；夫子奔逸絕塵，而回瞠若乎後矣。』」張翠山聽她引用「莊子」中顏回稱讚孔子的話，而自己心中對師父確有如此五體投地的感覺，說道：「我師父不用奔逸絕塵，他老人家趨一趨，馳一馳，我就跟不上啦。」

殷素素聰明伶俐，有意要討好他，兩人自是談得十分投機，久而忘倦，並肩坐在石上，不知時光之過。

忽聽得遠處腳步聲沉重，有人咳了幾聲，說道：「張相公、殷姑娘，午時已到，請去入席罷。」張翠山回過頭來，只見常金鵬相隔十餘丈站著，雖然神色莊敬，但嘴角邊帶著一絲微笑。神情之中，便似一個慈祥的長者見到一對珠聯璧合的小情人，大感讚嘆歡喜。殷素素一直對他視作下人，傲不為禮，這時卻臉含羞澀，低下頭去。張翠山心中光明磊落，但見了兩人神色，禁不住臉上一紅。

常金鵬轉過身來，當先領路。殷素素低聲道：「我先去，你別跟著我一起。」張翠山微微一怔，心道：「這位姑娘怎地避起嫌疑來啦？」便點了點頭。殷素素搶上幾步，和常金鵬並肩而行，只聽她笑著問道：「那兩個崑崙派的獃子打得怎麼啦？」張翠山心中似喜非喜，似愁非愁，直瞧著他二人的背影在樹後隱沒，這才緩緩向山谷中走去。

進得谷口，只見一片青草地上擺著七八張方桌，除了東首第一席外，每張桌旁都已坐了人。常金鵬見他走近，大聲說道：「武當派張五俠駕到！」這八個字說得聲若雷震，山谷鳴響。他一說完，和白龜壽快步迎了出來，每人身後跟隨著本壇的五名舵主，十二人在谷口一站，並列兩旁，躬身相迎。白龜壽道：「天鷹教殷教主屬下，玄武壇白龜壽、朱雀壇常金鵬，恭迎張五俠大駕。」殷素素並不走到谷口相迎，卻也站起身來。

張翠山聽到「殷教主」三字，心頭一震，暗想：「那教主果然姓殷！」當下作揖說道：「不敢當，不敢當！」舉步走進谷中，只見各席上坐的眾人均有憤憤不平之色，微感不解，卻也不去理會。他不知海沙派、巨鯨幫、神拳門各路首領到來之時，天鷹教只派壇下的一名舵主引導入座，絕不似對張翠山這般恭敬有禮，相形之下，顯是對之意含輕視。

白龜壽引著他走到東首第一席上，肅請入座。這張桌旁只擺著一張椅子，乃是各桌之中最尊貴的首席。張翠山一瞥眼，見其餘各席大都坐了七八人，只第六席上坐著高則成和蔣濤二人。他朗聲辭道：「在下末學後進，不敢居此首席。請白兄移到下座去罷。」白龜壽道：「武當派乃方今武林中的泰山北斗，張五俠威震天下，若不坐此首席，在座的無人敢坐。」張翠山記著師父平時常說的「寧靜謙抑」之訓，心想：「倘若師父或大師哥在此，這首座自可坐得，我卻是不配。」堅意辭讓。

高則成和蔣濤使個眼色，蔣濤忽地提起自己座椅，凌空擲了過來。他這一席和首席之間隔開五張桌子，但他這一擲勁力甚強，只聽呼的一聲響，那椅子飛越五張桌旁各人頭頂，在第一席邊落了下來，端端正正的擺好，與原有的一張椅子相距尺許，這一手巧勁，確是造詣不凡。蔣濤一擲出椅子，高則成便大聲道：「嘿嘿，泰山北斗，不知是誰封的泰山北斗？姓張的不敢坐，咱師兄弟還不致於這般膿包。」兩人身法如風，搶到椅旁。

原來先前殷素素問他二人到底誰的武功高些，說想學幾招崑崙派的劍法，準擬向劍法高明些的人求教。二人毫不推辭，便拔劍餵招。初時也只是想勝過了對方，但越打越狠，漸漸收不住手，殷素素又在旁挑撥，兩人竟致一齊受傷。待見她和張翠山神情親密的走開，才知上了她當，兩人收劍裹傷，又惱又妒，卻不敢向殷素素發作，這時乘機搶奪張翠山的席位，想激他出手，在羣雄面前狠狠的折辱他一番。

常金鵬伸手攔住，說道：「且慢！」高則成伸指作勢，便欲往常金鵬臂彎中點去。

張翠山道：「兩位坐此一席，最是合適不過。小弟便坐那邊罷！」說著舉步往第六席走去。殷素素忽然伸手招了招，叫道：「張五哥，到這裏來。」

張翠山不知她有甚麼話說，便走近身去。殷素素隨手拉過一張椅子，放在自己身邊，微笑道：「你坐這裏罷。」張翠山萬料不到她竟會如此脫略形跡，在羣豪注目之下，頗覺躊躇，若跟她並肩同席，未免過於親密，倘不依言就坐，又不免要使她無地自容。殷素素低聲道：「我還有話跟你說呢！」張翠山見她臉上露出求懇之色，不便推辭，便在椅上坐了下去。殷素素心花怒放，笑吟吟的給他斟了杯酒。

這邊高則成和蔣濤雖然搶到了首席，但見了這等情景，只有惱怒愈增。白龜壽伸手在椅子上拂了幾下，掃去灰塵，笑道：「崑崙派的兩位大劍客要坐個首席，那真不錯啊，請坐，請坐！」說著和常金鵬及十名舵主各自回歸主人席位就座。高則成和蔣濤均想：「這膿包不敢坐此首席，武當派的威風終究給崑崙派壓了下去。」兩人對望一眼，大剌剌的坐下。

只聽得喀喇、喀喇兩聲，椅腳斷折，兩人一起向後摔跌。總算兩人武功不弱，不待背心著地，伸手在地下一撐，已自躍起，但饒是如此，神情已異常狼狽。各席上的豪客都哈哈大笑起來。高蔣二人均知是白龜壽適才用手拂椅，暗中作下了手腳，暗想這份陰勁著實厲害，自己可沒如此功力。他二人本來十分自負，把天鷹教當作是下三濫的旁門左道，絲毫沒瞧在眼裏，這才在王盤山上如此飛揚拔扈，此刻見到白龜壽顯示了這般功力，不由得銳氣大挫。

卻聽白龜壽冷冷的道：「崑崙派的武功，大家都知道是高的，兩位不用尋這兩張椅子的晦氣。說到坐爛椅子這點粗淺功夫，在座的諸君沒一位不會罷？」說著右手一揮，指著坐在末席的十名舵主，道：「你們也練一練罷！」

但聽得喀喇喇幾聲猛響，十張椅子一齊破裂。那十名舵主有備而發，坐碎椅子後笑吟吟的站著，神定氣閒，可比高蔣二人狼狽摔倒的情形高明得太多了。在座羣豪大都是見多識廣之士，自瞧出白龜壽故意作弄他二人，只是這情景確實有趣，忍不住都放聲大笑。

笑聲中只見天鷹教的兩名舵主各抱一塊巨石，走到第一席之旁，伸足踢去破椅，說道：「木椅單薄，無力承當兩位貴體，請坐在這石頭上罷！」這兩人是天鷹教中出名的大力士，武功平平，但身軀粗壯，天生神力，每人所抱的巨石都有四百來斤，托起巨石便遞給高蔣二人，要他們接住。

高蔣二人劍法精妙，要接住這般巨岩卻萬萬不能。高則成皺眉道：「放下罷！」兩名大力舵主齊聲「嘿」的一聲猛喝，雙臂挺直，將巨石高舉過頂，說道：「接住罷！」

這麼一來，逼得高蔣二人只有縮身退開，只怕兩個大力士中有一個力氣不繼，稍有失閃，那四五百斤的大石壓將下來，豈不給壓得筋折骨斷？他二人心中氣惱，卻又不敢出手襲擊這兩個大力士，巨石橫空，誰也不敢靠近，自履險地。

白龜壽朗聲道：「兩位崑崙劍客不坐首席啦，還是請張相公坐罷！」

張翠山坐在殷素素身旁，香澤微聞，心中甜甜的，不禁神魂飄蕩，忽地聽得白龜壽這麼一喝，登時警覺：「我千萬不能自墮魔障，和這邪教女魔頭有甚麼牽纏。」當即站起身來，走了過去。

白龜壽聽常金鵬讚張翠山武功了得，他卻不曾親眼得見，這時有心要試他一試，向兩名手托巨石的大力舵主使個眼色。

兩名舵主會意，待張翠山走近，齊聲喝道：「張相公小心，請接住了！」喝聲一停，兩人身子一矮，雙臂下縮，隨即長身展臂，大叫一聲，兩塊巨石齊向張翠山頭頂壓將下來。

羣豪見了這等聲勢，情不自禁的一齊站起。

白龜壽本意只是要一試張翠山的武功，絕無惡意，一來「武當七俠」的名頭在江湖上太響，今日眼見他不過是個溫文蘊藉的青年書生，頗出意料之外，二來殷姑娘向來沒把誰瞧在眼裏，對這位「張五俠」卻顯是十分傾倒，此人日後與天鷹教必有極大干連。但忽見這兩名大力舵主莽莽撞撞的擲出巨石，登時好生後悔，暗叫：「糟糕！」心想張翠山是名門弟子，當然不致為巨石所傷，但縱躍閃避之際，情景也必狼狽，倘若不幸竟爾小小的出了些醜，不但張翠山見怪，殷姑娘更要大為恚怒。他頃刻間便打定了主意，倘若情勢不妙，立時便要嫁禍於那兩名舵主，寧可將兩人立斃於掌底，也不能開罪了殷姑娘。

張翠山忽見巨石凌空壓到，也是吃了一驚，假如後躍避開，便和崑崙派的高蔣二人一般無異，未免墮了師門的威望，這時候也不容細想，練武之人到了緊迫關頭，本身蓄積著的功夫自然而然的使將出來。當下左手使一招「武」字訣中的右鉤，帶動左方壓下來的巨石，右手使一招「刀」字訣中的左撇，帶動右方壓下來的巨石。那兩塊巨石本身各有四百來斤，再加上凌空一擲之勢，更是非同小可。張翠山不以膂力見長，要他空手去托，那是一塊巨石也舉不起的。可是張三丰這套從書法中化出來的招數，實是奪造化之功的神奇。要知武當一派的武功，原不求力大，亦不求招快。只要力道運用得法，四兩尚可撥千斤。這時張翠山使出師門所授最精深的功夫，借著那兩名舵主的一擲之勢，帶著兩塊巨石直飛上天。

這兩塊巨石飛擲之力，其實出自兩名舵主，只是他以手掌稍加撥動，變了方向。他長袖飛舞，手掌隱在袖中，旁人看來，竟似以衣袖捲起巨石，擲向天空一般。兩塊巨石一高一低，先後跌落。張翠山輕飄飄的縱身而起，盤膝坐在較高的那塊石上。

但聽得騰的一響，地面震動，一塊巨石落了下來，一大半深陷泥中，第二塊跟著落下，平平穩穩的擺在第一塊巨石之上，兩石相碰，火花四濺，只震得每一席上碗碟都叮叮噹噹的亂響。張翠山不動聲色的坐在石上，笑道：「兩位舵主神力驚人，佩服，佩服！」

那兩名舵主卻驚得目瞪口呆，獃獃的站在當地，一句話也說不出來。

片刻之間，山谷中寂靜無聲，隔了片晌，才暴出轟雷價一片采聲，良久不絕。

殷素素向白龜壽瞪了一眼，笑靨如花，得意之極。白龜壽大喜，自己險些做了錯事，幸好張翠山武功驚人，卻將此事變成了自己討好殷姑娘之舉。於是走到首席之旁，斟了一杯酒，朗聲說道：「久聞武當七俠的威名，今日得見張五俠的武功，當真是佩服得五體投地。小人敬張五俠一杯。」說著一飲而盡。張翠山道：「不敢！」陪了一杯。

白龜壽站起身來，朗聲說道：「敝教新近得了一柄寶刀，叫作屠龍刀。有道是：『武林至尊，寶刀屠龍，號令天下，莫敢不從！』」他說到這裏，頓了一頓，晶亮閃爍的眼光從左至右，掃視全場。他身形並不魁梧，但語聲響亮，目光銳利，威嚴之氣懾人，又道：「敝教殷教主原擬柬請天下各路英雄大會天鷹山，展示寶刀，只是此舉籌劃費時，須得假以時日。

誠恐天下英雄不知寶刀已為敝教所得，因此上就近奉請江南諸幫會各位朋友駕臨，瞧一瞧寶刀的面目。」說著揮了揮手。教下八名弟子大聲答應，轉身走進西首一個大山洞中。

眾人只道這八名弟子去取寶刀，目光都凝望著他們，那知八人出來時上身都脫光了，從山洞中抬出一隻大鐵鼎來。鐵鼎中燒著熊熊烈火，火燄衝起一丈來高。八個人離得遠遠的，用長桿肩抬而來，吆吆喝喝，將鐵鼎放在廣場之中。眾人被火燄一逼，登時大感炙熱。那八人之後，又有四人，兩人抬著一座打鐵用的大鐵砧，另外兩人手中各舉一個大鐵錘。

白龜壽道：「常壇主，請你揚刀立威！」

常金鵬道：「遵命！」轉身叫道：「取刀來！」

適才挺舉巨石的那兩名神力舵主走進山洞，回出來時，一人手中橫托一個黃綾包裹，另一人在旁護衛。那舵主將包裹交給了常金鵬，兩人站在他左右兩旁。常金鵬打開包裹，露出一柄單刀。他托在手裏，舉目向眾人一望，刷地拔刀出鞘，說道：「這一把便是武林至尊的屠龍寶刀，各位請看仔細了！」說著托刀齊頂，為狀甚是恭敬。

羣豪久聞屠龍寶刀之名，但見這刀黑黝黝的毫不起眼，心下都存了一個疑團：「怎知此刀是真是假？」只見常金鵬緩緩的將刀交給了左首舵主，說道：「試鐵錘！」

那舵主接過單刀，將刀擱在鐵砧之上，刀口朝天，另一名神力舵主提起大鐵錘，便往刀口上擊落。只聽得嗤的一聲輕響，鐵錘的錘頭中分為二，一半連在錘桿，另一半跌落在地。羣豪一驚之下，都站了起來，均想：斷金切玉的寶劍利刃雖然罕見，卻也不是絕無僅有，但這柄屠龍刀削鐵錘如切豆腐，連叮噹之聲也聽不到半點，若非神物，便是其中有弊。

神拳門和巨鯨幫中各有一人走到鐵砧之旁，撿起那半塊鐵錘來看時，但見切口處平整光滑、閃閃發光，顯是新削下來的。

那神力舵主提起另一個鐵錘擊在刀上，又是輕輕削裂。這一次羣豪盡皆大聲喝采。

張翠山心想：「如此寶刀，當真是見所未見，聞所未聞。」

常金鵬緩步走到場中，提起寶刀，使一招「上步劈山」，嗤的一聲輕響，將大鐵砧中劈為二。突然間搶到左首，橫刀一揮，從一株大松樹腰間掠了過去，跟著縱躍奔走，舉刀連揮，接連掠過了一十八棵大樹。羣豪但見他連連舞動寶刀，那些大樹卻好端端地絕無異狀，正自不解，忽聽得常金鵬一聲長笑，走到第一株大松樹旁，衣袖拂出，擊在松樹腰間，只聽得喀喇喇一聲響，那松樹向外倒去。原來這松樹早已被寶刀齊腰斬斷，只是那刀實在太過鋒利，常金鵬使的力道又極均衡，上半截松樹斷了之後，仍穩穩的置在下半截之上，直至遇到外力推動，這才倒塌。那大松樹一斷，帶起一股烈風，但聽得喀喇、喀喇之聲不絕，其餘的大樹都一棵棵的倒了下來。

常金鵬哈哈一笑，手一揮，將那屠龍寶刀擲進了烈燄沖天的大鐵鼎中。

大樹倒塌之聲尚未斷絕，忽然遠處跟著傳來喀喇、喀喇的聲音，似乎也有人在斬截大樹。白龜壽和常金鵬等都是一愕，循聲望去，只見聳立的船桅一根根倒將下去。那些桅桿上都懸有座旗。天鷹教、巨鯨幫、海沙派、神拳門各門各派的首腦見自己座旗紛紛隨著旗桿倒落，無不大為驚怒，各遣手下前去查問。

但聽得砰嘭之聲不絕，頃刻之間，眾桅桿或倒或斜，無一得免，似乎停在港灣中的船隻突然遇到風暴還是海怪，一艘艘的破碎沉沒。聚在草坪上的羣豪斗遭此變，一時說不出話來，初時還疑心是天鷹教布置下的陰謀，但見天鷹教的船隻同時遭劫，看來卻又不是。

第二批人跟著奔去查問。草坪和港灣相距不遠，奔去的十餘人卻無一回轉。

眾人面面相覷，驚疑不定。白龜壽向本壇的一名舵主道：「你去瞧瞧。」那舵主應命而去。白龜壽強作鎮定，笑道：「想是海中有甚變故，各位也不必在意。就算船隻盡數毀了，難道咱們不能坐木筏回去嗎？來來來，大家乾一杯！」羣豪心中嘀咕，可不能在人前示弱，於是一齊舉杯，剛沾到口唇，忽聽得港灣旁一聲大呼，叫聲慘厲，劃過長空。

白龜壽和常金鵬聽出這慘呼是適才去查問的那舵主所發，一怔之間，只聽得騰騰騰的腳步聲落地甚重，漸奔漸近，跟著一個血人出現在眾人之前，正是那個舵主。

他雙手按住臉孔，手指縫中滲出血來，頂門上去了一塊頭皮，自胸口直至小腹、大腿，衣衫盡裂，一條極長的傷口也不知多深，血肉模糊，慘聲叫道：「金毛獅王，金毛獅王！」白龜壽道：「是隻獅子？」他聽到是隻猛獸，反而寬心了。那舵主道：「不，不！是個人。人都抓死啦，船都打沉啦！」說到這裏，已然支持不住，俯身摔倒，便此氣絕。

白龜壽道：「我去瞧瞧。」常金鵬道：「我和你同去。」白龜壽道：「你保護殷姑娘。」他知那死去的舵主武功不弱，在天鷹教中算得是個硬手，但一轉眼被人傷得這般厲害，對手自是非同小可。常金鵬點頭道：「是！」

忽聽得有人咳嗽一聲，說道：「金毛獅王早在這裏！」眾人吃了一驚，只見大樹後緩步走出一個人來。那人身材魁偉異常，滿頭黃髮，散披肩頭，眼睛碧油油的發光，手中拿著一根一丈六七尺長的兩頭狼牙棒，在筵前這麼一站，威風凜凜，真如天神天將一般。

張翠山暗自尋思：「金毛獅王？這渾號自是因他的滿頭黃髮而來了，他是誰啊？可沒聽師父說起過。」

白龜壽上前數步，說道：「請問尊駕高姓大名？」那人道：「不敢，在下姓謝，單名一個遜字，表字退思，有一個外號，叫作『金毛獅王』。」張翠山和殷素素對望了一眼，均想：「這人神態如此威猛，取的名字卻斯文得緊，外號倒是適如其人。」白龜壽聽他言語有禮，說道：「原來是謝先生。尊駕跟我們素不相識，何以一至島上，便即毀船殺人？」

謝遜微微一笑，露出一口白牙，閃閃發光，說道：「各位聚在此處，所為何來？」

白龜壽心想：「此事也瞞他不得。這人武功縱然厲害，但他總是單身，我和常壇主聯手，再加上張五俠、殷姑娘從旁相助，定可除他得了。」朗聲說道：「敝教天鷹教新近得了一柄寶刀，邀集江湖上的朋友，大夥兒在這裏瞧瞧。」

謝遜瞪目瞧著大鐵鼎中那柄正被烈火鍛燒著的屠龍刀，見那刀在烈燄之中不損分毫，的是神物利器，便大踏步走將過去。

常金鵬見他伸右手便去抓刀，叫道：「住手！」謝遜回頭淡淡一笑，道：「幹甚麼？」常金鵬道：「此刀是敝教所有，謝朋友但可遠觀，不可碰動。」謝遜道：「這刀是你們鑄的？是你們買的？」常金鵬啞口無言，一時答不出話來。謝遜道：「你們從別人手上奪來，我便從你們手上奪去，天公地道，有甚麼使不得？」說著轉身又去抓刀。

嗆啷啷一響，常金鵬從腰間解下西瓜流星鎚，喝道：「謝朋友，你再不住手，我可要無禮了。」他言語中似是警告，其實聲到鎚到，左手的鑌鐵大西瓜向他後心直撞過去。謝遜更不回頭，將狼牙棒向後揮出，噹的一聲巨響，那鑌鐵大西瓜給狼牙棒一撞，疾飛回來，迅速無倫。常金鵬大驚，右手鐵西瓜急忙揮出，雙瓜猛碰。不料謝遜神力驚人，雙瓜同時飛轉，撞在常金鵬胸口。常金鵬身子一晃，倒地斃命。他在錢塘江中鎚碎麥少幫主的座船時何等神威，這時卻禁不起謝遜狼牙棒的一撞。

朱雀壇屬下的五名舵主大驚，一齊搶了過去。兩人去扶常金鵬，三人拔出兵刃，不顧性命的向謝遜攻去。謝遜左手抓住屠龍刀，右手中的狼牙棒在鐵鼎下一挑，一隻數百斤重的大鐵鼎飛了起來，橫掃而至，將三名舵主同時壓倒。大鐵鼎餘勢未衰，在地下打了個滾，又將扶著常金鵬的兩名舵主撞翻。五名舵主和常金鵬屍身身上衣服一齊著火，其中四名舵主已被鐵鼎撞死，餘下的一名在地下哀號翻滾。

眾人見了這等聲勢，無不心驚肉跳，但見謝遜一舉手之間，連斃五名江湖上的好手，餘下那名舵主看來也是重傷難活。張翠山行走江湖，會見過的高手著實不少，可是如謝遜這般超人的神力武功，卻是從未見過，暗忖自己決不是他的敵手，便是大師哥、二師哥，也頗有不如。當今之世，除非是師父下山，否則不知還有誰能勝得過他。

只見謝遜提起屠龍刀，伸指一彈，刀上發出非金非木的沉鬱之聲，點頭讚道：「無聲無色，神物自晦，好刀啊好刀！」抬起頭來，向白龜壽身旁的刀鞘望了一眼，說道：「這是屠龍刀的刀鞘罷？拿過來。」

白龜壽心知當此情勢，自己的性命十成中已去了九成，倘若將刀鞘給他，不但一世英名化於流水，而且日後教主追究罪責，定是死得極為慘酷，但此刻和他硬抗，那也是有死無生，當下凜然說道：「你要殺便殺，姓白的豈是貪生怕死之輩？」

謝遜微微一笑，道：「硬漢子，硬漢子！天鷹教中果然還有幾個人物。」突然間右手一揚，那柄一百多斤的屠龍刀猛地向白龜壽飛去。白龜壽早在提防，突見他寶刀出手，知道此人的手勁大得異乎尋常，不敢用兵器擋格，更不敢伸手去接，急忙閃身避讓。那知這寶刀斜飛而至，刷的一聲，套入了平放在桌上的刀鞘之中，這一擲力道甚是強勁，帶動刀鞘，繼續激飛出去。謝遜伸出狼牙棒，一搭一勾，將屠龍刀連刀帶鞘的引了過來，隨手插在腰間。這一下擲刀取鞘，準頭之巧，手法之奇，實是到了匪夷所思的地步。

他目光自左而右，向羣豪瞧了一遍，說道：「在下要取這柄屠龍刀，各位有何異議？」他連問兩聲，誰都不敢答話。

忽然海沙派席上一人站起身來，說道：「謝前輩德高望重，名揚四海，此刀正該歸謝前輩所有。我們大夥兒都非常贊成。」謝遜道：「閣下是海沙派的總舵主元廣波罷？」那人道：「正是。」他聽得謝遜知道自己姓名，既是歡喜，又是惶恐。

謝遜道：「你可知我師父是誰？是何門何派？我做過甚麼好事？」元廣波囁嚅道：「這個……謝前輩……」他實是一點也不知道。謝遜冷冷的道：「我的事你甚麼也不知，怎說我德高望重，名揚四海？你這人諂媚趨奉，滿口胡言。我生平最瞧不起的，便是你這般無恥小人。給我站出來！」最後這幾句話每一字便似打一個轟雷。元廣波為他威勢所懾，不敢違抗，低著頭走到他面前，身子不由自主的不停打戰。

謝遜道：「你海沙派武藝平常，專靠毒鹽害人。去年在餘姚害死張登雲全家，本月初歐陽清在海門身死，都是你做的好事罷？」元廣波大吃一驚，心想這兩件案子做得異常隱秘，怎會給他知道了？謝遜喝道：「叫你手下裝兩大碗毒鹽出來，給我瞧瞧，到底是怎麼樣的東西。」海沙派幫眾人人攜帶毒鹽，元廣波不敢違拗，只得命手下裝了兩大碗出來。

謝遜取了一碗，湊到鼻邊聞了幾下，說道：「咱們每個人都吃一碗。」將狼牙棒往地下一插，一把將元廣波抓了過來，喀喇一響，捏脫了他的下巴，使他張著嘴無法再行合攏，當即將一大碗毒鹽盡數倒入他肚裏。

餘姚張登雲全家在一夜之間被人殺絕，海門歐陽清在客店中遇襲身亡，這是近年來武林中的兩件疑案。張登雲和歐陽清在江湖上聲名向來不壞，想不到竟是海沙派的元廣波所為，張翠山見他被逼吞食毒鹽，不自禁的頗有痛快之感。

謝遜拿起另一大碗毒鹽，說道：「我姓謝的做事公平。你吃一碗，我陪你吃一碗。」張開大口，將那大碗鹽都倒入了肚中。

這一著大出眾人意料之外。張翠山見他雖然出手狠毒，但眉宇間正氣凜然，何況他所殺的均是窮兇極惡之輩，心中對他頗具好感，忍不住說道：「謝前輩，這種奸人死有餘辜，何必跟他一般見識？」謝遜橫過眼來，瞪視著他。張翠山微微一笑，竟無懼色。謝遜道：「閣下是誰？」張翠山道：「晚輩武當張翠山。」謝遜道：「嗯，你是武當派張五俠，你也是來爭奪屠龍刀麼？」張翠山搖頭道：「晚輩到王盤山來，是要查問我師哥俞岱巖受傷的原委，謝前輩如知曉其中詳情，還請示知。」

謝遜尚未回答，只聽得元廣波大聲慘呼，捧住肚子在地下亂滾，滾了幾轉，蜷曲成一團而死。張翠山急道：「謝前輩快服解藥。」

謝遜道：「服甚麼解藥？取酒來！」天鷹教中接待賓客的司賓忙取酒杯酒壺過來。謝遜喝道：「天鷹教這般小器，拿大瓶來！」那司賓親自捧了一大罈陳酒，恭恭敬敬的放在謝遜面前，心中卻想：「你中毒之後再喝酒，那不是嫌死得不夠快麼？」

只見謝遜捧起酒罈，骨都骨都的狂喝入肚，這一罈酒少說也有二十來斤，竟給他片刻間喝得乾乾淨淨。他撫著高高凸起的大肚子拍了幾拍，突然一張口，一道白練也似的酒柱激噴而出，打向白龜壽的胸口。白龜壽待得驚覺，酒柱已打中身子，便似一個數百斤的大鐵錘連續打到一般，饒是他一身精湛的內功，也感抵受不住，晃了幾晃，昏暈在地。

謝遜轉過頭來，噴酒上天，那酒水如雨般撒將下來，都落在巨鯨幫一干人身上。自幫主麥鯨以下，人人都淋得滿頭滿臉，但覺那酒水腥臭不堪，功力稍差的都暈了過去。原來謝遜飲酒入肚，洗淨胃中的毒鹽，再以內力逼出，這二十多斤酒都變成了毒酒，他腹中留存的毒質卻已微乎其微，以他內力之深，這些微毒質已絲毫不能為害。

巨鯨幫幫主麥鯨受他這般戲弄，霍地站起，但轉念一想，終是不敢發作，重又坐下。

謝遜說道：「麥幫主，今年五月間，你在閩江口搶劫一艘遠洋海船，可是有的？」麥鯨臉如死灰，道：「不錯。」謝遜道：「閣下在海上為寇，若不打劫，何以為生？這一節我也不來怪你。但你將數十名無辜客商盡數拋入海中，又將七名婦女輪姦致死，是否太過傷天害理？」麥鯨道：「這……這……這是幫中兄弟們幹的，我……我可沒有。」謝遜道：「你手下人這般窮凶極惡，你不加約束，與你自己所幹何異？是那幾個人幹的？」

麥鯨身當此境，只求自己免死，拔出腰刀，說道：「蔡四、花青山、海馬胡六，那天的事，你們三個有份罷！」刷刷刷三刀，將身旁三人砍翻在地。這三刀出手也真利落快捷，蔡四等三人絕無反抗餘地，立時中刀斃命。

謝遜道：「好！只是未免太遲了，又非你的本願。倘若你當時殺了這三人，今日我也不會跟你來比武了。麥幫主，你最擅長的功夫是甚麼？」

麥鯨見仍是不了，心道：「在陸上跟他比武，只怕走不上三招。但到了大海之中，卻是我的天下了。便算不濟，總能逃走，難道他水性能及得上我？」說道：「在下想領教一下謝前輩的水底功夫。」

謝遜道：「好，咱們到海中去比試啊。」走了幾步，忽道：「且慢，我一走開，只怕這裏的人都要逃走！」

眾人都是心中一凜，暗想：「他怕我們逃走，難道他要將這裏的人個個害死？」

麥鯨忙道：「其實便到海中比試，在下也決不是謝前輩的對手，我認輸就是。」謝遜道：「噫，那倒省事。你既認輸，這就橫刀自殺罷。」麥鯨心中怦的一跳，道：「這個……這個比武，勝負原是常事，也用不著自殺……」

謝遜喝道：「胡說八道！諒你也配跟我比武？今日我是索債討命來著。咱們學武的，手上豈能不沾鮮血？可是謝某生平只殺身有武功之人，最恨的是欺凌弱小，殺害從未練過武功的婦孺良善。凡是幹過這種事的，謝某今日一個也不能放過。」

張翠山聽到這裏，情不自禁的向殷素素偷瞧了一眼，心想她殺害龍門鏢局滿門老幼數十口，其中自有不少是絲毫不會武功的，謝遜若是知道此事，也當找她算帳，只見殷素素臉色蒼白，嘴唇微微顫動。張翠山又想：「謝遜若要殺她，我是否出手相救？我若出手，只不過白饒上自己一條性命，何況她也可說是罪有應得，但是……但是……我難道眼睜睜的瞧著人行兇，袖手不理？」

只聽謝遜又道：「只是怕你們死得不服，這才叫你們一個個施展生平絕藝，只要有一技之長能勝得過我的，便饒了你的性命。」

他說了這番話，從地下抓起兩把泥來，倒些酒水，和成了兩團濕泥，對麥鯨道：「水性優劣，端瞧你能在水底支持多久，我和你各用濕泥封住口鼻，誰先忍耐不住伸手揭泥，誰便橫刀自盡。」當下也不問麥鯨是否同意，將左手中的濕泥貼在自己臉上，封住了口鼻，右手一揚，拍的一聲，另一塊濕泥飛擲過去，封住了麥鯨的口鼻。

眾人見了這等情景，雖覺好笑，但誰都笑不出來。

麥鯨在濕泥封住口鼻之前，早已深深吸了口氣，當下盤膝坐倒，屏息不動。他從七八歲起，便常鑽到海底摸魚捉蟹，水性極高，便一炷香不出水面，也淹他不死，因此這般比試他自信決不能輸了，焦慮之心既去，凝神靜心，更能持久。

謝遜卻不如他這般靜坐不動，大踏步走到神拳門席前，斜目向著掌門人過三拳瞪視。過三拳給他看得心中發毛，站起身來，抱拳說道：「謝前輩請了，在下過三拳。」

謝遜嘴巴被封，不能說話，伸出右手食指，在酒杯中蘸了些酒，在桌上寫了三個字。過三拳登時臉如死灰，神色恐怖已極，宛似突然見到勾魂惡鬼一般。跟他同席的弟子垂目向桌上看去，只見謝遜所寫的乃是「崔飛煙」三字。那弟子茫然不解，心想「崔飛煙」似是一個女子名字，何以師父見了這三字如此害怕？

過三拳自然知道崔飛煙是自己的嫡親嫂子，自己逼姦不遂，將她害死，心想：「反正他饒我不過，還不如乘他口鼻上濕泥未除，全力進攻，他若運氣發拳，勢必會輸了給麥鯨。」當下朗聲道：「在下執掌神拳門，平生學的乃是拳法，向你討教幾招。」也不待謝遜有猶豫餘地，呼的一拳向他小腹擊出，一拳既出，第二拳跟著遞了出去。過三拳這名字的由來，乃因他拳力極猛，一拳可斃牯牛，尋常武師萬萬擋不住他三拳的轟擊，江湖上傳揚開來，他本來的名字反而沒人知道了。他心知眼前之事，利於速攻，倘若麥鯨先忍不住而揭去口鼻上的濕泥，那麼謝遜自可跟著揭去，但此刻自己卻佔著極大便宜，對方不能喘氣運力，武功自是大大的打了個折扣。

他兩拳擊出，謝遜隨手化解。過三拳只覺對方的勁力頗為軟弱，和適才震死常金鵬、噴倒白龜壽的神威大不相同，大叫一聲：「第三拳來了！」他這第三拳有個囉唆名目，叫作「橫掃千軍，直摧萬馬」，乃是他生平所學之中最厲害的一招，在這一招拳法之下，傷過不少江湖上成名的英雄好漢。

這時麥鯨面紅耳赤，額頭汗如雨下，勢難再忍，麥少幫主見父親情勢危急，而謝遜卻正在和過三拳比拳，靈機一動，伸手到鄰座本幫一個女舵主頭髮上拔下一根銀釵，拗下釵腳寸許來的一截，對準麥鯨的嘴巴伸指彈出。這半截銀釵刺到麥鯨口中，雖不免傷及他咽喉齒舌，但在濕泥上刺了一個小孔，稍有空氣透入，這場比試便立於不敗之地。

半截銀釵離麥鯨身前尚有丈許，謝遜斜目已然瞥見，伸足在地下一踢，一粒小石子飛了起來，正好打中那半截銀釵。銀釵嗤的一聲飛回，勢頭勁急異常，麥少幫主「啊」的一聲慘叫，按住右目，鮮血涔涔而下，斷釵已將他一眼刺瞎。

麥鯨伸手欲去抹開口鼻上的濕泥，謝遜又踢出兩塊石子，拍拍兩聲，分別打在他雙肩，左右肩骨碎裂，手臂再也無法動彈。

便在此時，過三拳的第三拳已擊中在謝遜的小腹之上。這一拳勢如風雷，拳力未到，已是極為威猛，過三拳料想對方不敢伸手硬接硬架，定須閃避，但不論避左避右、竄高縮後，他都預伏下異常厲害的後著。豈知謝遜身子竟是不動，過三拳大喜，這一拳端端正正的擊中了他小腹。人身小腹本來極是柔軟，但他著拳時如中鐵石，剛知不妙，已狂噴鮮血而死。

謝遜回過頭來，見麥鯨雙眼翻白，已氣絕而死。他先除去麥鯨口鼻上的濕泥，探了探他的鼻息，這才抹去自己口上的濕泥，仰天長笑，說道：「這兩人生平作惡多端，到今日遭受報應，已是遲了。」斗然間雙目如電，射向崑崙派的兩名劍客，從高則成望到蔣濤，又從蔣濤望到高則成，良久不語。

高蔣兩人臉色蒼白，但昂然持劍，都向他瞪目而視。

張翠山見謝遜頃刻間連斃四大幫會的首腦人物，接著便要向高蔣二人下手，站起身來，說道：「謝前輩，據你所云，適才所殺的數人都是死有餘辜，罪有應得。但若你不分青紅皂白的濫施殺戮，與這些人又有甚麼分別？」

謝遜冷笑道：「有甚麼分別？我武功高，他們武功低，強者勝而弱者敗，便是分別。」張翠山道：「人之異於禽獸，便是要分辨是非，倘若一味恃強欺弱，又與禽獸何異？」

謝遜哈哈大笑，說道：「難道世上當真有分辨是非之事？當今蒙古人做皇帝，愛殺多少漢人便殺多少，他跟你講是非麼？蒙古人要漢人的子女玉帛，伸手便拿，漢人若是不服，他提刀便殺，他跟你講是非麼？」

張翠山默然半晌，說道：「蒙古人暴虐殘惡，行如禽獸，凡有志之士，無不切齒痛恨，日夜盼望逐出韃子，還我河山。」

謝遜道：「從前漢人自己做皇帝，難道便講是非了？岳飛是大忠臣，為甚麼宋高宗殺了他？秦檜是大奸臣，為甚麼身居高位，享盡了榮華富貴？」張翠山道：「南宋諸帝任用奸佞，殺害忠良，罷斥名將，終至大好河山淪於異族之手，種了惡因，致收惡果，這也就是辨別是非啊。」謝遜道：「昏庸無道的是南宋皇帝，但金人、蒙古人所殘殺虐待的卻是普天下的漢人。請問張五俠，這些老百姓又作了甚麼惡，以致受此無窮災難？」張翠山默然。

殷素素突然接口道：「老百姓無拳無勇，自然受人宰割。所謂人為刀俎，我為魚肉，那也事屬尋常。」

張翠山道：「咱們辛辛苦苦的學武，便是要為人伸冤吐氣，鋤強扶弱。謝前輩英雄無敵，以此絕世武功行俠天下，蒼生皆被福蔭。」

謝遜道：「行俠仗義有甚麼好？為甚麼要行俠仗義？」

張翠山一怔，他自幼便受師父教誨，在學武之前，便已知行俠仗義是須當終身奉行不替的大事，所以學武，正便是為了行俠，行俠是本，而學武是末。在他心中，從未想到過「行俠仗義有甚麼好？為甚麼要行俠仗義？」的念頭，只覺這是當然之義，自明之理，根本不用思考，這時聽謝遜問起，他呆了一呆，才道：「行俠仗義嘛，那便是伸張正義，使得善有善報，惡有惡報了。」

謝遜淒厲長笑，說道：「善有善報，惡有惡報？嘿嘿，胡說八道！你說武林之中，當真是善有善報、惡有惡報麼？」

張翠山驀地想起了俞岱巖來，三師哥一生積善無數，卻毫沒來由的遭此慘禍，這「善有善報、惡有惡報」八個字，自己實再難以信之不疑，慘然嘆道：「天道難言，人事難知。咱們但求心之所安，義所當為，至於為禍是福，本也不必計較。」

謝遜斜目凝視，說道：「素聞尊師張三丰先生武功冠絕當世，可惜緣慳一面。你是他及門高弟，見識卻如此凡庸，想來張三丰也不過如此，這一面不見也罷。」

張翠山聽他言語之中對恩師大有輕視之意，忍不住勃然發作，說道：「我恩師學究天人，豈是凡夫俗子所能窺測？謝前輩武功高強，非後學小子所及，但在我恩師看來，也不過是一勇之夫罷了。」

殷素素忙拉了拉他衣角，示意他暫忍一時之辱，不可吃了眼前虧。張翠山心道：「大丈夫死則死耳，可決不能容他辱及恩師。」

那知謝遜卻並不發怒，淡淡的道：「張三丰先生開創宗派，想來武功上必有獨特造詣。武學之道，無窮無盡，我及不上尊師，那也不足為奇。總有一日，我要上武當山去領教一番。張五俠，你最擅長的是甚麼功夫，姓謝的想見識見識。」

六
浮槎北溟海茫茫

——

張翠山寫了兩字，身子即將下落，左手銀鉤揮起，鉤入石壁縫隙，右手鐵筆迅速在石壁上刻劃，片刻之間，已寫就了「武林至尊，寶刀屠龍」等二十四個大字。

殷素素聽謝遜向張翠山挑戰，眼見白龜壽、常金鵬、元廣波、麥鯨、過三拳等人個個屍橫就地，和他動手過招的無一得以倖免，張翠山武功雖強，顯然也決非敵手，說道：「謝前輩，屠龍刀已落入你手中，人人也都佩服你武功高強，你還待怎地？」

謝遜道：「關於這把屠龍刀，故老相傳有幾句話，你總也知道罷？」殷素素道：「聽人說起過。」謝遜道：「據說這刀是武林至尊，持了它號令天下，莫敢不從。到底此刀之中有何秘密，能使普天下羣雄欽服？」殷素素道：「謝前輩無事不知，晚輩正想請教。」謝遜道：「我也不知道。我要找個清靜所在，好好的想上些時日。」殷素素道：「嗯，那妙得緊啊。謝前輩才識過人，倘若連你也想不通，旁人就更加不能了。」

謝遜道：「嘿嘿，我姓謝的還不是自大狂妄之輩。說到武功，當世勝過我的著實不少。少林派掌門空聞大師……」說到這裏，頓了一頓，臉上閃過一絲黯然之色，「……少林寺空智、空性兩位大師，武當派張三丰道長，還有峨嵋、崑崙兩派的掌門人，那一位不是身負絕學？青海派僻處西疆，武功卻實有獨到之秘。明教左右光明使者……嘿嘿，非同小可。便是你天鷹教的白眉鷹王殷教主，那也是曠世難逢的人才，我未必便勝他得過。」

殷素素站起身來，說道：「多謝前輩稱譽。」

謝遜道：「我想得此刀，旁人自然是一般的眼紅。今日王盤山島上無一人是我敵手，這一著殷教主可失算了。他想憑白壇主、常壇主二人，對付海沙派、巨鯨幫各人已綽綽有餘，豈知半途中卻有我姓謝的殺了出來……」殷素素插口道：「並不是殷教主失算，乃是他另有要事，分身乏術。」謝遜道：「這就是了，倘若殷教主在此，一來我自忖武功最多跟他半斤八兩，二來念著故人的交情，總也不能明搶硬奪，這麼一想，姓謝的自然不會來了。殷教主向來自負算無遺策，但今日此刀落入我手，未免於他美譽有損。」殷素素聽他說與殷教主有故人之情，心中略寬，於是繼續跟他東拉西扯，要分散他的心意，好讓他不找張翠山比武，說道：「人事難知，天意難料，外物不可必。正所謂謀事在人，成事在天。謝前輩福澤深厚，輕輕易易的取了此刀而去，旁人千方百計的使盡心機，卻反而不能到手。」

謝遜道：「此刀出世以來，不知轉過了多少主人，也不知曾給它主人惹下了多少殺身之禍。今日我取此刀而去，焉知日後沒有強於我的高手，將我殺了，又取得此刀？」

張翠山和殷素素對望一眼，均覺他這幾句話頗含深意。張翠山更想起三師哥俞岱巖只因與此刀有了干連，至今存亡未卜，而自己不過一見寶刀，性命便操於旁人之手。

謝遜嘆了一口氣，說道：「你二人文武雙全，相貌俊雅，我若殺了，有如打碎一對珍異的玉器，未免可惜，可是形格勢禁，卻又不得不殺。」殷素素驚問：「為甚麼？」

謝遜道：「我取此刀而去，若在這島上留下活口，不幾日天下皆知這口屠龍刀是在我姓謝之手。這個來尋，那個來找，我姓謝的又非無敵於天下，怎能保得住沒有失閃？旁的不說，單是那位白眉鷹王，姓謝的就保不定能勝得過他。何況他天鷹教人多勢眾，謝某卻只孤身一人？」說著搖了搖頭，說道：「殷天正內外功夫，剛猛無雙，謝某好生佩服。想當年……唉……」嘆了口長氣，又搖了搖頭。

張翠山心想：「原來天鷹教教主叫作白眉鷹王殷天正。」當下冷冷的道：「你是要殺人滅口。」謝遜道：「不錯。」張翠山道：「那你又何必指摘海沙派、巨鯨幫、神拳門這些人的罪惡？」謝遜哈哈大笑，說道：「這是叫他們死而無冤，臨死時心中舒服些。」張翠山道：「你倒很有慈悲心。」

謝遜道：「世人孰能無死？早死幾年和遲死幾年也沒太大分別。你張五俠和殷姑娘正當妙齡，今日喪身王盤山上，似乎有些可惜。但在百年之後看來，還不是一般。當年秦檜倘若不害死岳飛，難道岳飛能活到今日麼？一個人只須死的時候心安理得，並非特別痛苦萬分，也就是了。咱們學武之人，真要死而無憾，卻也不是易事。因此我要和兩位比一比功夫，誰輸誰死，再也公平不過。你們年紀輕些，就讓你們佔個便宜。兵刃、拳腳、內功、暗器、輕功、水功，隨便那一樁，由你們自己挑，我都奉陪。」

殷素素道：「你倒口氣挺大，比甚麼功夫都成，是不是？」她聽了謝遜的說話，知道今日的難關看來已無法逃過。王盤山島孤懸海中，天鷹教又自恃有白常兩大壇主在場，決無差池，因此不會再有強援到來。她話雖說得硬，語音卻已微微發顫。

謝遜一怔，心想她若要跟我比賽縫衣刺繡，梳頭抹粉，那怎麼成？朗聲道：「當然以武功為限，難道還跟你比吃飯喝酒嗎？不過就算比吃飯喝酒，你也勝不了我這酒囊飯袋。咱們以一場定勝負，你們輸了便當自殺。唉，這般俊雅的一對璧人，我可真捨不得下手。」

張翠山和殷素素聽他說到「一對璧人」四字，都是臉上一紅。

殷素素隨即秀眉微蹙，說道：「你輸了也自殺麼？」謝遜笑道：「我怎麼會輸？」殷素素道：「比試便有輸贏。這位張五俠是名家子弟，說不定有一門功夫能勝過了你。」謝遜笑道：「憑他有多大年紀，便算招數再高，功力總是不深。」

張翠山聽著他二人口舌相爭，心下盤算：「甚麼功夫我能僥倖和他鬥成平局？輕功麼？新學的這套掌法麼？」突然間靈機一動，說道：「謝前輩，你既逼迫在下動手，不獻醜是不成的了。要是我輸於前輩手下，自當伏劍自盡，但若僥倖鬥成個平手，那便如何？」

謝遜搖頭道：「沒有平手。第一項平手，再比第二項，總須分出勝敗為止。」

張翠山道：「好，倘若晚輩勝得一招半式，自也不敢要前輩如何如何，只是晚輩請前輩答允一件事。」謝遜道：「一言為定，你劃下道兒來罷。」

殷素素大是關懷，低聲道：「你跟他比試甚麼？有把握麼？」張翠山低聲道：「說不得，盡力而為。」殷素素低聲道：「若是不行，咱們見機逃走，總勝於束手待斃。」

張翠山苦笑不答，心想：「船隻已盡數被毀，在這小小島上，又能逃得到那裏去？」整了整衣帶，從腰間取出鑌鐵判官筆。謝遜道：「江湖上盛稱銀鉤鐵劃張翠山，今日正好讓我的兩頭狼牙棒領教領教。你的爛銀虎頭鉤呢？怎地不亮出來？」

張翠山道：「我不是跟前輩比兵刃，只是比寫幾個字。」說著緩步走到左首山峯前一堵大石壁前，吸一口氣，猛地裏雙腳一撐，提身而起。他武當派輕功原為各門各派之冠，此時面臨生死存亡的關頭，如何敢有絲毫大意？身形縱起丈餘，跟著使出「梯雲縱」絕技，右腳在山壁一撐，一借力，又縱起兩丈，手中判官筆看準石面，嗤嗤嗤幾聲，已寫了一個「武」字。一個字寫完，身子便要落下。

他左手揮出，銀鉤在握，倏地一翻，鉤住了石壁的縫隙，支住身子的重量，右手跟著又寫了個「林」字。這兩個字的一筆一劃，全是張三丰深夜苦思而創，其中包含的陰陽剛柔、精神氣勢，可說是武當一派武功到了巔峯之作。雖然張翠山功力尚淺，筆劃入石不深，但這兩個字龍飛鳳舞，筆力雄健，有如快劍長戟，森然相同。

兩字寫罷，跟著又寫「至」字，「尊」字。越寫越快，但見石屑紛紛而下，或如靈蛇盤騰，或如猛獸屹立，須臾間二十四字一齊寫畢。這一番石壁刻書，當真如李白詩云：「飄風驟雨驚颯颯，落花飛雪何茫茫。起來向壁不停手，一行數字大如斗。恍恍如聞鬼神驚，時時只見龍蛇走。左盤右蹙如驚雷，狀同楚漢相攻戰。」

張翠山寫到「鋒」字的最後一筆，銀鉤和鐵筆同時在石壁上一撐，翻身落地，輕輕巧巧的落在殷素素身旁。

謝遜凝視著石壁上那三行大字，良久良久，沒有作聲，終於嘆了口氣，說道：「我寫不出，是我輸了。」

要知「武林至尊」以至「誰與爭鋒」這二十四個字，乃張三丰意到神會、反覆推敲而創出了全套筆意，一橫一直、一點一挑，盡是融會著最精妙的武功。就算張三丰本人到此，事先未曾有過這一夜苦思，則既無當時心境，又乏凝神苦思的餘裕，要驀地在石壁上寫二十四個字，也決計達不到如此出神入化的境地。謝遜那想得到其中原由，只道眼前是為屠龍寶刀而起爭端，張翠山就隨意寫了這幾句武林故老相傳的言語。其實除了這二十四字，要張翠山另寫幾個，其境界之高下、筆力之強弱，登時相去倍蓰了。

殷素素拍掌大喜，叫道：「是你輸了，可不許賴。」

謝遜向張翠山道：「張五俠寓武學於書法之中，別開蹊徑，令人大開眼界，佩服佩服。

你有甚麼吩咐，請快說罷。」迫於諾言，不得不如此說，心下大是沮喪。

張翠山道：「晚輩末學後進，僥倖差有薄技，得蒙前輩獎飾，怎敢說得『吩咐』兩字？只是斗膽相求一事。」謝遜道：「求我甚麼事？」張翠山道：「前輩持此屠龍刀去，卻請饒了島上一干人的性命，但可勒令人人發下毒誓，不許洩露秘密。」

謝遜道：「我才沒這麼傻，相信人家發甚麼誓。」殷素素道：「原來你說過的話不算數。說道比試輸了，便要聽人吩咐，怎地又反悔了？」

謝遜道：「我要反悔便反悔，你又奈得我何？」轉念一想，終覺無理，說道：「你們兩個的性命我便饒了，旁人卻饒不得。」張翠山道：「崑崙派的兩位劍士是名門弟子，生平素無惡行……」謝遜截住他話頭，說道：「甚麼惡行善行，在我瞧來毫無分別。你們快撕下衣襟，緊緊塞在耳中，再用雙手牢牢按住耳朵。如要性命，不可自誤。」他這幾句話說得聲音極低，似乎生怕給旁人聽見了。

張翠山和殷素素對望一眼，不知他是何用意，但聽他說得鄭重，想來其中必有緣故，於是依言撕下衣襟，塞入耳中，再以雙手按耳。

突見謝遜張開大口，似乎縱聲長嘯，兩人雖然聽不見聲音，但不約而同的身子一震，只見天鷹教、巨鯨幫、海沙派、神拳門各人一個個張口結舌，臉現錯愕之色；跟著臉色變成痛苦難當，宛似全身在遭受苦刑；又過片刻，一個個的先後倒地，不住扭曲滾動。

崑崙派高蔣二人大驚之下，當即盤膝閉目而坐，運內力和嘯聲相抗。二人額頭上黃豆般的汗珠滾滾而下，臉上肌肉不住抽動，兩人幾次三番想伸手去按住耳朵，但伸到離耳數寸之處，終於又放了下來。突然間只見高蔣二人同時急躍而起，飛高丈許，直挺挺的摔將下來，便再也不動了。

謝遜閉口停嘯，打個手勢，令張殷二人取出耳中的布片，說道：「這些人經我一嘯，盡數暈去，性命是可以保住的，但醒過來後神經錯亂，成了瘋子，再也想不起、說不出已往之事。張五俠，你的吩咐我做到了，王盤山島上這一干人的性命，我都饒了。」

張翠山默然，心想：「你雖饒了他們性命，但這些人雖生猶死，只怕比殺了他們還更慘酷些。」心中對謝遜的殘忍狠毒直是說不出的痛恨。但見高則成、蔣濤等一個個暈倒在地，滿臉焦黃，全無人色，心想他一嘯之中，竟有如斯神威，實是可駭可畏。倘若自己事先未以布片塞耳，遭遇如何，實在難以想像。

謝遜不動聲色，淡淡的道：「咱們走罷！」張翠山道：「到那兒去？」謝遜道：「回去啊！王盤山之事已了，留在這裏幹麼？」張翠山和殷素素對望一眼，均想：「還得跟這魔頭同舟一日一夜，這十二個時辰之中，不知還會有甚麼變故？」

謝遜引著二人走到島西的一座小山之後。只見港灣中舶著一艘三桅船，那自是他乘來島上的座船了。謝遜走到船邊，欠身說道：「兩位請上船。」殷素素冷笑道：「這時候你倒客氣起來啦。」謝遜道：「兩位到我船上，是我嘉賓，焉能不盡禮接待？」

三人上了船後，謝遜打個手勢，命水手拔錨開船。

船上共有十六七名水手，但掌舵的梢公發號令時，始終是指手劃腳，不出一聲，似乎人人都是啞巴。殷素素道：「虧你好本事，尋了一船又聾又啞的水手。」

謝遜淡淡一笑，說道：「那又有何難？我只須尋一船不識字的水手，刺聾了他們耳朵，再給他們服了啞藥，那便成了。」

張翠山忍不住打個寒戰。殷素素拍手笑道：「妙極妙極，既聾且啞，又不識字，你便有天大的秘密，他們也不會洩漏。可惜要他們駕船，否則連他們的眼睛也可刺瞎了。」張翠山橫了她一眼，責備道：「殷姑娘，你好好一位姑娘，何以也如此殘忍？這是人間的大慘事，虧你笑得出？」殷素素伸了伸舌頭，要想辯駁，但一句話說到口邊，瞧了瞧他的面色，又縮了回去。謝遜淡淡的道：「日後回到大陸，自會將他們的眼睛刺瞎。」張翠山向幾名舟子瞧了幾眼，心下惻然：「再過一日一夜，你們便連眼睛也沒有了。」

眼見風帆升起，船頭緩緩轉過，張翠山道：「謝前輩，島上這些人呢？你已將船隻盡數毀了，他們怎能回去？」謝遜道：「張相公，你這人本來也算不錯，就是婆婆媽媽的太喜多事。讓他們在島上自生自滅，乾乾淨淨，豈不美哉？」張翠山知道此人不可理喻，只得默然，但見座船漸漸離島，心想：「島上這些人雖然大都是作惡多端之輩，但如此遭際，總是太慘，倘若無人來救，只怕十日之內無一得活。」又想：「崑崙派的兩名弟子這般死在島上，他們師長定要找尋，看來中原武林中轉眼便是一場軒然大波。」

這幾年來武當七俠縱橫江湖，事事佔盡上風，豈知今日竟縛手縛腳，命懸他人之手，毫無反抗餘地。張翠山又是氣悶，又是惱怒，當下低頭靜思，對謝遜和殷素素都不理睬。

過了一會，他轉頭從窗中望出去觀賞海景，見夕陽即將沒入波心，照得水面上萬道金蛇，閃爍不定，正出神間，忽地一驚：「夕陽怎地在船後落下？」回頭向謝遜道：「掌舵的梢公迷了方向啦，咱們的船正向東行駛。」謝遜道：「是向東，沒錯。」

殷素素驚道：「向東是茫茫大海，卻到那裏去？你還不快叫梢公轉舵？」

謝遜道：「我不早已跟你們說清楚了？我得了這柄屠龍寶刀，須得找個清靜的所在，好好思索些時日，要明白這寶刀為甚麼是武林至尊，為甚麼號令天下，莫敢不從。中原大陸是紛擾之地，若有人知我得了寶刀，今日這個來搶，明日那個來偷，打發那些兔崽子也夠人麻煩的了，怎能靜得下心來？倘若來的是張三丰先生、天鷹教主這些高手，我姓謝的還未必能勝。因此要到汪洋大海之中，找個人跡不到的荒僻小島定居下來。」

殷素素道：「那你把我們先送回去啊。」謝遜笑道：「你們一回中原，我的行藏豈不就此洩漏？」張翠山霍地站起身來，厲聲道：「你待如何？」謝遜道：「只好委屈你們兩位，在那荒島上陪我過些逍遙快樂的日子。」張翠山道：「倘若你十年八年也想不出刀中的秘密呢？」謝遜笑道：「那你們就在島上陪我十年八年，我一輩子想不出，就陪我一輩子。你兩位郎才女貌，情投意合，便在島上成了夫妻，生兒育女，豈不美哉？」張翠山大怒，拍桌喝道：「你快別胡說八道！」斜眼一睨，只見殷素素含羞低頭，暈紅雙頰。

張翠山心下一驚，隱隱覺得，若和殷素素再相處下去，只怕要難以自制，謝遜是一個強敵，而自己內心中心猿意馬，更是一個強敵，如此危機四伏的是非之地，越早離開越好，當下強抑怒火，說道：「謝前輩，在下言而有信，決不洩漏前輩行蹤。我此刻可立下重誓，對任誰也不吐露今日的所見所聞。」

謝遜道：「張五俠是俠義名家，一諾千金，言出如山，江湖間早有傳聞。但是姓謝的在二十八歲上立過一個重誓，你瞧瞧我的手指。」說著伸出左手，張翠山和殷素素一看，只見他小指齊根斬斷，只賸下四根手指。

謝遜緩緩說道：「在那一年上，我生平最崇仰、最敬愛的一個人欺辱了我，害得我家破人亡，父母妻兒，一夕之間盡數死去。因此我斷指立誓，姓謝的有生之日，決不再相信任何一個人。今年我四十一歲，十三年來，我只和禽獸為伍，我相信禽獸，不相信人。十三年來我少殺禽獸多殺人。」

張翠山打了個寒戰，心想怪不得他身負絕世武功，江湖上卻默默無聞，絕少聽人說起，想是他二十八歲上所遭之事定是慘絕人寰，以致憤世嫉俗，離羣索居，將天下所有的人都恨上了。他本來對謝遜的殘忍暴虐痛恨無比，這時聽了這幾句話，不由得起了一些同情之意，沉吟片刻，說道：「謝前輩，你的深仇大恨，想來已經報復了？」

謝遜道：「沒有。害我的人武功極高，我打他不過。」張翠山和殷素素不約而同「咦」的一聲，說：「比你還厲害？這人是誰？」謝遜道：「我幹麼要說他的名字，自取其辱？倘若不是為了這一場深仇大恨，我又何必搶這屠龍寶刀？何必苦苦的去想這刀中的秘密？張相公，我一見你，便跟你投緣，否則照我平日的脾氣，決不容你活到此刻。我讓你二人多活些時日，這是大破我常例的事，只怕其中有些不妙。」

殷素素道：「甚麼多活些時日？」謝遜淡淡的道：「待我想通了寶刀中的秘密，離島之時再將你二人殺死。我遲一天想出來，你們便多活一天。」殷素素道：「哼，這把刀不過沉重鋒利，烈火不損，其中有甚麼秘密？甚麼『號令天下，莫敢不從』，也不過說它能在天下兵刃中稱王稱霸罷了。」

謝遜嘆道：「假若當真如此，咱三個就在荒島上住一輩子罷。」突然間臉色慘然，心情沮喪，覺得殷素素這幾句話只怕確是實情，那麼報仇之舉看來終生無望了。

張翠山見了他的神色，忍不住想說幾句安慰的話。那知謝遜噗的一聲，吹熄了蠟燭，說道：「睡罷！」跟著長長的嘆了口氣，嘆聲之中充滿著無窮無盡的痛苦、無邊無際的絕望，竟然不似人聲，更像受了重傷的野獸臨死時悲嗥一般。這聲音混在船外的波濤聲中，張殷二人聽來，都是暗暗心驚。

海風一陣陣從艙口中吹了進來，殷素素衣衫單薄，過了一會，漸漸抵受不住，不禁微微顫抖。張翠山低聲道：「殷姑娘，你冷麼？」殷素素道：「還好。」張翠山除下長袍，道：「你披在身上。」殷素素大是感激，說道：「不用。你自己也冷。」張翠山道：「我不怕冷。」將長袍遞在她手中。殷素素接了過來披在肩頭，感到袍上還帶著張翠山身上的溫暖，心頭甜絲絲的，忍不住在黑暗中嫣然微笑。

張翠山卻只是在盤算脫身之計，想來想去，只有一條路：「不殺謝遜，不能脫身。」

他側耳細聽，在洶湧澎湃的浪濤聲中，聽得謝遜鼻息凝重，顯已入睡，心想：「此人立下重誓，一生決不信人，但他和我同臥一船，竟能安心睡去，難道他有恃無恐，不怕我下手加害？不管如何，只好冒險一擊。否則稍有遲疑，我大好一生，便要陪著他葬送在荒島之上。」輕輕移身到殷素素身旁，想在她耳畔講一句話，那知殷素素適於此時轉過臉來。兩人兩下裏一湊，張翠山的嘴唇正好在她右頰上碰了一下。

張翠山大吃一驚，待要分辯此舉並非自己輕薄，卻又不知如何說起。殷素素滿心喜歡，將頭斜靠在他肩頭，霎時之間充滿了柔情密意，但願這船在汪洋大海中無休無止的前駛，此情此景，百年如斯，忽覺張翠山的口唇又湊在自己耳旁，低聲道：「殷姑娘，你別見怪。」殷素素早羞得滿臉如一朵大紅花一般，也低聲道：「你歡喜我，我很是高興。」她雖然行事任性，殺人不眨眼，但遇到了這般兒女之情，竟也如普天下初嘗情愛滋味的妙齡姑娘一般無異，心中又驚又喜，又慌又亂，若不是在黑暗之中，連這句話也是不敢說的。

張翠山一怔，沒想到自己一句道歉，卻換來了對方的真情流露。殷素素嬌艷無倫，自從初見，即對自己脈脈含情，這時在這短短九個字中，更是表達了傾心之忱，張翠山血氣方剛，雖然以禮自持，究也不能無動於衷，只覺得她身子軟軟的倚在自己肩頭，淡淡幽香，陣陣送到鼻管中來，待要對她說幾句溫柔的話，忽地心中一動：「張翠山，大敵當前，何以竟如此把持不定？恩師的教訓，難道都忘得乾乾淨淨了？便算她和我兩情相悅，她又於我俞三哥有恩，但終究出身邪教，行為不正，須當稟明恩師，得他老人家允可，再行媒聘，豈能在這暗室之中，效那邪褻之行？」想到此處，身子突然坐正，低聲道：「咱們須得設法制住此人，方能脫身。」

殷素素心中正迷迷糊糊地，忽聽他這麼說，不由得一呆，問道：「怎麼？」

張翠山低聲道：「咱們身處奇險之境，然而若於他睡夢之中忽施暗襲，終究非大丈夫所當為。我叫醒他，跟他比拚掌力，你立即發銀針傷他。以二敵一，未免勝之不武，可是咱們和他武功相差太遠，只好佔這個便宜。」

這幾句話說得聲細如蚊，他口唇又是緊貼在殷素素耳上而說，那知殷素素尚未回答，謝遜在後艙卻已哈哈大笑，說道：「你若忽施偷襲，姓謝的雖然一般不能著你道兒，總還有一線之機，現今偏偏要甚麼光明正大，保全名門正派的俠義門風，當真是自討苦吃了。」這個「了」字剛出口，身子晃動，已欺到張翠山身前，揮掌拍向他胸前。

張翠山當他說話之時，早已凝聚真氣，暗運功力，待他一掌拍到，當即伸出右掌，以師門心傳的「綿掌」還擊，雙掌相交，只嗤的一聲輕響，對方掌力已排山倒海般壓了過來。張翠山知道對方功力高出自己遠甚，早存了個只守不攻、挨得一刻便是一刻的想頭。因此兩人掌力互擊，他手掌被擊得向後縮了八寸。這八寸之差，使他在守禦上更佔便宜，不論謝遜如何運勁，一時卻推不開他防禦的掌力。

謝遜連催三次掌力，只覺對方的掌力比自己微弱得多，但竟是弱而不衰，微而不竭，自己的掌力越催越猛，張翠山始終堅持擋住。謝遜左掌一起，往張翠山頭頂壓落。張翠山左臂稍曲，以一招「橫架金樑」擋住。武當派的武功以綿密見長，於各派之中可稱韌力無雙，兩人武功雖然強弱懸殊，但張翠山運起師傳心法，謝遜在一時之間倒也奈何他不得。

兩人相持片刻，張翠山汗下如雨，全身盡濕，暗暗焦急：「怎地殷姑娘還不出手？他此刻全力攻我，殷姑娘若以銀針射他穴道，就算不能得手，他也非撤手防備不可，只須氣息一閃，立刻會中我掌力受傷。」

這一節謝遜也早已想到，本來預計張翠山在他雙掌齊擊之下登時便會重傷，那知他年紀輕輕，內功造詣竟自不凡，支持到一盞茶時分居然還能不屈。兩人比拚掌力，同時都注視著殷素素的動靜。張翠山氣凝於胸，不敢吐氣開聲。謝遜卻漫不在乎，說道：「小姑娘，你還是別動手動腳的好，否則我改掌為拳，一拳下來，你心上人全身筋脈盡皆震斷。」

殷素素道：「謝前輩，我們跟著你便是，你撤了掌力罷。」謝遜道：「張相公，你怎麼說？」張翠山焦急異常，心中只是叫：「發銀針，發銀針，這稍縱即逝的良機，怎地不抓住了？」殷素素急道：「謝前輩快撤掌力，小心我跟你拚命。」

謝遜其實也忌憚殷素素忽地以銀針偷襲，船艙中地位既窄，銀針又必細小，黑暗中射出來時只怕無影無蹤，無聲無息，還真的不易抵擋，倘若立時發出凌厲拳力，將張翠山打死，卻又不願，心想：「這小姑娘震於我的威勢，不敢貿然出手，否則處此情景之下，只怕要鬧個三敗俱傷。」當下說道：「你們若不起異心，我自可饒了你們性命。」殷素素道：「我本就沒起異心。」謝遜道：「你代他立個誓罷。」殷素素微一沉吟，說道：「張五哥，咱們不是謝前輩的敵手，就陪著他在荒島上住個一年半載。以他的聰明智慧，要想通屠龍寶刀中的秘密決非難事，我就代你立個誓罷！」

張翠山心道：「立甚麼鬼誓？快發銀針，快發銀針！」卻苦於這句話說不出口，黑暗中又無法打手勢示意，何況雙手被敵掌牽住，根本就打不來手勢。

殷素素聽張翠山始終默不作聲，便道：「我殷素素和張翠山決意隨伴謝前輩居住荒島，直至發現屠龍刀中秘密為止。我二人若起異心，死於刀劍之下。」

謝遜笑道：「咱們學武之人，死於刀劍之下有甚麼希奇？」

殷素素一咬牙，道：「好，教我活不到二十歲！」謝遜哈哈一笑，撤了掌力。

張翠山全身脫力，委頓在艙板之上。殷素素急忙晃亮火摺，點燃了油燈，見他臉如金紙，呼吸細微，心中大急，忙從懷中掏出手帕，給他抹去滿頭滿臉的大汗。

謝遜笑道：「武當子弟，果然名不虛傳，好生了得。」

張翠山一直怪殷素素失誤良機，沒發射銀針襲敵，但見她淚光瑩瑩、滿臉憂急之狀，確是發乎至情，不由得心中感激，嘆了一口長氣，待要說幾句安慰她的話，忽地眼前一黑，迷迷糊糊中只聽殷素素大叫：「姓謝的，你累死了張五哥，我跟你拚命。」謝遜卻哈哈大笑。

突然之間，張翠山身子一側，滾了幾個轉身，但聽得謝遜、殷素素同時高聲大叫，呼喝聲中又夾著疾風呼嘯，波浪轟擊之聲，似乎千百個巨浪同時襲到。

張翠山只感全身一涼，口中鼻中全是鹽水，他本來昏昏沉沉，給冷水一沖，登時便清醒了，第一個念頭便是：「難道船沉了？」他不識水性，心下慌亂，當即掙扎著站起。腳底下艙板斗然間向左側去，船中的海水又向外倒瀉，但聽得狂風呼嘯，身周盡是海水。他尚未明白是怎麼一回事，猛聽得謝遜喝道：「張翠山，快到後梢去掌住了舵！」這一喝聲如雷霆，雖在狂風巨浪之中，仍是充滿著說不出的威嚴。張翠山不假思索，縱到後梢，只見黑影一晃，一名舟子被巨浪沖出了船外，遠遠飛出數丈，迅即沉沒入波濤之中。

張翠山還沒走到舵邊，又是一個浪頭撲將上來，這巨浪猶似一堵結實的水牆，砰的一聲大響，只打得船木橫飛，這當兒張翠山一生勤修的功夫顯出了功效，雙腳牢牢的站在船面，竟如用鐵釘釘住一般，紋絲不動，待巨浪過去，一個箭步便竄到舵邊，伸手穩穩掌住。

但聽喀喇喇、喀喇喇幾聲猛響，卻是謝遜橫過狼牙棒，將主桅和前桅先後擊斷。兩條桅桿帶著白帆，跌入海中。

但風勢實在太大，這時雖只後帆吃風，那船還是歪斜傾側，在海面上狂舞亂跳，謝遜竭力想收下後帆，饒是他一身武功，遇上了這天地間風浪之威，卻也束手無策，那後桅向左橫斜，帆邊已碰到水面。謝遜破口大罵：「賊老天，打這鳥風！」眼見稍有猶豫，座船便要翻轉，只得提起狼牙棒，將後桅也打斷了。

三桅齊斷，這船在驚濤駭浪中成了無主游魂，只有隨風飄蕩。

張翠山大叫：「殷姑娘，你在那裏？」他連叫數聲，不聽到答應，叫到後來，喊聲中竟帶了哭音。突然間一隻手攀上他的膝頭，跟著一個大浪沒過了他頭頂，在海水之中，有人緊緊的抱住了他腰。

待那浪頭掠過艙面，他懷中那人伸手摟住了他頭頸，柔聲道：「張五哥，你竟是這般掛念我麼？」正是殷素素的聲音。張翠山大喜，右手把住了舵，伸左手緊緊反抱著她，說道：「謝天謝地！」心中驚喜交集：「她好好的在這兒，沒掉入海中。」在這每一刻都可給巨浪狂濤吞沒的生死邊緣，他忽地發覺，自己對殷素素的關懷，竟勝於計及自己的安危。

殷素素道：「張五哥，咱倆死在一塊。」張翠山道：「是！素素，咱倆死在一塊。」

若在尋常境遇之下，兩人正邪殊途，顧慮良多，縱有愛戀相悅之情，也決不能霎時之間兩心如一。這時候兩人相擁相抱，周圍漆黑一團，船身格格格的響個不停，隨時都能碎裂，心中卻感到說不出的甜蜜喜樂。張翠山和謝遜一番對掌，原已累得精疲力竭，但得殷素素的柔情一加激勵，立時精神大振，任那狂濤左右衝擊，始終將舵掌得穩穩地，絕不搖晃。

船上的聾啞舟子已盡數給沖入海中，這場狂風暴雨說來就來，事先竟無絲毫朕兆，原來是海底突然地震，帶同海嘯，氣流激盪，便惹起了一場大風暴。若非謝遜和張翠山均是身負罕有武功，如何抵擋得住？幸好那船造得份外堅固，雖然船上的艙蓋、甲板均被打得破碎不堪，船身卻仍無恙。

頭頂烏雲滿天，大雨如注，四下裏波濤山立，這當兒怎還分得出東南西北？其實便算分得出方向，桅檣盡折，船隻也已無法駕駛。

謝遜走到後梢，說道：「張兄弟，真有你的，讓我掌舵罷。你兩個到艙裏歇歇去。」

張翠山站起身來，將舵交給了他，攜住殷素素的手，剛要舉步，驀地裏一個巨浪飛到，將他兩人衝出船舷之外。這個浪頭來得極其突兀，兩人全然的猝不及防。

張翠山待得驚覺，已是身子凌空，這一落下去，腳底便是萬丈洪濤，百忙中左手一勾，抓住了殷素素的手腕，當時心中唯有一念：「和她一齊死在大海之中，不可分離。」他左手剛抓住殷素素的手腕，右臂已被一根繩套住，只覺身子忽地向後飛躍，衝浪冒水，倒退回來。原來謝遜及時發覺，拾起腳下的一根帆索，捲了他二人回船。砰砰兩聲，兩人摔在甲板之上。這一下死裏逃生，張殷二人固大出意外，謝遜也暗叫一聲：「僥倖！」若不是腳邊恰好有這麼一根帆索，本事再大十倍也難以相救了。

張翠山扶著殷素素走進艙中，船身仍是一時如上高山，片刻間似瀉深谷，但二人經過適才的危難，對這一切全已置之度外。殷素素倚在張翠山懷中，湊在他耳邊說道：「張五哥，我倆若能不死，我要永遠跟著你在一起。」張翠山心情激盪，道：「我也正要跟你說這一句話，天上地下，人間海底，我倆都要在一起。」殷素素喜悅無限，跟著說道：「天上地下，人間海底，我倆都要在一起。」兩人相偎相倚，心中都反而感激這場海嘯。

在謝遜心中，卻是不住價的叫苦，不論他武功如何高強，對這狂風駭浪，卻是半點法子也沒有，只有聽天由命，任憑風浪隨意擺布。

這場大海嘯直發作了三個多時辰方始漸漸止歇。天上烏雲慢慢散開，露出星月之光。

張翠山走到船梢，說道：「謝前輩，多謝你救了我二人的性命。」謝遜冷冷的道：「這話不用說得太早。咱三人的性命，有九成九還在賊老天的手中。」張翠山一生之中，從沒聽人在「老天」二字之上，加上一個「賊」字，心想此人的憤世，實到了肆無忌憚的地步，但轉念一想，這一葉孤舟飄蕩在無邊大海之上，看來多半無倖。他剛和殷素素傾心相愛，對人世正加倍的留戀，便似剛在玉杯中嚐到一滴美酒，立時便要給人奪去，「造化弄人」這四字的意境，隨著謝遜「賊老天」三字這一罵，是更加深深的體會到了。

他嘆了口氣，接過謝遜手中的舵來。謝遜累了大半晚，自到艙中休息。

殷素素坐在張翠山身旁，仰頭望著天上的星辰，順著北斗的斗杓，找到了北極星，只見座船順著海流，正向北飄行，說道：「五哥，這船是在不停的向北。」張翠山道：「是啊，最好能折而向西，咱們便有回歸家鄉之望。」

殷素素出了一會神，道：「若是這船無止無息的向東，不知會到了那裏。」張翠山道：

「向東是永無盡頭的大海，只須飄浮得七八天，咱們沒清水喝……」殷素素初嘗情味，如夢如醉，不願去想這些煞風景的事，說道：「曾聽人說，東海上有仙山，山上有長生不老的仙人，我們說不定便能上了仙山島，遇到美麗的男仙女仙……」抬頭望著天上的銀河，說道：「說不定這船飄啊流啊，到了銀河之中，於是我們看見牛郎織女在鵲橋上相會。」

張翠山笑道：「我們把船送給了牛郎，他想會織女時，便可坐船渡河，不用等到一年一度的七月七日，方能相會。」殷素素道：「將船送給了牛郎，我和你要相會時，又坐甚麼啊？」張翠山微笑道：「天上地下，人間海底，咱倆都在一起。既然在一起，何必渡甚麼銀河？」殷素素嫣然一笑，臉上便似開了一朵花，拿著張翠山的手，輕輕撫摸。

兩人柔情密意，充塞胸臆，似有很多話要說，卻又覺得一句話也不必說。過了良久良久，張翠山低下頭來，只見殷素素眼中淚光瑩然，臉有淒苦之色，訝道：「你想起了甚麼？」殷素素低聲道：「在人間，在海底，我或許能和你在一起。但將來我二人死了，你會上天，我……我……我卻要入地獄。」張翠山道：「胡說八道。」

殷素素嘆了口氣道：「我知道的，我這一生做的惡事太多，胡亂殺的人不計其數。」

張翠山一驚，隱隱覺得她心狠手辣，實非自己的佳偶，可是一來傾心已深，二來在這九死一生的大海洋中，又怎能計及日後之事？安慰她道：「以後你改過遷善，多積功德，常言道：知過能改，善莫大焉。」

殷素素默然，過了一會，忽然輕輕唱起歌來，唱的是一曲「山坡羊」：

「他與咱，咱與他，兩下裏多牽掛。冤家，怎能夠成就了姻緣，就死在閻王殿前，由他把那杵來舂，鋸來解，把磨來挨，放在油鍋裏去炸。唉呀由他！只見那活人受罪，哪曾見過死鬼帶枷？唉呀由他！火燒眉毛，且顧眼下。火燒眉毛，且顧眼下。」

猛聽得謝遜在艙中大聲喝采：「好曲子，好曲子，殷姑娘，你比這個假仁假義的張相公，可合我心意得多了。」

殷素素道：「我和你都是惡人，將來都沒好下場。」

張翠山低聲道：「倘若你沒好下場，我也跟你一起沒好下場。」

殷素素驚喜交集，只叫得一聲：「五哥！」再也說不下去了。

次日天剛黎明，謝遜用狼牙棒在船邊打死了一條十來斤的大魚。狼牙棒上生有鉤刺，用以打魚，倒也甚是方便。三人餓了兩日。雖然生魚甚腥，卻也吃得津津有味。船上沒了清水，擠出魚肉中的汁液，勉強也可解渴。

海流一直向北，帶著船隻日夜不停的北駛。夜晚北極星總是在船頭之前閃爍，太陽總是在右舷方升起，在左舷方落下，連續十餘日，船行始終不變。

氣候卻一天天的寒冷起來，謝遜和張翠山內功深湛，還可抵受得住，殷素素卻一天比一天憔悴。張謝二人都將外衣脫下來給她穿上了，仍然無濟於事。張翠山瞧著她強顏歡笑，奮勇與寒風相抗，心中說不出的難受。眼看座船再北行數日，殷素素非凍死不可。

那知天無絕人之路，一日這船突然駛入了大羣海豹之中。謝遜用狼牙棒擊死幾頭海豹，三人剝下海豹皮披在身上，宛然是上佳的皮裘，還有海豹肉可食，三人都大為歡暢。

這天晚上，三人聚在船梢上聊天。殷素素笑問：「世上最好的禽獸是甚麼東西？」三人齊聲笑道：「海豹！」便在此時，只聽得丁冬、丁冬數聲，極是清脆動聽。三人一呆，謝遜臉色大變，說道：「浮冰！」伸狼牙棒到海中去撩了幾下，果然碰到一些堅硬的碎冰。

這一來，三人的心情立時也如寒冰，都知這船日夜不停的向北流去，越北越冷，此刻海中出現小小碎冰，日後勢必滿海是冰，座船一給凍住，移動不得，那便是三人畢命之時了。

張翠山道：「『莊子・逍遙遊』篇有句話說：『窮髮之北有冥海者，天池也。』咱們定是到了天池中啦。」謝遜道：「這不是天池，是冥海。冥海者，死海也。」張翠山與殷素素相對苦笑。

這一晚三人只是聽著丁冬、丁冬，冰塊互相撞擊的聲音，一夜不寐。

次日上午，海上冰塊已有碗口大小，撞在船上，拍拍作響。謝遜苦笑道：「我癡心妄想，要研求這屠龍寶刀中所藏的秘密，想不到來冰海，作冰人，當真是名副其實，作了你兩位的冰人。」殷素素臉上一紅，伸手去握住了張翠山的手。

謝遜提起屠龍刀，恨恨的道：「還是讓你到龍宮中去，屠你媽的龍去罷！」揚手便要將刀投入大海，但甫要脫手之際，嘆了口長氣，終於又將寶刀放入船艙。

再向北行了四天，滿海浮冰或如桌面，或如小屋，三人已知定然無倖，索性不再想生死之事。當晚睡到半夜，忽聽得轟的一聲巨響，船身劇烈震動。

謝遜叫道：「好得很，妙得很！撞上冰山啦！」

張翠山和殷素素相視苦笑，隨即張臂摟在一起，只覺腳底下冰冷的海水漸漸浸上小腿，顯是船底已破。只聽得謝遜叫道：「跳上冰山去，多活一天半日也是好的。賊老天要我早死，老子偏偏跟他作對。」

張殷二人躍到船頭，眼前銀光閃爍，一座大冰山在月光下發出青冷的光芒，顯得又是奇麗，又是可怖。謝遜已站在冰山之側的一塊稜角上，伸出狼牙棒相接。殷素素伸手在棒上一搭，和張翠山一齊躍上冰山。

船底撞破的洞孔甚大，只一頓飯時分便已沉得無影無蹤。

謝遜將兩塊海豹皮墊在冰山之上，三人並肩坐下。這座冰山有陸地上一個小山丘大小，一眼望去，橫廣二十餘丈，縱長八九丈，比原來的座船寬敞得多了，謝遜仰天清嘯，說道：「在船上氣悶得緊，正好在這裏舒舒筋骨。」站起來在冰山上走來走去，竟有悠然自得之意。冰山上雖然滑溜，但謝遜足步沉穩，便如在平地上行走一般。

冰山順著風勢水流，仍是不停向北飄流。謝遜笑道：「賊老天送了一艘大船給咱們，迎接咱三人去會一會北極仙翁。」殷素素似乎只須情郎在旁，便已心滿意足，就是天塌下來也全不縈懷。三人之中，只張翠山皺起了眉頭，為這眼前的厄運發愁。

冰山又向北飄浮了七八日。白天銀冰反射陽光，炙得三人皮膚也焦了，眼目更是紅腫發痛。於是三人每到白天，便以海豹皮蒙頭而睡，到晚上才起身捕魚，獵取海豹。說也奇怪，越是北行，白天越長，到後來每天幾乎有十一個時辰是白日，黑夜卻是一晃即過。

張翠山和殷素素身子疲困，面目憔悴，謝遜卻神情日漸反常，眼睛中射出異樣光芒，常自指手劃腳的對天咒罵，胸中怨毒，竟自不可抑制。

一日晚間，張翠山正擁著海豹皮倚冰而臥，睡夢中忽聽得殷素素大聲尖叫：「放開我，放開我。」張翠山急躍而起，在冰山的閃光之下，只見謝遜雙手抱住了殷素素肩頭，口中荷荷而呼，發聲有似野獸。張翠山這幾日看到謝遜的神情古怪，早便在暗暗擔心，卻沒想到他竟會去侵犯殷素素，不禁驚怒交集，縱身上前，喝道：「快放手！」

謝遜陰森森的道：「你這奸賊，你殺了我妻子，好，我今日扼死你妻子，也叫你孤孤單單的活在這世上。」說著左手扠到殷素素咽喉之中。殷素素「啊」的一聲，叫了起來。

張翠山驚道：「我不是你的仇人，沒殺你的妻子。謝前輩，你清醒些。我是張翠山，武當派的張翠山，不是你仇人。」

謝遜一呆，叫道：「這女人是誰？是不是你的老婆？」張翠山見他緊緊抓住殷素素，心中大急，說道：「她是殷姑娘，謝前輩，她不是你仇人的妻子。」

謝遜狂叫：「管她是誰。我妻子給人害死了，我母親給人害死了，我要殺死天下的女人！」說著左手使勁，殷素素登時呼吸艱難，一聲也叫不出了。

張翠山見謝遜突然發瘋，已屬無可理喻，當下氣凝右臂，奮力揮掌往他後心拍去。謝遜左掌迴過，還了一掌。張翠山身子一晃，冰山上太過滑溜，登時一交滑倒。謝遜飛起右足，便往他腰間踢去。張翠山變招也快，手一撐，躍起身來，伸指便點他膝蓋裏穴道。謝遜不等這一腳的招式使老，半途縮回，右掌往他頭頂拍落。

殷素素斜轉身子，左手倏出，往謝遜頭頂斬落。謝遜毫不理會，只是使足掌力，向張翠山腦門拍去。張翠山雙掌翻起，接了他這一掌，霎時之間，胸口塞悶，一口真氣幾乎提不上來。殷素素這一下斬中在謝遜的後頸，只感又韌又硬，登時彈將出來，掌緣反而隱隱生疼。但見謝遜雙目血紅，如要噴出火來，一隻大手又向自己喉頭抓來，忍不住大聲尖叫。

便在此時，眼前一亮，北方映出一片奇異莫可名狀的彩光，無數奇麗絕倫的光色，在黑暗中忽伸忽縮，大片橙黃之中夾著絲絲淡紫，忽而紫色愈深愈長，紫色之中，迸射出一條條金光、藍光、綠光、紅光。謝遜一驚之下，「咦」的一聲驚呼，鬆手放開了殷素素。張翠山也覺得手掌上的壓力陡然減輕。

謝遜背負雙手，走到冰山北側，凝目望著這片變幻的光彩。原來他三人順水飄流，此時已近北極，這片光彩，便是北極奇景的北極光了。中國之人，當時從來無人得見。

張翠山挽住殷素素，兩人心中兀自怦怦亂跳。

這一晚謝遜凝望北極奇光，不再有何動靜。次晨光彩漸隱，謝遜也已清醒，不知是否忘記了昨晚自己曾經發狂，言語舉止，甚是溫文。

張翠山與殷素素均想：「他父母妻子都是給人害死的，也難怪他傷心。卻不知他仇人是誰？」生怕引動他瘋病再發，自是不敢提及一字。

如此過了數日，冰山不住北去。謝遜對老天爺的咒罵又漸漸狂暴起來，偶然之間，眼光中又閃耀出猛獸般的神色。張翠山和殷素素雖然互相不提，但兩人均暗自戒備，生怕他又突然間狂性大發。

這一天血紅的太陽停在西邊海面，良久良久，始終不沉下海去。謝遜突然躍起，指著太陽大聲罵道：「連你太陽也來欺侮我，賊太陽，鬼太陽，我若是有張硬弓，一枝長箭，嘿嘿，一箭射你個對穿。」突然伸手在冰山上一擊，拍下拳頭大的一塊冰，用力向太陽擲了過去。冰塊遠遠飛出二十來丈，落入海中。張翠山和殷素素心下駭然，均想：「這人好大的膂力，倘若是我，只怕一半的路程也擲不到。」

謝遜擲了一塊，又是一塊，直擲到七十餘塊，勁力始終不衰，他見擲來擲去，跟太陽總是不知相距多遠，暴跳如雷，伸足在冰山上亂踢，只踢得冰屑紛飛。

殷素素勸道：「謝前輩，你歇歇罷，別理會這鬼太陽了。」

謝遜回過頭來，眼中全是血絲，呆呆的望著她。殷素素暗自心驚，勉強微微一笑。謝遜突然大叫一聲，跳上來一把將她抱住，叫道：「擠死你！擠死你！你為甚麼殺死我媽媽，殺死我的孩兒？」殷素素身上猶似套上了一個鐵箍，而這鐵箍還在不斷收緊。

張翠山忙伸手去扳謝遜手臂，卻那裏扳得動分毫？眼看殷素素舌頭伸出，立時便要斷氣，只得呼的一掌，擊在他背心正中的「神道穴」上。那知這一拳擊下，如中鐵石，謝遜如野獸般荷荷而吼，雙臂卻抱得更加緊了。張翠山叫道：「你再不放手，我用兵刃了！」但見他毫不理會，當即抽出判官筆，在他左手臂彎「小海穴」中重重一點。謝遜倏地回過右手，搶過判官筆，遠遠擲入了海中。

殷素素但覺箍在身上的鐵臂微鬆，忙矮身脫出了他的懷抱。謝遜左掌斜削，逕擊張翠山項頸，右手卻往殷素素肩頭抓去。嗤的一響，殷素素裹在身上的海豹皮被他五指硬生生的扯下一塊。張翠山知道自己若是閃避，殷素素非再給他擒住不可，當下使一招綿掌中的「自在飛花」，想要卸去他的掌力，豈知手掌和他掌緣微微一沾，登時感到一股極大的黏力，再也解脫不開，只得鼓起內勁，與之相抗。

謝遜一掌制住張翠山之後，拖著他的身子，逕自向殷素素撲去。殷素素縱身躍開，她雙足尚未落地，謝遜在冰上一踢，七八粒小冰塊激飛而至，都打在她右腿之上。殷素素叫聲：「啊喲！」橫身摔倒。

謝遜突然發出掌力，將張翠山彈出數丈。這一下彈力極其強勁，張翠山落下時已在冰山上的邊緣，冰上甚是滑溜，他右足稍稍一沾，撲通一聲，摔入了海中。

七 誰送冰舸來仙鄉

張翠山忙抱住殷素素打了幾個滾，
迅即避開，但聽得砰嘭聲響，
謝遜揮舞狼牙棒打擊冰山，隨即拋下狼牙棒，
雙手捧起一塊大冰，向張殷二人擲來。

張翠山左手銀鉤揮出，鉤住了冰山，借勢躍回，心想殷素素勢必又落入謝遜掌中，不料冷冷的月光之下，但見謝遜雙手按住眼睛，發出痛苦之聲，殷素素卻躺在冰上。

張翠山急忙縱上扶起。殷素素低聲道：「我……我打中了他眼睛……」一句話沒說完，謝遜虎吼一聲，撲了過來。張翠山抱住殷素素打了幾個滾，迅即避開，但聽得砰嘭、砰嘭幾聲響亮，謝遜揮舞狼牙棒猛力打擊冰山。他隨即拋下狼牙棒，雙手捧起一大塊百餘斤重的冰塊，側頭聽了聽聲音，向張殷二人擲來。

殷素素待要躍起躲閃，張翠山一按她背心，兩人都藏身在冰山的凹處，大氣也不敢透一聲。但見謝遜擲出冰塊後，一動也不動，顯是在找尋二人藏身之所。張翠山見他雙目中各流出一縷鮮血，知道殷素素在危急之中終於射出了銀針，而謝遜在神智昏迷下竟爾沒有提防，雙目中針，成了盲人。但他聽覺自仍十分靈敏，只要稍有聲息，給他撲了過來，後果難以設想，幸好海上既有浪濤，海風又響，再夾著冰塊相互撞擊的叮叮噹噹之聲，將兩人的呼吸都淹沒了，否則決計逃不脫他的毒手。

謝遜聽了半晌，在風濤冰撞的巨聲中始終查不到兩人所在，但覺雙目劇痛，眼前是一片無邊無際的黑暗，狂怒之中又加上驚懼，驀地大叫一聲，在冰山上一陣亂拍亂擊，抓起冰塊四下亂擲，只聽得砰砰之聲，響不絕耳。張翠山和殷素素相互摟住，都已嚇得面無人色，無數大冰塊在頭頂呼呼飛過，只須碰到一塊，便即喪命。

謝遜這一陣亂跳亂擲，約莫有小半個時辰，張翠山二人卻如是挨了幾年一般。

謝遜擲冰無效，忽然住手停擲，說道：「張相公，殷姑娘，適才我一時胡塗，狂性發作，以致多有冒犯，二位不要見怪。」這幾句說得謙和有禮，回復了平時的神態。他說過之後，坐在冰上，靜待二人答話。

張翠山和殷素素當此情境，那敢貿然接口？謝遜說了幾遍，聽二人始終不答，站起身來，嘆了口氣，說道：「兩位既不肯見諒，那也無法。」說著深深吸了口氣。張翠山猛地驚覺，當日他在王盤山島上縱聲長嘯，震倒眾人，發嘯之前也是這麼深深的吸一口氣。他雙眼雖盲，嘯聲摧敵卻絕無分別。這時危機霎息即臨，要撕下衣襟塞住雙耳，已然遲了，當下不及細想，抱住殷素素便溜入了海中。

殷素素尚未明白，謝遜嘯聲已發。張翠山抱著她急沉而下，寒冷徹骨的海水浸過頭頂，也淹住了雙耳。張翠山左手扳住鉤在冰山上的銀鉤，右手摟住殷素素，除了他一隻左手之外，兩人身子全部沒入水底，但仍是隱隱感到謝遜嘯聲的威力。冰山不停的向北移動，帶著他二人在水底潛行。張翠山暗自慶幸，倘若適才失去的不是鐵筆而是銀鉤，就算逃得過他的嘯聲，也必在大海之中淹死了。

過了良久，二人伸嘴探出海面，換一口氣，雙耳卻仍浸在水中，直換了六七口氣，謝遜的嘯聲方止。他這番長嘯，消耗內力甚巨，一時也感疲憊，顧不得來察看殷張二人的死活，坐在冰塊上暗自調勻內息。張翠山打個手勢，兩人悄悄爬上冰山，從海豹皮上扯下絨毛，緊緊塞在耳中，總算暫且逃過了劫難。

可是跟他共處冰山，只要發出半點聲息，立時便有大禍臨頭。兩人愁顏相對，眼望西天，血紅的夕陽仍未落入海面。兩人不知地近北極，天時大變，這些地方半年中白日不盡，另外半年卻是長夜漫漫，但覺種種怪異，宛若到了世界的盡頭。

殷素素全身濕透，奇寒攻心，忍不住打戰，牙關相擊輕輕的得得幾聲，謝遜已然聽得。他縱聲大吼，提起狼牙棒直擊下來。張殷二人早有防備，急忙躍開閃避，但聽得砰的一聲，一棒打上冰山，擊下七八塊巨大冰塊，飛入海中，這一擊少說也有六七百斤力道。二人相顧駭然，但見謝遜舞動狼牙棒，閃起銀光千道，直逼過來。他這狼牙棒棒身本有一丈多長，這一舞動，威力及於四五丈遠近，二人縱躍再快，也決計逃避不掉，只有不住的向後倒退，退得幾下，已到了冰山邊緣。

殷素素驚叫：「啊喲！」張翠山拉著她手臂，雙足使勁，躍向海中。他二人身在半空，只聽得砰嘭猛響，冰屑濺擊到背上，隱隱生痛。張翠山跳出時已看準了一塊桌面大的冰塊，左手銀鉤揮出，搭了上去。謝遜聽著二人落海的聲音，用狼牙棒敲下冰塊，不住擲來。但他雙眼已盲，張殷二人在海中又繼續飄動，第一塊落空，此後再也投擲不中了。

冰山浮在海面上的只是全山的極小部份，水底下尚隱有巨大冰體，但張殷二人附身其上的冰塊卻是謝遜從冰山上所擊下，還不到大冰山千份中的一份，因此在水流中飄浮甚速，和謝遜所處的冰山越離越遠，到得天將黑時，回頭遙望，謝遜的身子已成了一個小黑點，那大冰山卻兀自閃閃發光。

二人攀著這一塊冰塊，只是幸得不沉而已，但身子浸在海水之中，如何能支持長久？幸好一路向北，不久便又有一座小小冰山出現，兩人待得鄰近，攀了上去。

張翠山道：「若說是天無絕人之路，偏又叫咱們吃這許多苦。你身子怎樣？」殷素素道：「可惜沒來得及帶些海豹肉來。你沒受傷罷？」兩人自管自你言我語，卻不知對方說些甚麼，一怔之下，忙從耳中取出海豹絨毛，原來兩人顧得逃命，渾忘了耳中塞有物事。

兩人得脫大難，心中柔情更是激增。張翠山道：「素素，咱倆便是死在這冰山之上，也就永不分離的了。」殷素素道：「五哥，我有句話問你，你可不許騙我。倘若咱們是在陸地上，沒經過這一切危難，倘若我也是這般一心一意的要嫁給你，你也仍然要我麼？」

張翠山呆了呆，伸手搔搔頭皮，道：「我想咱們不會好得這麼快，而且，而且……一定會有很多阻礙波折，咱們的門派不同……」殷素素嘆了口氣，說道：「我也這麼想。因此那日你第一次和謝遜比拚掌力，我幾乎想發射銀針助你，卻始終沒出手。」

張翠山奇道：「是啊，那為甚麼？我總當你在黑暗中瞧不清楚，生怕誤傷了我。」殷素素低聲道：「不是的。假如那時我傷了他，咱二人逃回陸地，你便不願跟我在一起了。」

張翠山胸口一熱，叫道：「素素！」

殷素素道：「或許你心中會怪我，但那時我只盼跟你在一起，去一個沒人的荒島，長相聚會。謝遜逼咱二人同行，那正合我的心意。」張翠山想不到她對自己相愛竟如是之深，心中感激，柔聲道：「我決不怪你，反而多謝你對我這麼好。」

殷素素偎依在他懷中，仰起了臉，望著他的眼睛，說道：「老天爺送我到這寒冰地獄中來，我是一點也不怨，只有歡喜。我只盼望這冰山不要回南，嗯，倘若有朝一日咱們終於能回去中原，你師父定會憎厭我，我爹爹說不定要殺你……」

張翠山道：「你爹爹？」殷素素道：「我爹爹白眉鷹王殷天正，便是天鷹教創教的教主。」張翠山道：「啊，原來如此。不要緊，我說過跟你在一起。你爹爹再兇，也不能殺了他的親女婿啊。」殷素素雙眼發光，臉上起了一層紅暈，道：「你這話可是真心？」

張翠山道：「我倆此刻便結為夫婦。」

當下兩人一起在冰山之上跪下。張翠山朗聲道：「皇天在上，弟子張翠山今日和殷素素結為夫婦，禍福與共，始終不負。」殷素素虔心禱祝：「老天爺保祐，願我二人生生世世，永為夫婦。」她頓了一頓，又道：「日後若得重回中原，小女子洗心革面，痛改前非，隨我夫君行善，決不敢再殺一人。若違此誓，天人共棄。」

張翠山大喜，沒想到她竟會發此誓言，當即伸臂抱住了她。兩人雖被海水浸得全身皆濕，但心中暖烘烘的如沐春風。

過了良久，兩人才想起一日沒有飲食。張翠山提銀鉤守在冰山邊緣，見有游魚游上水面，一鉤而上。這一帶的海魚為抗寒冷，特別的肉厚多脂，雖生食甚腥，但吃了大增力氣。

兩人在這冰山之上，明知回歸無望，倒也無憂無慮。其時白日極長而黑夜奇短，大反尋常，已無法計算日子，也不知太陽在海面中已升沉幾回。

一日，殷素素忽見到正北方一縷黑煙沖天而起，登時嚇得臉都白了，叫道：「五哥！」伸手指著黑煙。張翠山又驚又喜，叫道：「難道這地方竟有人煙？」

這黑煙雖然望見，其實相距甚遠，冰山整整飄了一日，仍未飄近，但黑煙越來越高，到後來竟隱隱見煙中夾有火光。

殷素素問道：「那是甚麼？」張翠山搖頭不答。殷素素顫聲道：「咱倆的日子到頭啦！這……這是地獄門。」張翠山心中也早已大為吃驚，安慰她道：「說不定那邊住得有人，正在放火燒山。」殷素素道：「燒山的火頭那有這麼高？」

張翠山嘆了口氣道：「既然到了這古怪地方，一切只有聽從老天爺安排。老天爺既不讓咱倆凍死，卻要咱倆在大火中燒死，那也只得由他喜歡。」

說也奇怪，兩人處身其上的冰山，果是對準了那個大火柱緩緩飄去。當時張殷二人不明其中之理，只道冥冥中自有安排，是禍是福，一切是命該如此。卻不知那火柱乃北極附近的一座活火山，火燄噴射，燒得山旁海水暖了。熱水南流，自然吸引南邊的冰水過去補充，因此帶著那冰山漸漸移近。

這冰山又飄了一日一夜，終於到了火山腳下，但見那火柱周圍一片青綠，竟是一個極大的島嶼。島嶼西部都是尖石嶙峋的山峯，奇形怪樣，莫可名狀。張翠山走遍了大半個中原，從未見過。他二人從未見過火山，自不知這些山峯均是火山的熔漿千萬年來堆積而成。島東卻是一片望不到盡頭的平野，乃火山灰逐年傾入海中而成。該處雖然地近北極，但因火山萬年不滅，島上氣候便和長白山、黑龍江一帶相似，高山處玄冰白雪，平野上卻是極目青綠，蒼松翠柏，高大異常，更有諸般奇花異樹，皆為中土所無。

殷素素望了半晌，突然躍起，雙手抱住了張翠山的脖子叫道：「五哥，咱倆是到了仙山啦！」張翠山心中也是喜樂充盈，迷迷糊糊的說不出話來。但見平野上一羣梅花鹿正在低頭吃草，極目四望，除了那火山有些駭人之外，周圍一片平靜，絕無可怖之處。

但冰山飄到島旁，被暖水一沖，又向外飄浮。殷素素急叫：「糟糕，糟糕！仙人島又去不了啦！」張翠山眼見情勢不妙，倘若不上此島，這冰山再向別處飄流，不知何時方休？情急中鉤掌齊施，吧吧吧一陣響，打下一大塊冰來。兩人張手抱住，撲通一聲，跳入了海中，手腳划動，終於爬上了陸地。

那羣梅花鹿見有人來，睜著圓圓的眼珠相望，顯得十分好奇，卻殊無驚怕之意。殷素素慢慢走近，伸手在一頭梅花鹿的背上撫摸了幾下，說道：「要是再有幾隻仙鶴，我說這便是南極仙境了。」突然間足下一晃，倒在地上。張翠山驚叫：「素素！」搶過去欲扶時，腳下也是一個踉蹌，站立不定。

只聽得隆隆聲響，地面搖動，卻是火山又在噴火。兩人在大海洋中飄浮了數十日，波浪起伏，晝夜不休，這時到了陸地，腳下反而虛浮，突然地面一動，竟致同時摔倒。

兩人一驚之下，見別無異狀，這才嘻嘻哈哈的站了起來。當日疲累已極，兩人便在這平原之上，大睡了四個多時辰。

醒來時太陽仍未下山，張翠山道：「咱們四下裏瞧瞧，且看有無人居，有無毒蟲猛獸。」殷素素道：「你只須瞧這羣梅花鹿如此馴善，這仙人島上定是太平得緊。」張翠山笑道：「但願如此。可是咱們也得去拜謁一下仙人啊。」

殷素素當身在冰山之時，仍是儘量保持容顏修飭，衣衫整齊，這時到了島上，更細心的整理一下衣衫，又替張翠山理了理頭髮，這才出發尋幽探勝。她手提長劍。張翠山失了鐵筆，折了一根堅硬的樹枝代替。兩人展開輕身功夫，自南至北的快跑了十來里路，此時竟有大片土地可供奔馳，實是說不出的快活。沿途所見，除了低丘高樹之外，盡是青草奇花。草叢之中，偶而驚起一些叫不出名目的大鳥小獸，看來也皆無害於人。

兩人轉過一大片樹林，只見西北角上一座石山，山腳下露出一個石洞。殷素素叫道：「這地方妙得緊啊！」搶先奔了過去。張翠山道：「小心！」一言未畢，只聽得荷的一聲，眼前白影閃動，洞中衝出一頭大白熊來。

那熊毛長身巨，竟和大牯牛相似。殷素素猛吃一驚，急忙後躍。白熊人立起來，提起巨掌，便往殷素素頭頂拍落。殷素素彎過長劍，往白熊肩頭削去，可是她在海上漂流久了，身子虛弱，出手無力，這一劍雖然削中了熊肩，卻只輕傷皮肉，待得第二招迴劍掠去，白熊縱身撲上，拍的一響，已將長劍打落在地。張翠山急叫：「素素退開！」躍上去樹幹橫掃，正打在白熊左前足的膝蓋之處。但聽得喀喇一響，樹幹折為兩截，白熊的左足卻也折斷了。白熊受此重傷，只痛得大聲吼叫，聲震山谷，猛向張翠山撲將過來。

張翠山雙足一點，使出「梯雲縱」輕功，縱起丈餘，使一招「爭」字訣中的一下直鉤，將銀鉤在半空中疾揮下來，正中白熊的太陽穴。這一招勁力甚大，銀鉤鉤入數寸。那白熊驚天動地般大吼一聲，拖得張翠山銀鉤脫手，在地下翻了幾個轉身，仰天而斃。

殷素素拍手笑道：「好輕功，好鉤法！」一言甫畢，猛聽得張翠山叫道：「快跳過來！」殷素素聽他呼聲中頗有驚惶之意，不暇詢問，向前一竄，直撲到他懷裏，回過頭來，不禁「啊」的一聲驚呼。原來她身後又站著一頭大白熊，張牙舞爪，猙獰可怖。

張翠山手中沒了兵刃，忙拉了殷素素躍上一株大松樹。那白熊在樹下團團轉動，不時仰頭吼叫。張翠山折下了一根松枝，對準白熊的右眼甩了下去，波的一聲輕響，樹枝入眼。那熊痛得大叫，便欲撲上樹來。張翠山從殷素素手中接過長劍，對準熊頭，運勁擲將下去。噗的一聲，長劍沒入了大半，那熊慢慢軟倒，死在樹下。

張翠山道：「不知洞中還有熊沒有。」撿起幾塊石頭投進洞內，過了一會，不見動靜，於是當先進洞。殷素素緊跟在後。但見山洞極是寬敞，有八九丈縱深，中間透入一線天光，宛似天窗一般。洞中有不少白熊殘餘食物，魚肉魚骨，甚是腥臭。殷素素掩鼻道：「此間好卻是好，便是太臭。」張翠山道：「只須日日打掃洗刷，過得十天半月，便不臭了。」殷素素想起從此要和他在這島上長相廝守，歲月無盡，以迄老死，心中又是歡喜，又是淒涼。

張翠山出洞來折下樹枝，紮成一把大掃帚，將洞中穢物清掃出去。殷素素也幫著收拾。待得打掃乾淨，穢氣仍是不除。殷素素道：「附近若有溪水沖洗一番便好了。海水雖多，可惜沒盛水的提桶。」張翠山道：「我有法子。」到山陰寒冷之處搬了幾塊大冰，放在洞中的高岩上。殷素素拍掌叫道：「好主意！」冰塊慢慢融化成水，流出洞去，便似以水沖洗一般，只是十分緩慢而已。

張翠山在洞中清洗。殷素素用長劍剝切兩頭白熊，割成條塊。當地雖有火山，但究在極北，仍是十分寒冷，熊肉旁放以冰塊，看來累月不腐。殷素素嘆道：「人心苦不足，既得隴，又望蜀，咱們若有火種，燒烤一隻熊掌吃吃，那可有多美。」又道：「只怕洞中的冰塊老是不融，沖不去腥臭。」張翠山望著火山口噴出來的火燄，道：「火是有的，就可惜火太大了，慢慢想個法兒，總能取它過來。」

當晚兩人飽餐一頓熊腦，便在樹上安睡。睡夢中仍如身處大海中的冰山之上，隨著波浪起伏顛簸，其實卻是風動樹枝。

次日殷素素還沒睜開眼來，便說：「好香，好香！」翻身下樹，但覺陣陣清香，從樹下一大叢不知名的花朵上傳出。殷素素喜道：「洞前有這許多香花，那可真妙極了。」

張翠山道：「素素，你且慢高興，有一件事跟你說。」殷素素見他臉色鄭重，不禁一怔，道：「甚麼？」張翠山道：「我想出了取火的法子。」殷素素笑道：「啊，你這壞蛋，我還道是甚麼不好的事呢。甚麼法子？快說，快說！」

張翠山道：「火山口火燄太大，無法走近，只怕走到數十丈外，人已烤焦了。咱們用樹皮搓一條長繩，晒得乾了，然後……」殷素素拍手道：「好法子！好法子！然後繩上縛一塊石子，向火山口拋去，火燄燒著繩子，便引了下來。」

兩人生食已久，急欲得火，當下說做便做，以整整兩天時光，搓了一條百餘丈長的繩子，又晒了一天，第四天便向火山口進發。

那火山口望去不遠，走起來卻有四十餘里。兩人越走越熱，先脫去海豹皮的皮裘，到後來只穿單衫也有些頂受不住，又行里許，兩人口乾舌燥，遍身大汗，但見身旁已無一株樹木花草，只餘光禿禿、黃焦焦的岩石。

張翠山肩上負著長繩，瞥眼見殷素素幾根長髮的髮腳因受熱而鬈曲起來，心下憐惜，說道：「你在這裏等我，待我獨自上去罷。」殷素素嗔道：「你再說這些話，我可從此不理你啦。最多咱們一輩子沒火種，一輩子吃生肉，又有甚麼大不了的？」張翠山微微一笑。

又走里許，兩人都已氣喘如牛。張翠山雖然內功精湛，也已給蒸得金星亂冒，頭腦中嗡嗡作聲，說道：「好，咱們便在這裏將繩子擲了上去，若是接不上火種，那就……那就……」殷素素笑道：「那就是老天爺叫咱倆做一對茹毛飲血的野人夫妻……」說到這裏，身子一晃，險些暈倒，忙抓住張翠山的肩頭，這才站穩。張翠山從地下撿起一塊石子，縛在長繩一端，提氣向前奔出數丈，喝一聲：「去！」使力擲了出去。

但見石去如矢，將那繩子拉得筆直，遠遠的落了下去。可是十餘丈外雖比張殷二人立足處又熱了些，仍是距火山口極遠，未必便能點燃繩端。兩人等了良久，只熱得眼中如要爆出火來，那長繩卻是連青煙也沒冒出半點。張翠山嘆了口氣，說道：「古人鑽木取火，擊石取火，都是有的，咱們回去慢慢再試罷！這個擲繩取火的法子可不管用。」

殷素素道：「這法子雖然不行。但繩子已烤得乾透。咱們找幾塊火石，用劍來打火試試。」張翠山道：「也說得是。」拉回長繩，解鬆繩頭，劈成細絲。火山附近遍地燧石，拾過一塊燧石，平劍擊打，登時爆出幾星火花，飛上了繩絲，試到十來次時，終於點著了火。

兩人喜得相擁大叫。那烤焦的長繩便是現成的火炬，兩人各持一根火炬，喜氣洋洋的回到熊洞。殷素素堆積柴草，生起火來。

既有火種，一切全好辦了，融冰成水，烤肉為炙。兩人自船破以來，從未吃過一頓熱食，這時第一口咬到脂香四溢的熊肉時，真是險些連自己的舌頭也吞下肚去了。

當晚熊洞之中，花香流動，火光映壁。兩人結成夫妻以來，至此方始有洞房春暖之樂。

次日清晨，張翠山走出洞來，抬頭遠眺，正自心曠神怡，驀地裏見遠處海邊岩石之上，站著一個高大的人影。

這人卻不是謝遜是誰？張翠山這一驚當真是非同小可，實指望和殷素素經歷一番大難之後，在島上便此安居，那知又闖來了這個魔頭。霎時之間，他便如變成了石像，呆立不敢稍動。但見謝遜腳步蹣跚，搖搖晃晃的向內陸走來。顯是他眼瞎之後，無法捕魚獵豹，直餓到如今。他走出數丈，腳下一個踉蹌，向前摔倒，直挺挺的伏在地下。

張翠山返身入洞，殷素素嬌聲道：「五哥……你……」但見他臉色鄭重，話到口邊又忍住了。張翠山道：「那姓謝的也來啦！」殷素素嚇了一跳，低聲道：「他瞧見你了嗎？」隨即想起謝遜眼睛已瞎，驚惶之意稍減，說道：「咱們兩個亮眼之人，難道對付不了一個瞎子？」張翠山點了點頭，道：「他餓得暈了過去啦。」殷素素道：「瞧瞧去！」從衣袖上撕下四根布條，在張翠山耳中塞了兩條，自己耳中塞了兩條，右手提了長劍，左手扣了幾枚銀針，一同走出洞去。

兩人走到離謝遜七八丈處，張翠山朗聲道：「謝前輩，可要吃些食物？」謝遜斗然間聽到人聲，臉上露出驚喜之色，但隨即辨出是張翠山的聲音，臉上又罩了一層陰影，隔了良久，才點了點頭。張翠山回洞拿了一大塊昨晚吃剩下來的熟熊肉，遠遠擲去，說道：「請接著。」謝遜撐起身子，聽風辨物，伸手抓住，慢慢的咬了一口。

張翠山見他生龍活虎般的一條大漢，竟給飢餓折磨得如此衰弱，不禁油然而起憐憫之情。殷素素心中卻是另一個念頭：「五哥也忒煞濫好人，讓他餓死了，豈不乾手淨腳？這番救活了他，日後只怕麻煩無窮，說不定我兩人的性命還得送在他的手下。」但想自己立過重誓，決意跟著張翠山做好人，心中雖起不必救人之念，卻不說出口來。

謝遜吃了半塊熊肉，伏在地下呼呼睡去。張翠山在他身旁生了一個火堆。

謝遜直睡了一個多時辰這才轉醒，問道：「這是甚麼地方？」張殷二人守在他身旁，見他坐起開口，便各取出塞在右耳中的布條，以便聽他說些甚麼，但兩人的右手都離耳畔不過數寸，只要一見情勢不對，立即伸手塞耳，左耳中的布條卻不取出。張翠山道：「這是極北之處一個無人荒島。」

謝遜「嗯」了一聲，霎時之間，心中興起了數不盡的念頭，呆了半晌，說道：「如此說來，咱們是回不去了！」張翠山道：「那得瞧老天爺的意旨了。」謝遜破口罵道：「甚麼老天爺，狗天、賊天、強盜老天！」摸索著坐在一塊石上，又咬起熊肉來，問道：「你們要拿我怎樣？」

張翠山望著殷素素，等她說話。殷素素卻打個手勢，意思說一切聽憑你的主意。

張翠山微一沉吟，朗聲道：「謝前輩，我夫妻倆……」謝遜點頭道：「嗯，成了夫妻啦。」殷素素臉上一紅，卻頗有得意之色，說道：「那也可說是你做的媒人，須得多謝你撮成。」謝遜哼了一聲，道：「你夫妻倆怎麼樣？」張翠山道：「我們射瞎了你的眼睛，自是萬分過意不去，不過事已如此，千言萬語的致歉也是無用。既是天意要讓咱們共處孤島，說不定這一輩子再也難回中土，我二人便好好的奉養你一輩子。」

謝遜點了點頭，嘆道：「那也只得如此。」張翠山道：「我夫妻倆情深義重，同生共死，前輩倘若狂病再發，害了我夫妻任誰一人，另一人決然不能獨活。」謝遜道：「你要跟我說，你兩人倘若死了，我瞎了眼睛，在這荒島上也就活不成？」張翠山道：「正是！」謝遜道：「既然如此，你們左耳之中何必再塞著布片？」

張翠山和殷素素相視而笑，將左耳中的布條也都取了出來，心下卻均駭然：「此人眼睛雖瞎，耳音之靈，幾乎到了能以耳代目的地步，再加上聰明機智，料事如神。倘若不是在此事事希奇古怪的極北島上，他未必須靠我二人供養。」

張翠山請謝遜為這荒島取個名字。謝遜道：「這島上既有萬載玄冰，又有終古不滅的火窟，便稱之為冰火島罷。」

自此三人便在冰火島上住了下來，倒也相安無事。離熊洞半里之處，另有一個較小的山洞。張殷二人將之布置成為一間居室，供謝遜居住。張殷夫婦捕魚打獵之餘，燒陶作碗，堆土為灶，諸般日用物品，次第粗具。

謝遜也從不和兩人囉唆，只是捧著那把屠龍寶刀，低頭冥思。張殷二人有時見他可憐，勸他不必再苦思刀中秘密。謝遜道：「我豈不知便是尋到了刀中秘密，在這荒島之上又有何用？只是無所事事，這日子卻又如何打發？」兩人聽他說得有理，也就不再相勸。

忽忽數月，有一日，夫婦倆攜手向島北漫遊，原來這島方圓極廣，延伸至北，不知盡頭，走出二十餘里，只見一片濃密的叢林，老樹參天，陰森森的遮天蔽日。張翠山有意進林一探，殷素素膽怯起來，說道：「別要林中有甚麼古怪，咱們回去罷。」

張翠山微覺奇怪，心想：「素素向來好事，怎地近來卻懶洋洋地，甚麼事也提不起興致來？」想到此處，心中一驚，問道：「你身子好嗎？可有甚麼不舒服？」殷素素突然間滿臉通紅，低聲道：「沒甚麼。」張翠山見她神情奇特，連連追問。殷素素似笑非笑的道：「老天爺見咱們太過寂寞，再派一個人來，要讓大夥兒熱鬧熱鬧。」張翠山一怔之下，大喜過望，叫道：「你有孩子啦？」殷素素忙道：「小聲些，別讓人家聽見了。」說了這句話，忍不住噗哧一聲，笑了出來。荒林寂寂，那裏還有第三個人在？

天候嬗變，這時日漸短而夜漸長，到後來每日只有兩個多時辰是白天，氣候也轉得極其寒冷。殷素素有了身孕後甚感疲懶，但一切烹飪、縫補等務，仍是勉力而行。

這一晚她十月懷胎將滿，熊洞中升了火，夫妻倆偎倚在一起閒談。殷素素道：「你說咱們生個男孩呢還是女孩？」張翠山道：「女孩像你，男孩像我，男女都很好。」殷素素道：「不，我喜歡是個男孩子。你先給他取定個名字罷！」

張翠山道：「嗯。」隔了良久，卻不言語。殷素素道：「這幾天你有甚麼心事？我瞧你心不在焉似的。」張翠山道：「沒甚麼。想是要做爸爸了，歡喜得胡裏胡塗啦！」

他這幾句話本是玩笑之言，但眉間眼角，隱隱帶有憂色。殷素素柔聲道：「五哥，你瞞著我，只有更增我的憂心。你瞧出甚麼事不對了？」

張翠山嘆了口氣，道：「但願是我瞎疑心。我瞧謝前輩這幾天的神色有些不正。」殷素素「啊」的一聲，道：「我也早見到了。他臉色越來越兇狠，似乎又要發狂。」張翠山點了點頭，道：「想是他琢磨不出屠龍刀中的秘密，因此心中煩惱。」殷素素淚水盈盈，說道：「本來咱倆拚著跟他同歸於盡，那也沒甚麼。但是……但是……」

張翠山摟著她肩膀，安慰道：「你說的不錯，咱們有了孩子，不能再跟他拚命。他好好的便罷，要是行兇作惡，咱們只得將他殺了。諒他瞎著雙眼，終究奈何咱們不得。」

殷素素自從懷了孩子，不知怎的，突然變得仁善起來，從前做閨女時一口氣殺幾十個人也毫不在意，這時便是殺一頭野獸也覺不忍。有一次張翠山捕了一頭母鹿，一頭小鹿直跟到熊洞中來，殷素素定要他將母鹿放了，寧可大家吃些野果，挨過兩天。這時聽到張翠山說要殺了謝遜，不禁身子一顫。

她偎倚在張翠山懷裏，這麼微微一顫，張翠山登時便覺察了，向著她神色溫柔的一笑，說道：「但願他不發狂。可是害人之心不可有，防人之心不可無。」殷素素道：「不錯，倘若他真的發起狂來，卻怎生制他？咱們給他食物時做些手腳，看能找到些甚麼毒物……不，不，他不一定會發狂的，說不定只是咱倆瞎疑心。」

張翠山道：「我有個計較。咱倆從明兒起，移到內洞去住，卻在外洞掘個深坑，上面鋪以皮毛軟泥。」殷素素道：「這法子好卻是好，不過你每日要出外打獵，倘若他在外面行兇……」張翠山道：「我一人容易逃走，只要見情勢不對，便往危崖峭壁上竄去。他瞎了雙眼，如何追得我上？」

第二日一早，張翠山便在外洞中挖掘深坑，只是沒鐵鏟鋤頭，只得揀些形狀合適的樹枝當作木扒，實是事倍功半。好在他內力渾厚，辛苦了七天，已挖了三丈來深。眼見謝遜的神氣越來越不對，時時拿著屠龍刀狂揮狂舞，張翠山加緊挖掘，預計挖到五丈深時，便在坑底周圍插上削尖的木棒。這深坑底窄口廣，他不進來侵犯殷素素便罷，只要踏進熊洞，非摔落去不可，更在坑邊堆了不少大石，只待他落入坑中，便投石砸打。

這日午後，謝遜在熊洞外數丈處來回徘徊。張翠山不敢動工，生怕他聽得響聲，起了疑心，但也不敢出外打獵，只是守在洞旁，瞧著他的動靜。但聽得謝遜不住口的咒罵，從老天罵起，直罵到西方佛祖，東海觀音，天上玉皇，地下閻羅，再自三皇五帝罵起，堯舜禹湯，秦皇唐宗，文則孔孟，武則關岳，不論那一個大聖賢大英雄，全給他罵了個狗血淋頭。謝遜胸中頗有才學，這一番咒罵，張翠山倒也聽得甚有趣味。

突然之間，謝遜罵起武林人物來，自華陀創設五禽之戲起，少林派達摩老祖，岳武穆神拳散手，全給他罵得一文不值。可是他倒也非一味謾罵，於每家每派的缺點所在卻也確有真知灼見，貶斥之際，往往一針見血。只聽他自唐而宋，逐步罵到了南宋末年的東邪、西毒、南帝、北丐、中神通，罵到了郭靖、楊過，猛地裏罵到了武當派開山祖師張三丰。

他辱罵旁人，那也罷了，這時大罵張三丰，張翠山如何不怒？正要反唇相稽，謝遜突然大吼：「張三丰不是東西，他的弟子張翠山更加不是東西，讓我捏死他的老婆再說！」縱身一躍，掠過張翠山身旁，奔進熊洞。

張翠山急忙跟進，只聽得喀的一聲，謝遜已跌入坑中。可是坑底未裝尖刺，他雖摔下，並沒受傷，只是出其不意，大吃了一驚。張翠山順手抓過挖土的樹枝，見謝遜從坑中竄將上來，兜頭一下，猛擊下去。謝遜聽得風聲，左手翻轉，已抓住了樹枝，用力向裏一奪。張翠山把揑不定，樹枝脫手，這一奪勁力好大，他虎口震裂，掌心也給樹皮擦得滿是鮮血。謝遜跟著這一奪之勢，又墮入了坑底。

其時殷素素即將臨盆，已腹痛了半日，她先前見謝遜逗留洞口不去，不敢和丈夫說知此事，只怕給謝遜聽到了，他少了一層顧忌，更會及早發難。這時見情勢危急，顧不得腹痛如絞，抓起枕邊長劍向張翠山擲去。

張翠山抓住劍柄，暗想：「此人武功高我太多，他再竄上來時，我出劍劈刺，仍是非給他奪去不可。」情急之下，突然想起：「他雙目已盲，所以能奪我兵刃，全仗我兵刃劈風之聲，才知我的招勢去向。」

他剛想到此節，謝遜哈哈一笑，又縱躍而上。張翠山看準他竄上的來路，以劍尖對住他腦門，緊握不動。謝遜這一縱躍，勢道極猛，正是以自己腦袋碰到劍尖上去，長劍既然紋絲不動，絕無聲息，他武功再好，如何能夠知曉？只聽得擦的一聲響，謝遜一聲大吼，長劍已刺入額頭，深入寸許。總算他應變奇速，劍尖一碰到頂門，立即將頭向後一仰，同時急使「千斤墜」功夫，落入坑底。只要他變招遲得一霎，劍尖從腦門直刺進去，立時便即斃命。饒是如此，頭上也已重傷，血流披面，長劍插在他額頭，不住顫動。

謝遜拔出長劍，撕下衣襟裹住創口，腦中一陣暈眩，自知受傷不輕，他狂性已發，從腰間拔出屠龍刀急速舞動，護住了頂門，第三度躍上。張翠山舉起大石，對準他不住投去，卻均被屠龍刀砸開，但見刀花如雪，寒光閃閃，謝遜躍出深坑，直欺過來，張翠山一步步退避，心中一酸，想起今日和殷素素同時畢命，竟不能見一眼那未出世的孩兒。

謝遜防他和殷素素從自己身旁逸出，一出了熊洞，那便追趕不上，當下右手寶刀，左手長劍，使動大開大闔的招數，將兩丈方圓之內盡數封住，料想張殷二人再也無法逃走。

驀地裏「哇」的一聲，內洞中傳出一響嬰兒的哭聲。謝遜大吃一驚，立時停步，只聽那嬰兒不住啼哭。

張翠山和殷素素知道大難臨頭，竟一眼也不再去瞧謝遜，兩對眼睛都凝視著這初生的嬰兒，那是個男孩，手足不住扭動，大聲哭喊。張殷二人知道只要謝遜這一刀下來，夫妻倆連著嬰兒便同時送命。二人一句話不說，目光竟不稍斜，心中暗暗感激老天，終究讓自己夫婦此生能見到嬰兒，能多看得一霎，便是多享一分福氣。夫妻倆這時已心滿意足，不再去想自己的命運，能得保嬰兒不死，自是最好，但明知絕無可能，因此連這個念頭也沒有轉。

只聽得嬰兒不住大聲哭嚷，突然之間，謝遜良知激發，狂性登去，頭腦清醒過來，想起自己全家被害之時，妻子剛正生了孩子不久，那嬰兒終於也難逃敵人毒手。這幾聲嬰兒的啼哭，使他回憶起許許多多往事：夫妻的恩愛，敵人的兇殘，無辜嬰兒被敵人摔在地上成為一團血肉模糊，自己苦心孤詣、竭盡全力，還是無法報仇，雖然得了屠龍刀，刀中的秘密卻總是不能查明……他站著呆呆出神，一時溫顏歡笑，一時咬牙切齒。

在這一瞬之前，三人都正面臨生死關頭，但自嬰兒的第一聲啼哭起，三個人突然都全神貫注於嬰兒身上。

謝遜忽問：「是男孩還是女孩？」張翠山道：「是個男孩。」謝遜道：「很好。剪了臍帶沒有？」張翠山道：「要剪臍帶嗎？啊，是的，是的，我倒忘了。」

謝遜倒轉長劍，將劍柄遞了過去。張翠山接過長劍，割斷了嬰兒的臍帶，這時方始想起，謝遜已然迫近身邊，可是他居然並不動手，心中奇怪，回頭望了他一眼，只見謝遜臉上充滿關切之情，竟似要插手相助一般。

殷素素聲音微弱，道：「讓我來抱。」張翠山抱起嬰兒，送入她懷裏。謝遜又道：「你有沒燒了熱水，給嬰兒洗一個澡？」張翠山失聲一笑，道：「我真胡塗啦，甚麼也沒預備，這爸爸可沒用之極。」說著便要奔出去燒水，但只邁出一步，見到謝遜鐵塔一般巨大的身形便在嬰兒之前，心下驀地一凜。謝遜卻道：「你陪著夫人孩子，我去燒水。」將屠龍刀往腰間一插，便奔出洞去，經過深坑時輕輕縱身一躍，橫越而過。

過了一陣，謝遜果真用陶盆端了一盆熱水進來，張翠山便替嬰兒洗澡。謝遜聽得嬰兒哭聲洪亮，問道：「孩兒像媽媽呢還是像爸爸？」張翠山微笑道：「還是像媽媽多些，不大肥，是張瓜子臉。」謝遜嘆了口氣，低聲道：「但願他長大之後，多福多壽，少受苦難。」殷素素道：「謝前輩，你說孩子的長相不好麼？」謝遜道：「不是的。只是孩子像你，那就太過俊美，只怕福澤不厚，將來成人後入世，或會多遭災厄。」張翠山笑道：「前輩想得太遠了，咱四人處身極北荒島，這孩子自也是終老是鄉，那還有甚麼重入人世之事？」

殷素素急道：「不，不！咱們可以不回去，這孩子難道也讓他孤苦伶仃的一輩子留在這島上？幾十年之後，我們三人都死了，誰來伴他？他長大之後，如何娶妻生子？」她自幼稟受父性，在天鷹教中耳濡目染，所見所聞皆是極盡殘酷惡毒之事，因之向來行事狠辣，習以為常，自與張翠山結成夫婦，逐步向善，這一日做了母親，心中慈愛沛然而生，竟全心全意的為孩子打算起來。

張翠山向她淒然望了一眼，伸手撫摸她頭髮，心道：「這荒島與中土相距萬里，卻如何能夠回去？」但不忍傷愛妻之心，此言並不出口。

謝遜忽道：「張夫人的話不錯，咱們這一輩子算是完了，但如何能使這孩子老死荒島，享不到半點人世的歡樂？張夫人，咱三人終當窮智竭力，使孩子得歸中土。」

殷素素大喜，顫巍巍的站起身來。張翠山忙伸手相扶，驚道：「素素，你幹甚麼？快好好躺著。」殷素素道：「不，五哥，咱倆一起給謝前輩磕幾個頭，感謝他這番大恩大德。」

謝遜搖手道：「不用，不用。這孩子取了名字沒有？」張翠山道：「還沒有。前輩學問淵博，請給他取個名字罷！」謝遜沉吟道：「嗯，得取個好名字，讓我好好來想一個。」

殷素素忽然想起：「難得這怪人如此喜愛這孩子，他若將孩兒視若己子，那麼孩兒在這島上就再不愁他加害，縱然他狂性發作，也不致驟下毒手。」說道：「謝前輩，我為這孩兒求你一件事，務懇不要推卻。」謝遜道：「甚麼？」

殷素素道：「你收了這孩兒做義子罷！讓他長大了，對你當親生父親一般奉養。得你照料，這孩兒一生不會吃人家的虧。五哥，你說好不好？」張翠山明白妻子的苦心，說道：「妙極，妙極！謝前輩，請你不棄，俯允我夫婦的求懇。」

謝遜淒然道：「我自己的親生孩兒給人一把摔死了，成了血肉模糊的一團，你們瞧見了沒有？」張翠山和殷素素對望一眼，覺得他言語之中又有瘋意，但想起他的慘酷遭際，不由得心中惻然。謝遜又道：「我那孩子如果不死，今年有十八歲了。我將一身武功傳授於他，嘿嘿，他未必便及不上你們甚麼武當七俠。」這幾句話淒涼之中帶著幾分狂傲，但自負之中又包含著無限寂寞傷心。張翠山和殷素素不覺都油然而起悔心：「倘若當日在冰山上不毀了他的雙目，咱們四人在此荒島隱居，無憂無慮，豈不是好？」

三人默然半晌。張翠山道：「謝前輩，你收這孩兒作為義子，咱們叫他改宗姓謝。」謝遜臉上閃過一絲喜悅之色，說道：「你肯讓他姓謝？我那個死去的孩子，名叫謝無忌。」張翠山道：「如果你喜歡，那麼，咱們這孩兒便叫作謝無忌。」

謝遜喜出望外，唯恐張翠山說過了後悔，說道：「你們把親生孩兒給了我，那麼你們自己呢？」張翠山道：「孩兒不論姓張姓謝，咱們一般的愛他。日後他孝順雙親，敬愛義父，不分親疏厚薄，豈非美事？素素，你說可好？」殷素素微一遲疑，說道：「你說怎麼便是怎麼。孩子多得一個人疼愛，終是便宜了他。」

謝遜一揖到地，說道：「這我可謝謝你們啦，毀目之恨，咱們一筆勾銷。謝遜雖喪子而有子，將來謝無忌名揚天下，好教世人得知，他父母是張翠山、殷素素，他義父是金毛獅王謝遜。」

殷素素當時所以稍一猶疑，乃是想起真的謝無忌已死，給人摔成一團肉漿，自己的孩兒頂用這個名字，未免不吉，然見謝遜如此大喜若狂，料想他對這孩兒必極疼愛，孩兒將來定可得到他許多好處，母親愛子之心無微不至，只須於孩子有益，一切全肯犧牲，抱了孩兒，說道：「你要抱抱他嗎？」

謝遜伸出雙手，將孩子抱在臂中，不由得喜極而泣，雙臂發顫，說道：「你……你快抱回去，我這模樣別嚇壞了他。」其實初生一天的嬰兒懂得甚麼，但他這般說，顯是愛極了孩子。殷素素微笑道：「只要你喜歡，便多抱一會，將來孩子大了，你帶著他到處玩兒罷。」謝遜道：「好極，好極……」聽得孩兒哭得極響，道：「孩子餓了，你餵他吃奶罷！我到外邊去。」實則他雙目已盲，殷素素便當著他哺乳也沒甚麼，但他發狂時粗暴已極，這時卻文質彬彬，竟成了個儒雅君子。

張翠山道：「謝前輩……」謝遜道：「不，咱們已成一家人，再這樣前輩後輩的，豈不生分？我這麼說，咱三人索性結義為金蘭兄弟，日後於孩子也好啊。」張翠山道：「你是前輩高人，我夫婦跟你身分相差太遠，如何高攀得上？」謝遜道：「呸，你是學武之人，卻也這般迂腐起來？五弟、五妹，你們叫我大哥不叫？」殷素素笑道：「我先叫你大哥，咱們是拜把子的兄妹。他若再叫你前輩，我也成了他的前輩啦！」張翠山道：「既是如此，小弟惟大哥之命是從。」殷素素道：「咱們先就這麼說定，過幾天等我起得身了，再來祭告天地，行拜義父、拜義兄之禮。」

謝遜哈哈大笑，說道：「大丈夫一言既出，終身不渝，又何必祭天拜地？這賊老天自己管不了自己的事，我謝遜最是恨他不過。」說著揚長出洞，只聽得他在曠野上縱聲大笑，顯是開心之極。張殷兩人自從識得他以來，從未見過他如此歡喜。

自此三人全心全意的撫育孩子。謝遜少年時原是獵戶，他號稱「金毛獅王」，馴獸捕生之技，天下無雙，張翠山詳述島上多處地形，謝遜在他指引下走了一遍，便即記住。自此捕鹿殺熊，便由謝遜一力承擔。

數年彈指即過，三個人在島上相安無事。那孩子百病不生，長得甚是壯健。三人中倒似謝遜對他最是疼愛，有時孩子太過頑皮，張翠山和殷素素要加責打，每次都是謝遜從中攔住。如此數次，孩子便恃他作為靠山，逢到父母發怒，總是奔到義父處求救。張殷二人往往搖頭苦笑，說孩子給大哥寵壞了。

到無忌四歲時，殷素素教他識字。五歲生日那天，張翠山道：「大哥，孩子可以學武啦，從今天起你來教，好不好？」謝遜搖頭：「不成，我的武功太深，孩子無法領悟。還是你傳他武當心法。等他到八歲時，我再來教他。教得兩年，你們便可回去啦！」

殷素素奇道：「你說我們可以回去？回中土去？」

謝遜道：「這幾年來我日日留心島上的風向水流，每年黑夜最長之時，總是颳北風，數十晝夜不停。咱們可以紮個大木排，裝上風帆，乘著北風，不停向南，要是賊老天不來橫加搗蛋，說不定你們便可回歸中土。」殷素素道：「我們？難道你不一起去麼？」謝遜道：「我瞎了雙眼，回到中土做甚麼？」殷素素道：「你便不去，咱們卻決不容你獨自留著。孩子也不肯啊，沒了義父，誰來疼他？」謝遜嘆道：「我得能疼他十年，已經足夠了。賊老天總是跟我搗亂，這孩子倘若陪我的時候太多，只怕賊老天遷怒於他，會有橫禍加身。」殷素素打了個寒噤，但想這是他隨口說說的事，也沒放在心上。

張翠山傳授孩子的是紮根基的內功，心想孩子年幼，只須健體強身，便已足夠，在這荒島之上，決不會和誰動手打架。謝遜雖說過南歸中土的話，但他此後不再提起，看來也是一時興到之言，不能作準。

到第八年上，謝遜果然要無忌跟他學練武功。傳授之時他沒叫張殷二人旁觀，他夫婦便遵依武林中的嚴規，遠遠避開，對無忌的武功進境，也不加考查，信得過謝遜所授，定是高明異常的絕學。

島上無事可紀，日月去似流水，轉眼又是一年有餘。

自無忌出世後，謝遜心靈有了寄託，再也不去理會那屠龍寶刀。有一晚張翠山偶爾失眠，半夜中出來散步，月光下只見謝遜盤膝坐在一塊巖石之上，手中卻捧著那柄屠龍寶刀，正自低頭沉思。張翠山吃了一驚，待要避開，謝遜已聽到他腳步聲，說道：「五弟，這『武林至尊，寶刀屠龍』八個字，看來終是虛妄。」張翠山走近身去，說道：「武林中荒誕之說甚多。大哥這等聰明才智，如何對這寶刀之說，始終念念不忘？」謝遜道：「你有所不知，我曾聽少林派一位有道高僧空見大師說過此事。」

張翠山道：「啊，空見大師。聽說他是少林派掌門人空聞大師的師兄啊，他逝世已久了。」謝遜點頭道：「不錯，空見已經死了，是我打死的。」張翠山吃了一驚，心想江湖上有兩句話說道：「少林神僧，見聞智性」，那是指當今少林派四位武功最高的和尚空見、空聞、空智、空性四人而言，後來聽說空見大師得病逝世，想不到竟是謝遜打死的。

謝遜嘆了口氣，說道：「空見這人固執得很，他竟然只挨我打，始終不肯還手，我打了他一十三拳，終於將他打死了。」

張翠山更是駭然，心想：「能挨得起大哥一拳一腳而不死的，已是一等一的武學高手，這位少林神僧竟能連挨他一十三拳，身子之堅，那是遠勝鐵石了。」

但見謝遜神色淒然，臉上頗有悔意，料想這事之中，定是隱藏著一件極大的過節，他自與謝遜結義以來，八年中共處荒島，情好彌篤，但他對這位義兄，敬重之中總是帶著三分懼意，生怕引得他憶及昔日恨事，當下也不敢多問。

卻聽謝遜說道：「我生平心中欽服之人，寥寥可數。尊師張真人我雖久仰其名，但無緣識荊。這位空見大師，實是一位高僧。他武功上的名氣雖不及他師弟空智、空性，但依我之見，空智、空性一定及不上他老人家。」

張翠山以往聽他暢論當世人物，大都不值一哂，能得他罵上幾句，已算是第一流的人物，要他讚上一字，真是難上加難，想不到他提及空見大師時竟然如此欽遲，不禁頗感意外，說道：「想是他老人家隱居清修，少在江湖上走動，是以武學上的造詣少有人知。」

謝遜仰頭向天，呆呆出神，自言自語的道：「可惜可惜，這樣一位武林中蓋世奇士，竟給我一十三拳活活的打死了。他武功雖高，實是迂得厲害。倘若當時他還手跟我放對，我謝遜焉能活到今日？」張翠山道：「難道這位高僧的武功修為，竟比大哥還要深厚麼？」

謝遜道：「我怎能跟他相比？差得遠了，差得遠了！簡直是天差地遠！」他說這句話時，臉上神情和語氣之中充滿了不勝敬仰欽佩之情。

張翠山大奇，心中微有不信，自忖恩師張三丰的武學世所罕有，但和謝遜相較，恐怕也只能勝他半籌，倘若空見大師當真高出謝遜甚多，說得上「天差地遠」，豈不是將自己恩師也比下去了？但素知謝遜的名字中雖有一個「遜」字，性子卻極是倨傲，倘若那人的武功不是真的強勝於他，他也決計不肯服輸。

謝遜似是猜中了他的心意，說道：「你不信麼？好，你去叫無忌出來，我說一個故事給他聽。」張翠山心想三更半夜的，無忌早已睡熟，去叫醒他聽故事，對孩子實無益處，但既是大哥有命，卻也不便違拗，於是回到熊洞，叫醒了兒子。無忌聽說義父要講故事，大聲叫好，登時將殷素素也吵醒了。三人一起出來，坐在謝遜身旁。

謝遜道：「孩子，不久你就要回歸中土……」無忌奇道：「甚麼回歸中土？」

謝遜將手揮了揮，叫他別打斷自己的話頭，續道：「要是咱們的大木排在海中沉了，或是飄得無影無蹤，那也罷了，一切休提。但若真的能回中土，我跟你說，世上人心險惡，誰都不要相信。除了父母之外，誰都會存著害你的心思。就可惜年輕時沒人跟我說這番話。唉，便是說了，當時我也不會相信。

「我在十歲那一年，因意外機緣，拜在一個武功極高之人的門下學藝。我師父見我資質不差，對我青眼有加，將他的絕藝傾囊以授。我師徒情若父子，五弟，當時我對我師父的敬愛仰慕，大概跟你對尊師沒差分毫。我在二十三歲那年離開師門，遠赴西域，結交了一羣大有來歷的朋友，蒙他們瞧得起我，當我兄弟相待。五妹，令尊白眉鷹王，就在那時跟我結交的。後來我娶妻生子，一家人融融洩洩，過得極是快活。

「在我二十八歲那年上，我師父到我家來盤桓數日，我自是高興得了不得，全家竭誠款待，我師父空閒下來，又指點我的功夫。那知這位武林中的成名高手，竟是人面獸心，在七月十五日那日酒後，忽對我妻施行強暴……」

張翠山和殷素素同時「啊」的一聲，師姦徒妻之事，武林之中從所未聞，那可是天人共憤的大惡事。

謝遜續道：「我妻子大聲呼救，我父親聞聲闖進房中，我師父見事情敗露，一拳將我父親打死了，跟著又打死了我母親，將我甫滿週歲的兒子謝無忌……」

無忌聽他提到自己名字，奇道：「謝無忌？」

張翠山斥道：「別多口！聽義父說話。」謝遜道：「是啊，我那親生孩兒跟你名字一樣，也叫謝無忌。我師父抓起了他，將他摔成血肉模糊的一團。」

無忌忍不住又問：「義父，他……他還能活麼？」謝遜悽然搖頭，說道：「不能活了，不能活了！」殷素素向兒子搖了搖手，叫他不可再問。

謝遜出神半晌，才道：「那時我瞧見這等情景，嚇得呆了，心中一片迷惘，不知如何對付我這位生平最敬愛的恩師，突然間他一拳打向我的胸口，我胡裏胡塗的也沒想到抵擋，就此暈死過去，待得醒轉時，我師父早已不知去向，但見滿屋都是死人，我父母妻兒，弟妹僕役，全家一十三口，盡數斃於他的拳下。想是他以為一拳已將我打死，沒有再下毒手。

「我大病一場之後，苦練武功，三年後找我師父報仇。但我跟他功夫實在相差太遠，所謂報仇，徒然自取其辱，可是這一十三條人命的血仇，如何能便此罷休？於是我遍訪名師，廢寢忘食的用功，這番苦功，總算也有著落，五年之間，我自覺功夫大進，又去找我師父。

那知我功夫強了，他仍是比我強得很多，第二次報仇還是落得個重傷下場。

「我養好傷不久，便得了一本『七傷拳』拳譜，這路拳法威力實非尋常。於是我潛心專練『七傷拳』的內勁，兩年後拳技大成，自忖已可和天下第一流高手比肩。我師父若非另有奇遇，決不能再是我敵手。不料第三次上門去時，卻已找不到他的所在。我在江湖上到處打聽，始終訪查不到，想是他為了避禍，隱居於窮鄉僻壤，大地茫茫，卻到何處去尋？

「我憤激之下，便到處做案，殺人放火，無所不為。每做一件案子，便在牆上留下了我師父的姓名！」

張翠山和殷素素一齊「啊」了一聲。謝遜道：「你們知道我師父是誰了罷？」殷素素點頭道：「嗯！你是『混元霹靂手』成崑的弟子。」

原來十年多前武林中突生軒然大波，自遼東以至嶺南，半年之間接連發生了三十餘件大案，許多成名豪傑突然不明不白的被殺，而兇手必定留下「混元霹靂手成崑」的名字。被害之人不是一派的掌門，便是交遊極廣的老英雄，每一件案子都牽連人數甚眾。只要這樣一件案子，武林中便要到處轟傳，何況接連三十餘件。當時武當七俠曾奉師命下山查詢，竟不得半點頭緒。眾人均知這是有人故意嫁禍於成崑。這「混元霹靂手」成崑武功甚高，向來潔身自愛，聲名甚佳，被害者又有好幾個是他的知交好友，這些案子決計非他所為。但要查知兇手是誰，自非著落在他身上不可，可是他忽然無影無蹤，音訊杳然。紛擾多時，三十餘件大案也只有不了了之。雖然想報仇雪恨的人成百成千，可是不知兇手是誰，人人都是徒呼負負。若非謝遜今日自己吐露真相，張翠山怎猜得到其中的原委。

謝遜道：「我冒成崑之名做案，是要逼得他挺身而出，便算他始終龜縮，武林中千百人到處查訪，總比我一人之力強得多啊。」殷素素道：「此計不錯，只不過這許多人無辜傷在你的手下，在陰世間也是胡塗鬼，未免可憐。」

謝遜道：「難道我父母妻兒給成崑害死，便不是無辜麼？便不可憐麼？我看你從前倒也爽快，嫁了五弟九年，卻學得這般婆婆媽媽起來。」

殷素素向丈夫望了一眼，微微一笑，說道：「大哥，這些案子倏然而起，倏然而止，後來你終於找到了成崑麼？」謝遜道：「沒找到，沒找到！後來我在洛陽見到了宋遠橋。」張翠山大吃一驚，道：「我大師哥宋遠橋？」

謝遜道：「不錯，是武當七俠之首的宋遠橋。我做下了這許多大案，江湖上早已鬧得天翻地覆，但我師父混元霹靂手成崑……」無忌道：「義父，他這樣壞，你還叫他師父？」

謝遜苦笑道：「我從小叫慣了。再說，我的一大半武功總是他傳授的。他雖然是個大壞蛋，我也不是好人，說不定我的為非作歹也都是他教的。好也是他教，歹也是他教，我還是叫他師父。」

張翠山心想：「大哥一生遭遇慘酷，憤激之餘，行事不分是非。無忌聽了這些話記住心中，於他日後立身大是有害，過幾天可得好好跟他解說明白。」

謝遜續道：「我見師父如此忍得，居然仍不露面，心想非做一件驚天動地的大案，不足以激逼他出來。方今武林之中，以少林、武當兩派為尊，看來須得殺死一名少林派或是武當派中第一流的人物，方能見效。那一日我在洛陽清虛觀外的牡丹園中，見到宋遠橋出手懲戒一名惡霸，武功很是了得，決意當晚便去將他殺了。」

張翠山聽到這裏，不由得慄然而懼，他明知大師哥並未為謝遜所害，但想起當時情勢的凶險，仍是不免惴惴，謝遜的武功高出大師哥甚多，何況一個在明，一個在暗，若是當真下手，大師哥決無倖理。殷素素也知宋遠橋未死，說道：「大哥，想是你突然不忍加害無辜，要是你當真殺了宋大俠，咱們這位張五俠早已跟你拚了命，再也不會成為結義兄弟了。」

謝遜哼了一聲，道：「那有甚麼忍不忍的？若在今日，我瞧在五弟面上，自不會去跟武當派為難。可是那時我又不識得五弟，別說是宋遠橋，便是五弟自己，只要給我見到了，還不是殺了再說。」

無忌奇道：「義父，你為甚麼要殺我爹爹？」謝遜微笑道：「我是說個比方啊，並不是真的要殺你爹爹。」無忌道：「噢，原來這樣！」這才放心。

謝遜撫著他小頭上的頭髮，說道：「賊老天雖有諸般不好，總算沒讓我殺了宋遠橋，否則我愧對你爹爹，也不能再跟他結義為兄弟了。」停了片刻，續道：「這天晚上我吃過晚飯，在客店中打坐養神。我心知宋遠橋既是武當七俠之首，武功上自有過人之處，假若一擊不中，給他逃了，或者只打得他身負重傷而不死，那麼我的行藏必致洩露，要逼出我師父的計謀盡數落空，而且普天下豪傑向我羣起而攻，我謝遜便有三頭六臂，也是無法對敵啊。我一死不打緊，這場血海冤仇，可從此無由得報了。」

張翠山問道：「你跟我大哥這場比武後來如何了結？大師哥始終沒跟我們說這件事，倒是奇怪。」

謝遜道：「宋遠橋壓根兒就不知道，恐怕他連『金毛獅王謝遜』這六個字也從來沒聽見過，因為我後來沒去找他。」

張翠山嘆了口氣，說道：「謝天謝地！」殷素素笑道：「謝甚麼賊老天、賊老地，謝一謝眼前這個謝大哥才是真的。」張翠山和無忌都笑了起來。

八 窮髮十載泛歸航

謝遜揮刀將大樹斜砍削斷。

張翠山等三人看那大樹的斜剖面時，只見樹心中一條條通水的筋脈已大半震斷，有的扭曲，有的粉碎，有的裂為數截，有的若斷若續。

謝遜緩緩的道：「那天晚上的情景，今日我還是記得清清楚楚。我坐在客店中的炕上，暗運真氣，將那『七傷拳』在心中又想了幾遍。五弟，你從來沒見過我的『七傷拳』，要不要見識見識？」張翠山還沒回答，殷素素搶著道：「那定是神妙無比，威猛絕倫。大哥，你怎地不去找宋大俠了？」

謝遜微微一笑，說道：「你怕我試拳時傷了你老公麼？倘若這拳力不是收發由心，還算得是甚麼『七傷拳』？」說著站起身來，走到一株大樹之旁，一聲吆喝，宛似憑空打了個霹靂，猛響聲中，一拳打在樹幹之上。

以他功力，這一拳若不將大樹打得斷為兩截，也當拳頭深陷樹幹，那知他收回拳頭時，那大樹竟絲毫無損，連樹皮也不破裂半點。殷素素心中難過：「大哥在島上一住九年，武功全然拋荒了。我從來不見他練功，原也難怪。」怕他傷心，還是大聲喝采。

謝遜道：「五妹，你這聲喝采全不由衷，你只道我武功大不如前了，是不是？」殷素素道：「在這窮髮極北的荒島之上，來來去去四個親人，還練甚麼武功？」謝遜問道：「五弟，你瞧出了其中奧妙麼？」張翠山道：「我見大哥這一拳去勢十分剛猛，可是打在樹上，連樹葉也沒一片晃動，這一點我甚是不解。便是無忌去打一拳，也會搖動樹枝啊！」

無忌叫道：「我會！」奔過去在大樹上砰的一拳，果然樹枝亂晃，月光照映出來的枝葉影子在地下顫動不已。

張翠山夫婦見兒子這一拳頗為有力，心下甚喜，一齊瞧著謝遜，等他說明其中道理。

謝遜道：「三天之後，樹葉便會萎黃跌落，半個月後，大樹全身枯槁。我這一拳已將大樹的脈絡從中震斷了。」

張翠山和殷素素不勝駭異，但知他素來不打誑語，此言自非虛假。謝遜取過手邊的屠龍寶刀，拔刀出鞘，擦的一聲，在大樹的樹幹中斜砍一刀，只聽得砰嘭巨響，大樹的上半段向外跌落。謝遜收刀說道：「你們瞧一瞧，我『七傷拳』的威力可還在麼？」

張翠山三人走過去看大樹的斜剖面時，只見樹心中一條條通水的筋脈已大半震斷，有的扭曲，有的粉碎，有的斷為數截，有的若斷若續，顯然他這一拳之中，又包含著數般不同的勁力。張殷二人大是歎服。張翠山道：「大哥，今日真是叫小弟大開眼界。」

謝遜忍不住得意之情，說道：「我這一拳之中共有七股不同勁力，或剛猛，或陰柔，或剛中有柔，或柔中有剛，或橫出，或直送，或內縮。敵人抵擋了第一股勁，抵不住第二股，抵了第二股，第三股勁力他又如何對付？嘿嘿，『七傷拳』之名便由此而來。五弟，那日你跟我比拚的是掌力，倘若我出的是七傷拳，你便擋不住了。」張翠山道：「是。」

無忌想問爹爹為甚麼跟義父比拚掌力，見母親連連搖手，便忍住不問，說道：「義父，你把這『七傷拳』教了我好麼？」謝遜搖頭道：「不成！」無忌好生失望，還想纏著苦求。殷素素笑道：「無忌，你不傻嗎？你義父這門武功精妙深湛，若不是先有上乘內功，如何能練？」無忌道：「是，那麼等我練好了上乘內功再說。」

謝遜搖頭道：「這『七傷拳』不練也罷！每人體內，均有陰陽二氣，金木水火土五行。心屬火、肺屬金、腎屬水、脾屬土、肝屬木，一練七傷，七者皆傷。這七傷拳的拳功每練一次，自身內臟便受一次損害，所謂七傷，實則是先傷己，再傷敵。我若不是在練七傷拳時傷了心脈，也不致有時狂性大發、無法抑制了。」

張翠山和殷素素此時方知，何以他才識過人，武功高強，狂性發作時竟會心智盡失。

謝遜又道：「倘若我內力真的渾厚堅實，到了空見大師、或是武當張真人的地步，再來練這七傷拳，想來自己也可不受損傷，便有小損，亦無大礙。只是當年我報仇心切，費盡了心力，才從崆峒派手中奪得這本『七傷拳譜』的古抄本，拳譜一到手，立時便心急慌忙的練了起來，唯恐拳功未成而我師父已死，報不了仇。待得察覺內臟受了大損，已是無法挽救，當時我可沒想到，崆峒派既然有此世代相傳的拳譜，卻為何無人以此拳功名揚天下。我又貪圖這路拳法出拳時聲勢煊赫，有極大的好處。五妹，你懂得其中的道理罷？」

殷素素微一沉吟，道：「嗯，是不是跟你師父霹靂甚麼的功夫差不多？」

謝遜道：「正是。我師父外號叫作『混元霹靂手』，掌含風雷，威力極是驚人。我找到他後，如用這路七傷拳功跟他對敵，他定以為我使的還是他親手所傳武功，待得拳力及身，他再驚覺不對，可已遲了。五弟，你別怪我用心深刻，我師父外表粗魯，可實在是天下最工心計的毒辣之人。若不是以毒攻毒，這場大仇無法得報……唉，枝枝節節的說了許多，還沒說到空見大師。且說那晚我運氣溫了三遍七傷拳功，便越牆出外，要去找宋遠橋。

「我躍出牆外，身子尚未落地，突然覺得肩頭上被人輕輕一拍。我大吃一驚，以我當時武功，竟有人伸手拍到我身上而不及擋架，實是難以想像之事。無忌，你想，這一拍雖輕，但若他掌上施出勁力，我豈不是已受重傷？我當即回手一撈，卻撈了個空，反擊一拳，這拳自然也沒打到人，左足一落地，立即轉身，便在此時，我背上又被人輕輕拍了一掌，同時背後一人嘆道：『苦海無邊，回頭是岸。』」

無忌覺得十分有趣，笑了出來，說道：「義父，這人跟你鬧著玩麼？」張翠山和殷素素卻已猜到，說話之人定是那空見大師了。

謝遜續道：「當時我只嚇得全身冰冷，如墮深淵，那人如此武功，要制我死命真是易如反掌。他說那『苦海無邊，回頭是岸』這八個字，只是一瞬之間的事，可是這八個字他說得不徐不疾，充滿慈悲心腸。我聽得清清楚楚。但那時我心中只感到驚懼憤怒，回過身來，只見四丈以外站著一位白衣僧人。我轉身之時，只道他離開我只不過兩三尺，那知他一拍之下，立即飄出四丈，身法之快，步法之輕，實是匪夷所思。

「當時我心中只有一個念頭：『是冤鬼，給我殺了的人索命來著！』若是活人，決不能有這般來去如電的功夫。我一想到是鬼，膽子反而大了起來，喝道：『妖魔鬼怪，給我滾得遠遠的，老子天不怕地不怕，豈怕你這孤魂野鬼？』那白衣僧人合什說道：『謝居士，老僧空見合什！』我一聽到『空見』兩字，便想起江湖上所說『少林神僧，見聞智性』這兩句話來。他名列四大神僧之首，無怪武功如此高強。」

張翠山想起這位空見大師後來是被他一十三拳打死的，心中隱隱感到不安。

謝遜續道：「當時我便問道：『是少林寺的空見神僧麼？』那白衣僧人道：『神僧二字，愧不敢當。老衲正是少林空見。』我道：『在下跟大師素不相識，何故相戲？』空見說道：『老衲豈敢戲弄居士？請問居士，此刻欲往何處？』我道：『我到何處去，跟大師有何干係？』空見道：『居士今晚想去殺害武當派的宋遠橋大俠，是不是？』」

「我聽他一語道破我的心意，又是奇怪，又是吃驚。他又道：『居士要想再做一件震動武林的大案，好激得那混元霹靂手成崑現身，以報殺害你全家的大仇……』我聽他說出了我師父的名字，更是駭異。要知我師父殺我全家之事，我從沒跟旁人說過。這件醜事我師父掩飾抵賴也猶恐不及，自己當然更不會說。這空見和尚卻如何知道？

「我當時身子劇震，說道：『大師若肯見示他的所在，我謝遜一生給你做牛做馬，也所甘願。』空見嘆道：『這成崑所作所為，罪孽確是太大，但居士一怒之下，牽累害死了這許多武林人物，真是罪過罪過。』我本來想說：『要你多管甚麼閒事？』但想起適才他所顯的武功，我可不是敵手，何況正有求於他，於是強忍怒氣，說道：『在下實是迫於無奈，那成崑躲得了無影無蹤，四海茫茫，教我到那裏去找他？』空見點頭道：『我也知你滿腔怨毒，無處發洩。但那宋大俠是武當派張真人的首徒，你要是害了他，這個禍闖得可實在太大。』我道：『我是志在闖禍，禍事越大，越能逼成崑出來。』

「空見道：『謝居士，你要是害了宋大俠，那成崑確是非出頭不行。但今日的成崑已非昔日可比，你武功遠不及他，這場血海冤仇是報不了的。』我道：『成崑是我師父，他武功如何，我知道得比你清楚。』

「空見搖頭道：『他另投明師，三年來的進境非同小可。你雖練成了崆峒派的「七傷拳」，卻也傷他不得。』我驚詫無比，這空見和尚我生平從未見過，但我的一舉一動，他卻似件件親眼目睹。我呆了片刻，問道：『你怎麼知道？』他道：『是成崑跟我說的。』」

他說到這裏，張殷夫妻和無忌一齊「啊」的一聲。

謝遜道：「你們此刻聽著尚自驚奇，當時我聽了這句話，登時跳了起來，喝道：『他又怎麼知道？』他緩緩的道：『這幾年來，他始終跟隨在你身旁，只是他不斷的易容改裝，是以你認他不出。』我道：『哼，我認他不出？他便是化了灰，我也認得他。』他道：『謝居士，你自非粗心大意之人，可是這幾年來，你一心想的只是練武報仇，對身周之事都不放在心上了。你在明裏，他在暗裏。你不是認他不出，你壓根兒便沒去認他。』

「這番話不由得我不信，何況空見大師是名聞天下的有道高僧，諒也不致打誑騙我。我道：『既是如此，他暗中將我殺了，豈不乾淨？』空見道：『他若起心害你，自是一舉手之勞。謝居士，你曾兩次找他報仇，兩次都敗了，他要傷你性命，那時候為甚麼便不下手？再說你去奪那「七傷拳譜」之時，你曾跟崆峒派的三大高手比拚內力，可是「崆峒五老」中的其餘二老呢？他們為甚不來圍攻？要是五老齊上，你未必能保得性命罷？』

「當日我打傷『崆峒三老』後，發覺其餘二老竟也身受重傷，這件怪事我一直存在心中，是個未能得解的大疑團。莫非崆峒派忽起內鬨？還是另有不知名的高手在暗中助我？我聽空見大師這般說，心念一動，說道：『那二老竟難道是成崑所傷？』」

張翠山和殷素素聽他愈說愈奇，雖然江湖上的事波譎雲詭，兩人見聞均廣，甚麼古怪的事也都聽見過，可是謝遜此刻所說之事卻實是猜想不透。兩人心中均隱隱覺得，謝遜已是個極了不起的人物，但他師父混元霹靂手成崑，不論智謀武功，似乎又皆勝他一籌。

殷素素道：「大哥，那崆峒二老，真是你師父暗中所傷麼？」

謝遜道：「當時我這般衝口而問。空見大師說道：『崆峒二老受的是甚麼傷，謝居士親眼得見麼？他二人臉色怎樣？』我默然無語，隔了半晌，道：『如此說來，崆峒二老當真是我師父所傷了。』原來當時我見到崆峒二老躺在地下，滿臉都是血紅的斑點，顯然是他二人用陰勁傷人，卻被高手以『混元功』逼回。這樣的滿臉血紅斑點，以我所知，除了被混元功逼回自身內勁之外，除非是猝發斑症傷寒之類惡疾，但我當日初見崆峒五老之時，五個人都是好端端地，自非突起暴病。當時武林之中，除了我師徒二人，再無第三人練過混元功。

「空見大師點了點頭，嘆道：『你師父酒後無德，傷了你一家老小，酒醒之後，惶慚無地，是以你兩次找他報仇，他都不傷你性命。他甚至不肯將你打傷，但你兩次都是發瘋般跟他拚命，若不傷你，他始終無法脫身。嗣後他一直暗中跟隨在你身後，你三度遭遇危難，都是他暗中解救。』我心下琢磨，除了崆峒鬥五老之外，果然另有三件蹊蹺之事，在萬分危急之際，敵方攻勢忽懈。尤其那次跟青海派高手相鬥，情勢最是凶險。空見大師又道：『他自知罪過太深，也不能求你饒恕，只盼日子一久，你慢慢淡忘了。豈知你越鬧越大，害死的人越來越多。今日你若再去殺了宋遠橋大俠，這場大禍可真的難以收拾了。』

「我道：『既是如此，請大師叫我師父來見我。我們自己算帳，跟旁人不相干。』空見大師道：『你師父沒臉見你，也不敢見你。再說，謝居士，不是老衲小覷你，你便是見到了他，也是枉然。』我道：『大師是有道高僧，是非黑白，自然清楚得很。難道我滿門血仇，就此罷了不成？』他道：『謝居士遭遇之慘，老衲也代為心傷。可是尊師酒後亂性，實非本意，何況他已深自懺悔，還望謝居士念著昔日師徒之情，網開一面。』我怒發如狂，說道：『我若再打他不過，任他一掌擊斃便了。此仇不報，我也不想活了。』

「空見大師沉吟良久，說道：『謝居士，尊師武功已非昔比，你便是練成了七傷拳，也傷他不得。你若不信，便請打老衲幾拳試試。』我道：『在下跟大師無冤無仇，豈敢相傷？在下武功雖然低微，這七傷拳卻也不易抵擋。』他道：『謝居士，我跟你打一場賭。尊師殺了你一家十三口性命，你便打我一十三拳。倘若打傷了我，老衲便罷手不理此事，尊師自會出來見你。否則這場冤仇便此作罷如何？』我沉吟未答，心知這位高僧武功奇深，七傷拳雖然厲害，要是真的傷他不得，難道這仇便不報了？

「空見大師又道：『老實跟你說，老衲既然插手管了此事，決不容你再行殘害無辜的武林同道。你若一念向善，便此罷手，過去之事大家一筆勾銷。否則你要找人報仇，難道為你所害那些人的弟子家人，便不想找你報仇麼？』」

「我聽他語氣嚴厲起來，狂性大發，喝道：『好，我便打你一十三拳！你抵擋不住之時，隨時喝止。大丈夫言出如山，你可要叫我師父出來相見。』空見大師微微一笑，說道：『請發拳罷！』我見他身材矮小，白眉白鬚，貌相慈祥莊嚴，不忍便此傷他，第一拳只使了三成力，砰的一聲，擊在他胸口。」

無忌叫道：「啊喲！義父，你使的便是這路震斷樹脈的『七傷拳』麼？」

謝遜道：「不是！這第一拳是我師父成崑所授的『霹靂拳』。我一拳擊去，他身子晃了晃，退後一步。我想這一拳只使了三成力，他已退後一步，若將『七傷拳』施展出來，不須三拳，便能送了他的性命。當下我第二拳稍加勁力，他仍是晃了晃，退後一步。第三拳時我使了七成力，他也是一晃之下，再退一步。我微感奇怪，我拳上的勁力已加了一倍有餘，但擊在他身上仍是一模一樣。依他枯瘦的身形，我一拳便能打斷他的肋骨，但他體內並不生出反震之力，只是若無其事的受了我三拳。

「我想，要將他打倒，非出全力不可，可是我一出全力，他非死即傷。我雖為惡已久，但對他捨己為人的慈悲心懷也有些肅然起敬，說道：『大師，你只挨打不還手，我不忍再打。你受了我三拳，我答應不去害那宋遠橋便是。』他道：『那麼你跟成崑的怨仇怎樣？』我道：『此仇不共戴天，不是他死，便是我亡。』我頓了一頓，又道：『但大師既然出面，謝某敬重大師，自此而後，只找成崑自己和他家人，決不再連累不相干的武林同道。』

「空見大師合什說道：『善哉，善哉！謝居士有此一念，老衲謹代天下武林同道謝過。只是老衲立心化解這場冤孽，剩下的十拳，你便照打罷。』

「我心下盤算，只有用『七傷拳』將他擊傷，我師父才肯露面，好在這『七傷拳』的拳勁收發自如，我下手自有分寸，於是說道：『如此便得罪了！』第四拳跟著發出，這一次用的是『七傷拳』拳勁了。拳中胸膛，他胸口微一低陷，便向前跨了一步。」

無忌道：「這可奇了，這位老和尚這次不再退後，反而向前。」

張翠山道：「那是少林派『金剛不壞體』神功罷？」

謝遜點頭道：「五弟見多識廣，所料果然不錯。我這拳擊出，和前三拳已大不相同，他身上生出一股反震之力，只震得我胸內腹中，有如五臟一齊翻轉。我心知他也是迫於無奈，倘若不使這門神功，便擋不住我的七傷拳。我久聞少林派『金剛不壞體』神功乃古今五大神功之一，其時親身領受，果然非同小可。當下第五拳我偏重陰柔之力，他仍是跨前一步，那股陰柔之力反擊過來，我好容易才得化解……」

無忌道：「義父，這老和尚說好不還手的，怎地將你的拳勁反擊回來？」

謝遜撫著他的頭髮，說道：「我打過第五拳，空見大師便道：『謝居士，我沒料到七傷拳威力如此驚人，我不運功回震，那便抵擋不住。』我道：『你沒還手打我，已是深感盛情。』當下我拳出如風，第六、七、八、九四拳一口氣打出。那空見大師也真了得，這四拳打在他身上，他一一震回，剛柔分明，層次井然。

「我心下好生駭異，喝道：『小心了！』第十拳輕飄飄的打了出去。他微微點了點頭，不待我拳力著身，便跨上兩步，竟在這霎息之間，佔了先機。」

無忌自然不懂跨這兩步有甚麼難處。張翠山卻深知高手對敵，能在對手出招之前先行料到，實是極大的難事，通常只須料到一招，即足制勝，點頭道：「了不起，了不起！」

謝遜續道：「這第十拳我已是使足了全力，他搶先反震，竟使我倒退了兩步。我雖瞧不見自己的臉色，但可以想見，那時我定是臉如白紙，全無血色。空見大師緩緩吁了口氣，說道：『這第十一拳不忙便打，你定一定神再發罷！』我雖萬分的要強好勝，但內息翻騰，一時之間，那第十一拳確是擊不出去。」

張翠山等聽到這裏，都是甚為心焦。無忌忽道：「義父，下面還有三拳，你就不要打了罷。」謝遜道：「為甚麼？」無忌道：「這老和尚為人很好，你打傷了他，心中過意不去。倘若傷了自己，那也不好。」張翠山和殷素素對望一眼，心想這孩子小小年紀，居然有這等見識，可說極不容易。張翠山心中更是喜慰，覺得無忌心地仁厚，能夠分辨是非。

只聽得謝遜嘆了口氣，說道：「枉自我活了幾十歲，那時卻不及孩子的見識。我心中充塞了報仇雪恨之念，不找到我師父，那是決不干休，明知再打下去，兩人中必有一個死傷，可也顧不了許多。我運足勁力，第十一拳又擊了出去，這一次他卻身形斗地向上一拔，我這一拳本來打他胸口，但他一拔身，拳力便中在小腹之上。他眉頭一皺，顯得很是疼痛。我明白他的意思，他如以胸口擋我拳力，反震之力太大，只怕我禁受不起，但小腹的反震之力雖然較弱，他自身受的苦楚卻大得多。

「我呆了一呆，說道：『我師父罪孽深重，死有餘辜，大師何苦以金玉之體，為他擋災？』空見大師調勻了一下呼吸，苦笑道：『只盼再挨兩拳，便……便化解了這場劫數。』我聽他說話氣息不屬，突然心念一動：『看來他運起「金剛不壞體」神功之時，不能說話，我何不引他說話，突然一拳打出。』便道：『倘若我在一十三拳內打傷了你，你保得定我師父定會來見我麼？』他道：『他親口跟我說過的……』就在此時，我不等他一句話說完，呼的一拳便擊向他小腹。這一拳去勢既快，落拳又低，要令他來不及發動護體神功。

「那知道佛門神功，隨心而起，我的拳勁剛觸到他小腹，他神功便已佈滿全身。我但覺天旋地轉，心肺欲裂，騰騰騰連退七八步，背心在一株大樹上一靠，這才站住。

「我心灰意懶之下，惡念陡生，說道：『罷了，罷了！此仇難報，我謝遜又何必活於天地之間？』提起手來，一掌便往自己天靈蓋拍下。」

殷素素叫道：「妙計，妙計！」張翠山道：「為甚麼？」隨即省悟，說道：「噢，可是如此對付這位有道高僧，未免太狠了。」原來他也已想到，謝遜拍擊自己的天靈蓋，空見自會出聲喝止，過來相救。謝遜乘他不防，便可下手。張翠山聰明機伶本不在妻子之下，只是平素從不打這些奸詐主意，因此想到此節時終究慢了一步。

謝遜慘然嘆道：「我便是要利用他的宅心仁善，你們料得不錯，我揮掌自擊天靈蓋，雖是暗伏詭計，卻也是行險僥倖。倘若這一掌擊得不重，他看出了破綻，便不會過來阻止。十三拳中只賸下最後一拳，七傷拳的拳勁雖然厲害，怎破得了他的護身神功？那時要找我師父報仇之事，再也休提。當時我孤注一擲，這一掌實是用足了全力，他若不來救，我便自行擊碎天靈蓋而死，反正報不了仇，原本不想活了。

「空見大師眼見事出非常，大叫：『使不得，你何苦……』立即躍將過來，伸手架開我右掌，我左手發拳擊出，砰的一聲，打在他胸腹之間。這一下他確是全無提防，連運神功的念頭也沒生。他血肉之軀，如何擋得住這一拳？登時內臟震裂，摔倒在地。

「我擊了這一拳，眼見他不能再活，陡然間天良發現，伏在他身上大哭起來，叫道：『空見大師，我謝遜忘恩負義，豬狗不如！』」

張翠山等三人默然，均想他以此詭計打死這位有德高僧，確是大大不該。

謝遜道：「空見大師見我痛哭，微微一笑，安慰我道：『人孰無死？居士何必難過？你師父即將到來，你須得鎮定從事，別要魯莽。』他一言提醒了我，適才這一十三拳大耗真力，眼下大敵將臨，豈可再痛哭傷神？於是我盤膝坐下，調勻內息。那知隔了良久，始終不見我師父到來。我心下詫異，望著空見大師。

「這時他已氣息微弱，斷斷續續的道：『想……想不到他……他言而無信……難道……

難道甚麼人忽然絆住了他麼？』我大怒起來，喝道：『你騙人，你騙我打死了你，我師父還是不出來見我。』他搖頭道：『我不騙你，真是對你不起。』我狂怒之下，還想罵他，忽然想起：『他騙我來打死他自己，於他有甚麼好處？我打死他，他反而來向我道歉。』不由得萬分慚愧，跪在他的身前說道：『大師，你有甚麼心願，我一定給你了結！』他又是微微一笑，說道：『但願你今後殺人之際，有時想起老衲。』

「這位高僧不但武功精湛，而且大智大慧，洞悉我的為人。他知道要我絕了報仇之心，改做好人，那是決計辦不到的，他說了也不過是白說，可是他叫我殺人之際有時想起他。五弟，那日在船中你跟我比拚掌力，我所以沒傷你性命，就是因為忽然間想起了空見大師。」

張翠山萬想不到自己的性命竟是空見大師救的，對這位高僧更增景慕之心。

謝遜嘆道：「他氣息越來越微，我手掌按住他靈台穴，拚命想以內力延續他的性命。他忽然深深吸了口氣，問道：『你師父還沒來麼？』我道：『沒來。』他道：『那是不會來的了。』我道：『大師，你放心，我不會再胡亂殺人，激他出來。但我走遍天涯海角，定要找到他。』他道：『嗯，不過，你武功不及他……除非……除非……』說到這裏，聲音越來越低。我把耳朵湊到他的嘴邊，只聽他道：『除非……能找到屠龍刀，找到……找到刀中的秘……』他說到這個『秘』字，一口氣接不上來，便此死了。」

直到此刻，張翠山夫婦方始明白，他為甚麼苦思焦慮的要探索屠龍刀中的秘密，為甚麼平時溫文守禮，狂性發作時卻如野獸一般，為甚麼身負絕世武功，卻是終日愁苦……

謝遜道：「後來我得到屠龍刀的消息，趕到王盤山島上來奪刀。五妹，你令尊昔年是我知交好友，親厚無比，鷹王獅王，齊名當世，後來卻反臉成仇。這中間的種種過節牽連到旁人，卻不能跟你說了。我在得刀之前，千方百計的要找尋成崑，得了屠龍刀之後，卻反而怕他找上了我，因此要尋個極隱僻的所在，慢慢探尋刀中秘密。為了生怕你們洩露我的行藏，才把你們帶同前來。想不到一晃十年，謝遜啊謝遜，你還是一事無成！」

張翠山道：「空見大師臨死之時，這番話或許沒有說全，他說：『除非能找到屠龍刀中的秘……』，說不定另有所指。」

謝遜道：「這十年之中，甚麼荒誕不經、異想天開的情景我都想過了，但沒一件能和他的說話相符。刀中一定藏有一件大秘密，斷然無疑。但我窮極心智，始終猜想不透。」

自這晚長談之後，謝遜不再提及此事，但督率無忌練功，卻變成了嚴厲異常。無忌此時不過九歲，雖然聰明，但要短期內領悟謝遜這些世上罕有的武功，卻怎生能夠？謝遜又教他轉換穴道、衝解被封穴道之術，這是武學中極高深的功夫，無忌連穴道也認不明白，內功全無根柢，又如何學得會了？謝遜便又打又罵，絲毫不予姑息。

殷素素常見到兒子身上青一塊、烏一塊，甚是憐惜，向謝遜道：「大哥，你神功蓋世，三年五載之內，無忌如何能練得成？這荒島上歲月無盡，不妨慢慢教他。」謝遜道：「我又不是教他練，是教他盡數記在心中。」殷素素奇道：「你不教無忌練武功麼？」謝遜道：「哼，一招一式的練下去，怎來得及？我只是要他記著，牢牢的記在心頭。」

殷素素不明其意，但知這位大哥行事處處出人意表，只得由他。不過每見到孩子身上傷痕累累，便抱他哄他，疼惜一番。無忌居然很明白事理，說道：「媽，義父是要我好，他打得狠些，我便記得牢些。」

如此又過了大半年。一日早晨，謝遜忽道：「五弟，五妹，再過四個月，風向轉南，今日起咱們來紮木排罷。」張翠山驚喜交集，問道：「你說紮了木排，回歸中土嗎？」謝遜冷冷的道：「那也得瞧瞧老天發不發善心，這叫作『謀事在人，成事在天』。成功，便回去，不成功，便溺死在大海之中。」

依著殷素素的心意，在這海外仙山般的荒島上逍遙自在，實不必冒著奇險回去，但想到無忌長大之後如何娶妻生子，想到他一生埋沒荒島實在可惜，當下便興高采烈的一起來紮結木排。島上多的是參天古木，因生於寒冰之地，木質緻密，硬如鐵石。謝遜和張翠山忙忙碌碌的砍伐樹木，殷素素便用樹筋獸皮來編織帆布，搓結帆索。無忌奔走傳遞。

饒是謝遜和張翠山武功精湛，殷素素也早不是個嬌怯怯的女子，但沒有就手家生，紮結這大木排實在事倍功半。

紮結木排之際，謝遜總是要無忌站在身邊，盤問查考他所學武功。這時張殷二人也不再避嫌走開，聽得他義父義子二人一問一答，都是口訣之類，謝遜甚至將各種刀法、劍法，都要無忌猶似背經書一般的死記。謝遜這般「武功文教」，已是奇怪，偏又不加半句解釋，便似一個最不會教書的蒙師，要小學生呆背詩云子曰，囫圇吞棗。殷素素在旁聽著，有時忍不住可憐無忌，心想別說是孩子，便是精通武學的大人，也未必便能記得住這許多口訣招式，而且不加試演，單是死記住口訣招式又有何用？難道口中說幾句招式，便能克敵制勝麼？更何況無忌只要背錯一字，謝遜便重重一個耳光打了過去。雖然他手上不帶內勁，但這一個耳光，往往便使無忌半邊臉蛋紅腫半天。

這座大木排直紮了兩個多月，方始大功告成，而豎立主桅副桅，又花了半個多月時光。跟著便是打獵醃肉，縫製存貯清水的皮袋。待得事事就緒，已是白日極短，黑夜極長，但風向仍未轉過。三人在海旁搭了個茅棚，遮住木排，只待風轉，便可下海。

這時謝遜竟片刻也不和無忌分離，便是晚間，也要無忌跟他同睡。張翠山夫婦見他對兒子又是親熱，又是嚴厲，只有相對苦笑。

一天晚上，張翠山半夜醒轉，忽聽得風聲有異。他坐起來，聽得風聲果是從北而至，忙推醒殷素素，喜道：「你聽！」殷素素迷迷糊糊的尚未回答，忽聽得謝遜在洞外說道：「轉北風啦，轉北風啦！」話中竟如帶著哭音，中夜聽來，極其淒厲辛酸。

次晨張殷夫婦歡天喜地的收拾一切，但在這冰火島上住了十年，忽然便要離開，竟有些戀戀不捨起來。待得一切食物用品搬上木排，已是正午，三人合力將木排推下海中。無忌第一個跳上排去，跟著是殷素素。

張翠山挽住謝遜的手，道：「大哥，木排離此六尺，咱們一齊跳上去罷！」

謝遜說道：「五弟，咱兄弟從此永別，願你好自珍重。」

張翠山心中突的一跳，有似胸口被人重重打了一拳，說道：「你……你……」謝遜道：「你心地仁厚，原該福澤無盡，但於是非善惡之際太過固執，你一切小心。無忌胸襟寬廣，看來日後行事處世，比你圓通隨和得多。五妹雖是女子，卻不會吃人的虧。我所擔心的，反倒是你。」張翠山越聽越是驚訝難過，顫聲道：「大哥，你說甚麼？你不跟……不跟我們一起去麼？」謝遜道：「早在數年之前，我便與你說過了。難道你忘了麼？」

這幾句話聽在張翠山耳中猶似雷轟一般，這時他方始記得，當年謝遜確曾說過獨個兒不離此島的言語，但此後他不再提起，張殷二人也就沒放在心上。當紮結木排之時，謝遜也從未流露過獨留之意，不料到得臨行，他忽然說了出來。張翠山急道：「大哥，你一個人在這島上寂寞淒涼，有甚麼好？快跳上木排啊！」說著手上使勁，用力拉他。但謝遜的身子猶似一株大樹般牢牢釘在地下，竟是紋絲不動。

張翠山叫道：「素素，無忌，快上來！大哥說不跟咱們一起去。」殷素素和無忌聽了也是大吃一驚，一齊縱上岸來。無忌道：「義父，你為甚麼不去？你不去我也不去。」

謝遜心中實在捨不得和他三人分別，三人此一去，自然永無再會之期，他孤零零的獨處荒島，實是生不如死，但他既與張翠山、殷素素義結金蘭，對他二人的愛護，實已勝過待己，而對義子無忌之愛，更是逾於親兒。他思之已久，自知背負一身血債，江湖上不論是名門正派還是綠林黑道，不知有多少人處心積慮的要置己於死地，何況屠龍刀落入己手，此事難免洩漏出去。若在從前，自是坦然不懼，但這時眼目已盲，決不能抵擋大批仇家的圍攻，料知張殷二人也決不致袖手不顧，任由自己死於非命，爭端一起，四人勢必同歸於盡。一回歸大陸，只怕四人都活不上一年半載。但這番計較也不必跟二人說明，事到臨頭，方說自己決意留下。

他聽無忌這幾句話中真情流露，將他抱起，柔聲道：「無忌，乖孩子，你聽義父的話。義父年紀大了，眼睛又瞎，在這兒住得很好，回到中原只有處處不慣，反而不快活。」無忌道：「回到中原後，孩兒天天服侍你，不離開你身邊。你要吃甚麼喝甚麼，我立刻給你端來，那不是一樣麼？」謝遜搖頭道：「不行的。我還是在這裏快活。」無忌道：「我也是在這裏快活。爹，媽，不如咱們都不去了，還是在這裏的好。」

殷素素道：「大哥，你有甚麼顧慮，還請明言，大家一起商量籌劃。要說留你獨個在這兒，無論如何不成。」

謝遜心想：「這三人都對我情義深重，要叫他們甘心捨己而去，只怕說到舌敝唇焦，也是不能。卻如何想個法兒，讓他們離去？」

張翠山忽道：「大哥，你怕仇家太多，連累了我們，是不是？咱四人回到中原之後，找個荒僻的所在隱居起來，不與外人來往，豈非甚麼都沒事了？最好咱們都到武當山去住，誰也想不到金毛獅王會在武當山上。」謝遜傲然道：「哼，你大哥雖然不濟，也不須託庇於尊師張真人的宇下。」張翠山深悔失言，忙道：「大哥武功不在我師父之下，何必託庇於他？回疆西藏、朔外大漠，何處不有樂土？儘可讓我四人自在逍遙。」

謝遜道：「要找荒僻之所，天下還有何處更荒得過此間的？你們到底走是不走？」

張翠山道：「大哥不去，我三人決意不去。」殷素素和無忌也齊聲道：「你不去，我們都不去。」謝遜嘆道：「好罷，大夥兒都不去，等我死了之後，你們再回去那也不遲。」張翠山道：「不錯，在這裏十年也住了，又何必著急？」

謝遜大聲喝道：「我死了之後，你們再沒甚麼留戀了罷？」三人一愕之間，只見他手一伸，刷的一聲，拔出了屠龍刀，橫刀便往脖子中抹去。

張翠山大驚，叫道：「休傷了無忌！」他知以自己武功，決計阻不了義兄橫刀自盡，情急下叫他休傷無忌。謝遜果然一怔，收刀停住，喝道：「甚麼？」

張翠山見他如此決絕，哽咽道：「大哥既決意如此，小弟便此拜別。」說著跪下來拜了幾拜。無忌卻朗聲道：「義父，你不去，我也不去！你自盡，我也自盡。大丈夫說得出做得到，你橫刀抹脖子，我也橫刀抹脖子。」

謝遜叫道：「小鬼頭胡說八道！」一把抓住他背心，將他擲上了木排，跟著雙手連抓連擲，把張翠山和殷素素也都投上木排，大聲叫道：「五弟，五妹，無忌！一路順風，盼你們平平安安，早歸中土。」又道：「無忌，你回歸中土之後，須得自稱張無忌，這『謝無忌』三字，只可放在心中，卻萬萬不能出口。」

無忌放聲大叫：「義父，義父！」

謝遜橫刀喝道：「你們若再上岸，我們結義之情，便此斷絕。」

張翠山和殷素素見義兄心意堅決，終不可回，只得揮淚揚手，和他作別。這時海流帶動木排，緩緩飄開，眼見謝遜的人影慢慢模糊。漸漸的小了下去。隔了良久良久，直至再也瞧不見他身形，三人這才轉頭。無忌伏在母親懷裏，哭得筋疲力盡，才沉沉睡去。

木筏在大海中飄行，此後果然一直颳的是北風，帶著木筏直向南行。在這茫茫大海之上，自也認不出方向，但見每日太陽從左首升起，從右首落下，每晚北極星在筏後閃爍，而木筏又是不停的移動，便知離中原日近一日。最近二十餘天中，張翠山生怕木排和冰山相撞，只張了副桅上的一小半帆，航行雖緩，卻甚安全，縱然撞到冰山，也只輕輕一觸，便滑了開去。直至遠離冰山羣，才張起全帆。

北風日夜不變，木筏的航行登時快了數倍，且喜一路未遇風暴，看來回歸故土倒有了七八成指望。這幾個月中，張殷二人怕無忌傷心，始終不談謝遜之事。

張翠山心想：「大哥所傳無忌那些武功，是否管用，實在難說。無忌回到中土，終須入我武當門下。」木筏上日長無事，便將武當派拳法掌法的入門功夫傳給無忌。他傳授武功的方法，可比謝遜高明得太多了，武當派武功入手又是全不艱難，只講解幾遍，稍加點撥，無忌便學會了。父子倆在這小小木筏之上，一般的拆招餵招。

這日殷素素見海面波濤不興，木排上兩張風帆張得滿滿的直向南駛，忍不住道：「大哥不但武功精純，對天時地理也算得這般準，真是奇才。」

無忌忽道：「既然風向半年南吹，半年北吹，到明年咱們又回冰火島去探望義父。」張翠山喜道：「無忌說得是，等你長大成人，咱們再一齊北去……」

殷素素突然指著南方，叫道：「那是甚麼？」只見遠處水天相接處隱隱有兩個黑點。張翠山吃了一驚，道：「莫非是鯨魚？要是來撞木排，那可糟了。」殷素素看了一會，道：「不是鯨魚，沒見噴水啊。」三人目不轉瞬的望著那兩個黑點。直到一個多時辰之後，張翠山歡聲叫道：「是船，是船！」猛地縱起身來，翻了個觔斗。他自生了無忌之後，終日忙忙碌碌，從未有過這般孩子氣的行動。無忌哈哈大笑，學著父親，也翻了兩個觔斗。

又航了一個多時辰，太陽斜照，已看得清楚是兩艘大船。殷素素忽然身子微微一顫，臉色大變。無忌奇道：「媽，怎麼啦？」殷素素口唇動了動，卻沒說話。張翠山握住她手，臉上滿是關切的神色。殷素素嘆道：「剛回來便碰見了。」張翠山道：「怎麼？」殷素素道：「你瞧那帆。」

張翠山凝目瞧去，只見左首一艘大船上繪著一頭黑色大鷹，展開雙翅，形狀威猛，想起當年在王盤山上所見的天鷹教大旗，心頭一震，說道：「是……是天鷹教的？」殷素素低聲道：「正是，是我爹爹的天鷹教的。」

霎時之間，張翠山心頭湧起了許多念頭：「素素的父親是天鷹教教主，這邪教看來無惡不作，我見到岳父時卻怎生處？恩師對我這婚事會有甚麼話說？」只覺手掌中殷素素的小手在輕輕顫動，想是她也同時起了無數心事，當即說道：「素素，咱們孩子也這麼大了！天上地下，永不分離。你還擔甚麼心？」殷素素吁了一口長氣，回眸一笑，低聲道：「只盼我不致讓你為難，你一切要瞧在無忌的臉上。」

無忌從來沒見過船隻，目不轉瞬的望著那兩艘船，心中說不出的好奇，沒理會爹媽在說些甚麼。

木筏漸漸駛近，只見兩艘船靠得極密，竟似貼在一起。若是方向不變，木筏便會在兩艘船右首數十丈處交叉而過。

張翠山道：「要不要跟船上招呼？探問一下你爹爹的訊息？」殷素素道：「不要招呼，

待回到中原，我再帶你和無忌去見爹爹。」張翠山道：「嗯，那也好。」忽見那邊船上刀光閃爍，似有四五人在動武，說道：「兩邊船上的人在動手。」殷素素凝目看了一會，有些擔心，說道：「不知爹爹在不在那邊？」張翠山道：「既然碰上了，咱們便過去瞧瞧。」於是斜扯風帆，轉動木筏後舵。木筏略向左偏，對著兩艘船緩緩駛去。

木筏雖然扯足了風帆，行駛仍是極慢，過了好半天才靠近二船。

只聽得天鷹教船上有人高聲叫道：「有正經生意，不相干的客人避開了罷。」殷素素叫道：「日月光照，天鷹展翅，聖燄熊熊，普惠世人。這裏是總舵的堂主。那一壇在燒香舉火？」她說的是天鷹教的切口。船上那人立即恭恭敬敬的道：「天市堂李堂主，率領青龍壇程壇主、神蛇壇封壇主在此。是天微堂殷堂主駕臨嗎？」殷素素道：「紫微堂堂主。」

那邊船上聽得「紫微堂堂主」五個字，登時亂了起來。稍過片刻，十餘人齊聲叫道：「殷姑娘回來啦，殷姑娘回來啦。」

張翠山雖和殷素素成婚十年，從沒聽她說過天鷹教中的事，他也從來不問，這時聽得兩下裏對答，才知她還是甚麼「紫微堂堂主」，看來「堂主」的權位，還是在「壇主」之上。他在王盤山島上，已見過玄武、朱雀兩壇壇主的身手，以武功而論是在殷素素之上，她所以能任堂主，當因是教主之女的緣故，這位「天市堂」李堂主，想必是個極厲害的人物。

只聽得對面船上一個蒼老的聲音說道：「聽說敝教教主的千金殷姑娘回來啦，大家暫且罷鬥如何？」另一個高亮的聲音說道：「好！大家住手。」接著兵刃相交之聲一齊停止，相鬥的眾人紛紛躍開。

張翠山聽得那爽朗嘹亮的嗓音很熟，一怔之下，叫道：「是俞蓮舟俞師哥麼？」那邊船上的人叫道：「我正是俞蓮舟……啊……啊……你……你……」

張翠山道：「小弟張翠山！」他心情激動，眼見木筏跟兩船相距尚有數丈，從筏上拾起一根大木，使勁一拋，跟著身子躍起，在大木上一借力，已躍到了對方船頭。

俞蓮舟搶上前來，師兄弟分別十年，不知死活存亡，這番相見，何等歡喜？兩人四手相握，一個叫了聲：「二哥！」一個叫了聲：「五弟！」眼眶中充滿淚水，再也說不出話來。

那邊天鷹教迎接殷素素，卻另有一番排場，八隻大海螺嗚嗚吹起，李堂主站在最前，封程兩壇主站在李堂主身後，其後站著百來名教眾。大船和木筏之間搭上了跳板，七八名水手用長篙鉤住木筏。殷素素攜了無忌的手，從跳板上走了過去。

天鷹教教主白眉鷹王殷天正屬下分為內三堂、外五壇，分統各路教眾。內三堂是天微、紫微、天市三堂。外五壇是青龍、白虎、玄武、朱雀、神蛇五壇。天微堂堂主是殷天正的長子殷野王，紫微堂堂主便是殷素素，天市堂堂主是殷天正的師弟李天垣。

李天垣見殷素素衣衫襤褸，又是毛，又是皮，還攜著一個孩童，不禁一怔，隨即滿臉堆歡，笑道：「謝天謝地，你可回來了，這十年來不把你爹爹急煞啦。」

殷素素拜了下去，說道：「師叔你好！」對無忌道：「快向師叔祖磕頭。」無忌跪下磕頭，一雙小眼卻骨溜溜望著李天垣。他斗然間見到船上這許許多人，說不出的好奇。

殷素素站起身來，說道：「師叔，這是姪女的孩子，叫作無忌。」

李天垣一怔，隨即哈哈大笑，說道：「好極，好極！你爹爹定要樂瘋啦，不但女兒回家，還帶來這麼俊秀的一個小外孫。」

殷素素見兩艘船甲板上都有幾具屍體躺著，四下裏濺滿了鮮血，低聲問道：「對方是誰？為甚麼動武？」李天垣道：「是武當派和崑崙派的人。」殷素素聽得丈夫大叫「俞師哥」，跟著躍到對方船上，和一個人相擁在一起，早知對方有武當派的人在內，這時聽李天垣一說，便道：「最好別動手，能化解便化解了。」

李天垣道：「是！」他雖是師叔，但在天鷹教中，天市堂排名次於紫微堂，為內堂之末。論到師門之誼，李天垣是長輩，但在處理教務之時，殷素素的權位反高於師叔。

只聽得張翠山在那邊船上叫道：「素素，無忌，過來見過我師哥。」殷素素攜著無忌的手，向那艘船的甲板走去。李天垣和程封兩壇主怕她有失，緊隨在後。

到了對面的船上，只見甲板上站著七八個人，一個四十餘歲的高瘦漢子和張翠山手拉著手，神態甚是親熱。張翠山道：「素素，這位便是我常常提起的俞二師哥。二哥，這是你弟婦和你姪兒無忌。」

俞蓮舟和李天垣一聽，都是大吃一驚。天鷹教和武當派正在拚命惡鬥，那知雙方各有一個重要人物竟是夫婦，不但是夫婦，而且還生了孩子。

俞蓮舟心知這中間的原委曲折非片刻間說得清楚，當下先給張翠山引見船上各人。

一個矮矮胖胖的黃冠道人是崑崙派的西華子，一個中年婦人是西華子的師妹閃電手衛四娘，江湖中人背後稱她為「閃電娘娘」。張翠山和殷素素也都聽到過他二人的名頭。其餘幾人也都是崑崙派的好手，只是名聲沒西華子和衛四娘這般響亮。那西華子年紀雖已不小，卻沒半點涵養，一開口便道：「張五俠，謝遜那惡賊在那裏？你總知道罷？」

張翠山尚未回歸中土，還在茫茫大海之中，便遇上了兩個難題：第一是本門竟已和天鷹教動上了手；第二是人家一上來便問謝遜在那裏。他一時不知如何回答，向俞蓮舟問道：「二哥，到底是怎麼一回事？」

西華子見張翠山不回答自己的問話，不禁暴躁起來，大聲道：「你沒聽見我的話麼？謝遜那惡賊在那兒？」他在崑崙派中輩份甚高，武功又強，一向是頤指氣使慣了的。

天鷹教神蛇壇封壇主為人陰損，適才動手時，手下有兩名弟子喪在西華子的劍下，本就對他極是惱怒，於是冷冷的道：「張五俠是我教主的愛婿，你說話客氣些。」西華子大怒，喝道：「邪教的妖女，豈能和名門正派的弟子婚配？這場婚事，中間定有糾葛。」封壇主冷笑道：「我殷教主外孫也抱了，你胡言亂語甚麼？」西華子怒道：「這妖女……」

衛四娘早看破了封壇主的用心，知他意欲挑撥崑崙、武當兩派之間的交情，同時又乘機向張翠山和殷素素討好，料知西華子接下去要說出更加不好聽的話來，忙道：「師兄，不必跟他作無謂的口舌之爭，大家且聽俞二俠的示下。」

俞蓮舟瞧瞧張翠山，瞧瞧殷素素，也是疑團滿腹，說道：「大家且請到艙中從長計議。雙方死傷的兄弟，先行救治。」

這時天鷹教是客，而教中權位最高的則是紫微堂堂主殷素素。她攜了無忌的手，首先踏進艙中，跟著便是李天垣。

當封壇主踏進船艙時，突覺一股微風襲向腰間。他經歷何等豐富，立知是西華子暗中偷襲，他竟不出手抵擋，只是向前一撲，叫道：「啊喲，打人麼？」這一下將西華子一招「三陰手」避了開去，但這麼一叫，人人都轉過頭來瞧著他二人。

衛四娘瞪了師兄一眼。西華子一張紫膛色的臉上泛出了隱紅。眾人均知既然來到了此間船上，封壇主等都是賓客，西華子這一下偷襲，實頗失名門正派的高手身分。

各人在艙中分賓主坐下。殷素素是賓方首席，無忌侍立在側。主方是俞蓮舟為首，他指著衛四娘下首的一張椅子道：「五弟，你坐這裏罷。」張翠山應道：「是。」依言就座。

這麼一來，張殷夫婦分成賓主雙方，也便是相互敵對的兩邊。

這十年之中，俞岱巖傷後不出，張翠山失蹤，存亡未卜，其餘武當五俠，威名卻又盛了許多。宋遠橋、俞蓮舟等雖是武當派中的第二代弟子，但在武林之中，已隱然可和少林派眾高僧分庭抗禮。江湖中人對武當五俠甚是敬重，因此西華子、衛四娘等尊他坐了首席。

俞蓮舟心下盤算：「五弟失蹤十年，原來和天鷹教教主的女兒結成了夫婦，這時當著眾人之面詢問，他必有難言之隱。」於是朗聲說道：「我們少林、崑崙、峨嵋、崆峒、武當五派，神拳、五鳳刀等九門，海沙、巨鯨等七幫，一共二十一個門派幫會，為了找尋金毛獅王謝遜、天鷹教殷姑娘，以及敝師弟張翠山三人的下落，和天鷹教有了誤會，不幸互有死傷，十年中武林擾攘不安……」說到這裏，頓了一頓，又道：「天幸殷姑娘和張師弟突然現身，過去許多疑難不解之事，當可真相大白。只是這十年中的事故頭緒紛紜，決非片刻之間說得清楚。依在下之見，咱們一齊回歸大陸，由殷姑娘稟明教主，敝師弟也回武當告稟家師，然後雙方再行擇地會晤，分辨是非曲直，如能從此化敵為友，那是最好不過……」

西華子突然插口道：「謝遜那惡賊在那兒？咱們要找的是謝遜那惡賊。」

張翠山聽到為了找尋自己三人，中原竟有二十二個幫會門派大動干戈，十年爭鬥，死傷自必慘重，心中大是不安。耳聽得西華子不住口的詢問謝遜下落，不禁為難之極，倘若說了出來，不知有多少武林高手要去冰火島找他報仇，但若不說，卻又如何隱瞞？他正自遲疑，殷素素突然說道：「無惡不作、殺人如毛的惡賊謝遜，在九年前早已死了。」

俞蓮舟、西華子、衛四娘等同聲驚道：「謝遜死了？」

殷素素道：「便在我生育這孩子的那天，那惡賊謝遜狂性發作，正要殺害五哥和我，突然間聽到孩子的哭聲，他心病一起，那胡作妄為的惡賊謝遜便此死了。」

這時張翠山已然明白，殷素素一再說「惡賊謝遜已經死了」，也可說並未說謊，因自謝遜聽到無忌的第一下哭聲，便即觸發天良，自此收斂狂性，去惡向善，至於逼他三人離島，更是捨己為人、大仁大義的行徑，因此大可說「無惡不作、殺人如毛的惡賊謝遜」已在九年之前死去，而「好人謝遜」則在九年前誕生。

西華子鼻中哼了一聲，他認定殷素素是邪教妖女，她的說話是決計信不過的，厲聲道：「張五俠，那惡賊謝遜真的死了麼？」

張翠山坦然道：「不錯，那胡作非為的惡賊謝遜在九年之前便已死了。」

無忌在一旁聽得各人不住的痛罵惡賊謝遜，爹爹媽媽甚至說他早已死了。他雖然聰明，但怎能明白江湖上的諸般過節？謝遜待他恩義深厚，對他的愛護照顧絲毫不在父母之下，心中一陣難過，忍不住大聲哭了起來，叫道：「義父不是惡賊，義父沒有死，他沒有死。」這幾聲哭叫，艙中諸人盡皆愕然。

殷素素狂怒之下，反手便是一記耳光，喝道：「住口！」無忌哭道：「媽，你為甚麼說義父死了？他不是好端端的活著麼？」他一生只和父母及義父三人共處，人間的險詐機心，從來沒碰到過半點，若是換作一個在江湖上長大的孩子，即使沒他一半聰明，也知說謊是家常便飯，決不會闖出這件大禍來。殷素素斥道：「大人在說話，小孩子多甚麼口？咱們說的是惡賊謝遜，又不是你義父。」無忌心中一片迷惘，但已不敢再說。

西華子微微冷笑，問無忌道：「小弟弟，謝遜是你義父，是不是？他在那裏啊？」無忌看了父母的臉色，知道他們所說的事極關重要，聽西華子這麼問，便搖了搖頭，道：「我不說。」他這「我不說」三個字，實則是更加言明謝遜並未身死。

西華子瞪視張翠山，說道：「張五俠，這位天鷹教的殷姑娘，真是你的夫人嗎？」張翠山沒料到他突然會問這句話，朗聲道：「不錯，她便是拙荊。」西華子厲聲道：「我崑崙門下的兩名弟子，毀在尊夫人手下，變成死不死、活不活，這筆帳如何算法？」

張翠山和殷素素都是一驚。殷素素隨即斥道：「胡說八道！」張翠山道：「這中間必有誤會，我夫婦不履中土已有十年，如何能毀傷貴派弟子？」西華子道：「十年之前呢？高則成和蔣濤兩人被害，算來原已有十年了。」殷素素道：「高則成和蔣濤？」西華子道：「張夫人還記得這兩人麼？只怕你害人太多，已記不清楚了。」殷素素道：「他二人怎麼了？何以你咬定是我害了他們？」

西華子仰天打個哈哈，說道：「我咬定你，我咬定你？哈哈，高蔣二人雖然成了白癡，卻還能記得一件事，說得出一個人的名字，知道毀得他們如此的，乃是『殷……素……素』！」他對「殷素素」三字一個字一個字的說了出來，語氣中充滿了怨毒，圓睜一對大眼，牢牢瞪視著殷素素，似乎恨不得立時拔劍在她身上刺上幾劍。

封壇主突然接口道：「本教紫微堂堂主的閨名，豈是你出了家的老道隨口叫得？連清規戒律也不守，還充甚麼武林前輩？程賢弟，你說世上可恥之事，還有更甚於此的麼？」程壇主接口道：「再沒有了。名門正派之中，居然出了這樣的狂徒，可笑啊可笑。」

西華子大怒欲狂，喝道：「你兩個說誰可恥？有甚麼可笑？」

封壇主眼角也不掃他一下，說道：「程賢弟，一個人便算學得幾手三腳貓的劍法，行事說話總得也像個人樣子，你說是嗎？」程壇主道：「崑崙派自從靈寶道長逝世之後，那是一代不如一代，越來越不成話了。」

靈寶道長是西華子的師祖，武功德望，武林中人人欽服。西華子紫脹著臉皮，對這句話卻不便駁斥，若說這句話錯了，豈不是說自己還勝過當年名震天下的師祖？他閃身站到了艙口，刷的一聲，長劍出手，叫道：「邪教的惡徒，有種的便出來見個真章！」

封壇主和程壇主所以要激怒西華子，本意是要替殷素素解圍，心想張翠山和殷堂主既是夫婦，武當派和天鷹教的關係已大大不同，便算俞蓮舟和張翠山不便出手，至少也是兩不相助，天鷹教單獨對付崑崙派的幾個，實可穩操勝算。

衛四娘眉頭緊蹙，也已算到了這一節，心想憑著自己和師哥等六七個人，決難抵敵天鷹教這許多高手，何況張翠山夫婦情重，極可能出手相助對方，說道：「師哥，人家來到我們船上，那是賓客，我們聽俞二俠的吩咐便是。」她是用言語擠兌俞蓮舟，心想以你的聲望地位，決不能處事偏私。那知西華子草包之極，大聲道：「他武當派和天鷹教已結了親家啦，同流合污，他還能有甚麼公正的話說出來？」

俞蓮舟為人深沉，喜怒不形於色，聽了西華子的話，沉吟不語。

衛四娘忙道：「師哥，你怎地胡言亂語？別說武當派跟我們崑崙派同氣連枝，淵源極深，十年來聯手抗敵，精誠無間，俞二俠更是鐵錚錚的好漢子，英名播於江湖，天下誰不欽仰？他武當五俠為人處事，豈能有所偏私？」西華子哼了一聲，道：「不見得！」衛四娘心中暗罵師哥胡塗，竟聽不出自己言中之意，大聲道：「師哥，你沒來由的得罪武當五俠，師父與掌門師叔怪罪起來，我可不管。」她口口聲聲只說「武當五俠」，竟沒將張翠山算在其內。西華子聽她抬出師父與掌門師叔來，才不敢再說。

俞蓮舟緩緩的道：「此事關連到武林中各大門派、各大幫會，在下無德無能，焉敢妄作主張？反正這事已擾攘了十年，也不爭在再多花一年半載功夫。在下須得和張師弟回歸武當，稟明恩師和大師兄，請恩師示下。」

西華子冷笑道：「俞二俠這一招『如封似閉』的推搪功夫，果然高明得緊啊。」

俞蓮舟並不輕易發怒，但西華子所說的這招「如封似閉」，正是武當派天下馳名的守禦功夫，乃恩師張三丰所創，他譏嘲武當武功，便是辱及恩師，但立時轉念：「這事處理稍有失當，便引起武林中一場難以收拾的浩劫。這莽道人胡言亂語，何必跟他一般見識？」

西華子見他聽了自己這兩句話後，眼皮一翻，神光炯炯，有如電閃，不由得心中打了個突：「我師父和掌門師叔是本派最強的高手，眼神的厲害似乎還不及他。」俞蓮舟眼中精光隨即收斂，淡淡的道：「西華道兄如有甚麼高見，在下洗耳恭聽。」西華子給他適才眼神這麼一掃，心膽已寒，轉頭道：「師妹，你說怎麼？難道高蔣二人的事便此罷手不成？」

衛四娘尚未回答，忽聽得南邊號角之聲，嗚嗚不絕。崑崙派的一名弟子走到艙門口，說道：「崆峒派和峨嵋派的接應到了。」西華子和衛四娘大喜。衛四娘道：「俞二俠，不如聽聽崆峒、峨嵋兩派的高見。」俞蓮舟道：「好！」

李天垣和程壇主、封壇主對望了一眼，臉上均微微變色。

張翠山卻又多了一重心事：「峨嵋派還不怎樣，崆峒派卻和大哥結有深仇。他傷過崆峒五老，奪了崆峒派的『七傷拳經』，他們自然要苦苦追尋他的下落。」

殷素素也是轉著這樣的念頭，又想若不是無忌多口，事情便好辦得多，但想無忌從來不說謊話，對謝遜又情義深重，忽然聽到義父死了，自是要大哭大叫，原也怪他不得，見他面頰上被自己打了一掌後留下腫起的紅印，不禁憐惜起來，將他摟回懷裏。無忌兀自不放心，將小嘴湊到母親耳邊，低聲道：「媽，義父沒有死啊，是不是？」殷素素也湊嘴到他耳邊，輕輕道：「沒有死。我騙他們的。這些都是惡人壞人，他們都想去害你義父。」無忌恍然大悟，向每個人都狠狠瞪了一眼，心道：「原來你們都是惡人壞人，想害我義父。」

張無忌從這一天起，才起始踏入江湖，起始明白世間人心的險惡。他伸手撫著臉頰，母親所打的這一掌兀自隱隱生疼。他知道這一掌雖是母親打的，實則是為眼前這些惡人壞人所累。他自幼生長在父母和義父的慈愛卵翼之下，不懂得人間竟有心懷惡意的敵人。謝遜雖跟他說過成崑的故事，但總是耳中聽來，直到此時，才真正面對他心目中的敵人。

九

七俠聚會樂未央

西華子走到跳板中間，

忽聽得背後風聲微動，跟著擦的一聲輕響，

腳底忽然一軟，跳板從中斷為兩截。

他急忙拔起身子，但一躍之後未能再躍，

撲通一聲，掉入了海中。

過了好一會，崆峒和峨嵋兩派各有六七人走進船艙，和俞蓮舟、西華子、衛四娘等見禮。崆峒派為首的是個精乾枯瘦的葛衣老人，峨嵋派為首的則是個中年尼姑。這干人見到天鷹教的李天垣等坐在艙中，都是一愣。

西華子大聲道：「唐三爺，靜虛師太，武當派跟天鷹教聯了手啦，這一回咱們可得吃大虧。」那矮瘦葛衣老人唐文亮是崆峒五老之一，中年尼姑靜虛師太是峨嵋派第四代大弟子，都是武林中頗有名望的好手，聽到西華子這麼說，都是一怔。靜虛師太為人精細，素知西華子的毛包脾氣，還不怎樣。唐文亮卻雙眼一翻，瞪著俞蓮舟道：「俞二俠，此話可真？」

俞蓮舟還未答話，西華子已搶著道：「人家武當派已和天鷹教結成了親家，張翠山做了殷天正的女婿……」唐文亮奇道：「失蹤十年的張五俠已有了下落？」

俞蓮舟指著張翠山道：「這是我五師弟張翠山，這位是崆峒派的前輩高人，唐文亮唐三爺，你二人多親近親近。」西華子又道：「張翠山和他老婆知道金毛獅王謝遜的下落，卻瞞著不肯說，反而撒個漫天大謊，說道謝遜已經死了。」

唐文亮一聽到「金毛獅王謝遜」的名字，又驚又怒，喝道：「他在那裏？」張翠山道：「此事須得先行稟明家師，請恕在下不便相告。」唐文亮眼中如要噴出火來，喝道：「謝遜這惡賊在那裏？他殺死我的親姪兒，姓唐的不能跟他並立於天地之間，他在那裏？你到底說是不說？」最後這幾句話聲色俱厲，竟是沒半分禮貌。

殷素素冷冷的道：「閣下似乎也不過是崆峒派中年紀大得幾歲的人物，憑著甚麼，如此這般逼問張五爺？你是武林至尊嗎？是武當派的掌門張真人嗎？」

唐文亮大怒，十指箕張，便要向殷素素撲去，但眼見她是個嬌怯怯的少婦，自己是武林中成名的前輩人物，實不便向她動手，強忍怒氣，向張翠山道：「這一位是？」

張翠山道：「便是拙荊。」西華子接口道：「也就是天鷹教殷大教主的千金。哼，邪教妖女，甚麼好東西了？」白眉鷹王殷天正武功精深，迄今為止，武林中跟他動過手的，還沒一個能擋得住他十招以上。唐文亮一聽這少婦是殷天正的女兒，也不禁大為忌憚，只道：「好，好！好得很！」

靜虛師太自進船艙之後，一直文文靜靜的沒有開口，這時才道：「此事原委究竟若何，還請俞二俠示下。」俞蓮舟道：「這件事牽連既廣，為時又已長達十年，一時三刻之間豈能分剖明白，這樣罷，三個月之後，敝派在武昌黃鶴樓頭設宴，邀請有關的各大門派幫會一齊赴宴，是非曲直，當眾評論。各位意下如何？」靜虛師太點了點頭，道：「如此甚好。」

唐文亮道：「是非曲直，儘可三個月後再論，但謝遜那惡賊藏身何處，還須請張五俠先行示明。」張翠山搖頭道：「此刻實不便說。」唐文亮雖極不滿，但想武當派既和天鷹教聯手，倒也真惹不起，然而公道自在人心，且看他三個月之後，如何向天下羣雄交代，當下不再多說，站起身來雙手一拱，道：「如此三個月後再見，告辭。」

西華子道：「唐三爺，咱們幾個搭你的船回去，成不成？」唐文亮道：「好啊，怎麼不成？」西華子向衛四娘道：「師妹，走罷！」他本和俞蓮舟同船而來，這麼一來，顯是將武當派當作了敵人。俞蓮舟不動聲色，客客氣氣的送到船頭，說道：「我們回山稟明師尊，便送英雄宴的請帖過來。」

殷素素忽道：「西華道長，我有一件事請教。」西華子愕然回頭，道：「甚麼事？」殷素素道：「道長不住口的說我是邪教妖女，卻不知邪在何事，妖在何處？」西華子一征，說道：「邪魔外道，狐媚妖淫，那便是了，又何必要我多說？否則好好一位武當派的張五俠，怎會受你迷惑？嘿嘿，嘿嘿！」說著連聲冷笑。殷素素道：「好，多承指點！」

西華子見自己這幾句話竟將她說得啞口無言，卻也頗出意料之外，聽她沒再說甚麼，便踏上跳板，走向崆峒派的船去。

那兩艘海船都是三帆大船，雖然靠在一起，兩船甲板仍然相距兩丈來遠，跳板也就甚長。西華子和殷素素對答了幾句，落在最後，餘人都已過去。他正走到跳板中間，忽聽得背後風聲微動，跟著擦的一聲輕響。他人雖暴躁，武功卻著實不低，江湖上閱歷也多，一聽到這聲音，便知背後有人暗算，霍地轉過身來，長劍也已拔在手中。便在此時，腳底忽然一軟，跳板從中斷為兩截。他急忙拔起身子，但兩船之間空空蕩蕩的無物可以攀援，只見足底是藍森森的大海，一躍之後未能再躍，撲通一聲，掉入了海中。

他不識水性，立時咕嚕咕嚕的喝了幾大口鹹水，雙手亂抓亂划，突然抓到了一根繩子，大喜之下，牢牢握住，只覺有人拉動繩子，將他提出了水面。西華子抬頭一看，那一端握住繩子的卻是天鷹教程壇主，臉上似笑非笑的瞧著自己。

原來殷素素惱恨他言語無禮，待各人過船之時，暗中吩咐了程封二壇主，安排下計謀。封壇主三十六柄飛刀神技馳名江湖，出手既快且準，每柄飛刀均是高手匠人以精鋼所鑄，薄如柳葉，鋒銳無比，對手見他飛刀飛來時若以兵刃擋架，往往兵刃便被削斷。這時他以飛刀切割跳板，輕輕一劃，跳板已斷。程壇主早在一旁準備好繩索，待西華子吃了幾口水後，才將他吊將上來。

衛四娘、唐文亮等見西華子落水，雖猜到是對方做了手腳，但封壇主出手極快，各人又都望著前面，竟沒瞧見跳板如何斷截，待得各人呼喝欲救時，程壇主已將他吊了上來。

西華子強忍怒氣，只等一上船頭，便出手與對方搏鬥。那知程壇主只將他拉得離水面尺許，便不再拉，叫道：「道長，千萬不可動彈，在下力氣不夠，你一動，我拉不住便要脫手啦！」西華子心想他若裝傻扮癡，又將自己拋入海中，那可不是玩的，只得握住繩子，不敢向上攀援。

程壇主叫道：「小心了！」手臂一抖，將長繩甩起了半個圈子。他膂力著實了得，這麼一抖，將西華子的身子向後凌空盪出七八丈，跟著一送，將他摔向對船。

西華子放脫繩子，雙足落上甲板。他長劍已在落海時失卻，這時憤怒如狂，只聽得天鷹教船上采聲和歡笑聲響成一片，立即搶過衛四娘腰間佩劍，便要撲過去拚命。但其時兩船相距已遠，難以縱過，空自暴跳如雷，戟指大罵，更無別法。

殷素素如此作弄西華子，俞蓮舟全瞧在眼裏，心想這女子果然邪門，可不是五弟的良配，說道：「殷李兩位堂主，相煩稟報殷教主，三月後武昌黃鶴樓頭之會，他老人家若是不棄，務請駕臨。今日咱們便此別過。五弟，你隨我去見恩師嗎？」張翠山道：「是！」

殷素素聽俞蓮舟這話竟是要她夫妻分離，當下抬頭瞧了瞧天，又低頭瞧了瞧甲板。張翠山知她之意指的是「天上地下，永不分離」這兩句誓言，便道：「二哥，我帶領你弟婦和孩子先去叩見恩師，得他老人家准許，再去拜見岳父。你說可好？」俞蓮舟微一躊躇，心想硬要拆散他夫妻父子，這句話總是說不出口，便點頭道：「那也好。」

殷素素心下甚喜，對李天垣道：「師叔，請你代為稟告爹爹，便說不孝女兒天幸逃得性命，不日便回歸總舵，來拜見他老人家。」

李天垣道：「好，我在總舵恭候兩位大駕。」站起身來，便和俞蓮舟等作別。

殷素素問道：「我爹爹身子好罷？」李天垣道：「很好，很好！只有比從前更加精神健旺。」殷素素又問：「我哥哥好罷？」李天垣道：「很好！令兄近年武功突飛猛進，做師叔的早已望塵莫及，實是慚愧得緊。」殷素素微笑道：「師叔又來跟我們晚輩說笑啦。」李天垣正色道：「這可不是說笑，連你爹爹也讚他青出於藍，你說厲害不厲害？」殷素素笑道：「啊喲，師叔當著外人之面，老鼠跌落天秤，自稱自讚，卻不怕俞二俠見笑。」李天垣笑道：「張五俠做了我們姑爺，俞二俠難道還是外人麼？」說著抱拳團團為禮，轉身出艙。

俞蓮舟聽了這幾句話，心中很不樂意，微皺眉頭，卻不說話。

張翠山一等天鷹教眾人離船，忙問：「二哥，三哥的傷勢後來怎樣？他……痊可了罷？」俞蓮舟「嗯」的一聲，良久不答。張翠山甚是焦急，目不轉睛的望著他，心頭湧起一陣不祥之感，生怕他說出一個「死」字來。

俞蓮舟緩緩的道：「三弟沒死，不過跟死也差不了多少。他終身殘廢，手足不能移動。俞岱巖俞三俠，嘿嘿，江湖上算是沒這號人物了。」

張翠山聽到三哥沒死，心頭一喜，但想到一位英風俠骨的師哥竟落得如此下場，忍不住潸然下淚，哽咽著問道：「害他的仇人是誰？可查出來了麼？」

俞蓮舟不答，一轉頭，突然間兩道閃電般的目光照在殷素素臉上，森然道：「殷姑娘，你可知害我俞三弟的人是誰？」殷素素禁不住身子輕輕一顫，說道：「聽說俞三俠的手足筋骨，是被人用少林派的金剛指力所斷。」俞蓮舟道：「不錯。你不知是誰麼？」殷素素搖了搖頭，道：「不知道。」

俞蓮舟不再理她，說道：「五弟，少林派說你殺死臨安府龍門鏢局老小，又殺死了好幾名少林僧人。此事是真是假？」

張翠山道：「這個……」殷素素插口道：「這不關他的事，都是我殺的。」

俞蓮舟望了她一眼，目光中流露出極度痛恨的神色，但這目光一閃即隱，臉上隨即回復平和，說道：「我原知五弟決不會胡亂殺人。為了這事，少林派曾三次遣人上武當山來理論，但五弟突然失蹤，武林中盡皆知聞，這回事就此沒了對證。我們說少林派害了三哥，少林派說五弟殺了他們數十條人命。好在少林寺掌門住持空聞大師老成持重，尊敬恩師，竭力約束門下弟子，不許擅自生事，十年來才沒釀成大禍。」

殷素素道：「都怪我年輕時作事不知輕重好歹，現下我也好生後悔。但人也殺了，咱們給他來個死賴到底，決不認帳便了。」

俞蓮舟臉露詫異之色，向張翠山瞧了一眼，心想這樣的女子你怎能娶她為妻。

殷素素見他一直對自己冷冷的，口中也只稱「殷姑娘」不稱「弟婦」，心下早已有氣，說道：「一人作事一身當。這件事我決不連累你武當派，讓少林派來找我天鷹教便了。」

俞蓮舟朗聲道：「江湖之上，事事抬不過一個『理』字，別說少林派是當世武林中第一大派，便是無拳無勇的孤兒寡婦，咱們也當憑理處事，不能仗勢欺人。」

若在十年之前，俞蓮舟這番義正辭嚴的教訓，早使殷素素老羞成怒，拔劍相向，這時她只聽得張翠山恭恭敬敬的道：「二哥教訓得是。」暗想：「我才不聽你這一套仁義道德呢。但若我衝撞於你，倒令張郎難於做人，我且讓你一步便了。」便攜了無忌的手，走向艙外，說道：「無忌，我帶你去瞧瞧這艘大船，你從來沒見過船，是不？」

張翠山待妻子走出船艙，說道：「二哥，這十年之中，我……」俞蓮舟左手一擺，說道：「五弟，你我肝膽相照，情逾骨肉，便有天大的禍事，二哥也跟你生死與共。你夫妻之事，暫且不必跟我說，回到山上，專候師父示下便了。師父若是責怪，咱們七兄弟一齊跪地苦求，你孩子都這般大了，難道師父還會硬要你夫妻父子生生分離？」張翠山大喜，說道：「多謝二哥。」

俞蓮舟外剛內熱，在武當七俠之中最是不苟言笑，幾個小師弟對他甚是敬畏，比怕大師兄宋遠橋還厲害得多。其實他於師兄弟上情誼極重，張翠山忽然失蹤，他暗中傷心欲狂，面子上卻是忽忽行若無事，今日師兄弟重逢，實是他生平第一件喜事，但還是疾言厲色，將殷素素教訓了一頓，直到此刻師兄弟單獨相對，方始稍露真情。他最放心不下的，是殷素素殺傷了這許多少林弟子，此事決難善罷，他心中早已打定了主意，寧可自己性命不在，也要保護師弟一家平安周全。

張翠山又問：「二哥，咱們跟天鷹教大起爭端，可也是為了小弟夫婦麼？此事小弟實在太過不安。」俞蓮舟不答，卻問：「王盤山之會，到底如何？」

張翠山於是述說在臨安如何夜闖龍門鏢局、如何識得殷素素、如何偕赴王盤山參與天鷹教揚刀立威，直說至金毛獅王謝遜如何大施屠戮、奪得屠龍寶刀、逼迫二人同舟出海。

俞蓮舟聽完這番話後，又詢明崑崙派高則成和蔣濤二人之事，沉吟半晌，才道：「原來如此。倘若你終於不歸，不知這中間的隱秘到何日方能揭開。」張翠山道：「是啊，我義兄……嗯，二哥，那謝遜其實並非怙惡不悛之輩，他所以如此，實是生平一件大慘事逼成，此刻我已和他義結金蘭。」俞蓮舟點了點頭，心想：「這又是一件棘手之極的事。」

張翠山續道：「我義兄一吼之威，將王盤山上眾人盡數震得神智失常，他說這等人即使不死，也都成了白癡，那麼他得到屠龍刀的秘密，再也不會洩漏出去了。」

俞蓮舟道：「這謝遜行事狠毒，但確也是個奇男子，不過他百密一疏，終於忘了一個人。」張翠山道：「誰啊？」俞蓮舟道：「白龜壽。」

張翠山道：「天鷹教的玄武壇壇主？」俞蓮舟道：「正是。依你所說，當日王盤山島上羣豪之中，以白龜壽的內功最為深厚。他被謝遜的酒箭一沖，暈死了過去，後來謝遜作了獅子吼，白龜壽倘若好端端地，只怕也抵不住他的一吼……」

張翠山一拍大腿，道：「是了，其時白龜壽暈在地下未醒，聽不到吼聲，反而保得神智清醒，我義兄雖然心思細密，卻也沒想到此節。」

俞蓮舟嘆了口氣，道：「從王盤山上生還而神智不失的，只白龜壽一人。崑崙派的內功有獨到之處，但高蔣二人功力尚淺，自此癡癡呆呆，成了廢人。旁人問他二人，到底是誰害得他們這個樣子，蔣濤只是搖頭不答，高則成卻自始至終說著一個人的名字：殷素素。」他頓了一頓，又道：「這時我方明白，原來他是心中念念不忘弟妹。哼，下次西華子再出言不遜，瞧我怎生對付他。他崑崙弟子行止不謹，還來怪責人家。」

張翠山道：「白龜壽既然神智不失，他該明白一切原委啊。」俞蓮舟道：「可他就偏不肯說。你道為甚麼？」張翠山略加尋思，已然明白，說道：「是了，天鷹教想去搶奪屠龍寶刀，不肯吐露這獨有的訊息，因此始終推說不知。」俞蓮舟道：「今日武林中的大紛爭便是為此而起。崑崙派說殷素素害了高蔣二人，我師兄弟也都道你已遭了天鷹教的毒手。」

張翠山道：「小弟前赴王盤山之事，是白龜壽說的麼？」俞蓮舟道：「不，他甚麼也不肯說。我和四弟、六弟同到王盤山踏勘，見到你用鐵筆寫在山壁上的那二十四個大字，才知你也參與了天鷹教的『揚刀立威之會』。我們三人在島上找不到你的下落，自是去找白龜壽詢問。他言語不遜，動起手來，被我打了一掌。不久崑崙派也有人找上門去，卻吃了一個大虧，被天鷹教殺了兩人。十年來雙方的仇怨竟然愈結愈深。」

張翠山甚是歉仄，說道：「為了小弟夫婦，因而各門派弟子無辜遭難，我心中如何能安？小弟稟明師尊之後，當分赴各門派解釋誤會，領受罪責。」

俞蓮舟嘆了口氣道：「這是陰錯陽差，原也怪不得你。那日師父派我和七弟趕赴臨安，保護龍門鏢局，但行至江西上饒，遇上了一件大不平事，我兩人無法不出手，終於就擱了幾日，救了十餘個無辜之人的性命，待得趕到臨安，龍門鏢局的案子已然發了。本來嘛，倘若單是為了你們夫婦二人，也只崑崙、武當兩派和天鷹教之間的糾葛，但天鷹教為了要搶奪那屠龍刀，始終不提謝遜的名字，於是巨鯨幫、海沙派、神拳門這些幫會門派，都把幫主和掌門人的血海深仇一齊算在天鷹教的頭上。天鷹一教，成為江湖上眾矢之的。」

張翠山嘆道：「其實那屠龍刀有甚麼了不起，我岳父何苦如此代人受過？」

俞蓮舟道：「我從未和令岳會過面，但他統領天鷹教獨抗羣雄，這份魄力氣概，所有與他為敵之人，也都不禁欽服。」

張翠山道：「少林、峨嵋、崆峒等門派，並未參與王盤山之會啊，怎地也跟天鷹教結了怨仇？」俞蓮舟道：「此事卻是因你義兄謝遜而起了。天鷹教為了想得那屠龍寶刀，接二連三的派遣海船，遍訪各處海島，找尋謝遜的下落。須知紙包不住火，白龜壽的口再密，這消息還是洩漏了出來。你這義兄曾冒了『混元霹靂手成崑』之名，在大江南北做過三十幾件大案，各門各派成名人物死在他手下的不計其數，此事你可知道麼？」

張翠山黯然點頭，低聲道：「人家終於知道是他幹的了。」俞蓮舟道：「他每做一件案子，便在牆上大書『殺人者混元霹靂手成崑也』，其時我們奉了師命，曾一同下山查訪，當時誰也不知真兇是誰，那成崑也始終不曾露面。但當天鷹教得知謝遜下落的消息一經洩露，各門各派中深於智謀之人便連帶想起，那謝遜本是成崑的唯一傳人，又知他師徒不知何故失和，翻臉成仇，然則冒名成崑之名殺人的，多半便是謝遜了。你想謝遜害過多少人，牽連何等廣大？單是少林派中的空見大師也死在他的拳下，你想想有多少人欲得他而甘心？」

張翠山神色慘然，說道：「我義兄雖已改過遷善，但雙手染滿了這許多鮮血……唉，二哥，我心亂如麻，不知如何是好。」

俞蓮舟道：「咱們師兄弟為了你而找天鷹教，崑崙派為了高蔣二人而找天鷹教，巨鯨幫他們為了幫主慘死而找天鷹教，更有以少林派為首許多白道黑道人物，為了逼問謝遜的蹤跡而找天鷹教。這些年來，雙方大戰過五場，小戰不計其數。雖然天鷹教每一次大戰均落下風，但你岳父居然在羣雄圍攻之下苦撐不倒，實在算得是個人傑。當然，少林、武當、峨嵋等名門正派，以事情真相未曾明白，中間隱晦難解之處甚多，看來天鷹教並非真正的罪魁禍首，是以處處為對方留下餘地，但一般江湖中人卻是出手決不客氣的。這一次我們得到訊息，天鷹教天市堂李堂主乘船出海找尋謝遜，我們便暗中跟了下來，只盼能查到一些蛛絲馬跡。那知李堂主瞧出情形不對，硬不許我們跟隨，崑崙派便跟他們動起手來。倘若你夫婦的木筏不在此時出現，雙方又得損折不少好手了。」

張翠山默然，細細打量師哥，見他兩鬢斑白，額頭亦添了不少皺紋，說道：「二哥，這十年之中，你可辛苦啦。我百死餘生，終於能見你一面，我……我……」

俞蓮舟見他眼眶濕潤，說道：「武當七俠重行聚首，正是天大的喜事。自從三弟受傷，你又失蹤，江湖上改稱我們為『武當五俠』，嘿嘿，今日起七俠重振聲威……」但想到俞岱巖手足殘廢，七俠之數雖齊，然而要像往昔一般，師兄弟七人聯袂行俠江湖，終究是再也不能的了，不禁悽愴心酸。

海舟南行十數日，到了長江口上，一行人改乘江船，溯江而上。

張翠山夫婦換下了襤褸的皮毛衣衫，兩人宛似瑤台雙璧，風采不減當年。無忌穿上了新衫新褲，頭上用紅頭繩紮了兩根小辮子，甚是活潑可愛。

俞蓮舟潛心武學，無妻無子，對無忌十分喜愛，只是他生性嚴峻，沉默寡言，神色間卻是冷冷的。無忌心知這位冷口冷面的師伯其實待己極好，一有空閒，便纏著師伯問東問西。他生於荒島，陸地上的事物甚麼也沒見過，因之看來事事透著新鮮。俞蓮舟竟是不感厭煩，常常抱著他坐在船頭，觀看江上風景。無忌問上十句八句，他便短短的回答一句。

這一日江船到了安徽銅陵的銅官山腳下，天色向晚，江船泊在一個小市鎮旁。船家上岸去買肉沽酒。張翠山夫婦和俞蓮舟在艙中煮茶閒談。

無忌獨自在船頭玩耍，見碼頭旁有個老年乞丐坐在地下玩蛇，頸中盤了一條青蛇，手中舞弄著一條黑身白點的大蛇。那條黑蛇一忽兒盤到了他頭上，一忽兒橫背而過，甚是靈動。無忌在冰火島上從來沒見過蛇，看得甚是有趣。那老丐見到了他，向他笑了笑，手指一彈，那黑蛇突然躍起，在空中打了個觔斗，落下時在他的胸口盤了幾圈。無忌大奇，目不轉睛的瞧著。那老丐向他招了招手，做了幾個手勢，示意他走上岸去，還有好戲法變給他看。

無忌當即從跳板上岸去。那老丐從背上取下一個布囊，張開了袋口，笑道：「裏面還有好玩的東西，你來瞧瞧。」無忌道：「甚麼東西？」那老丐道：「挺有趣的，你一看便知道了。」無忌探頭過去，往囊中瞧去，但黑黝黝的看不見甚麼。他又移近一些，想瞧個明白，那老丐突然雙手一翻，將布袋套上了他的腦袋。無忌「啊」的一聲叫，嘴巴已被那老丐隔袋按住，跟著身子也被提了起來。

他這一聲從布袋之中呼出，聲音低微，但俞蓮舟和張翠山已然聽見。兩人雖在艙中，相隔甚遠，已察覺呼聲不對，同時奔到船頭，見無忌已被那老丐擒住。

兩人正要飛身躍上岸去，那老丐厲聲喝道：「要保住孩子性命，便不許動。」說著撕破了無忌背上衣服，將黑蛇之口對準了他背心皮肉。

這時殷素素也已奔到船頭，眼見愛兒被擒，急怒攻心，便欲發射銀針。俞蓮舟雙手一攔，喝道：「使不得！」他認得這黑蛇名叫「漆裏星」，乃是著名毒蛇，身子越黑，毒性愈烈。這條黑蛇身子黑得發亮，身上白點也是閃閃發光，張開大口，露出四根獠牙，對準著無忌背上的細皮白肉，這一口咬了下去，無忌頃刻間便即斃命，縱使擊斃那老丐，獲得解藥，也未必便能及時解救，當下不動聲色，說道：「尊駕和這孩童為難，想幹甚麼？」

那老丐道：「你命船家起錨開船，離岸五六丈，我再跟你說話。」俞蓮舟知他怕自己突然躍上岸去，明知船一離岸，救人更加不易，但無忌在他挾制之下，只得先答應了再說，便握住錨鍊，手臂微微一震，一隻五十來斤的鐵錨應手而起，從水中飛了上來。

那老丐見俞蓮舟手臂輕抖，鐵鍊便已飛起，功力之精純，實所罕見，不禁臉上微微變色。張翠山提起長篙，在岸上一點，坐船緩緩退向江心。那老丐道：「再退開些！」張翠山憤然道：「難道還沒五六丈麼？」那老丐微笑道：「俞二俠手提鐵錨的武功如此厲害，便在五六丈外，在下還是不能放心。」張翠山只得又將坐船撐退丈餘。

俞蓮舟抱拳道：「請教尊姓大名。」那老丐道：「在下是丐幫中的無名小卒，賤名沒的污了俞二俠尊耳。」俞蓮舟見他背上負了六隻布袋，心想這是丐幫中的六袋弟子，位份已算不低，如何竟幹出這等卑汚行徑來？何況丐幫素來行事仁義，他們幫主史火龍是條鐵錚錚的好漢子，江湖上大大有名，這事可真奇了。

殷素素忽然叫道：「東川的巫山幫已投靠了丐幫麼？我瞧丐幫中沒閣下這一份字號？」那老丐「咦」的一聲，還未回答，殷素素又道：「賀老三，你搗甚麼鬼。你只要傷了我孩子的一根毫毛，我把你們的梅石堅剁做十七廿八塊！」

那老丐吃了一驚，說道：「殷姑娘果然好眼力，認得我賀老三。在下正是受梅幫主的差遣，前來恭迎公子。」殷素素怒道：「快把毒蛇拿開！你這巫山幫小小幫會，好大的膽子！竟惹到天鷹教頭上來啦。」賀老三道：「只須殷姑娘一句話，賀老三立時把公子送回，梅幫主自當親自登門陪罪。」殷素素道：「要我說甚麼話？」

賀老三道：「我們梅幫主的獨生公子死在謝遜手下，殷姑娘想必早有聽聞。梅幫主求懇張五俠和殷姑娘……不，小人失言，該當稱張夫人，求懇兩位開恩，示知那惡賊謝遜的下落，敝幫合幫上下，盡感大德。」

殷素素秀眉一揚，說道：「我們不知道。」賀老三道：「那只有懇請兩位代為打聽打聽。我們好好侍候公子，一等兩位打聽到了謝遜的去處，梅幫主自當親身送還公子。」

殷素素眼見毒蛇的獠牙和愛子的背脊相距不過數寸，心下一陣激動，便想將冰火島之事說了出來，轉頭向丈夫望了眼，卻見他一臉堅毅之色。她和張翠山十年夫妻，知他為人極重義氣，自己若是為救愛子而洩漏了謝遜的住處，倘若義兄因此死於人手，只怕夫妻之情也就難保，話到口邊，卻又忍住不說。

張翠山朗聲道：「好，你把我兒子擄去便是。大丈夫豈能出賣朋友？你可把武當七俠瞧得忒也小了。」

賀老三一愣，他只道將無忌一擒到，張翠山夫婦二人非吐露謝遜的訊息不可，那知張翠山竟然如此斬釘截鐵的回答，一時倒也沒了主意，說道：「俞二俠，那謝遜罪惡如山，武當派主持公道，武林人所共仰，還請你勸兩位一勸。」

俞蓮舟道：「此事如何處理，在下師兄弟正要回歸武當，稟明恩師，請他老人家示下。武昌黃鶴樓英雄大會，請貴幫梅幫主和閣下同來與會，屆時是非曲直，自有交代。你先將孩子放下。」

他離岸六七丈，說這幾句話時絲毫沒提聲縱氣，但賀老三聽來，一字一句清清楚楚，便如接席而談一般，心下好生佩服，暗想：「武當七俠威震天下，果然名不虛傳。這一次我們破釜沉舟，幹出這件事來，小小巫山幫又怎惹得起武當派和天鷹教？但梅幫主殺子之仇，不能不報。」躬身說道：「既是如此，小人多有得罪，只有請張公子赴東川一行。」

突然之間，殷素素伸掌在站在船舷邊的一名水手背上重重一推，跟著飛起左腳，又踢下另一名水手。兩名水手啊啊大叫，撲通、撲通的跌入水中，水花高濺。

殷素素大叫：「啊喲，啊喲，五哥，你幹麼打我？」在船頭縱聲大叫大跳。俞蓮舟與張翠山愕然，都不知她何以如此。賀老三遙遙望見奇變陡生，更是詫異之極。

俞蓮舟只一轉念間便即明白，眼見賀老三目瞪口呆，當即拔出長劍，運勁擲出。嗤的一聲響，長劍飛越半空，激射過去，將「漆裏星」毒蛇的蛇頭斬落，連賀老三抓住毒蛇的四根手指也一起削了下來。當俞蓮舟長劍出鞘之時，張翠山已抓住繫在桅桿頂上的繂索，雙足在船頭一登，抓著繂索從半空中盪了過去。他比俞蓮舟的長劍只遲到了片刻，足未著地，半空中探身而前，左手砰的一掌，將賀老三擊得翻出幾個觔斗，右手已將無忌抱過。

賀老三委頓在地，再也站不起來。

兩名水手游向岸邊，不知殷素素何以發怒，不敢回上船來。殷素素笑吟吟的叫道：「兩位大哥請上船來，適才多有得罪，每人一兩銀子，請你們喝酒。」

江船溯江而上，偏又遇著逆風，舟行甚緩。張翠山和師父及諸師兄弟分別十年，急欲會見，到了安慶後便想捨舟乘馬。俞蓮舟卻道：「五弟，咱們還是坐船的好，雖然遲到數日，但坐在船艙之中，少生事端。今日江湖之上，不知有多少人要查問你義兄的下落。」殷素素道：「我們和二伯同行，難道有人敢阻俞二俠的大駕？」俞蓮舟道：「我們師兄弟七人聯手，或者沒人能阻得住，單是我和五弟二人，怎敵得過源源而來的高手？何況只盼此事能善加罷休，又何必多結冤家？」張翠山點頭道：「二哥說的不錯。」

舟行數日，到得武穴，便已是湖北省境。這晚到了富池口，舟子泊了船，準擬過夜。俞蓮舟忽聽得岸上馬嘶聲響，向艙外一張，只見兩騎馬剛掉轉馬頭，向鎮上馳去。馬上乘客只見到背影，但身手便捷，顯是會家子。他轉頭向張翠山道：「在這裏只怕要惹是非，咱們連夜走罷。」張翠山道：「好！」心下好生感激。武當七俠自下山行道以來，武藝既高，行事又正，只有旁人望風遠避，從未避過人家。近年來俞蓮舟威名大震，便是崑崙、崆峒這些名門大派的掌門人，名聲也尚不及他響亮，但這次見到兩個無名小卒的背影，便不願在富池口逗留，自是為了師弟一家三口之故。

俞蓮舟將船家叫來，賞了他三兩銀子，命他連夜開船。船家雖然疲倦，但三兩銀子已是幾個月的伙食之資，自是大喜過望，當即拔錨啟航。

這一晚月白風清，無忌已自睡了，俞蓮舟和張翠山夫婦在船頭飲酒賞月，望著浩浩大江，胸襟甚爽。

張翠山道：「恩師百歲大壽轉眼即至，小弟竟能趕上這件武林中罕見的盛事，老天爺可說待我不薄了。」殷素素道：「就可惜倉促之間，我們沒能給他老人家好好備一份壽禮。」俞蓮舟道：「弟妹，你可知我恩師在七個弟子之中，最喜歡誰？」殷素素笑道：「他老人家最得意的弟子，自然是你二伯。」俞蓮舟笑道：「你這句話可是言不由衷，心中明明知道，卻故意說錯。我們師兄弟七人，師父日夕掛在心頭的，便是你這位英俊夫郎。」殷素素心下甚喜，搖頭道：「我不信。」

俞蓮舟道：「我們七人各有所長，大師哥深通易理，沖淡弘遠。三師弟精明強幹，師父交下來的事，從沒錯失過一件。四師弟機智過人。六師弟劍術最精。七師弟近年來專練外門武功，他日內外兼修、剛柔合一，那是非他莫屬……」殷素素道：「二伯你自己呢？」俞蓮舟道：「我資質愚魯，一無所長，勉強說來，師傳的本門武功，算我練得最刻苦勤懇些。」殷素素拍手笑道：「你是武當七俠中武功第一，自己偏謙虛不肯說。」

張翠山道：「我們七兄弟之中，向來是二哥武功最好。十年不見，小弟更加望塵莫及。

唉，少受恩師十年教誨，小弟是退居末座了。」言下不禁頗有悵惘之意。

俞蓮舟道：「可是我七兄弟中，文武全才，唯你一人。弟妹，我跟你說一個秘密。五年之前，恩師九十五歲壽誕，師兄弟稱觴祝壽之際，恩師忽然大為不歡，說道：『我七個弟子之中，悟性最高，文武雙全，惟有翠山。我原盼他能承受我的衣缽，唉，可惜他福薄，五年來存亡未卜，只怕是凶多吉少了。』你說，師父是不是最喜歡五弟？」

殷素素笑靨如花，心中甚喜。張翠山感激無已，眼角微微濕潤。

俞蓮舟道：「現下五弟平安歸來，送給恩師的壽禮，再沒比此更重的了。」

正說到此處，忽聽得岸上隱隱傳來馬蹄聲響。蹄聲自東而西，靜夜中聽來分外清晰，共是四騎。三人對望了一眼，心知這四乘馬連夜急馳，多半與己有關。三人雖然不想惹事，豈又是怕事之輩？當下誰也不提。

俞蓮舟道：「我這次下山時，師父正自閉關靜修。盼望咱們上山時，他老人家已經開關。」殷素素道：「我爹爹昔年跟我說道，他一生所欽佩的人物只有兩位，一是明教陽教主，他已經逝世了，此外便只是尊師張真人。連少林派的『見聞智性』四大高僧，我爹爹也不怎麼佩服。張真人今年百歲高齡，修持之深，當世無有其匹。現下還要閉關，是修練長生不老之術麼？」俞蓮舟道：「不是，恩師是在精思武功。」殷素素微微一驚，道：「他老人家武功早已深不可測，還鑽研甚麼？難道當世還能有人是他敵手？」

俞蓮舟道：「恩師自九十五歲起，每年都閉關九個月。他老人家言道，我武當派的武功，主要得自一部『九陽真經』。可是恩師當年蒙覺遠祖師傳授真經之時，年紀太小，又全然不會武功，覺遠祖師也非有意傳授，只是任意所之，說些給他聽，因之本門武功總是尚有缺陷。這『九陽真經』據覺遠祖師說是傳自達摩老祖。但恩師言道，他越是深思，越覺未必盡然。一來真經中所說的秘奧與少林派武功大異，反而近於我中土道家武學；二來這『九陽真經』不是梵文，而是中國文字，夾寫在梵文的『楞伽經』的字畔行間。想達摩老祖雖然妙悟禪理，武學淵深，他自天竺西來，未必精通中土文字，筆錄這樣一部要緊的武經，又為甚麼不另紙書寫，卻要寫在另一部經書的行間？」

張翠山點頭稱是，問道：「恩師猜想那是甚麼道理？」

俞蓮舟道：「恩師也猜想不出，他說或許這是少林寺後世的一位高僧所作，卻假托了達摩老祖的名頭。恩師心想於『九陽真經』既所知不全，難道自己便創制不出？他每年閉關苦思，便是想自開一派武學，與世間所傳的各門各派武功全然不同。」

張翠山和殷素素聽了，都慨然讚歎。俞蓮舟道：「當年聽得覺遠祖師傳授『九陽真經』的，共有三位。一是恩師，一是少林派的無色大師，另一位是個女子，那便是峨嵋派的創派祖師郭襄郭女俠。」殷素素道：「我曾聽爹爹說，郭女俠是位大有來頭的人物，她父親是郭靖郭大俠，母親是丐幫黃幫主黃蓉，當年襄陽失陷，郭大俠夫婦雙雙殉難。」

俞蓮舟道：「正是。我恩師當年曾與郭大俠夫婦在華山絕頂有一面之緣，每當提起他兩位為國為民的仁風俠骨，常說我等學武之人，終身當以郭大俠夫婦為榜樣。」他出神半晌，續道：「當年傳得『九陽真經』的三位，悟性各有不同，根柢也大有差異。武功是無色大師最高；郭女俠是郭大俠和黃幫主之女，所學最博；恩師當時武功全無根基，但正因如此，所學反而最精純。是以少林、峨嵋、武當三派，一個得其『高』，一個得其『博』，一個得其『純』。三派武功各有所長，但也可說各有所短。」

殷素素道：「那麼這位覺遠祖師，武功之高，該是百世難逢了。」

俞蓮舟道：「不！覺遠祖師不會武功。他在少林寺藏經閣中監管藏經，這位祖師愛書成癖，無經不讀，無經不背。他無意中看到『九陽真經』，便如唸金剛經、法華經一般記在心中，至於經中所載博大精深的武學，他雖也有領悟，但所練的只是內功，武術卻全然不會。」於是將「九陽真經」如何失落，從此湮沒無聞的故事說了給她聽。

這事張翠山早聽師父說過，殷素素卻是第一次聽到，極感興趣，說道：「原來峨嵋派上代與武當派還有這樣的淵源。這一位郭襄郭女俠，怎地又不嫁給張真人？」

張翠山微笑斥道：「你又來胡說八道了。」

俞蓮舟道：「恩師與郭女俠在少室山下分手之後，此後沒再見過面。恩師說，郭女俠心中念念不忘於一個人，那便是在襄陽城外飛石擊死蒙古大汗的神鵰大俠楊過。郭女俠走遍天下，找不到楊大俠，在四十歲那年忽然大徹大悟，便出家為尼，後來開創了峨嵋一派。」

殷素素「哦」的一聲，不禁深為郭襄難過，轉眼向張翠山瞧去。張翠山的目光也正轉過來。兩人四目交投，均想：「我倆天上地下永不分離，比之這位峨嵋創派祖師郭女俠，可就幸運得多了。」

俞蓮舟平日沉默寡言，有時接連數日可以一句話也不說，但自和張翠山久別重逢之下，欣喜逾常，談鋒也健了起來。他和殷素素相處十餘日後，覺她本性其實不壞，所謂近墨者黑、近朱者赤，自幼耳濡目染，所見所聞者盡是邪惡之事，這才善惡不分，任性殺戮，但和張翠山成婚十年，氣質已大有變化，因之初見時對她的不滿之情，已逐日消除，覺得她坦誠率真，比之名門正派中某些迂腐自大之士，反而更具真性情。

這時忽聽得馬蹄聲響，又自東方隱隱傳來，不久蹄聲從舟旁掠過，向西而去。張翠山只作沒聽見，說道：「二哥，倘若師父邀請少林、峨嵋兩派高手，共同研討，截長補短，三派武功都可大進。」

俞蓮舟伸手在大腿上一拍，道：「照啊，師父說你是將來承受他衣缽門戶之人，果真一點也不錯。」張翠山道：「恩師只因小弟不在身邊，這才時致思念。浪子若是遠遊不歸，在慈母心中，卻比隨侍在側的孝子更加好了。其實小弟此時的修為，別說和大哥、二哥、四哥相比固然遠遠不及，便是六弟、七弟，也定比小弟強勝得多。」

俞蓮舟搖頭道：「不然，目下以武功而論，自是你不及我。但恩師的衣缽傳人，負有昌大武學的重任。恩師常自言道，天下如此之大，武當一派是榮是辱，何足道哉？但若能精研武學奧秘，慎擇傳人，使正人君子的武功，非邪惡小人所能及；再進而相結天下義士，驅除韃虜，還我河山，這才算是盡了我輩武學之士的本分。因此恩師的衣缽傳人，首重心術，次重悟性。說到心術，我師兄弟七人無甚分別，悟性卻以你為最高。」張翠山搖手道：「那是恩師思念小弟，一時興到之言。就算恩師真有此意，小弟也萬萬不敢承當。」

俞蓮舟微微一笑，道：「弟妹，你去護著無忌，別讓他受了驚嚇，外面的事有我和五弟料理。」殷素素極目遠眺，不見有何動靜，正遲疑間，俞蓮舟道：「岸上灌木之中，刀光閃爍，伏得有人。前邊蘆葦中必有敵舟。」

殷素素遊目四顧，但見四下裏靜悄悄的絕無異狀，心想只怕是你眼花了罷？

忽聽俞蓮舟朗聲說道：「武當山俞二、張五，道經貴地，請恕禮數不周。那一位朋友若是有興，請上船來共飲一杯如何？」他這幾句話一完，忽聽得蘆葦中槳聲響動，六艘小船飛也似的划了出來，一字排開，攔在江心。一艘船上嗚的一聲，射出一枝響箭，南岸一排矮樹中竄出十餘個勁裝結束的漢子，一色黑衣，手中各持兵刃，臉上卻蒙了黑帕，只露出眼睛。

殷素素心下好生佩服：「這位二伯名不虛傳，當真了得。」眼見敵人甚眾，急忙回進艙中，見無忌已然驚醒。殷素素替他穿好衣服，低聲道：「乖孩兒，不用怕。」

俞蓮舟又道：「前面當家的是那一位朋友，武當俞二、張五問好。」但六艘小船中除了後梢的槳手之外不見有人出來，更無人答話。

俞蓮舟忽地省悟，叫道：「不好！」翻身躍入江中。他自幼生長江南水鄉，水性極佳，剛一下江，只見四個漢子手持利錐，潛水而來，顯是想錐破船底，將舟中各人生擒活捉。

他隱身船側，待四人游近，雙手分別點出，已中兩人穴道，跟著一腳踢中了第三人腰間「志室穴」。第四人一驚欲逃，俞蓮舟左手已抓住他小腿，甩上船來。他想那三人穴道被點，勢必要溺死在大江之中，於是一一抓起，拋在船頭，這才翻身上船。那第四個漢子在船頭打了個滾，縱身躍起，挺錐向張翠山胸口刺落。張翠山見他武功平常，也不閃避，左手一探，抓住他手腕，跟著左肘挺出，撞中了他胸口穴道。那漢子一聲輕哼，便即摔倒。

俞蓮舟道：「岸上似乎有幾個好手，禮數已到，不理他們，衝下去罷！」張翠山點了點頭，吩咐船家只管開船。慢慢駛近那六艘小船時，俞蓮舟提起那四個漢子，拍開他們身上穴道，擲了過去。但說也奇怪，對方舟中固然沒人出聲，岸上那十餘個黑衣人也是悄無聲息，竟如個個都是啞巴一般。那四個潛水的漢子鑽入艙中，不再現身。

座船剛和六艘小船並行，便要掠舟而過之時，一艘小舟上的一名槳手突然右手揚了兩下，砰砰兩聲，木屑紛飛，座船船舵已然炸毀，船身登時橫了過來。原來那槳手擲出的是兩枚漁家炸魚用的漁炮，只是製得特大，多裝火藥，因此炸力甚強。

俞蓮舟不動聲色，輕輕躍上了對方小舟，他藝高人膽大，仍是一雙空手。

小舟上的槳手手持木槳，眼望前面，對他躍上船來竟是毫不理會。俞蓮舟喝道：「是誰擲的漁炮？」那槳手木然不答。俞蓮舟搶進艙去，只見艙中對坐著兩個漢子，見他進艙，仍是一動不動，絲毫不現迎敵之意。俞蓮舟一把揪住他的頭頸，提了起來，喝道：「你們瓢把子呢？」那人閉目不答。俞蓮舟是武林一流高手身分，不願以武力逼問，當即回到後梢，只見張翠山和殷素素已抱著無忌過來小舟。

俞蓮舟奪過木槳，逆水上划。只划得幾下，殷素素叫道：「毛賊放水！」但見船艙中水湧上來。原來小舟中各人拔開艙底木塞，放水入船。俞蓮舟躍到第二艘小舟時，見舟中也已小半船水。他回頭說道：「五弟，既是非要咱們上岸不可，那就上去罷！」那六艘小舟顯是事先安排好了，作為請客上岸的跳板。三人帶同無忌，躍上岸去。

岸上十餘名蒙著臉的黑衣漢子早就排成了個半圓形，將四人圍在弧形之內。這十餘人手中所持大都均是長劍，另一小半或持雙刀，或握軟鞭，沒一個使沉重兵刃。

俞蓮舟抱臂而立，自左而右的掃視一遍，神色冷然，並不說話。

中間一個黑衣漢子右手一擺，眾人忽地向兩旁分開，各人微微躬身，手中兵器刃尖向地，抱拳行禮，讓出路來。俞蓮舟還了一禮，昂然而過。這干人待俞蓮舟走出圈子，忽地向中間一合，封住了道路，將張翠山等三人圍住，青光閃爍，兵刃一齊挺起。

張翠山哈哈一笑，說道：「各位原來衝著張某人而來。擺下這等大陣仗，可將張翠山忒也瞧得重了。」中間那黑衣漢子微一遲疑，垂下劍尖，又讓開了道路。張翠山道：「素素，你先走！」

殷素素抱著無忌正要走出，猛地裏風聲響動，五柄長劍一齊指住了無忌。殷素素吃了一驚，急忙倒退。那五人跟著踏步而前，劍尖不住顫動，始終不離無忌身周尺許。

俞蓮舟雙足一點，倏地從人叢之外飛越而入，雙手連拍四下，每一記都拍在一個黑衣人的手腕之上，四柄指著無忌的長劍一一飛入半空。這四下拍擊出手奇快，四柄長劍竟似同時飛上。他左手跟著反手擒拿，抓住了第五人的手腕，中指順勢點了那人腕上穴道，但覺著手處柔軟滑膩，似是女子之手，急忙放開。那人手腕麻痺，噹的一聲，長劍落地。

那五人長劍脫手，急忙退開。月光下青光閃動，又是兩柄長劍刺了過來，但見劍刃平刺，鋒口向著左右，每人使的都是一招「大漠平沙」，但劍勢不勁，似無傷人之意。

俞蓮舟心道：「崑崙劍法！原來是崑崙派的！」待劍尖離胸將近三寸，突然胸口一縮，雙臂迴環，左手食指和右手食指同時擊在劍刃的平面上。

這兩下敲擊中使上了武當心法，照理對方長劍非出手不可，豈知手指和劍刃相觸，陡覺劍刃上傳出一股柔勁，竟將他這一擊之力化解了一小半，長劍並未脫手。但那二人終究抵擋不住，騰騰騰退出三步。一人站立不定，摔倒在地，另一人「啊喲」一聲，吐出一口鮮血。

自六艘小舟橫江以來，對方始終沒一人出過聲，這時「啊喲」一聲驚呼，聲音柔脆，聽得出是女子口音。

中間那黑衣人左手一擺，各人轉身便走，頃刻間消失在灌木之後。但見這干人大半身材苗條，顯是穿了男裝的女子。俞蓮舟朗聲道：「俞二、張五多多拜上鐵琴先生，請恕無禮之罪。」那些黑衣人並不答話，隱隱聽得有人輕聲一笑，仍是女子之聲。

殷素素將無忌放下地來，緊緊握住他手，說道：「這些大半是女子啊。二伯，她們都是崑崙派的麼？」俞蓮舟道：「不，是峨嵋派的。」張翠山奇道：「峨嵋派的？你怎說多多拜上『鐵琴先生』」？

俞蓮舟嘆道：「她們自始至終不出一聲，臉上又以黑帕蒙住，那自是不肯以真面目來示人了。五劍指住無忌，那是崑崙派的『寒梅劍陣』。兩人平劍刺我，又使崑崙派的『大漠平沙』。她們既然冒充崑崙派，我便將錯就錯，提一提崑崙的掌門鐵琴先生何太冲。」

殷素素道：「你怎知她們是峨嵋派的？認出了人麼？」

俞蓮舟道：「不，這些人功力都不算深，想是當今峨嵋掌門滅絕師太的徒孫一輩，或許是她的小弟子，我並不認得。但她們以柔勁化解我指擊劍刃的功夫，確是峨嵋心法。要學別派的數招陣式不難，但一使到內勁，真相就瞞不住了。」

張翠山點頭道：「二哥以指擊劍，她們還是撒劍的好，受傷倒輕。峨嵋派的內功本是極好的，只是未有適當功力便貿然運使，遇上高手，不免要吃大虧。二哥倘若真將她們當作敵人，這兩個女娃娃早就屍橫就地了。可是峨嵋派跟咱們向來是客客氣氣的啊。」

俞蓮舟道：「恩師少年之時，受過峨嵋派開派祖師郭襄女俠的好處，因此他老人家諄諄告誡，決不可得罪了峨嵋門下弟子，以保昔年的香火之情。我以指擊劍，發覺到對方內勁不對時，收勢已然不及，終於傷了二人。雖然這是無心之失，總是違了恩師的訓示。」

殷素素笑道：「好在你最後說是向鐵琴先生請罪，不算是正面得罪了峨嵋派。」

這時他們的座船早已順水流向下游，影蹤不見。六艘小船均已沉沒，舟中槳手濕淋淋的一個個爬上岸來。殷素素道：「這些都是峨嵋派的麼？」俞蓮舟低聲道：「多半是巢湖的糧船幫。」殷素素望了一眼地下明晃晃的五柄長劍，俯身想拾起瞧瞧。俞蓮舟道：「別動她們兵刃，倘若劍上刻得有名字，咱們以後便無法假作不知。這就走罷！」殷素素這時對這位二伯敬服得五體投地，應道：「是！」攜了無忌之手，走向江岸大道。

經過一叢灌木，只見數丈外的一株大柳樹上繫著三匹健馬。無忌喜呼起來：「有馬，有馬！」他在冰火島上從未見過馬匹，來到中土後，一直想騎一騎馬，只是一路乘船，始終未得其便。

四人走近馬匹，見柳樹上釘著一張紙條。張翠山取下看時，見紙上寫道：「敬奉坐騎三匹，以謝毀舟之罪。」字是炭條寫的，倉卒之際，字跡甚是潦草，筆致柔軟，顯是女子手筆。殷素素笑道：「峨嵋派姑娘們畫眉用的炭筆，今日用來寫字條給武當大俠。」俞蓮舟道：

「她們倒也客氣得很。」於是解下馬匹，三人分別乘坐。無忌坐在母親身前，大是興奮。

張翠山道：「反正咱們形跡已露，坐船騎馬都是一般。」俞蓮舟道：「不錯。前邊道上必定尚有波折，倘若迫不得已要出手，下手千萬不可重了。」他適才無意間傷了兩名峨嵋門下弟子，心下耿耿不安。

殷素素好生慚愧，心想：「二伯只不過下手重了一些，本意亦非傷人，只是逼對方撤劍，她們自行硬挺，這才受傷。比之我當年肆意殺了這許多少林門人，過錯之輕重，真是不可同日而語了。一身作事一身當，以後不可再讓二伯為難。」說道：「二伯，這干人全是衝著我夫婦而來，對你可恭敬得很。前面要是再有阻攔，由弟妹打發便是，倘真不行，再請你出手相援。」俞蓮舟道：「你這話可見外了。咱兄弟同生共死，分甚麼彼此？」

殷素素不便再說，問道：「他們明知二伯跟我夫婦在一起，怎地只派些年輕的弟子來攔截？」俞蓮舟道：「想是事急之際，不及調動人手。」

張翠山見了適才峨嵋派眾女的所為，料是為了尋問謝遜的下落而來，說道：「原來義兄跟峨嵋派也結下了樑子，我在冰火島上卻沒聽他說起過。」

俞蓮舟嘆道：「峨嵋派門規極嚴，派中又大多是女弟子。滅絕師太自來不許女弟子們隨便行走江湖。這次峨嵋竟然也跟天鷹教為難，我們當時頗感詫異，直到最近方始明白了其中緣故，原來河南蘭封金瓜錘方評方老英雄有一晚突然被害，牆上留下了『殺人者混元霹靂手成崑也』十一個血字。」殷素素問道：「那方評是峨嵋派的麼？」俞蓮舟道：「不是。滅絕師太俗家姓方，那方老英雄是滅絕師太的親哥哥。」張翠山和殷素素同時「哦」的一聲。

無忌忽然問道：「二伯，那方老英雄是好人還是壞人？」俞蓮舟道：「聽說方老英雄種田讀書，從不和人交往，自然不是壞人。」無忌道：「唉，義父這般胡亂殺人，那就不該了。」俞蓮舟大喜，輕舒猿臂，將他從殷素素身前抱了過來，撫著他頭，說道：「孩子，你知道不能胡亂殺人，二伯很是歡喜。人死不能復生，便是罪孽深重、窮凶極惡之輩，也不能隨便下手殺他，須得讓他有一條悔改之路。」

無忌道：「二伯，我求你一件事。」俞蓮舟道：「甚麼？」無忌道：「倘若他們找到了義父，你叫他們別殺他。因為義父眼睛瞎了，打他們不過。」俞蓮舟沉吟半晌，道：「這件事我答允不了。但我自己決計不殺他便是。」無忌呆呆不語，眼中垂下淚來。

天明時四人到了一個市鎮，在客店中睡了半日，午後又再趕路。有時殷素素和丈夫共乘一騎，讓無忌一試控轠馳騁之樂。無忌究是孩子心情，騎了一會馬，為謝遜擔憂的心事也便淡忘了。

一路無話，不一日過了漢口。這天午後將到安陸，忽見大路上有十餘名客商急奔下來，見了俞蓮舟等四人，急忙搖手，叫道：「快回頭，快回頭，前面有韃子兵殺人擄掠。」一人對殷素素道：「你這娘子忒也大膽，碰到了韃子兵可不是玩的。」俞蓮舟道：「有多少韃子。」一人道：「十來個，兇惡得緊哩。」說著便向東逃竄而去。

武當七俠生平最恨的是元兵殘害良民。張三丰平素督訓甚嚴，門人不許輕易和人動手，但若遇到元兵肆虐作惡，對之下手卻不必容情。因此武當七俠若是遇上大隊元兵，只有走避，若見少數元兵行兇，往往便下手除去。俞張二人聽說只有十來名元兵，心想正好為民除害，便縱馬迎了上去。

行出三里，果聽得前面有慘呼之聲。張翠山一馬當先，但見十餘名元兵手執鋼刀長矛，正攔住了數十個百姓大肆殘暴。地下鮮血淋漓，已有七八個百姓身首異處。只見一名元兵提起一個三四歲的孩子，用力一腳，將他高高踢起，那孩子在半空中大聲慘呼，落下來時另一個元兵又揮足踢上，將他如同皮球踢來踢去。只踢得幾腳，那孩子早沒了聲息，已然斃命。張翠山怒極，從馬背上飛躍而起，人未落地，砰的一拳，已擊在一名伸腳欲踢孩子的元兵胸口。那元兵哼也沒哼一聲，軟癱在地。另一名元兵挺起長矛，往張翠山背心刺到。

無忌驚叫：「爹爹小心！」張翠山回過身來，笑道：「你瞧爹爹打韃子兵。」但見長矛離胸口已不到半尺，左手倏地翻轉，抓住矛桿，跟著向前一送，矛柄撞在那元兵胸口。那元兵大叫一聲，翻倒在地，眼見不活了。

眾元兵見張翠山如此勇猛，發一聲喊，四下裏圍了上來。殷素素縱身下馬，搶過元兵手中長刀，砍翻了兩個。眾元兵見勢頭不對，落荒逃竄，但這些元兵兇惡成性，便在逃走之時，還是揮刀亂殺百姓。俞蓮舟大怒，叫道：「別讓韃子走了。」急奔向西，攔住四名元兵的去路。張翠山和殷素素也分頭攔截。三人均知元兵雖然兇惡，武功卻是平常，無忌比他們要強得多，不用分心照顧。

無忌跳下馬來，見二伯和父母縱躍如飛，拍手叫道：「好，好！」突然之間，那名被張翠山用矛桿撞暈的元兵霍地躍起，伸臂抱住了無忌，翻身躍上馬背，縱馬疾馳。

俞蓮舟和張翠山夫婦大驚，齊聲呼喊，發足追趕。俞蓮舟兩個起落，已奔到馬後，左手拍出一掌，身隨掌起，按到了那元兵後心。那元兵竟不回頭，倏地反擊一掌。波的一聲響，雙掌相交，俞蓮舟只覺對方掌力猶如排山倒海相似，一股極陰寒的內力衝將過來，霎時間全身寒冷透骨，身子晃了幾下，倒退了三步。

那元兵的坐騎也吃不住俞蓮舟這一掌的震力，前足突然跪地。那元兵抱著無忌，順勢向前一躍，已縱出丈餘，展開輕身功夫，頃刻間已奔出十餘丈。

張翠山跟著追到，見二哥臉色蒼白，受傷竟是不輕，急忙扶住。

殷素素心繫愛子，沒命的追趕，但那元兵輕身功夫極高，越追越遠，到後來只見遠處大道上一個黑點，轉了一個彎，再也瞧不到了。殷素素怎肯死心，只是疾追。她不再想到這元兵既能掌傷俞蓮舟，自己便算追上了，也決非他的敵手，心中只是一個念頭：「便是性命不保，也要將無忌奪回。」

俞蓮舟低聲道：「快叫弟妹回來，從長……從長計議。」張翠山挺起長矛，刺死了身前的兩名元兵，問道：「傷得怎樣？」俞蓮舟道：「不礙事，先……先將弟妹叫回來要緊。」張翠山生怕贕下來的元兵之中尚有好手在內，自己一走開，他們便過來向俞蓮舟下手，當下四下裏追逐，一個個的盡數搠死，這才拉住一匹馬來，上馬向西追去。

趕出數里，只見殷素素兀自狂奔，但腳步蹣跚，顯已筋疲力盡。張翠山俯身將她抱上馬鞍。殷素素手指面前，哭道：「不見了，追不到啦，追不到啦。」雙眼一翻，暈了過去。

張翠山終是掛念俞蓮舟的安危，心道：「該當先顧二哥，再顧無忌。」勒轉馬頭，奔了回來，見俞蓮舟正閉目打坐，調勻氣息。

過了一會，殷素素悠悠醒轉，叫道：「無忌，無忌！」俞蓮舟慘白的臉色也漸漸紅潤，睜開眼來，低聲道：「好厲害的掌力！」

張翠山聽師兄開口說話，知道生命已然無礙，這才放心，但仍是不敢跟他言語。俞蓮舟緩緩站起身來，低聲道：「無影無蹤了罷？」殷素素哭道：「二伯，怎……怎麼是好？」俞蓮舟道：「你放心，無忌沒事。這人武功高得很，決不會傷害小孩。」殷素素道：「可是……可是他擄了無忌去啦。」

俞蓮舟點了點頭，左手扶著張翠山肩頭，閉目沉思，隔了好一會，睜眼說道：「我想不出那人是何門派，咱們上山去問師父。」殷素素大急，說道：「二伯，怎生想個法兒，先行奪回無忌才是。那人是何門派，不妨日後再問。」俞蓮舟搖了搖頭。

張翠山道：「素素，眼下二哥身受重傷，那人武功又如此高強，咱們便尋到了他，也是無可奈何。」殷素素急道：「難道便……便罷了不成？」張翠山道：「不用咱們去尋他，他自會來尋咱們。」

殷素素原甚聰明，只因愛子被擄這才驚惶失措，這時一怔之下，已然明白。那元兵武功如此了得，連俞蓮舟也給他一掌震傷，自然是假扮的。他打傷俞蓮舟後，若要取他夫婦二人性命絕非難事，但只將無忌擄去，用意自在逼問謝遜的下落。當時張翠山長矛隨手一撞，那人便假裝昏暈，其時三人誰也沒留心他的身形相貌，此刻回想起來，那人依稀似是滿腮虬髯，和尋常的元兵也沒甚麼分別。

當下張翠山將師兄抱上馬背，自己拉著馬韁，三騎馬緩緩而行。到了安陸，找一家小客店歇了。張翠山吩咐店伴送來飯菜後，就此閉門不出，生怕遇上元兵，又生事端。

他三人在途中殺死這十餘名元兵後，料知大隊元兵過得數日便會來大舉殘殺劫掠，報復洩忿，附近百姓不知將有多少遭殃。但當時遇上這等不平之事，在勢又不能袖手不顧。這正是亡國之慘，莽莽神州，人人均在劫難之中。

俞蓮舟潛運內力，在周身穴道流轉療傷。張翠山坐在一旁守護。殷素素倚在椅上，卻又怎睡得著？到得中夜，俞蓮舟站起身來，在室中緩緩走了三轉，舒展筋骨，說道：「五弟，我一生之中，除了恩師之外，從未遇到過如此高手。」

殷素素終是記掛愛兒，說道：「他擄去無忌，定是要逼問義兄的下落，不知無忌肯不肯說。」張翠山昂然道：「無忌倘若說了出來，還能是我們的孩兒麼？」殷素素道：「對！他一定不會說的。」突然之間，哇的一聲哭了出來。張翠山忙問：「怎麼啦？」殷素素哽咽道：「無忌不說，那惡賊……那惡賊定會逼他打他，說不定還會用……用毒刑。」

俞蓮舟嘆了口氣。張翠山道：「玉不琢，不成器，讓這孩子經歷些艱難困苦，未必沒有好處。」他話是這麼說，但想到愛子此時不免宛轉呻吟，正在忍受極大的痛楚，又是不勝悲憤憐惜。然而倘若他這時正平平安安的睡著呢？那定已將謝遜的下落說了出來，如此忘恩負義，卻比挨受毒刑又壞得多。張翠山心想：「寧可他即刻死了，也勝於做無義小人。」轉眼望了妻子一眼，只見她目光中流露出哀苦乞憐的神色，驀地一驚：「那惡賊倘若趕來，以無忌的性命相脅，說不定素素便要屈服。」說道：「二哥，你好些了麼？」

他師兄弟自幼同門學藝，一句話一個眼色之間，往往便可心意相通。俞蓮舟一瞧他夫婦二人的神色，已明白張翠山的用意，說道：「好，咱們連夜趕路。」

三人乘黑繞道，儘揀荒僻小路而行。三人最害怕的，倒不是那人追來下手殺了自己，而是怕他在自己眼前，將諸般慘酷手段加於無忌之身。

如此朝宿宵行，差幸一路無事。但殷素素心懸愛子，山中夜騎，又受了風露，忽然生起病來。張翠山僱了兩輛騾車，讓俞蓮舟和殷素素分別乘坐，自己騎馬在旁護送。這日過了襄陽，到太平店鎮上一家客店投宿。

張翠山安頓好了師兄，正要回自己房去，忽然一條漢子掀開門帘，闖進房來。這漢子身穿青布短衫褲，手提馬鞭，打扮似是個趕腳的車夫。他向俞張二人瞪了一眼，冷笑一聲，轉身便走。張翠山知他不懷好意，心下惱他無禮，眼見那漢子摔下的門帘盪向身前，左手抓住門帘，暗運內勁，向外送出。門帘的下擺飛了起來，拍的一聲，結結實實打在他背心。

那漢子身子一晃，跌了個狗吃屎，爬起身來，喝道：「武當派的小賊，死到臨頭，還在逞兇！」口中這般說，腳下卻不敢有絲毫停留，逕往外走，但步履踉蹌，適才吃門帘這麼一擊，受創竟是不輕。

俞蓮舟瞧在眼裏，並不說話。到得傍晚，張翠山道：「二哥，咱們動身罷！」俞蓮舟道：「不，今晚不走，明天一早再走。」張翠山微一轉念，已明白了他的心意，登時豪氣勃發，說道：「不錯！此處離本山已不過兩日之程。咱師兄弟再不濟，也不能墮了師門的威風。在武當山腳下，兀自朝宿晚行的趕路避人，那算甚麼話？」

俞蓮舟微笑道：「反正行藏已露，且瞧瞧武當派的弟子如何死到臨頭。」

當下兩人一齊走到張翠山房中，並肩坐在炕上，閉目打坐。這一晚紙窗之外，屋頂之上，總有七八人來來去去的窺伺，但再也不敢進房滋擾了。殷素素昏昏沉沉的睡著。俞張二人也不去理會屋外敵人。

次日用過早飯後動身。俞蓮舟坐在騾車之中，叫車夫去了車廂的四壁，四邊空蕩蕩的，便於觀看。

只走出太平店鎮甸數里，便有三乘馬自東追了上來，跟在騾車之後，相距十餘丈，不即不離的躡著。再走數里，只見前面四名騎者候在道旁，待俞蓮舟一行過去，四乘馬便跟在後面。數里之後，又有四乘馬加入，前後已共有十一人。趕車的驚慌起來，悄聲對張翠山道：「客官，這些人路道不正，遮莫是強人？須得小心在意。」張翠山點了點頭。

在中午打尖之處，又多了六人。這些人打扮各不相同，有的衣飾富麗，有的卻似販夫走卒，但人人身上均帶兵刃。一干人隻聲不出，聽不出口音，但大都身材瘦小、膚色黝黑，似乎來自南方。到得午後，已增到二十一人。有幾個大膽的縱馬逼近，到距騾車兩三丈處這才勒馬不前。俞蓮舟在車中只管閉目養神，正眼也不瞧他們一下。

傍晚時分，迎面兩乘馬奔了下來。當先乘者是個長鬚老者，空著雙手。第二騎的乘者卻是個艷裝少婦，左手中提著一對雙刀。兩騎馬停在大道正中，擋住了去路。

張翠山強抑怒氣，在馬背上抱拳說道：「武當山俞二、張五這廂有禮，請問老爺子尊姓大名。」那老者皮笑肉不笑的說道：「金毛獅王謝遜在那裏？你只須說了出來，我們決不跟武當弟子為難。」張翠山道：「此事在下不敢作主，須得先向師尊請示。」

那老者道：「俞二受傷，張五落單。你孤身一人，不是我們這許多人的敵手。」說著伸手腰間，取出一對判官筆來，判官筆的筆尖鑄作蛇頭之形。

張翠山外號「銀鉤鐵劃」，右手使判官筆，於武林中使判官筆的點穴名家無一不知，一見這對蛇頭雙筆，心中一凜。他當年曾聽師父說過，高麗有一派使判官筆的，筆頭鑄作蛇形，其招數和點穴手法和中土大不相同，大抵是取毒蛇的陰柔毒辣之性，招數滑溜狠惡，這一派叫做「青龍派」，派中出名的高手只記得姓泉，名字叫甚麼卻連師父也不知道，於是抱拳說道：「前輩是高麗青龍派的麼？不知跟泉老爺子如何稱呼？」

那老者微微一驚，心想：「瞧你也不過三十來歲年紀，卻恁地見識廣博，竟知道我的來歷。」這老者便是高麗青龍派的掌門人，名叫泉建男，是嶺南「三江幫」幫主卑詞厚禮的從高麗聘請而來。他到中土未久，從未出過手，想不到一露面便給張翠山識破，當下蛇頭雙筆一擺，說道：「老夫便是泉建男。」

張翠山道：「高麗青龍派跟中土武林向無交往，不知武當派如何得罪了泉老英雄，還請明示。」泉建男又是皮笑肉不笑的臉上肌肉一動，說道：「老夫跟閣下無冤無仇，我們高麗人也知道中原有個武當派，武當七俠是行俠仗義的好男子。老夫只請問閣下一句話：金毛獅王謝遜躲在那裏？」

他這番話雖然不算無禮，但詞鋒咄咄逼人，同時判官筆這麼一擺，跟在騾車之後的人眾便四下分散，團團圍了上來，顯是若不明言謝遜的下落，便只有動武之一途。

張翠山道：「倘若在下不願說呢？」泉建男道：「張五俠武藝了得，我們人數雖多，自量也留你不住。但俞二俠身上負傷，尊夫人正在病中，我們有此良機，只好乘人之危，要將兩位留下。張五俠自己就請便罷。」他說中國話咬字不準，聲音尖銳，聽來加倍刺耳。

張翠山聽他說得這般無恥，「乘人之危」四個字自己先說了出來，說道：「好，既是如此，在下便領教領教高麗武學的高招。倘若泉老英雄讓得在下一招半式，那便如何？」

泉建男笑道：「如果我輸了，大夥兒便一擁而上，我們可不講究甚麼單打獨鬥那一套。倘若武當派人多，你們也可倚多為勝啊。從前中國隋煬帝、唐太宗、唐高宗侵我高麗，那一次不是以數十萬大軍攻我數萬兵馬？自來相鬥，總是人多的佔便宜。」

張翠山心知今日之事多說無益，若能將他擒住作為要脅，當可逼得他手下人眾不敢侵犯二哥和素素，於是身形一起，輕飄飄的落下馬背，左足著地，左手已握住爛銀虎頭鉤，右手握著鑌鐵判官筆，說道：「你是客人，請進招罷！」他原來的判官筆十年前失落於大海之中，現在手中這枝在兵器鋪中新購未久，尺寸份量雖不甚就手，卻也可將就用得。

泉建男也躍下馬來，雙筆互擊，錚的一聲，右筆虛點，左筆尚未遞出，身子已繞到張翠山側方。張翠山尋思：「今日我是為義兄的安危而戰，素素跟我夫婦一體，她和義兄也有金蘭之誼，為他喪命，那也罷了。但二哥跟義兄素不相識，若為了義兄而使二哥蒙受恥辱，那可萬萬不該。」一見泉建男右手蛇頭筆點到，伸鉤一格，手上只使了二成力。鉤筆相交，他身子微微一晃。

泉建男大喜，心想：「三江幫那批人把武當七俠吹上了天去，卻也不過如此。想是中原武人要面子，將本國人士說得加倍厲害些。」當下左手筆跟著三招遞出。張翠山左支右絀，勉力擋架，便還得一鉤一筆，也是虛軟乏勁。泉建男心想今日將武當七俠中的張五俠收拾下來，這番來到中土可說一戰成名，當下雙筆飛舞，招招向張翠山的要害點去。

張翠山將門戶守得極是嚴密，凝神細看對方的招數，但見他出招輕靈，筆上頗有韌力，所點穴道偏重下三路及背心，和中土各派點穴名手的武功果然大不相同。再鬥一陣，見他左手判官筆所點，都是背心自「靈台穴」以下的各穴，自靈台、至陽、筋縮、中樞、脊中、懸樞、命門、陽關、腰俞，以至尾閭骨處的長強穴；右手判官筆所點，則是腰腿上各穴，自五樞、維道、環跳、風市、中瀆以至小腿上的陽陵穴。張翠山心下了然，他左手筆專點「督脈諸穴」，右手筆專點「足少陽膽經諸穴」，看似繁複，其實大有理路可尋，暗想：「當年師父曾說，高麗青龍派的點穴功夫專走偏門，雖然狠辣，並不足畏。今日一見，果是如此。」他一摸清對方招式，銀鉤鐵筆雖然上下揮舞，其實裝模作樣，只須護住督脈諸穴及足少陽膽經諸穴，其餘身上穴道，不必理會。

泉建男愈鬥精神愈長，大聲吆喝，威風凜凜。張翠山心道：「憑著這點兒武功，居然也到武當山腳下來撒野！」突然間左手銀鉤使招「龍」字訣中的一鉤，嗤的一響，鉤中了泉建男右腿的風市穴。泉建男「啊」的一聲，右腿跪地。張翠山右手筆電光石火般連連顫動，自他靈台穴一路順勢直下，使的是「鋒」字訣中最後一筆的一直，便如書法中的顫筆，至陽、筋縮、中樞、脊中……直至長強，在他「督脈」的每一處穴道上都點了一下。

這一筆下來，疾如星火，氣吞牛斗，泉建男那裏還能動彈？這一筆所點各穴，正是他畢生所鑽研的諸處穴道，暗想：「罷了，罷了！對方縱是泥塑木彫，我也不能一口氣連點他十處穴道。我便要做他徒弟也差得遠了。」

張翠山銀鉤鉤尖指住泉建男咽喉，喝道：「各位且請退開！在下請泉老英雄送到武當山腳下，便解他穴道放還！」心想這些人看來都是他的下屬，定當心有所忌，就此退開。

豈知那艷裝少婦舉起雙刀，叫道：「併肩子齊上，把騾車扣了。」張翠山喝道：「誰敢上來，我先將這人斃了！」那少婦冷笑一聲，叫道：「大夥兒上啊！」縱馬舞刀衝上，竟絲毫沒將泉建男放在心上。原來這少婦是三江幫中的一名舵主，他們這次大舉出動，用意在劫持俞蓮舟和殷素素，逼問謝遜的下落。泉建男不過是三江幫的客卿，既不能為本幫效力，則死於敵手，也無足惜。

張翠山吃了一驚，看來便是殺了泉建男仍是無濟於事，只見六七名漢子搶到殷素素車前，六七名漢子搶到俞蓮舟車前，只有少數幾人和那少婦圍住了自己，正沒做理會處，俞蓮舟忽然朗聲道：「六弟，出來把這些人收拾了罷！」

張翠山一愕：「二哥擺空城計麼？」忽聽得半空中一聲清嘯，一人叫道：「是！五哥，你好啊，想煞小弟了。」數丈外的一株大槐樹上縱落一條人影，長劍顫動，走向前來，正是六俠殷梨亭到了。張翠山喜出望外，大叫：「六弟，你好！」

三江幫中早分出數人上前截攔，只聽得啊喲啊喲、叮叮噹噹之聲不絕，每人手腕的「神門」穴上一一中劍，一一撤下兵刃。這「神門穴」在手掌後銳骨之端，中劍之後，手掌再也使不出半點力道。殷梨亭不疾不徐的漫步揚長而來，遇有敵人上前阻擋，他長劍一顫，嗆啷一聲，便有一件兵刃落地。那少婦回身喝道：「你是武當……」嗆啷、嗆啷兩聲，她雙手各執一刀，雙刀落地時便有兩下聲響。

張翠山大喜，說道：「師父的『神門十三劍』創制成功了。」原來這「神門十三劍」共有一十三記招數，每記招式各不相同，但所刺之處，全是敵人手腕的「神門穴」。張翠山十年前離武當之時，張三丰甫有此意，和弟子們商量過幾次，但許多艱難之處並未想通。此時殷梨亭使將出來，三江幫的硬手竟沒人能抵擋得一招。張翠山只看得心曠神怡，但見殷梨亭每一劍刺出，無不精妙絕倫，只使了五六記招式，「神門十三劍」尚未使到一半，三江幫幫眾已有十餘人手腕中劍，撒下了兵刃。

那少婦叫道：「散水，散水！鬆人啊！」幫眾有的騎馬逃走，有的不及上馬，便此轉身急奔。張翠山拍開泉建男身上穴道，拾起蛇頭雙筆，插在他腰間。泉建男滿面羞慚，落荒而去，竟不和三江幫幫眾同行。

殷梨亭還劍入鞘，緊緊握住了張翠山的手，喜道：「五哥，我想得你好苦！」張翠山笑道：「六弟，你長高了。」他二人分別之時，殷梨亭還只十八歲，十年不見，已自瘦瘦小小的少年變為長身玉立的青年。當下張翠山攜著殷梨亭的手，去和妻子相見。

殷素素病得沉重，點頭笑了笑，低聲叫了聲：「六弟！」殷梨亭笑道：「五嫂也姓殷，那好極了，不但是我嫂子，還是我姊姊。」

張翠山道：「究是二哥了得。你躲在那大樹之上，我一直不知，二哥卻早瞧見了。」

殷梨亭當下說起趕來應援的情由。

原來四俠張松溪下山採辦師父百歲大壽應用的物事，見到兩名江湖人物鬼鬼祟祟，路道不正，心下起疑：「我武當派威震天下，難道還有甚麼大膽之徒到我武當山來捋虎鬚？」於是暗中躡著，偷聽兩人說話，才知張翠山從海外歸來，已和二哥俞蓮舟會合，「三江幫」和「五鳳刀」都想截攔，逼問謝遜的下落。張松溪大喜過望，匆匆回山，其時山上只殷梨亭一人，兩人便分頭赴援，均想：有俞二、張五在一起，那些小小的幫會門派徒然自取其辱，怎能奈何得他二人。只是他們急於和張翠山相會，早見一刻好一刻，這才迎接出來。至於俞蓮舟已然受傷之事，那兩個江湖人物並未說起，是以張殷二人並沒知曉。張松溪去打發「五鳳刀」門中派來的兩個好手。這三江幫一路，便由殷梨亭逐走。

俞蓮舟嘆道：「若非四弟機警，今日咱武當派說不定要丟個大人。」張翠山愧道：「單憑小弟一人之力，保護不了二哥。唉，離師十年，小弟和各位兄弟實在差得太遠了。」殷梨亭笑道：「五哥說那裏話來？小弟就是不出手，三江幫那些傢伙，五哥打發起來，還不是輕而易舉？只不過你定然先顧二哥，說不定五嫂會受點兒驚嚇。你適才打敗那高麗老頭兒的功夫，師父就沒傳授第二個。你這次回山，師父他老人家一歡喜，不知會有多少精妙的功夫傳你，只怕你學也學不及呢。這『神門十三劍』的招數，我便說給你聽如何？」

他師兄弟情深，久別重逢，殷梨亭恨不得將十年來所學的功夫，頃刻之間便盡數說給張翠山知道。兩人並肩而行，殷梨亭又比又劃，說個不停。

當晚四人在仙人渡客店中歇宿，殷梨亭便要和張翠山同榻而臥。張翠山也真喜歡這個小師弟，見他雖是又高又大，還是跟從前一般對己依戀。武當七俠中雖是莫聲谷年紀最小，但自幼便少年老成，反而殷梨亭顯得遠比師弟稚弱。張翠山年紀跟他相差不遠，一向對他也是照顧特多。

俞蓮舟笑道：「五弟有了嫂子，你還道是十年之前麼？五弟，你回來得正好，咱們喝了師父的壽酒之後，跟著便喝六弟的喜酒了。」張翠山大喜，鼓掌笑道：「妙極，妙極！新娘子是那一位名門之女？」殷梨亭臉一紅，忸怩著不說。

俞蓮舟道：「便是漢陽金鞭紀老英雄的掌上明珠。」張翠山伸了伸舌頭，笑道：「六弟若是頑皮，這金鞭當頭砸將下來，可不是玩的。」俞蓮舟微微一笑，說道：「紀姑娘是使劍的。幸好那日江邊蒙面的諸女之中，沒紀姑娘在內。」張翠山一驚，道：「紀姑娘是峨嵋門下？」俞蓮舟點了點頭，道：「咱們在江邊遇到的峨嵋諸女武功平平，不會有紀姑娘在內。否則為了五弟妹，卻得罪了六弟妹，人家可要怪我這二伯偏心了。咱們這位未過門的六弟妹人品既好，武功又佳，名門弟子，畢竟不凡，和六弟當真是天生一對……」

他說到這裏，忽然想起殷素素是邪教教主的女兒，自己這麼稱讚紀姑娘，只怕張翠山心有感觸，正想亂以他語，忽聽得一人走到房門口，說道：「俞爺，有幾位爺們來拜訪你老人家，說是你的朋友。」卻是店小二的聲音。

俞蓮舟道：「誰啊？」店小二道：「一共六個人，說甚麼『五鳳刀』門下的。」師兄弟三人都是一凜，心想張松溪去打發「五鳳刀」一路的人馬，怎地敵人反而找上門來了，難道張松溪有甚失閃？張翠山道：「我去瞧瞧。」他怕二哥受傷未愈，在店中跟敵人動手不甚妥善。俞蓮舟卻道：「請他們進來罷。」

一會兒進來了五個漢子、一個容貌俊秀的少婦。張翠山和殷梨亭空著雙手，站在俞蓮舟身側戒備。卻見這六人垂頭喪氣，臉有愧色，身上也沒帶兵刃，渾不像是前來生事的模樣。領頭一人頭髮花白，四十來歲年紀，恭恭敬敬的抱拳行禮，說道：「三位是武當俞二俠、張五俠、殷六俠？在下五鳳刀門下弟子孟正鴻，請問三位安好。」

俞蓮舟等三人拱手還禮，心下都暗自奇怪。俞蓮舟道：「孟老師好，各位請坐。」

孟正鴻卻不就坐，說道：「敝門向在山西河東，門派窄小，久仰武當山張真人和七俠的威名，當真是如雷貫耳，只是無緣拜見。今日到得武當山下，原該上山去叩見張真人，但聽聞張真人百歲高齡，清居靜修，我們粗魯武人，也不敢冒昧去打擾他老人家的清神。三位回山後還請代為請安，便說山西五鳳刀門下弟子，祝他老人家千秋康寧，福壽無疆。」

俞蓮舟本因受傷未愈，坐在炕上，聽他說到師父，忙扶著殷梨亭的肩頭下炕，恭敬站立，說道：「不敢，不敢，在下這裏謝過。」

孟正鴻又道：「我們僻處山西鄉下，真如井底之蛙，見識淺陋，也不知天高地厚，竟然大膽妄為，擅自來到貴地。今蒙武當諸俠寬宏大量，反而解救我們的危難，在下感激不盡，今日特地趕來，一來謝恩，二來陪罪，萬望三位大人不記小人過。」說著躬身下拜。

張翠山伸手扶住，說道：「孟老師不必多禮。」

孟正鴻囁囁嚅嚅，想說又不敢說。俞蓮舟道：「孟老師有何吩咐，但說不妨。」孟正鴻道：「在下求俞二俠賞一句話，便說武當派不再見怪，我們回去好向師父交代。」俞蓮舟微微一笑，道：「各位遠道自晉來鄂，想必是為了打聽金毛獅王謝遜的下落，不知那金毛獅王跟貴門有何過節？」孟正鴻慘然道：「家兄孟正鵬慘死於謝遜的掌下。」

俞蓮舟心中一震，說道：「我們實有不得已的苦衷，無法奉告那金毛獅王的下落，還須請孟老師和各位原諒。至於見怪云云，那是不必提起，見到尊師烏老爺子時，便說俞二、張五、殷六問好。」

孟正鴻道：「如此在下告辭。日後武當派如有差遣，只須傳個信來，五鳳刀門下雖然能力低微，但奔走之勞，決不敢辭。」說著和其餘五人一齊抱拳行禮，轉身出門。

那少婦突然回轉，跪倒在地，低聲道：「小婦人得保名節，全出武當諸俠之賜。小婦人有生之年，不敢忘了諸俠的大恩大德。」俞蓮舟等三人不知其中原因，但聽她說的是婦人名節之事，也不便多問，只得含糊謙遜了幾句。那少婦拜了幾拜，出門而去。

「五鳳刀」六人剛走，門帘一掀，閃進一個人來，撲上來一把抱住了張翠山。

張翠山喜極而呼：「四哥！」進房之人正是張松溪。師兄弟相見，均是歡喜之極。張翠山道：「四哥，你足智多謀，竟能將五鳳刀門下化敵為友，實是不易。」張松溪笑道：「那是機緣湊巧，你四哥也說不上有甚麼功勞。」當下將經過情由說了出來。

原來那美貌少婦娘家姓烏，是五鳳刀掌門人的第二女兒，她丈夫便是那孟正鴻。這一次六人同下湖北，訪查謝遜的下落，途中遇上三江幫的舵主，說起武當派張翠山知曉謝遜的所在。那烏氏自幼嬌生慣養，主張設計擒獲張翠山逼問。孟正鴻向來畏妻如虎，但這一次卻決計不從，他說武當子弟極是了得，不如依禮相求，對方如若不允，再想法子。那烏氏言道：「時機可遇不可求，若是放得張翠山上了武當，他們師兄弟一會合，又有張三丰庇護，如何再能逼問？」兩人言語不合，吵嘴起來。其餘四人都是師弟師姪，也不敢作左右袒。

那烏氏怒道：「你這膽小鬼，是給你兄長報仇，又不是給我兄長報仇。哼，男子漢大丈夫，做事卻沒半分擔當，便是那張翠山將謝遜的下落跟你說了，你有膽子去找他麼？嫁了你這膽小鬼，算是我一輩子倒霉。」孟正鴻對嬌妻忍讓慣了，不敢再說，但要依烏氏之見，在途中客店暗下蒙汗藥迷倒張翠山夫婦，卻是堅決不肯。烏氏一怒之下，半夜裏乘丈夫睡著，就此悄悄離去。

她是想獨自下手，探到謝遜的下落，好臊一臊丈夫，那知這一切全給三江幫一名舵主瞧在眼中。他見烏氏貌美，起了歹心，暗中跟隨其後，烏氏想使蒙汗藥，反給他先下了迷藥。不料螳螂捕蟬，黃雀在後，張松溪一直在監視五鳳刀六人的動靜，等到烏氏情勢危急，這才出手相救，將那三江幫的舵主懲戒了一番逐走。張松溪也不說自己姓名，只說是武當派門下弟子。烏氏又驚又羞，回去和丈夫相見，說明情由。這一來，武當派成了本門的大恩人，夫婦倆齊來向俞蓮舟等叩謝相救之德。張松溪待那六人去後這才現身，以免烏氏羞慚。

張翠山聽罷這番經過，嘆道：「打發三江幫這行止不端之徒，雖非難事，但四哥行事處處給人留下餘地，化敵為友，最合師父的心意。」

張松溪笑道：「十年不見，一見面就給四哥一頂高帽子戴戴。」

這一晚師兄弟四人聯床夜話，長談了一宵。張松溪雖然多智，但對那個假扮元兵擄去無忌、擊傷俞蓮舟的高手來歷，也猜測不出半點端倪。

次晨張松溪和殷素素會見了。五人緩緩而行，途中又宿了一晚，才上武當。

張翠山十年重來，回到自幼生長之地，想起即刻便可拜見師父，和大師哥、三師哥、七師弟相會，雖然妻病子散，卻也是歡喜多於哀愁。

到得山上，只見觀外繫著八頭健馬，鞍轡鮮明，並非山上之物。張松溪道：「觀中到了客人，咱們不忙相見，從邊門進去罷。」當下張翠山扶著妻子，從邊門進觀。觀中道人和侍役見張翠山無恙歸來，無不歡天喜地。張翠山念著要去拜見師父，但服侍張三丰的道僮說真人尚未開關，張翠山只得到師父坐關的門外磕頭，然後去見俞岱巖。

服侍俞岱巖的道僮輕聲道：「三師伯睡著了，要不要叫醒他？」張翠山搖了搖手，輕手輕腳走到房中。只見俞岱巖正自閉目沉睡，臉色慘白，雙頰凹陷，十年前龍精虎猛的一條剽悍漢子，今日成了奄奄一息的病夫。張翠山看了一陣，忍不住掉下淚來。

張翠山在床邊站立良久，拭淚走出，問小道僮道：「你大師伯和七師叔呢？」小道僮道：「在大廳會客。」張翠山走到後堂等候大師哥和七師弟，但等了老半天，客人始終不走。張翠山問送茶的道人道：「是甚麼客人？」那道人道：「好像是保鏢的。」

殷梨亭對這位久別重逢的五師兄很是依戀，剛離開他一會，便又過來陪伴，聽得他在問客人的來歷，說道：「是三個總鏢頭。金陵虎踞鏢局的總鏢頭祁天彪，太原晉陽鏢局的總鏢頭雲鶴，還有一個是京師燕雲鏢局的總鏢頭宮九佳。」

張翠山微微一驚，道：「這三位總鏢頭都來了？十年之前，普天下鏢局中數他三位武功最強，名望最大，今日還是如此罷？他們同時來到山上，為了甚麼？」殷梨亭笑道：「想是有甚麼大鏢丟了，劫鏢的人來頭大，這三個總鏢頭惹不起，只好來求大師兄。五哥，這幾年大哥越來越愛做濫好人，江湖上遇到甚麼疑難大事，往往便來請大哥出面。」

張翠山微笑道：「大哥佛面慈心，別人求到他，總肯幫人的忙。十年不見，不知大哥老了些沒有？」他想到此處，想看一看大哥之心再也難以抑制，說道：「六弟，我到屏風後去瞧瞧大哥和七弟的模樣。」走到屏風之後，悄悄向外張望。

只見宋遠橋和莫聲谷兩人坐在下首主位陪客。宋遠橋穿著道裝，臉上神情沖淡恬和，一如往昔，相貌和十年之前竟無多大改變，只是鬢邊微見花白，身子卻肥胖了很多，想是中年發福。宋遠橋並沒出家，但因師父是道士，又住在道觀之中，因此在武當山上時常作道家打扮，下山時才改換俗裝。莫聲谷卻已長得魁梧奇偉，雖只二十來歲，卻已長了滿臉的濃髯，看上去比張翠山的年紀還大些。

只聽得莫聲谷大著嗓子說道：「我大師哥說一是一，說二是二，憑著宋遠橋三字，難道三位還信不過麼？」張翠山心想：「七弟粗豪的脾氣竟是半點沒改。不知他為了何事，又在跟人吵嘴？」轉頭向賓位上看去時，只見三人都是五十來歲年紀，一個氣度威猛，一個高高瘦瘦，貌相清癯，坐在末座的卻像是個病夫，甚是乾枯。三人身後又有五個人垂手站立，想是那三人的弟子。只聽那高身材的瘦子道：「宋大俠既這般說，我們怎敢不信？只不知張五俠何時歸來，可能賜一個確期麼？」

張翠山微微一驚：「原來這三人為我而來，想必又是來問我義兄的下落。」只聽莫聲谷道：「我們師兄弟七人，雖然本領微薄，但行俠仗義之事向來不敢後人，多承江湖上朋友推獎，賜了『武當七俠』這個外號。這『武當七俠』四個字，說來慚愧，我們原不敢當……」張翠山心道：「十年不見，七弟居然已如此能說會道，從前人家問他一句話，他要臉孔紅上半天，才答得一句。十年之間，除了我和三哥，人人都是一日千里。」

只聽莫聲谷續道：「可是我們既然負了這個名頭，上奉恩師嚴訓，行事半步不敢差錯。張五哥是武當七兄弟之一，他性子斯文和順，我們七兄弟中，脾氣數他最好。你們定要誣賴他殺了『龍門鏢局』滿門，那是壓根兒的胡說八道。」張翠山心中一寒：「原來是為了龍門鏢局都大錦的事。素聞大江以南，各鏢局以金陵虎踞鏢局馬首是瞻，想是他們聽到我從海外歸來，於是虎踞鏢局約了晉陽、燕雲兩家鏢局的總鏢頭，上門問罪來啦。」

那氣度威猛的大漢道：「武當七俠名頭響亮，武林中誰不尊仰？莫七俠不用自己吹噓，我們早已久聞大名，如雷貫耳。」

莫聲谷聽他出言譏嘲，臉色大變，說道：「祁總鏢頭到底意欲如何，不妨明言。」

那氣度威猛的大漢便是虎踞鏢局的總鏢頭祁天彪，朗聲說道：「武當七俠說一是一，說二是二，可難道少林派高僧便慣打誑語麼？少林僧人親眼目睹，臨安龍門鏢局上下大小人等，盡數傷在張翠山張五俠——的手下。」他說到「張五俠」這個「俠」字時，聲音拖得長長的，顯是充滿譏嘲之意。

殷梨亭只聽得怒氣勃發，這人出言嘲諷五哥，可比打他自己三記巴掌還更令他氣憤，便欲出去理論。張翠山一把拉住，搖了搖手。殷梨亭見他臉上滿是痛苦為難之色，心下不明其理，暗道：「五哥的涵養功夫越來越好了，無怪師父常常讚他。」

莫聲谷站起身來，大聲道：「別說我五哥此刻尚未回山，便是已經回到武當，也只是這句話。莫某跟張翠山生死與共，他的事便是我的事。三位不分青紅皂白，定要誣賴我五哥害了龍門鏢局滿門。好！這一切便全算是莫某幹的。三位要替龍門鏢局報仇，儘管往莫某身上招呼。我五哥不在此間，莫聲谷便是張翠山，張翠山便是莫聲谷。老實跟你說，莫某的武功智謀，遠遠不及我五哥，你們找上了我，算是你們運氣不壞。」

祁天彪大怒，霍地站起，大聲道：「祁某今日到武當山來撒野，天下武學之士，人人要笑我班門弄斧，太過不自量力。可是都大錦都兄弟滿門被害十年，沉冤始終未雪，祁某這口氣終是嚥不下去。反正武當派將龍門鏢局七十餘口也殺了，再饒上祁某一人又有何妨？便是再饒上金陵虎踞鏢局的九十餘口，又有何妨？祁某今日頸血濺於武當山上，算是死得其所。我們上山之時，尊重張真人德高望重，不敢攜帶兵刃，祁某便在莫七俠拳腳之下領死。」說著大踏步走到廳心。

宋遠橋先前一直沒有開口，這時見兩人說僵了要動手，伸手攔住莫聲谷，微微一笑，說道：「三位來到敝處，翻來覆去，一口咬定是敝五師弟害了臨安龍門鏢局滿門。好在敝師弟不久便可回山，三位暫忍一時，待見了敝師弟之面，再行分辨是非如何？」

那身形乾枯，猶似病夫的燕雲鏢局總鏢頭宮九佳說道：「祁總鏢頭且請坐下。張五俠既然尚未回山，此事終究不易了斷，咱們不如拜見張真人，請他老人家金口明示，交代一句話下來。張真人是當今武林中的泰山北斗，天下英雄好漢，莫不敬仰，難道他老人家還會不分是非、包庇弟子麼？」

他這幾句話雖說得客氣，但含意甚是厲害。莫聲谷如何聽不出來，當即說道：「家師閉關靜修，尚未開關。再說，近年來我武當門中之事，均由我大師哥處理。除了武林中真正大有名望的高人，家師極少見客。」言下之意是說你們想見我師父，身分可還夠不上。

那高高瘦瘦的晉陽鏢局總鏢頭雲鶴冷笑一聲，道：「天下事也真有這般湊巧，剛好我們上山，尊師張真人便即閉關。可是龍門鏢局七十餘口的人命，卻不是一閉關便能躲過呢。」宮九佳聽他這幾句話說得太重，忙使眼色制止。但莫聲谷已自忍耐不住，大聲喝道：「你說我師父是因為怕事才閉關嗎？」雲鶴冷笑一聲，並不答話。

宋遠橋雖然涵養極好，但聽他辱及恩師，卻也是忍不住有氣，當著武當七俠之面，竟然有人言辭中對張三丰不敬，那是十餘年來從未有過之事。他緩緩的道：「三位遠來是客，我們不敢得罪，送客！」說著袍袖一拂，一股疾風隨著這一拂之勢捲出，祁天彪、雲鶴、宮九佳三人身前茶几上的三隻茶碗突然被風捲起，落在宋遠橋身前的茶几之上。三隻茶碗緩緩捲起，輕輕落下，落到茶几上時只托托幾響，竟不濺出半點茶水。

祁天彪等三人當宋遠橋衣袖揮出之時，被這一股看似柔和、實則力道強勁之極的袖風壓在胸口，登時呼吸閉塞，喘不過氣來，三人急運內功相抗，但那股袖風倏然而來，倏然而去，三人胸口重壓陡消，波波波三聲巨響，都大聲的噴了一口氣出來。三人這一驚非同小可，心知宋遠橋只須左手袖子跟著一揮，第二股袖風乘虛而入，自己所運的內息被逼得逆行倒衝，就算不立斃當場，也須身受重傷，內功損折大半。這一來，三個總鏢頭方知眼前這位沖淡謙和、恂恂儒雅的宋大俠，實是身負深不可測的絕藝。

張翠山在屏風後想起殷素素殺害龍門鏢局滿門之事，實感惶愧無地，待見到宋遠橋這一下衣袖上所顯的深厚功力，心下大為驚佩，尋思：「我武當派內功越練到後來，進境越快。我在王盤山之時，與義兄內力相差極遠，但到冰火島分手，似乎已拉近了不少。當年義兄在洛陽想殺大師哥，那時大師哥自然抵擋不住。但義兄就算雙眼不盲，此刻的武功卻未必能勝過大師哥多少。再過十年，大師哥、二師哥便不會在我義兄之下。」

只見祁天彪抱拳說道：「多謝宋大俠手下留情，告辭！」宋遠橋和莫聲谷送到滴水簷前。祁天彪轉身道：「兩位留步，不勞遠送。」宋遠橋道：「難得三位總鏢頭光降敝山，如何不送？改日在下當再赴京師、太原、金陵貴局回拜。」祁天彪道：「這個如何克當？」他領教了宋遠橋的武功之後，覺得這位宋大俠雖然身負絕世武功，但言談舉止之中竟無半分驕氣，心中對他甚是欽佩，初上山時那股興師問罪、復仇拚命的銳氣已折了大半。

兩人正在說客氣話，祁天彪突見門外匆匆進來一個短小精悍、滿臉英氣的中年漢子。宋遠橋道：「四弟，來見過這三位朋友。」當下給祁天彪等三人引見了。

張松溪笑道：「三位來得正好，在下正有幾件物事要交給各位。」說著遞過三個小小包裹，每人交了一個。祁天彪問道：「那是甚麼？」張松溪道：「此處拆看不便，各位下山後再看罷。」師兄弟三人直送到觀門之外，方與三個總鏢頭作別。

莫聲谷一待三人走遠，急問：「四哥，五哥呢？他回山沒有？」張松溪笑道：「你先進去見五弟，我和大哥在廳上等這三個鏢客回來。」莫聲谷叫道：「五哥在裏面？這三個鏢客還要回來，幹麼？」心下記掛著張翠山，不待張松溪說明情由，急奔入內。

莫聲谷剛進內堂，果然祁天彪等三人匆匆回來，向宋遠橋、張松溪納頭便拜。二人急忙還禮。雲鶴道：「武當諸俠大恩大德，雲某此刻方知。適才雲某言語中冒犯張真人，當真是豬狗不如。」說著提起手來，左右開弓，在自己臉上劈劈啪啪的打了十幾下，落手極重，只打得雙頰紅腫，兀自不停。宋遠橋愕然不解，急忙攔阻。

張松溪道：「雲總鏢頭乃是有志氣的好男兒，那驅除韃虜、還我河山的大願，凡我中華好漢，無不同心。些些微勞，正是我輩份所當為，雲總鏢頭何必如此？」

雲鶴道：「雲某老母幼子，滿門性命，皆出諸俠之賜。雲某渾渾噩噩，五年來一直睡在夢裏。適才言辭不遜，兩位若肯狠狠打我一頓，雲某心中方得稍減不安。」

張松溪微笑道：「過去之事，誰也休提。雲總鏢頭剛才的言語，家師便是親耳聽到了，心敬雲總鏢頭的所作所為，也決不會放在心上。」但雲鶴始終惶愧不安，深自痛責。

宋遠橋不明其中之理，只順口謙遜了幾句，見祁天彪和宮九佳也是不住口的道謝，但瞧張松溪的神色語氣之間，對祁宮二人並不怎麼，對雲鶴卻甚是敬重親熱。三個總鏢頭定要到張三丰坐關的屋外磕頭，又要去見莫聲谷陪罪，張松溪一一辭謝，這才作別。

三人走後，張松溪嘆了口氣，道：「這三人雖對咱們心中感恩，可是龍門鏢局的人命，他三人竟是一句不提。看來感恩只管感恩，那一場禍事，仍是消弭不了。」

宋遠橋待問情由，只見張翠山從內堂奔將出來，拜倒在地，叫道：「大哥，可想煞小弟了。」宋遠橋是謙恭有禮之士，雖對同門師弟，又是久別重逢，心情激盪之下，仍是不失禮數，恭恭敬敬的拜倒還禮，說道：「五弟，你終於回來了。」

張翠山略述別來情由。莫聲谷心急，便問：「五哥，那三個鏢客無禮，定要誣賴你殺了臨安龍門鏢局滿門，你也涵養忒好，怎地不出來教訓他們一頓？」張翠山慘然長嘆，道：「這中間的原委曲折，非一言可盡。我詳告之後，還得請眾兄弟一同想個良策。」

殷梨亭道：「五哥放心，龍門鏢局護送三哥不當，害得他一生殘廢，五哥便是真的殺了他鏢局滿門，也是兄弟情深，激於一時義憤……」

俞蓮舟喝道：「六弟，你胡說甚麼？這話要是給師父聽見了，不關你一個月黑房才怪。殺人全家老少，這般滅門絕戶之事，我輩怎可做得？」

宋遠橋等一齊望著張翠山。但見他神色甚是淒厲，過了半晌，說道：「龍門鏢局的人，我一個也沒殺。我不敢忘了師父的教訓，沒敢累了眾兄弟的盛德。」

宋遠橋等一聽大喜，都舒了一口長氣。他們雖決計不信張翠山會做這般狠毒慘事，但少林派眾高僧既一口咬定是他所為，還說是親眼目睹，而當三個總鏢頭上門問罪之時，他又不挺身而出，直斥其非，各人心中自不免稍有疑惑，這時聽他這般說，無不放下了一件大心事，均想：「這中間便有許多為難之處，但只要不是他殺的人，終能解說明白。」

當下莫聲谷便問那三個鏢客去而復回的情由。張松溪笑道：「這三個鏢客之中，倒是那出言無禮的雲鶴人品最好，他在晉陝一帶名望甚高，暗中聯絡了山西、陝西的豪傑，歃血為盟，要起義反抗蒙古韃子。」宋遠橋等一齊喝了聲采。

莫聲谷道：「瞧不出他竟具這等胸襟，實是可敬可佩。四哥，你且莫說下去，等我歸來再說……」說著急奔出門。

張松溪果然住口，向張翠山問些冰火島的風物。當張翠山說到該地半年白晝、半年黑夜之時，四人盡皆駭異。張翠山道：「那地方東西南北也不大分得出來，太陽出來之處，也不能算是東方。」又說到海中冰山等等諸般奇事異物。

說話之間，莫聲谷已奔了回來，說道：「我趕去向那雲總鏢頭陪了個禮，說我佩服他是個鐵錚錚的好男兒。」眾人深知這個小師弟的直爽性子，也早料到他出去何事。莫聲谷來往飛奔數里，絲毫不以為累，他既知雲鶴是個好男兒，若不當面跟他盡釋前嫌，言歸於好，那便有幾晚睡不著覺了。

殷梨亭道：「七弟，四哥的故事等著你不講，可是五哥說的冰火島上的怪事，可更加好聽。」莫聲谷跳了起來，道：「啊，是嗎？」張松溪道：「那雲鶴一切籌劃就緒……」莫聲谷搖手道：「四哥，對不住，請你再等一會……」張翠山微笑道：「七弟總是不肯吃虧。」於是將冰火島上一些奇事重述了一遍。莫聲谷道：「奇怪，奇怪！四哥，這便請說了。」

張松溪道：「那雲鶴一切籌劃就緒，只待日子一到，便在太原、大同、汾陽三地同時舉義，那知與盟的眾人之中竟有一名大叛徒，在舉義前的三天，盜了加盟眾人的名單，以及雲鶴所寫的舉義策劃書，去向蒙古韃子告密。」

莫聲谷拍腿叫道：「啊喲，那可糟了。」

張松溪道：「也是事有湊巧，那時我正在太原，有事要找那太原府知府晦氣，半夜裏見到那知府正和那叛徒竊竊私議，聽到他們要如何一面密報朝廷，一面調兵遣將、將舉義人等一網打盡。於是我跳進屋去，將那知府和叛徒殺了，取了加盟的名單和籌劃書，回來南方。雲鶴等一干人發覺名單和籌劃書被盜，知道大事不好，不但義舉不成，而且單上有名之人家家有滅門大禍，連夜送出訊息，叫各人遠逃避難。但這時城門已閉，訊息送不出去，次日一早，因知府被戕，太原城閉城大索刺客。雲鶴等人急得猶似熱鍋上螞蟻一般，心想這一番自己固然難免滿門抄斬，而晉陝二省更不知將有多少仁人義士被害。不料提心吊膽的等了數日，竟是安然無事，後來城中拿不到刺客，查得也慢慢鬆了，這件事竟不了了之。他們見那叛徒死在府衙之中，也料到是暗中有人相救，只是無論如何卻想不到我身上。」

殷梨亭道：「你適才交給他的，便是那加盟名單和籌劃書？」張松溪道：「正是。」

莫聲谷道：「那宮九佳呢？四哥怎生幫了他一個大忙？」

張松溪道：「這宮九佳武功是好的，可是人品作為，決不能跟雲總鏢頭相提並論。六年之前，他保鏢到了雲南，在昆明受一個大珠寶商之託，暗帶一批價值六十萬兩銀子的珠寶送往大都。但到江西卻出了事，在鄱陽湖邊，宮九佳被鄱陽四義中的三義圍攻，搶去了紅貨。宮九佳便是傾家蕩產，也賠不起這批珠寶，何況他燕雲鏢局執北方鏢局的牛耳，他招牌這麼一砸，以後也不用做人了。他在客店中左思右想，竟便想自尋短見。

「鄱陽三義不是綠林豪傑，卻為何要劫取這批珠寶？原來鄱陽四義中的老大犯了事，給關入了南昌府的死囚牢，轉眼便要處斬。三義劫了兩次牢，救不出老大，官府卻反而防範得更加緊了。鄱陽三義知道官府貪財，便想用這批珠寶去行賄，減輕老大的罪名，我見他四人甚有義氣，便設法將那老大救出牢來，要他們將珠寶還給宮九佳。這宮總鏢頭雖然面目可憎、言語無味，但生平也沒做過甚麼惡事，在大都也不交結官府，欺壓良善，那麼救了他一命也是好的。我叫鄱陽四義不可提我的名字，只是將那塊包裹珠寶的錦緞包袱留了下來。適才我將那塊包袱還了給他，他自是心中有數了。」

俞蓮舟點頭道：「四弟此事做得好，那宮九佳也還罷了，鄱陽四義卻為人不錯。」

莫聲谷道：「四哥，你交給祁天彪的卻又是甚麼？」張松溪道：「那是九枚斷魂蜈蚣鏢。」五人聽了，都是「啊」的一聲，這斷魂蜈蚣鏢在江湖上名頭頗為響亮，是涼州大豪吳一氓的成名暗器。

張松溪道：「這一件事我做得忒也大膽了些，這時想來，當日也真是僥倖。那祁天彪保鏢路過潼關，無意中得罪了吳一氓的弟子，兩人動起手來，祁天彪出掌將他打得重傷。祁天彪打了這掌之後，知道闖下了大禍，匆匆忙忙的交割了鏢銀，便想連夜趕回金陵，邀集至交好友，合力對付那吳一氓。但他剛到洛陽，便給吳一氓追上了，約了他次日在洛陽西門外比武。」殷梨亭道：「這吳一氓的武功好得很啊，祁天彪如何是他對手？」

張松溪道：「是啊，祁天彪自知憑他的能耐，擋不了吳一氓的一鏢，無可奈何之中，便去邀洛陽喬氏兄弟助拳。喬氏兄弟一口答應，說道：『憑我兄弟的武功，祁大哥你也明白，決不能對付得了吳一氓。你要我兄弟出場，原也不過要我二人吶喊助威。好，明日午時，洛陽西門外，我兄弟準到。』」

莫聲谷道：「喬氏兄弟是使暗器的好手，有他二人助拳，祁天彪以三敵一，或能跟吳一氓打個平手。只不知吳一氓有沒有幫手。」

張松溪道：「吳一氓倒沒幫手。可是喬氏兄弟卻出了古怪。第二天一早，祁天彪便上喬家去，想跟他兄弟商量迎敵之策，那知喬家看門的說道：『大爺和二爺今朝忽有要事，趕去了鄭州，請祁老爺不必等他們了。』祁天彪一聽之下，幾乎氣炸了肚子。喬氏兄弟幾年之前在江南出了事，祁天彪曾幫過他們很大的忙，不料此刻急難求援，兄弟倆嘴上說得好聽，竟是腳底抹油，溜之乎也。祁天彪知道吳一氓心狠手辣，這個約會躲是躲不過的，於是在客店中寫下了遺書，處分後事，交給了趟子手，自己到洛陽西門外赴約。

「這件事的前後經過，我都瞧在眼裏。那日我扮了個乞丐，易容改裝，躺在西門外的一株大樹之下，不久吳一氓和祁天彪先後到來，兩人動起手來，鬥不數合，吳一氓便下殺手，放了一枚斷魂蜈蚣鏢。祁天彪眼見抵擋不住，只有閉目待死，我搶上前去，伸手將鏢接了，吳一氓又驚又怒，喝問我是否丐幫中人。我笑嘻嘻的不答。吳一氓連放八枚斷魂蜈蚣鏢，都給我一一接了過來。他的成名暗器果然是非同小可，我若用本門武功去接，本也不難，但我防他瞧出疑竇，故意裝作左足跛，右手斷，只使一隻左手，又使少林派的接鏢手法，掌心向下擒撲，九枚鏢接是都接到了，但手掌險些給他第七枚毒鏢劃破，算是十分凶險。他果然喝問我是少林派中那一位高僧的弟子，我仍是裝聾作啞，跟他咿咿啊啊的胡混。吳一氓自知不敵，慚怒而去，回到涼州後杜門不出，這幾年來一直沒在江湖上現身。」

莫聲谷搖頭道：「四哥，吳一氓雖不是良善之輩，但祁天彪也算不得是甚麼好人，那日倘若你給蜈蚣鏢傷了手掌，這可如何是好？這般冒險未免太也不值。」
張松溪笑道：「這是我一時好事，事先也沒料到他的蜈蚣鏢當真有這等厲害。」
莫聲谷性情直爽，不明白張松溪這些行徑的真意，張翠山卻如何不省得？四哥盡心竭力，為的是要消解龍門鏢局全家被殺的大仇。他知虎踞鏢局是江南眾鏢局之首，冀魯一帶眾鏢局的頭腦是燕雲鏢局，西北各省則推晉陽鏢局為尊。龍門鏢局之事日後發作起來，這三家鏢局定要出頭，是以他先伏下了三樁恩惠。這三件事看來似是機緣巧合，但張松溪明查暗訪，等候機會，不知花了多少時日，多少心血？
張翠山哽咽道：「四哥，你我兄弟一體，我也不必說這個『謝』字，都是你弟妹當日作事偏激，闖下這個大禍。」當下將殷素素如何扮成他的模樣、夜中去殺了龍門鏢局滿門之事從頭至尾的說了，最後道：「四哥，此事如何了結，你給我拿個主意。」
張松溪沉吟半晌，道：「此事自當請師父示下。但我想人死不能復生，弟妹也已改過遷善，不再是當日殺人不眨眼的弟妹。知過能改，善莫大焉。大哥，你說是不是？」
宋遠橋面臨這數十口人命的大事，一時躊躇難決。俞蓮舟卻點了點頭，道：「不錯！」
殷梨亭最怕二哥，知道大哥是好好先生，容易說話，二哥卻嫉惡如仇，鐵面無私，生怕他跟五嫂為難，一直在提心吊膽，卻不知俞蓮舟早已知道此事，也早已原宥了殷素素。他見二哥點頭，心中大喜，忙道：「是啊，旁人問起來，五哥只須說那些人不是你殺的。你又不是撒謊，本來不是你殺的啊。」宋遠橋橫了他一眼，道：「一味抵賴，五弟心中何安？咱們身負俠名，心中何安？」殷梨亭急道：「那怎生是好？」

宋遠橋道：「依我之見，待師父壽誕過後，咱們先去找回五弟的孩兒，然後是黃鶴樓頭英雄大會，交代了金毛獅王謝遜這回事後，咱們師兄弟六人，再加上五弟妹，七人同下江南。三年之內，咱們每人要各作十件大善舉。」張松溪鼓掌叫道：「對，對！龍門鏢局枉死了七十來人，咱們各作十件善舉，如能救得一二百個無辜遭難者的性命，那麼勉強也可抵過了。」俞蓮舟也道：「大哥想得再妥當也沒有了，師父也必允可。否則便是要五弟妹給那七十餘口抵命，也不過是多死一人，於事何補？」

張翠山一直為了此事煩惱，聽大師哥如此安排，心下大喜，道：「我跟她說去。」將宋遠橋的話去跟妻子說了，又說眾兄弟一等祝了師父的大壽，便同下山去訪尋無忌。

殷素素本來無甚大病，只是思念無忌成疾，這時聽了丈夫的話，心想憑著武當六俠的本事，總能將無忌找得回來，心頭登時便寬了。

張翠山跟著又去見俞岱巖。師兄弟相見，自有一番悲喜。

十　百歲壽宴摧肝腸

張三丰率領弟子迎出紫霄宮外。只見少林派掌門人空聞大師率同師弟空智、空性，以及九名弟子已緩步來到。當下武當、少林兩派首腦人物各以平輩之禮相見。

過了數日，已是四月初八。張三丰心想明日是自己的百歲大壽，徒兒們必有一番熱鬧，雖然俞岱巖殘廢，張翠山失蹤，未免美中不足，但一生能享百歲遐齡，也算難得，同時閉關參究的一門「太極功」也已深明精奧，從此武當一派定可在武林中大放異采，當不輸於天竺達摩東傳的少林派武功。這天清晨，他便開關出來。

一聲清嘯，衣袖略振，兩扇板門便呀的一聲開了。張三丰第一眼見到的不是旁人，竟是十年來思念不已的張翠山。

他一搓眼睛，還道是看錯了。張翠山已撲在他懷裏，聲音嗚咽，連叫：「師父！」心情激盪之下竟忘了跪拜。宋遠橋等五人齊聲歡叫：「師父大喜，五弟回來了！」

張三丰活了一百歲，修鍊了八十幾年，胸懷空明，早已不縈萬物，但和這七個弟子情若父子，陡然間見到張翠山，忍不住緊緊摟著他，歡喜得流下淚來。

眾兄弟服侍師父梳洗漱沐，換過衣巾。張翠山不敢便稟告煩惱之事，只說些冰火島的奇情異物。張三丰聽他說已經娶妻，更是歡喜，道：「你媳婦呢？快叫她來見我。」

張翠山雙膝跪地，說道：「師父，弟子大膽，娶妻之時，沒能稟明你老人家。」張三丰捋鬚笑道：「你在冰火島上十年不能回來，難道便等上十年，待稟明了我再娶麼？笑話，笑話！快起來，不用告罪，張三丰那有這等迂腐不通的弟子？」張翠山長跪不起，道：「可是弟子的媳婦來歷不正，她……她是天鷹教殷教主的女兒。」

張三丰仍是捋鬚一笑，說道：「那有甚麼干係？只要媳婦兒人品不錯，也就是了，便算她人品不好，到得咱們山上，難道不能潛移默化於她麼？天鷹教又怎樣了？翠山，為人第一不可胸襟太窄，千萬別自居名門正派，把旁人都瞧得小了。這正邪兩字，原本難分。正派弟子若是心術不正，便是邪徒，邪派中人只要一心向善，便是正人君子。」張翠山大喜，想不到自己擔了十年的心事，師父只輕輕兩句話便揭了過去，當下滿臉笑容，站起身來。

張三丰又道：「你那岳父殷教主我跟他神交已久，很佩服他武功了得，是個慷慨磊落的奇男子，他雖性子偏激，行事乖僻些，可不是卑鄙小人。咱們很可交交這個朋友。」宋遠橋等均想：「師父對五弟果然厚愛，愛屋及烏，連他岳父這等大魔頭，居然也肯下交。」正說到此處，一名道僮進來報道：「天鷹教殷教主派人送禮來給張五師叔！」

張三丰笑道：「岳父送贄禮來啦，翠山，你去迎接賓客罷！」張翠山應道：「是！」殷梨亭道：「我跟五哥一起去。」張松溪笑道：「又不是金鞭紀老英雄送禮來，要你忙些甚麼？」殷梨亭臉一紅，還是跟了張翠山出去。

只見大廳上站著兩個老者，羅帽直身，穿的家人服色，見到張翠山出來，一齊走上幾步，跪拜下去，說道：「姑爺安好，小人殷無福、殷無祿叩見。」張翠山還了一揖，說道：「管家請起。」心想：「這兩個家人的名字好生奇怪，凡是僕役家人，取的名字總是『平安吉慶、福祿壽喜』之類，怎地他二人卻叫作『無福、無祿』？」但見那殷無福臉上有一條極長的刀疤，自右邊額角一直斜下，掠過鼻尖，直至左邊嘴角方止。那殷無祿卻是滿臉麻皮。兩人相貌都極醜陋，均已有五十來歲年紀。

張翠山道：「岳父大人、岳母大人安好。我待得稍作屏擋，便要和你家小姐同來拜見尊親，不料岳父母反先存問，卻如何敢當？兩位遠來辛苦。請坐喝杯茶。」殷無福和殷無祿卻不敢坐，恭恭敬敬的呈上禮單，說道：「我家老爺太太說些些薄禮，請姑爺笑納。」

張翠山道：「多謝！」打開禮單一看，不禁嚇了一跳，只見十餘張泥金箋上，一共寫了二百款禮品，第一款是「碧玉獅子成雙」，第二款是「翡翠鳳凰成雙」，無數珠寶之後，是「特品紫狼毫百枝」、「貢品唐墨二十錠」、「宣和桑紙百刀」、「極品端硯八方」。那天鷹教教主打聽到這位嬌客善於書法，竟送了大批極名貴的筆墨紙硯，其餘衣履冠帶、服飾器用，無不具備。殷無福轉身出去，領了十名腳夫進來，每人都挑了一副擔子，擺在廳側。

張翠山心下躊躇：「我自幼清貧，山居簡樸，這些珍物要來何用？可是岳父遠道厚賜，若是不受，未免不恭。」只得稱謝受下，說道：「你家小姐旅途勞頓，略染小恙。兩位管家請在山上多住幾日，再行相見。」殷無福道：「老爺太太甚是記掛小姐，叮囑即日回報。若不過於勞累小姐，小人想叩見小姐一面，即行回去。」

張翠山道：「既是如此，且請稍待。」回房跟妻子說了。殷素素大喜，略加梳妝，來到偏廳和兩名家人相見，問起父母兄長安康，留著兩人用了酒飯。殷無福、殷無祿當即叩別姑爺小姐。

張翠山心想：「岳父母送來這等厚禮，該當重重賞賜這兩人才是。可是就把山上所有的銀子集在一起，也未必能賞得出手。」他生性豁達，也不以為意，笑道：「你家小姐嫁了個窮姑爺，給不起賞錢，兩位管家請勿見笑。」殷無福道：「不敢，不敢。得見武當五俠一面，甚於千金之賜。」張翠山心道：「這位管家吐屬風雅，似是個文墨之士。」當下送到中門。殷無福道：「姑爺請留步，但盼和小姐早日駕臨，以免老爺太太思念。敝教上下，盡皆仰望姑爺風采。」張翠山一笑。

殷無祿道：「還有一件小事，須得稟告姑爺知道。小人兄弟送禮上山之時，在襄陽客店中遇見三個鏢客。他三人言談之中，提到了姑爺。」張翠山道：「哦，他們說些甚麼？」殷無祿道：「一人說道：『武當七俠於我等雖有大恩，可是龍門鏢局的七十餘口人命，終不能便此罷手。他三人說自己是決計不能再理會此事的了，要去請開封府神槍震八方譚老英雄出來，跟姑爺理論此事。」張翠山點了點頭，並不言語。

殷無祿探手懷中，取出三面小旗，雙手呈給張翠山，道：「小人兄弟聽那三個鏢客膽敢想太歲頭上動土，已將這事攬到了天鷹教身上。」

張翠山一見三面小旗，不禁一驚，只見第一面旗上繡著一頭猛虎，仰天吼叫，作蹲踞之狀，自是「虎踞鏢局」的鏢旗。第二面小旗上繡著一頭白鶴在雲中飛翔，當是「晉陽鏢局」的鏢旗，雲中白鶴是總鏢頭雲鶴。第三面小旗上用金線繡著九隻燕子，包含了「燕雲鏢局」的「燕」字和總鏢頭宮九佳的「九」字。

張翠山奇道：「怎地將他們的鏢旗取來了？」殷無福道：「姑爺是天鷹教的嬌客，祁天彪、宮九佳他們是甚麼東西，明知武當七俠於他們有恩，居然還想去請甚麼開封府神槍震八方譚瑞來這老傢伙來跟姑爺理論，那不是太豈有此理麼？我們聽到了這三個鏢客的無禮之言……」張翠山道：「其實也不算得甚麼無禮。」殷無福道：「是，那是姑爺的寬宏大量，人所不及。我們三人可按捺不住，料理了這三個鏢客，取來了三家鏢局的鏢旗。」

張翠山吃了一驚，心想祁天彪等三人都是一方鏢局中的豪傑，江湖上成名已久，雖然算不得是武林中頂兒尖兒的腳色，但各有各的絕藝。何以岳父手下三個家人，便如此輕描淡寫的說將他們料理了？但若說殷無福瞎吹，他們明明取來了這三桿鏢旗，別說明取，便是暗偷，可也不易啊。難道他們在客店中使甚麼薰香迷藥，做翻了那三個總鏢頭？問道：「這三桿鏢旗是怎生取來的？」

殷無福道：「當時二弟無祿出面叫陣，約他們到襄陽南門較量，我們三人對他三個。言明他們若是輸了，便留下鏢旗，自斷一臂，終身不許踏入湖北省一步。」張翠山愈聽愈奇，愈是不敢小覷了眼前這兩個家人，問道：「後來怎樣？」殷無福道：「後來也沒甚麼，他們便留下鏢旗，自己砍斷了左臂，說終身不踏進湖北省一步。」

張翠山暗暗心驚：「這些天鷹教的人物，行事竟如此狠辣。」不禁皺起了眉頭。殷無祿道：「倘若姑爺嫌小人下手太輕，我們便追將上去，將三人宰了。」張翠山忙道：「不輕！不輕！已重得很。」殷無福道：「我們心想這次來給姑爺送禮，乃是天大的喜事，倘若傷了人命，似乎不吉。」張翠山道：「不錯，你們想得很周到。你剛才說共有三人前來，還有一位呢？」殷無福道：「還有個兄弟殷無壽。我們趕走了三個鏢客之後，怕那神槍譚老頭兒終於得到了訊息，不知好歹，還要來囉唣姑爺，是以殷無壽便上開封府去。無壽叫小人代他向姑爺磕頭請安。」說著便爬下來磕頭。

張翠山還了一揖，道：「不敢當。」心想那神槍震八方譚瑞來威名赫赫，成名已垂四十年，殷無壽為自己而鬧上開封府去，不論那一方有了損傷，都是大大不妥，說道：「那神槍震八方譚老英雄我久仰其名，是個正人君子，兩位快些趕赴開封，叫無壽大哥不必再跟譚老英雄說話了。倘若雙方說僵了動手，只怕不妙。」

殷無祿淡淡一笑，道：「姑爺不必擔心，那姓譚的老傢伙不敢跟三弟動手的。三弟叫他不許多管閒事，他會乖乖的聽話。」張翠山道：「是麼？」暗想神槍震八方譚瑞來豈是好惹的人物，他自己或許老了，可是開封府神槍譚家一家，武功高強的弟子少說也有一二十人，那能怕了你殷無壽一人？殷無福瞧出張翠山有不信之意，說道：「那譚老頭兒二十年前是無壽的手下敗將，並有重大的把柄落在我們手中。姑爺望安。」說著二人行禮作別。

張翠山拿著那三面小旗，躊躇了半晌。他本想命二人打聽無忌的下落，但想跟外人提起此事，自己也還罷了，卻不免損了二哥的威名，於是慢慢踱回臥房。

殷素素斜倚在床，翻閱禮單，好生感激父母待己的親情，想起無忌此時不知如何，又是憂心如焚，見丈夫走進房來，臉上神色不定，忙問：「怎麼啦？」

張翠山道：「那無福、無祿、無壽三人，卻是甚麼來歷？」

殷素素和丈夫成婚雖已十年，但知他對天鷹教心中不喜，因此於自己家事和教中諸般情由一直不跟他談起，張翠山亦從來不問。這時她聽丈夫問及，才道：「這三人在二十多年前本是橫行西南一帶的大盜，後來受許多高手的圍攻，眼看無倖，適逢我爹爹路過，見他們死戰不屈，很有骨氣，便伸手救了他們。這三人並不同姓，自然也不是兄弟。他們感激我爹爹救命之恩，便立下重誓，終身替他為奴，拋棄了從前的姓名，改名為殷無福、殷無祿、殷無壽。我從小對他們很是客氣，也不敢真以奴僕相待。我爹爹說，講到武功和從前的名望，武林中許多大名鼎鼎的人物也未必及得上他三人。」

張翠山點頭道：「原來如此。」於是將他三個斷人左臂、奪人鏢旗之事說了。殷素素皺眉道：「他三人原是一番好意，卻沒想到名門正派的弟子行事跟他們邪教大不相同。五哥，這件事又跟你添上了麻煩，我……我真不知如何是好？」嘆了口氣，說道：「待尋到無忌，我們還是回冰火島去罷。」忽聽得殷梨亭在門外叫道：「五哥，快來大筆一揮，寫幾副壽聯兒。」又笑道：「五嫂，你別怪我拉了五哥去，誰教他叫作『鐵劃銀鉤』呢？」

當日下午，六個師兄弟分別督率火工道人、眾道僮在紫霄宮四處打掃布置，廳堂上都貼了張翠山所書的壽聯，前前後後，一片喜氣。

次日清晨，宋遠橋等換上了新縫的布袍，正要去攙扶俞岱巖，七人同向師父拜壽，一名道僮進來，呈上一張名帖。宋遠橋接了過來。張松溪眼快，見帖上寫道：「崑崙後學何太冲率門下弟子恭祝張真人壽比南山。」驚道：「崑崙掌門人親自給師父拜壽來啦。他幾時到中原來的？」莫聲谷問道：「何夫人有沒有來？」何太冲的夫人班淑嫻是他師姊，聽說武功不在崑崙掌門之下。張松溪道：「名帖上沒寫何夫人。」宋遠橋道：「這位客人非同小可，該當請師父親自迎接。」忙去稟明張三丰。

張三丰道：「聽說鐵琴先生罕來中土，虧他知道老道的生日。」當下率領六名弟子，迎了出去。只見鐵琴先生何太冲年紀也不甚老，身穿黃衫，神情甚是飄逸，氣象沖和，儼然是名門正派的一代宗主。他身後站著八名男女弟子，西華子和衛四娘也在其內。

何太冲向張三丰行禮致賀。張三丰連聲道謝，拱手行禮。宋遠橋等六人跪下磕頭，何太沖也跪拜還禮，說道：「武當六俠名震寰宇，這般大禮如何克當？」

張三丰剛將何太沖師徒迎進大廳，賓主坐定獻茶，一名小道僮又持了一張名帖進來，交給了宋遠橋，卻是崆峒五老齊至。當世武林之中，少林、武當名頭最響，崑崙、峨嵋次之，崆峒派又次之。崆峒五老論到輩份地位，不過和宋遠橋平起平坐。但張三丰甚是謙沖，站起身來，說道：「崆峒五老到來，何兄請少坐，老道出去迎接賓客。」

何太沖心想：「崆峒五老這等人物，派個弟子出去迎接一下也就是了。」

少時崆峒五老帶了弟子進來。接著神拳門、海沙派、巨鯨幫、巫山幫，許多門派幫會的首腦人物陸續來到山上拜壽。宋遠橋等事先只想本門師徒共盡一日之歡，沒料到竟來了這許多賓客，六弟子分別接待，卻那裏忙得過來？張三丰一生最厭煩的便是這些繁文縟節，每逢七十歲、八十歲、九十歲的整壽，總是叮囑弟子不可驚動外人，豈知在這百歲壽辰，竟然武林中貴賓雲集。到得後來，紫霄宮中連給客人坐的椅子也不夠了。宋遠橋只得派人去捧些圓石，密密的放在廳上。各派掌門、各幫的幫主等尚有座位，門人徒眾只好坐在石上。斟茶的茶碗分派完了，只得用飯碗、菜碗奉茶。

張松溪一拉張翠山，走到廂房。張松溪道：「五弟，你瞧出甚麼來沒有？」張翠山道：「他們相互約好了的，大家見面之時，顯是成竹在胸。雖然有些人假作驚異，實則是欲蓋彌彰。」張松溪道：「不錯，他們並非誠心來給師父拜壽。」張翠山道：「拜壽為名，問罪是實。」張松溪道：「不是興師問罪。龍門鏢局的命案，決計請不動鐵琴先生何太沖出馬。」張翠山道：「嗯，這些人全是為了金毛獅王謝遜。」

張松溪冷笑道：「他們可把武當門人瞧得忒也小了。縱使他們倚多為勝，難道武當門下弟子竟會出賣朋友？五弟，那謝遜便算是十惡不赦的奸徒，既是你的義兄，決不能從你口中吐露他的行蹤。」張翠山道：「四哥說的是。咱們怎麼辦？」張松溪微一沉吟，道：「大家小心些便是。兄弟同心，其利斷金，武當七俠大風大浪見得慣了，豈能怕得了他們？」

俞岱巖雖然殘廢，但他們說起來還是「武當七俠」，而七兄弟之後，還有一位武學修為震鑠古今、冠絕當時的師父張三手在。只是兩人均想師父已百歲高齡，雖然眼前遇到了重大難關，但眾兄弟仍當自行料理，固然不能讓師父出手，也不能讓他老人家操心。張松溪口中這麼安慰師弟，內心卻知今日之事大是棘手，如何得保師門令譽，實非容易。

大廳之上，宋遠橋、俞蓮舟、殷梨亭三人陪著賓客說些客套閒話。他三人也早瞧出這些客人來勢不對，心中各自嘀咕。

正說話間，小道僮又進來報道：「峨嵋門下弟子靜玄師太，率同五位師弟妹，來向師祖拜壽。」宋遠橋和俞蓮舟一齊微笑，望著殷梨亭。這時莫聲谷正從外邊陪著八九位客人進廳，張松溪、張翠山剛從內堂轉出，聽到峨嵋弟子到來，也都向著殷梨亭微笑。殷梨亭滿臉通紅，神態忸怩。張翠山拉著他手，笑道：「來來來，咱兩個去迎接貴賓。」

兩人迎出門去。只見那靜玄師太已有四十來歲年紀，身材高大，神態威猛，雖是女子，卻比尋常男子還高了半個頭。她身後五個師弟妹中一個是三十來歲的瘦男子，兩個是尼姑，其中靜虛師太張翠山已在海上舟中會過。另外兩個都是二十來歲的姑娘，只見一個抿嘴微笑，另一個膚色雪白、長挑身材的美貌女郎低頭弄著衣角，那自是殷梨亭的未過門妻子、金鞭紀家的紀曉芙姑娘了。

張翠山上前見禮道勞，陪著六人入內。殷梨亭極是靦腆，一眼也不敢向紀曉芙瞧去，行到廊下，見眾人均在前面，忍不住向紀曉芙望去。這時紀曉芙低著頭剛好也斜了他一眼，兩人目光相觸。紀曉芙的師妹貝錦儀大聲咳嗽了一聲。兩人羞得滿臉通紅，一齊轉頭。貝錦儀噗哧一聲笑了出來，低聲道：「師姊，這位殷師哥比你還會害臊。」突然之間，紀曉芙身子顫抖了幾下，臉色慘白，眼眶中淚珠瑩然。

張松溪一直在盤算敵我情勢，見峨嵋六弟子到來，稍稍寬心，暗想：「紀姑娘是六弟未過門的妻子，待會若是說僵了動手，峨嵋派或會助我們一臂之力。」

各路賓客絡繹而至，轉眼已是正午。紫霄宮中絕無預備，那能開甚麼筵席？火工道人只能每人送一大碗白米飯，飯上鋪些青菜豆腐。武當六弟子連聲道歉。但見眾人一面扒飯，一面不停的向廳門外張望，似乎在等甚麼人。

宋遠橋等細看各人，見各派掌門、各幫幫主大都自重，身上未帶兵刃，但門人部屬有很多腰間脹鼓鼓地，顯是暗藏兵器，只峨嵋、崑崙、崆峒三派的弟子才全部空手。宋遠橋等都心下不忿：「你們既說來跟師父祝壽，卻又為何暗藏兵刃？」

又看各人所送的壽禮，大都是從山下鎮上臨時買的一些壽桃壽麵之類，倉卒間隨便置辦，不但跟張三丰這位武學大宗師的身分不合，也不符各派宗主、各派首腦的氣勢。

只有峨嵋派送的才是真正重禮，十六色珍貴玉器之外，另有一件大紅錦緞道袍，用金線繡著一百個各不相同的「壽」字，花的功夫甚是不小。靜玄師太向張三丰言道：「這是峨嵋門下十個女弟子合力繡成的。」張三丰心下甚喜，笑道：「峨嵋女俠拳劍功夫天下知名，今日卻來給老道繡了這件壽袍，那真是貴重之極了。」

張松溪眼瞧各人神氣，尋思：「不知他們還在等待甚麼強援？偏生師父不喜熱鬧，武當派的至交好友事先一位也沒邀請，否則也不致落得這般眾寡懸殊、孤立無援。」他想，師父交遊遍於天下，七兄弟又行俠仗義、廣結善緣，若是事先有備，自可邀得數十位高手前來同慶壽誕。

俞蓮舟在張松溪身邊悄聲道：「咱們本想過了師父壽誕之後，發出英雄帖，在武昌黃鶴樓頭開英雄大宴，不料一著之失，全盤受制。」他心中早已盤算定當，在英雄大宴之中，由張翠山說明不能出賣朋友的苦衷。凡在江湖上行走之人，對這個「義」字都看得極重，張翠山只須坦誠相告，誰也不能硬逼他做不義之徒。便有人不肯罷休，英雄宴中自有不少和武當派交好的高手，當真須得以武相見，也決不致落了下風。那料到對方已算到此著，竟以祝壽為名，先自約齊人手，湧上山來，攻了個武當派措手不及。

張松溪低聲道：「事已至此，只有拚力死戰。」武當七俠中以張松溪最為足智多謀，遇上難題，他往往能忽出奇計，轉危為安。俞蓮舟心下黯然：「連四弟也束手無策，看來今日武當六弟子要血濺山頭了。」若是以一敵一，來客之中只怕誰也不是武當六俠的對手，可是此刻山上之勢，不但是二十對一，且是三四十對一的局面。

張松溪扯了扯俞蓮舟衣角，兩人走到廳後。張松溪道：「待會說僵之後，若能用言語擠住了他們，單打獨鬥，以六陣定輸贏，咱們自是立於不敗之地，可是他們有備而來，定然想到此節，決不會答允只鬥六陣便算，勢必是個羣毆的局面。」俞蓮舟點頭道：「咱們第一是要救出三弟，決不能讓他再落入人手，更受折辱，這件事歸你辦。五弟妹身子恐怕未曾大好，你叫五弟全力照顧她，應敵禦侮之事，由我們四人多盡些力。」

張松溪點頭道：「好，便是這樣。」微一沉吟，道：「或有一策，可以行險僥倖。」俞蓮舟喜道：「行險僥倖，那也說不得了。四弟有何妙計？」張松溪道：「咱們各人認定一個對手，對方一動手，咱們一個服侍一個，一招之內便擒在手中。教他們有所顧忌，不敢強來。」俞蓮舟躊躇道：「若不能一招便即擒住，旁人必定上來相助。要一招得手，只怕……」張松溪道：「大難當頭，出手狠些也說不得了。使『虎爪絕戶手』！」俞蓮舟打了個突，說道：「『虎爪絕戶手』？今日是師父大喜的日子，使這門殺手，太狠毒了罷？」

原來武當派有一門極厲害的擒拿手法，叫作「虎爪手」。俞蓮舟學會之後，總嫌其一拿之下，對方若是武功高強，仍能強運內勁掙脫，不免成為比拚內力的局面，於是自加變化，從「虎爪手」中脫胎，創了十二招新招出來。

張三丰收徒之先，對每人的品德行為、資質悟性，都曾詳加查考，因此七弟子入門之後無一不成大器，不但各傳師門之學，並能分別依自己天性所近另創新招。俞蓮舟變化「虎爪手」的招數，原本不是奇事。但張三丰見他試演之後，只點了點頭，不加可否。

俞蓮舟見師父不置一詞，知道招數之中必定還存著極大毛病，潛心苦思，更求精進。數月之後，再演給師父看時，張三丰嘆了口氣，道：「蓮舟，這一十二招虎爪手，比我教給你的是厲害多了。不過你招招拿人腰眼，不論是誰受了一招，都有損陰絕嗣之虞。難道我教你的正大光明武功還不夠，定要一出手便令人絕子絕孫麼？」

俞蓮舟聽了師父這番教訓，雖在嚴冬，也不禁汗流浹背，心中慄然，當即認錯謝罪。

過了幾日，張三丰將七名弟子都叫到跟前，將此事說給各人聽了，最後道：「蓮舟創的這一十二下招數，苦心孤詣，算得上是一門絕學，若憑我一言就此廢棄，也是可惜，大家便跟蓮舟學一學罷，只是若非遇上生死關頭，決計不可輕用。我在『虎爪』兩字之下，再加上『絕戶』兩字，要大家記得，這路武功是令人斷子絕孫、毀滅門戶的殺手。」

當下七弟子拜領教誨。俞蓮舟便將這路武功傳了六位同門。七人學會以來，果然恪遵師訓，一次也沒用過。今日到了緊急關頭，張松溪提了出來，俞蓮舟仍是頗為躊躇。

張松溪道：「這『虎爪絕戶手』擒拿了對方腰眼之後，或許會令他永遠不能生育。小弟卻有個計較，咱們只找和尚、道士作對手，要不然便是七八十歲的老頭兒。」俞蓮舟微微一笑，說道：「四弟果然心思靈巧，和尚道士便不能生兒子，那也無妨。」

兩人計議已定，分頭去告知宋遠橋和三個師弟，每人認定一名對手，只待張松溪大叫一聲「啊喲」，六人各使「虎爪絕戶手」扣住對手。俞蓮舟選的是崆峒五老中年紀最高的一老關能，張翠山則選了崑崙派道人西華子。

大廳上眾賓客用罷便飯，火工道人收拾了碗筷。張松溪朗聲說道：「諸位前輩，各位朋友，今日家師百歲壽誕，承眾位光降，敝派上下盡感榮寵，只是招待簡慢之極，還請原諒。家師原要邀請各位同赴武昌黃鶴樓共謀一醉，今日不恭之處，那時再行補謝。敝師弟張翠山遠離十載，今日方歸，他這十年來的遭遇經歷，還未及詳行稟明師長。再說今日是家師大喜的日子，倘若談論武林中的恩怨鬥殺，未免不祥，各位遠道前來祝壽的一番好意，也變成存心來尋事生非了。各位難得前來武當，便由在下陪同，赴山前山後賞玩風景如何？」

他這番話先將眾人的口堵住了，聲明在先，今日乃壽誕吉期，倘若有人提起謝遜和龍門鏢局之事，便是存心和武當派為敵。

這些人連袂上山，除了峨嵋派之外，原是不惜一戰，以求逼問出金毛獅王謝遜的下落，但武當派威名赫赫，無人敢單獨與其結下樑子。倘若數百人一湧而上，那自是無所顧忌，可是要誰挺身而出，先行發難，卻是誰都不想作這冤大頭。

眾人面面相覷，僵持了片刻。崑崙派的西華子站起身來，大聲道：「張四俠，你不用把話說在頭裏。我們明人不作暗事，打開天窗說亮話，此番上山，一來是跟張真人祝壽，二來正是要打聽一下謝遜那惡賊的下落。」

莫聲谷鬱了半天氣，這時再也難忍，冷笑道：「好啊，原來如此，怪不得，怪不得！」西華子睜大雙目，問道：「甚麼怪不得？」莫聲谷道：「在下先前聽說各位來到武當，是來給家師拜壽，但見各位身上暗藏兵刃，心下好生奇怪，難道大家帶了寶刀寶劍，來送給家師作壽禮麼？這時候方才明白，送的竟是這樣一份壽禮。」西華子一拍身子，跟著解開道袍，大聲道：「莫七俠瞧清楚些，小小年紀，莫要含血噴人。我們身上誰暗藏兵刃來著。」

莫聲谷冷笑道：「很好，果然沒有。」伸出兩指，輕輕在身旁的兩人腰帶上一扯。他出手快極，這麼一扯，已將兩人的衣帶拉斷，但聽得嗆啷、嗆啷接連兩聲響過，兩柄短刀掉在帶下，青光閃閃，耀眼生花。

這一來，眾人臉色均是大變。西華子大聲道：「不錯，張五俠若是不肯告知謝遜的下落，那麼掄刀動劍，也說不得了。」

張松溪正要大呼「啊喲」為號，先發制人，忽然門外傳來一聲：「阿彌陀佛！」這聲佛號清清楚楚的傳進眾人耳鼓，又清又亮，似是從遠處傳來，但聽來又像發自身旁。

張三丰笑道：「原來是少林派空聞禪師到了，快快迎接。」門外那聲音接口道：「少林寺住持空聞，率同師弟空智、空性，暨門下弟子，恭祝張真人千秋長樂。」

空聞、空智、空性三人，是少林四大神僧中的人物，除了空見大師已死，三位神僧竟盡數到來。張松溪一驚之下，那一聲「啊喲」便叫不出聲，知道少林高手既大舉來到武當山，他六人便是以「虎爪絕戶手」制住了崑崙、崆峒等派中的人物，還是無用。

崑崙派掌門何太冲說道：「久仰少林神僧清名，今日有幸得見，也算不虛此行了。」門外另一個較為低沉的聲音說道：「這一位想是崑崙掌門何先生了。幸會，幸會！張真人，老衲等拜壽來遲，實是不恭。」張三丰道：「今日武當山上嘉賓雲集，老道只不過虛活了一百歲，敢勞三位神僧玉趾？」

他四人隔著數道門戶，各運內力互相對答，便如對面晤談一般。峨嵋派的靜玄師太、靜虛師太，崆峒派的關能、宗維俠、唐文亮、常敬之等功力不逮，便插不下口去。其餘各幫各派的人物更是心下駭然，自愧不如。

張三丰率領弟子迎出，只見三位神僧率領著九名僧人，緩步走到紫霄宮前。

那空聞大師白眉下垂，直覆到眼上，便似長眉羅漢一般；空性大師身軀雄偉，貌相威武；空智大師卻是一臉的苦相，嘴角下垂。宋遠橋暗暗奇怪，他頗精於風鑑相人之學，心道：「常人生了空智大師這副容貌，若非短命，便是早遭橫禍，何以他非但得享高壽，還成為武林中人所共仰的宗師？看來我這相人之學，所知實在有限。」

張三丰和空聞等雖然均是武林中的大宗師，但從未見過面。論起年紀，張三丰比他們大上三四十歲。他出身少林，若從他師父覺遠大師行輩敘班，那麼他比空聞等也要高上兩輩。但他既非在少林寺受戒為僧，又沒正式跟少林僧人學過武藝，當下各以平輩之禮相見。宋遠橋等反而矮了一輩。

張三丰迎著空聞等進入大殿。何太冲、靜玄師太、關能等上前相見，互道仰慕，又是一番客套。偏生空聞大師極是謙抑，對每一派每一幫的後輩子弟都要合什為禮，招呼幾句，亂了好一陣，數百人才一一引見完畢。

空聞、空智、空性三位高僧坐定，喝了一杯清茶。空聞說道：「張真人，貧僧依年紀班輩說，都是你的後輩。今日除了拜壽，原是不該另提別事。但貧僧忝為少林派掌門，有幾句話要向前輩坦率相陳，還請張真人勿予見怪。」

張三丰向來豪爽，開門見山的便道：「三位高僧，可是為了我這第五弟子張翠山而來麼？」張翠山聽得師父提到自己名字，便站了起來。

空聞道：「正是，我們有兩件事，要請教張五俠。第一件，張五俠殺了我少林派的龍門鏢局滿局七十一口，又擊斃少林僧人六人，這七十七人的性命，該當如何了結？第二件事，敝師兄空見大師，一生慈悲有德，與人無爭，卻慘被金毛獅王謝遜害死，聽說張五俠知曉那姓謝的下落，還請張五俠賜示。」

張翠山朗聲道：「空聞大師，龍門鏢局和少林僧人這七十七口人命，絕非晚輩所傷。張翠山一生受恩師訓誨，雖然愚庸，卻不敢打誑。至於傷這七十七口性命之人是誰，晚輩倒也知曉，可是不願明言。這是第一件。那第二件呢，空見大師圓寂西歸，天下無不痛悼，只是那金毛獅王謝遜和晚輩有八拜之交，義結金蘭。謝遜身在何處，實不相瞞，晚輩原也知悉。但我武林中人，最重一個『義』字，張翠山頭可斷，血可濺，我義兄的下落，我決計不能吐露。此事跟我恩師無關，跟我眾同門亦無干連，由張翠山一人擔當。各位若欲以死相逼，要殺要剮，便請下手。姓張的生平沒做過半件貽羞師門之事，沒妄殺過一個好人，各位今日定要逼我不義，有死而已。」他這番話侃侃而言，滿臉正氣。

空聞唸了聲：「阿彌陀佛！」心想：「聽他言來，倒似不假，這便如何處置？」

便在此時，大廳的落地長窗之外忽然有個孩子聲音叫道：「爹爹！」

張翠山心頭大震，這聲音正是無忌，驚喜交集之下，大聲叫道：「無忌，你回來了？」搶步出廳。巫山派和神拳門各有一人站在大廳門口，只道張翠山要逃走，齊聲叫道：「往那裏逃？」伸手便抓。張翠山思子心切，雙臂一振，將兩人摔得分跌左右丈餘，奔到長窗之外，只見空空蕩蕩，那有半個人影？他大聲叫道：「無忌，無忌！」並無回音。

廳中十餘人追了出來，見他並未逃走，也就不上前捉拿，站在一旁監視。

張翠山又叫：「無忌，無忌！」仍是無人答應。殷素素這時身子已大為康復，在後堂忽聽得丈夫大叫「無忌」，急忙奔出，顫聲叫道：「無忌回來了？」張翠山道：「我剛才好像聽見他的聲音，追出來時卻又不見。」殷素素好生失望，低聲說道：「想是你念著孩子，聽錯了。」張翠山呆了片刻，搖頭道：「我明明聽到的。」他怕妻子出來，和眾賓客會見後多生波折，忙道：「你進去罷！」

他回到大廳，向空聞行了一禮，道：「晚輩思念犬子，致有失儀，請大師見諒。」

空智說道：「善哉，善哉！張五俠思念愛子，如癡如狂，難道謝遜所害那許許多多人，便無父母妻兒麼？」他身子瘦瘦小小的，出言卻聲如洪鐘，只震得滿廳眾人耳中嗡嗡作響。

張翠山心亂如麻，無言可答。

空聞方丈向張三丰道：「張真人，今日之事如何了斷，還須請張真人示下。」

張三丰道：「我這小徒雖無他長，卻還不敢欺師，諒他也不敢欺誑三位少林高僧。龍門鏢局的人命和貴派弟子，不是他傷的。謝遜的下落，他是不肯說的。」

空智冷笑道：「但有人親眼瞧見張五俠殺害我門下弟子，難道武當弟子不會打誑，少林門人便會打誑麼？」左手一揮，他身後走出三名中年僧人。

三名僧人各眇右目，正是在臨安府西湖邊被殷素素用銀針打瞎的少林僧圓心、圓音、圓業。

這三僧隨著空聞大師等上山，張翠山早已瞧見，心知定要對質西湖邊上的鬥殺之事，果然空智大師沒說幾句話，便將三僧叫了出來。張翠山心中為難之極，西湖之畔行兇殺人，確實不是他下的手，可是真正下手之人，這時已成了他的妻子。他夫妻情義深重，如何不加庇護？然而當此情勢，卻又如何庇護？

「圓」字輩三僧之中，圓業的脾氣最是暴躁，依他心性，一見張翠山便要動手拚命，礙於師伯、師叔在前，這才強自壓抑，這時師父將他叫了出來，當即大聲說道：「張翠山，你在臨安西湖之旁，用毒針自慧風口中射入，傷他性命，是我親眼目睹，難道冤枉你了？我們三人的右眼被你用毒針射瞎，難道你還想混賴麼？」

張翠山這時只好辯得一分便是一分，說道：「我武當門下，所學暗器雖也不少，但均是鋼鏢袖箭的大件暗器。我同門七人，在江湖上行走已久，可有人見到武當弟子使過金針、銀針之類麼？至於針上餵毒，更加不必提起。」

武當七俠出手向來光明正大，武林中眾所周知，若說張翠山用毒針傷人，上山來的那些武林人物確是難以相信。

圓業怒道：「事到如今，你還在狡辯？那日針斃慧風，我和圓音師兄瞧得明明白白。倘若不是你，那麼是誰？」張翠山道：「貴派有人受傷被害，便要著落武當派告知貴派傷人者是誰，天下可有這等規矩？」他口齒伶俐，能言善辯。圓業狂怒之下，說話越來越是不成章法，將少林派一件本來大為有理之事，竟說成了強辭奪理一般。

張松溪接口道：「圓業師兄，到底那幾位少林僧人傷在何人手下，一時也辯不明白。可是敝師兄俞岱巖，卻明明是為少林派的金鋼指力所傷。各位來得正好，我們正要請問，用金剛指力傷我三師哥的是誰？」

圓業張口結舌，說道：「不是我。」

張松溪冷笑道：「我也知道不是你，諒你也未必已練到這等功夫。」他頓了一頓，又道：「若是我三師哥身子健好，跟貴派高人動起手來，傷在金剛指力之下，那也只怨他學藝不精，既然動手過招，總有死傷，又有甚麼話說？難道動手之前，還能立下保單，保證毛髮不傷麼？可是我三師哥是在大病之中，身子動彈不得，那位少林弟子卻用金剛指力，硬生生折斷他四肢，逼問他屠龍刀的下落。」說到這裏，聲音提高，道：「想少林派武功冠於天下，早已是武林至尊，又何必非得到這柄屠龍寶刀不可？何況那屠龍寶刀我三哥也只見過一眼，貴派弟子如此下手逼問，手段也未免太毒辣了。俞岱巖在江湖上也算薄有微名，生平行俠仗義，替武林中作過不少好事，如今被少林弟子害得終身殘廢，十年來臥床不起。我們正要請三位神僧作個交代。」

為了俞岱巖受傷、龍門鏢局滿門被殺之事，少林武當兩派十年來早已費過不少唇舌，只因張翠山失蹤，始終難作了斷。張松溪見空智、圓業等聲勢洶洶，便又提了這件公案出來。

空聞大師道：「此事老衲早已說過，老衲曾詳查本派弟子，並無一人加害俞三俠。」

張松溪伸手懷中，摸出了一隻金元寶，金錠上指痕明晰，大聲道：「天下英雄共見，害我俞三哥之人，便是在這金元寶上捏出指痕的少林弟子。除了少林派的金剛指力，還有那一家、那一派的武功能捏金生印麼？」

圓音、圓業指證張翠山，不過憑著口中言語，張松溪卻取了物證出來，比之徒託空言，顯是更加有力了。

空聞道：「善哉，善哉！本派練成金剛指力的，除了我師兄弟三人，另外只有三位前輩長老。可是這三位前輩長老不離少林寺門均已有三四十年之久，怎能傷得了俞三俠？」

莫聲谷突然插口道：「大師不信我五師哥之言，說他是一面之辭，難道大師所說的，便不是一面之辭麼？」

空聞大師甚有涵養，雖聽他出言挺撞，也不生氣，只道：「莫七俠若是不信老衲之言，那也無法。」莫聲谷道：「晚輩怎敢不信大師之言？只是世事變幻，是非真偽，往往出人意表。各位只道那幾位少林高僧傷於我五師哥之手，我們又認定敝三師兄傷於少林高手的指下，說不定其間另有隱秘。以晚輩之見，此事應當從長計議，免傷少林、武當兩派的和氣。倘若魯莽從事，將來真相大白，徒貽後悔。」空聞點頭道：「莫七俠之言不錯。」

空智厲聲道：「難道我空見師兄的血海沉冤，就此不理麼？張五俠，龍門鏢局之事，我們暫且不問，但那惡賊謝遜的下落，你今日說固然要你說，不說也要你說。」

俞蓮舟一直默不作聲，此時眼見僵局已成，朗聲道：「倘若那屠龍寶刀不在謝遜手中，大師還是這般急於尋訪他的下落麼？」他說話不多，但這兩句卻極是厲害，竟是直斥空智覬覦寶物，心懷貪念。

空智大怒，拍的一掌，擊在身前的木桌之上，喀喇一響，那桌子四腿齊斷，桌面木片紛飛，登時粉粹，這一掌實是威力驚人。他大聲喝道：「久聞張真人武功源出少林。武林中言道，張真人功夫青出於藍，我們仰慕已久，卻不知此說是否言過其實。今日我們便在天下英雄之前，斗膽請張真人不吝賜教。」

他此言一出，大廳中羣相聳動。張三丰成名垂七十年，當年跟他動過手的人已死得乾乾淨淨，世上再無一人。他的武功到底如何了得，武林中只是流傳各種各樣神奇的傳說而已，除了他嫡傳的七名弟子之外，誰也沒親眼見過。但宋遠橋等武當七俠威震天下，徒弟已是如此，師父的本領不言可喻。少林、武當兩派之外的眾人聽空智竟公然向張三丰挑戰，無不大為振奮，心想今日可目睹當世第一高手顯示武功，實是不虛此行。

眾人的目光一齊集在張三丰臉上，瞧他是否允諾，只見他微微一笑，不置可否。

空智說道：「張真人武功蓋世，天下無敵，我少林三僧自非張真人對手。但實逼處此，貴我兩派的糾葛，若不各憑武功一判強弱，總是難解。我師兄弟三人不自量力，要聯手請張真人賜教。張真人高著我們兩輩，倘若以一對一，那是對張真人太過不敬了。」

眾人心想：「你話倒說得好聽，卻原來是要以三敵一。張三丰武功雖高，但百齡老人，精力已衰，未必擋得住少林三大神僧的聯手合力。」

俞蓮舟說道：「今日是家師百歲壽誕，豈能和嘉賓動手過招……」眾人聽到這裏，都想：「武當派果然不敢應戰。」那知俞蓮舟接下去說道：「何況正如空智大師言道，家師和三位神僧班輩不合，若真動手，豈不落個以大欺小之名？但少林高手既然叫陣，武當七弟子，便討教少林派十二位高僧的精妙武學。」

眾人聽了這話，又是轟的一聲，紛紛議論起來。空聞、空智、空性各帶三名弟子上山，共是十二名少林僧。眾人均知俞岱巖全身殘廢，武當七俠只賸下六俠，以六人對十二人，那是以一敵二之局。俞蓮舟如此叫陣，可說是自高武當派身分了。

俞蓮舟這一下看似險著，實則也是逼不得已，他深知少林三大神僧功力甚高，年紀遠比自己師兄弟為大，修為亦自較久，若是單打獨鬥，大師哥宋遠橋當可和其中一人戰成平手，自己傷後初愈，未必能擋得住一位神僧。至於餘下的一位，不論張松溪、殷梨亭或莫聲谷，都非輸不可。他這般叫陣，明是師兄弟六人鬥他十二名少林僧，其實那九名少林弟子料想並不足畏，說起來武當派是以少敵多，其實卻是武當六弟子合鬥少林三神僧。

空智如何不明白這中間的關節，哼了一聲，說道：「既是張真人不肯賜教，那麼我們師兄弟三人，逐一向武當六俠中的三人請教，三陣分勝敗，三陣中勝得兩陣者為贏。」

張松溪道：「空智大師定要單打獨鬥，那也無不可。只是我們師兄弟七人，除了三哥俞岱巖因遭少林弟子毒手以致無法起床之外，餘下六人卻是誰也不敢退後。我們六陣分勝敗，武當派六弟子分別迎戰少林六位高僧，六陣中勝得四陣者為贏。」莫聲谷大聲道：「便是這樣。倘若武當派輸了，張五師哥便將金毛獅王的下落告知少林寺方丈。若是少林派承讓，便請三位高僧帶同這許多拜壽為名、尋事為實的朋友，一齊下山去罷！」

張松溪提出這個六人對戰之法，可說已立於不敗之地，料知大師哥、二師哥的武功大致和三大神僧相若，至於其餘的少林僧，卻勢必連輸三陣。

空智搖頭道：「不妥，不妥。」但何以不妥，卻又難以明言。

張松溪道：「三位向家師叫陣，說是要以三對一。待得我們要以六人對少林派十二位高僧，空智大師卻又要單打獨鬥。我們答允單打獨鬥，大師卻又說不妥。這樣罷，便由晚輩一人鬥一鬥少林三大神僧，這樣總是妥當了罷？三位將晚輩一舉擊斃，便算是少林派勝了，這樣豈不爽快？」

空智勃然變色。空聞口誦佛號：「阿彌陀佛！」空性自上武當山後未說過一句話，這時忽然說道：「兩位師哥，這位張小俠要獨力鬥三僧，咱們便上啊。」他武功雖高，但自幼出家為僧，不通世務，聽不懂張松溪的譏刺之言。

空聞道：「師弟不可多言。」轉頭向宋遠橋道：「這樣罷，我們少林六僧，領教武當六俠的高招，一陣定輸贏。」宋遠橋道：「不是武當六俠，是武當七俠。」

空智吃了一驚，問道：「尊師張真人也下場麼？」

宋遠橋道：「大師此言錯矣。與家師動手過招之人，俱已仙逝。家師怎能再行出手？我俞三弟雖然重傷，難以動彈，他又未傳下弟子，但想我師兄弟七人自來一體，今日是大家生死榮辱的關頭，他又如何能袖手不顧？我叫他臨時找個人來，點撥幾下，算是他的替身。武當七弟子會鬥少林眾高僧，你們七位出手也好，十二位出手也好，均無不可。」

空聞微一沉吟，心想：「武當派除了張三丰和七弟子之外，並沒聽說有何高手，他臨時找個人來，濟得甚事？若是請了別派的好手助陣，那便不是武當派對少林派的會戰了。諒他不過要保全『武當七俠』的威名，致有此言。」於是點頭道：「好，我少林派七名僧人，會鬥武當七俠。」

俞蓮舟、張松溪等卻都立時明白宋遠橋這番話的用意。

原來張三丰有一套極得意的武功，叫做「真武七截陣」。武當山供奉的是真武大帝。他一日見到真武神像座前的龜蛇二將，想起長江和漢水之會的蛇山、龜山，心想長蛇靈動，烏龜凝重，真武大帝左右一龜一蛇，正是兼收至靈至重的兩件物性，當下連夜趕到漢陽，凝望蛇龜二山，從蛇山蜿蜒之勢、龜山莊穩之形中間，創了一套精妙無方的武功出來。

只是那龜蛇二山大氣磅礡，從山勢演化出來的武功，森然萬有，包羅極廣，決非一人之力所能同時施為。張三丰悄立大江之濱，不飲不食凡三晝夜之久，潛心苦思，終是想不通這個難題。到第四天早晨，旭日東昇，照得江面上金蛇萬道，閃爍不定。他猛地省悟，哈哈大笑，回到武當山上，將七名弟子叫來，每人傳了一套武功。

這七套武功分別行使，固是各有精微奧妙之處，但若二人合力，則師兄弟相輔相成，攻守兼備，威力便即大增。若是三人同使，則比兩人同使的威力又強一倍。四人相當於八位高手，五人相當於十六位，六人相當於三十二位，到得七人齊施，猶如六十四位當世一流高手同時出手。當世之間，算得上第一流高手的也不過寥寥二三十人，那有這等機緣，將這許多高手聚合一起？便是集在一起，這些高手有正有邪，或善或惡，又怎能齊心合力？

張三丰這套武功由真武大帝座下龜蛇二將而觸機創制，是以名之為「真武七截陣」。他當時苦思難解者，總覺顧得東邊，西邊便有漏洞，同時南邊北邊，均予敵人以可乘之機，後來想到可命七弟子齊施，才破解了這個難題。只是這「真武七截陣」不能由一人施展，總不免遺憾，但轉念想到：「這路武功倘若一人能使，豈非單是一人，便足匹敵當世六十四位第一流高手，這念頭也未免過於荒誕狂妄了。」不禁啞然失笑。

武當七俠成名以來，無往不利，不論多麼厲害的勁敵，最多兩三人聯手，便足以克敵取勝，這「真武七截陣」從未用過一次。此時宋遠橋眼見大敵當前，那少林三大神僧究竟功力如何，實是一無所知，自己雖想或能和其中一人打成平手，但這只是自忖之見，說不定一接上手便即一敗塗地，因此才想到那套武當鎮山之寶、從未一用的「真武七截陣」上去。

他聽空聞大師答允以少林七僧會鬥武當七俠，便道：「請各位稍待，在下須去請三師弟臨時尋到傳人，以補足武當七弟子之數。」向俞蓮舟等使個眼色，六人向張三丰躬身告退，走進內堂。

莫聲谷第一個開言：「大師哥，咱們今日使出『真武七截陣』來，教少林僧見一見武當弟子的本事。只是誰來接替三哥啊？」宋遠橋道：「此事由大夥兒公決。咱們且別說，各自在掌心中寫個名字，且看眾意如何。」莫聲谷道：「好！」取過筆來，遞給大師兄。

宋遠橋在掌心中寫了個名字，握住手掌，將筆遞給俞蓮舟。各人挨次寫了，一齊攤開手來，見宋遠橋、俞蓮舟、張松溪三人掌中寫的都是「五弟妹」三字，張翠山寫的是「拙荊」兩字。殷梨亭卻緊緊握住了拳頭，滿臉通紅，不肯伸掌。莫聲谷道：「咦，奇了，有甚麼古怪？」硬扳開他手掌，只見他掌心上寫著「紀姑娘」三字。

張翠山大是感激，握住他手，道：「六弟！」眾人均知殷梨亭顧念殷素素病體初愈，不宜劇鬥，想去邀請他未過門的妻子紀曉芙出馬。莫聲谷想要取笑，張翠山忙向他使個眼色制止。宋遠橋道：「五弟，你去請弟妹出來罷。」

張翠山回進臥室，邀了殷素素出來，將大廳上的情勢簡略跟她說了。殷素素道：「那龍門鏢局滿門性命，以及慧風等少林僧都是我殺的，其時我尚未和五哥相識，此事不該累了武當派眾位哥哥兄弟。我叫他們去找天鷹教我爹爹算帳便是。」

張松溪道：「弟妹，事到臨頭，咱們還分甚麼彼此？何況我瞧這批人上山之意，龍門鏢局的事為賓，尋訪謝遜為主，而尋訪謝遜呢，又是報仇為賓，搶奪屠龍寶刀是主。」莫聲谷道：「四哥之言一點不錯，他們的主旨是覬覦那柄屠龍寶刀，不論怎麼，他們定要逼迫你說出寶刀的下落。」張翠山道：「當年空見大師曾對我義兄謝遜說過，屠龍寶刀之中，藏著一套天下無敵、鎮懾武林的武功。空見既知，空聞、空智、空性想來也必知曉。」

殷素素道：「既是如此，一切全憑大師哥作主。只是小妹武藝低微，在這片刻之間，如何能領悟這套『真武七截陣』的精奧？」

宋遠橋道：「其實我師兄弟六人聯手，對付七個少林僧已操必勝之算。不過弟妹以三弟傳人而上場，三弟必定心感安慰。」

武當六俠心意相同，所以要殷素素加入，並非為了制敵，而是為了俞岱巖。要知武當六俠聯手合擊，那「真武七截陣」的威力，已足足抵得三十二位一流高手。少林三大神僧縱強，其攜同上山的弟子中縱有深藏不露的硬手，但七人合力，決無相當於三十二位一流高手的實力，乃可斷言。只是這套「真武七截陣」自得師傳以來，從未用過，今日一戰而勝，挫敗少林三大神僧，俞岱巖未得躬逢其盛，心中不免鬱鬱。宋遠橋等要殷素素向俞岱巖學招，算是他的替身，那麼江湖上傳揚起來，俞岱巖不出手而出手，仍是「武當七俠」並稱。

這番師兄弟間相體貼的苦心，殷素素於三言兩語之間便即領會，說道：「好，我便向三哥求教去。只是我功夫和各位相差太遠，待會別礙手礙腳才好。」殷梨亭道：「不會的，你只須記住方位和腳步，那便成了。臨時倘若忘了，大夥兒都會提醒你。」

當下七人一齊走到俞岱巖臥室之中。張翠山回山之後，曾和俞岱巖談過幾次。殷素素卻因臥病，直到此刻，方和俞岱巖首次見面。

俞岱巖見她容顏秀麗，舉止溫雅，很為五弟喜歡，聽宋遠橋說她要作自己的替身，擺下「真武七截陣」去會鬥少林三大神僧，心下頗感淒涼。但他殘廢已達十年，一切也都慣了，微微一笑，說道：「五弟妹，三哥沒甚麼好東西送你作見面禮，此刻匆匆，只能傳授你這陣法的方位步法。待會退敵之後，我慢慢將這陣法的諸般變化和武功的練法說與你知道。」

殷素素喜道：「多謝三哥。」

俞岱巖第一次聽到她開口說話，突然聽到「多謝三哥」這四個字，臉上肌肉猛地抽動，雙目直視，凝神思索。張翠山驚道：「三哥，你不舒服麼？」俞岱巖不答，只是呆呆出神，眼色中透出異樣光芒，又是痛苦，又是怨恨，顯是記起了一件畢生的恨事。

張翠山回頭瞥了妻子一眼，但見她也是神色大變，臉上盡是恐懼和憂慮之色。

宋遠橋、俞蓮舟等望望俞岱巖，又望望殷素素，都不明白兩人的神氣何以會忽然變得如此，各人心中均充塞了不祥之感。一時室中寂靜無聲，幾乎連各人的心跳也可聽見。

只見俞岱巖喘氣越來越急，蒼白的雙頰之上湧起了一陣紅潮，低聲道：「五弟妹，請你過來，讓我瞧瞧你。」殷素素身子發顫，竟不敢過去，伸手握住了丈夫之手。

過了好一陣，俞岱巖嘆了一口氣，說道：「你不肯過來，那也無妨，反正那日我也沒見到你面。五弟妹，請你說說這幾句話：『第一，要請你都總鏢頭親自押送。第二，自臨安府送到湖北襄陽府，必須日夜不停趕路，十天之內送到。若有半分差池，嘿嘿，別說你都總鏢頭性命不保，你龍門鏢局滿門，沒一人能夠活命。』」

各人聽他緩緩說來，不自禁的都出了一身冷汗。

殷素素走上一步，說道：「三哥，你果然了不起，聽出了我的聲音，那日在臨安府龍門鏢局之中，委託都大錦將你送上武當山來的，便是小妹。」俞岱巖道：「多謝弟妹好心。」殷素素道：「後來龍門鏢局途中出了差池，累得三哥如此，是以小妹將他鏢局子中老老少少一起殺光了。」俞岱巖冷冷的道：「你如此待我，為了何故？」

殷素素臉色黯然，嘆了口長氣，說道：「三哥，事到如今，我也不能瞞你。不過我得說明在先，此事翠山一直瞞在鼓裏，我是怕……怕他知曉之後，從此……從此不再理我。」

俞岱巖靜靜的道：「那你便不用說了。反正我已成廢人，往事不可追，何必有礙你夫婦之情？你們都去罷！武當六俠會鬥少林高僧，勝算在握，不必讓我徒擔虛名了。」

俞岱巖骨氣極硬，自受傷以來，從不呻吟抱怨。他本來連話也不會說，但經張三丰悉心調治，以數十年修為的精湛內力度入他體內，終於漸漸能開口說話，但他對當日之事始終絕口不提，直至今日，才說出這幾句悲憤的話來。眾師兄弟聽了，無不熱血沸騰，殷梨亭更是哭出聲來。

殷素素道：「三哥，其實你心中早已料到，只是顧念著和翠山的兄弟之義，是以隱忍不說。不錯，那日在錢塘江中，躲在船艙中以蚊鬚針傷你的，便是小妹……」

張翠山大喝：「素素，當真是你？你……你……你怎不早說？」

殷素素道：「傷害你三師哥的罪魁禍首，便是你妻子，我怎敢跟你說？」轉頭又向俞岱巖道：「三哥，後來以掌心七星釘傷你、騙了你手中屠龍寶刀的那人，便是我的親哥哥殷野王。我們天鷹教跟武當派素無仇冤，屠龍寶刀既得，又敬重你是位好漢子，是以叫龍門鏢局將你送回武當山。至於途中另起風波，卻是我始料所不及了。」

張翠山全身發抖，目光中如要噴出火來，指著殷素素道：「你……你騙得我好苦！」

俞岱巖突然大叫一聲，身子從床板上躍起，砰的一響，摔了下來，四塊床板一齊壓斷，人卻暈了過去。

殷素素拔出佩劍，倒轉劍柄，遞給張翠山，說道：「五哥，你我十年夫妻，蒙你憐愛，情義深重，我今日死而無冤，盼你一劍將我殺了，以全你武當七俠之義。」

張翠山接過劍來，一劍便要遞出，刺向妻子的胸膛，但霎時之間，十年來妻子對自己溫順體貼、柔情密意，種種好處登時都湧上心來，這一劍如何刺得下手？

他呆了一呆，突然大叫一聲，奔出房去。殷素素、宋遠橋等六人不知他要如何，一齊跟出。只見他急奔至廳，向張三丰跪倒在地，說道：「恩師，弟子大錯已經鑄成，無可挽回，弟子只求你一件事。」

張三丰不明緣由，溫顏道：「甚麼事，你說罷，為師決無不允。」

張翠山磕了三個頭，說道：「多謝恩師。弟子有一獨生愛子，落入奸人之手，盼恩師救他脫出魔掌，撫養他長大成人。」站起身來，走上幾步，向著空聞大師、鐵琴先生何太冲、崆峒派關能、峨嵋派靜玄師太等一干人朗聲說道：「所有罪孽，全是張翠山一人所為。大丈夫一人作事一人當，今日教各位心滿意足。」說著橫過長劍，在自己頸中一劃，鮮血迸濺，登時斃命。

張翠山死志甚堅，知道橫劍自刎之際，師父和眾同門定要出手相阻，是以置身於眾賓客之間，說完了那兩句話，立即出手。

張三丰及俞蓮舟、張松溪、殷梨亭四人齊聲驚呼搶上。但聽砰砰砰幾聲連響，六七人飛身摔出，均是張翠山身周的賓客，被張三丰師徒掌力震開。但終於遲了一步，張翠山劍刃斷喉，已然無法挽救。宋遠橋、莫聲谷、殷素素三人出來較遲，相距更遠。

便在此時，廳口長窗外一個孩童聲音大叫：「爹爹，爹爹！」第二句聲音發悶，顯是被人按住了口。張三丰身形一晃，已到了長窗之外，只見一個穿著蒙古軍裝的漢子手中抱著一個八九歲的男孩。那男孩嘴巴被按，卻兀自用力掙扎。

張三丰愛徒慘死，心如刀割，但他近百年的修為，心神不亂，低聲喝道：「進去！」那人左足一點，抱了孩子便欲躍上屋頂，突覺肩頭一沉，身子滯重異常，雙足竟無法離地，原來張三丰悄沒聲的欺近身來，左手已輕輕搭在他的肩頭。那人大吃一驚，心知張三丰只須內勁一吐，自己不死也得重傷，只得依言走進廳去。

那孩子正是張翠山的兒子無忌。他被那人按住了嘴巴，可是在長窗外見父親橫劍自刎，如何不急，拚命掙扎，終於大聲叫了出來。

殷素素見丈夫為了自己而自殺身亡，突然間又見兒子無恙歸來，大悲之後，繼以大喜，問道：「孩兒，你沒說你義父的下落麼？」無忌昂然道：「他便打死我，我也不說。」殷素素道：「好孩子，讓我抱抱你。」

張三丰道：「將孩子交給她。」那人全身被制，只得依言把無忌遞給了殷素素。

無忌撲在母親懷裏，哭道：「媽，他們為甚麼逼死爹爹？是誰逼死爹爹的？」殷素素道：「這裏許許多多人，一齊上山來逼死了你爹爹。」無忌一對小眼從左至右緩緩的橫掃一遍，他年紀雖小，但每人眼光和他目光相觸，心中都不由得一震。

殷素素道：「無忌，你答應媽一句話。」無忌道：「媽，你說。」殷素素道：「你別心急報仇，要慢慢的等著，只是一個也別放過。」眾人聽了她這冷冰冰的言語，背上都不自禁的感到一陣寒意，只聽無忌叫道：「媽！我不要報仇，我要爹爹活轉來。」

殷素素淒然道：「人死了，活不轉來了。」她身子微微一顫，說道：「孩子，你爹爹既然死了，咱們只得把你義父的下落，說給人家聽了。」無忌急道：「不，不能！」

殷素素道：「空聞大師，我只說給你一個人聽，請你俯耳過來。」這一著大出眾人意料之外，盡感驚詫。空聞道：「善哉，善哉！女施主若能早說片刻，張五俠也不必喪生。」走到殷素素身旁，俯耳過去。

殷素素嘴巴動了一會，卻沒發出一點聲音。空聞問道：「甚麼？」殷素素道：「那金毛獅王謝遜，他是躲在……」「躲在」兩字之下，聲音又模糊之極，聽不出半點。空聞又問：「甚麼？」殷素素道：「便是在那兒，你們少林派自己去找罷。」

空聞大急，道：「我沒聽見啊。」說著站直了身子，伸手搔頭，臉上盡是迷惘之色。

殷素素冷笑道：「我只能說得這般，你到了那邊，自會見到金毛獅王謝遜。」

她抱著無忌，低聲道：「孩兒，你長大了之後，要提防女人騙你，越是好看的女人，越會騙人。」將嘴巴湊在無忌耳邊，極輕極輕的道：「我沒跟這和尚說，我是騙他的……你瞧你媽……多會騙人！」說著淒然一笑，突然間雙手一鬆，身子斜斜跌倒，只見她胸口插著一把匕首。原來她在抱住無忌之時，已暗用匕首自刺，只是無忌擋在她身前，誰也沒有瞧見。

無忌撲到母親身上，大叫：「媽媽，媽媽！」但殷素素自刺已久，支持了好一會，這時已然氣絕。無忌悲痛之下，竟不哭泣，瞪視著空聞大師，問道：「是你殺死我媽媽的，是不是？你為甚麼殺死我媽媽？」

空聞陡然間見此人倫慘變，雖是當今第一武學宗派的掌門，也不禁大為震動，經無忌這麼一問，不自禁的退了一步，忙道：「不，不是我。是她……是她自盡的。」

無忌眼中淚水滾來滾去，但拚命的用力忍住，說道：「我不哭，我一定不哭，不哭給你們這些惡人看。」

空聞大師輕輕咳嗽了一聲，說道：「張真人，這等變故……嗯，嗯……實非始料所及，張五俠夫婦既已自盡，那麼前事一概不究，我們就此告辭。」說罷合什行禮。張三丰還了一禮，淡淡的道：「恕不遠送。」少林僧眾一齊站起，便要走出。

殷梨亭怒喝：「你們……你們逼死我五哥……」但轉念一想：「五哥所以自殺，實是為了對不起三哥，卻跟他們無干。」一句話說了一半，再也接不下口去，伏在張翠山的屍身之上，放聲大哭。

眾人心中都覺不是味兒，齊向張三丰告辭，均想：「這一個樑子當真結得不小，武當派決計不肯善罷干休。從此後患無窮。」只有宋遠橋紅著眼睛，送賓客出了觀門，轉過頭來時，眼淚已奪眶而出。大廳之上，武當派人人痛哭失聲。

峨嵋派眾人最後起身告辭。紀曉芙見殷梨亭哭得傷心，眼圈兒也自紅了，走近身去，低聲道：「六哥，我去啦，你……你自己多多保重。」殷梨亭淚眼模糊，抬起頭來，哽咽道：「你們……你們峨嵋派……也是來跟我五哥為難麼？」紀曉芙忙道：「不是的，家師只是想請張師兄示知謝遜的下落。」她頓了一頓，牙齒咬住了下唇，隨即放開，唇上已出現了一排深深齒印，幾乎血也咬出來了，顫聲道：「六哥，我……我實在對你不住，一切你要看開些。我……我只有來生圖報了。」殷梨亭覺她說得未免過份，道：「這不干你的事，我們不會見怪的。」紀曉芙臉色慘白，道：「不……不是這個……」

她不敢和殷梨亭再說話，轉頭望向無忌，說道：「好孩子，我們……我們大家，都會好好照顧你。」從頭頸中除下一個黃金項圈，要套在無忌頸中，柔聲道：「這個給了你……」無忌將頭向後一仰，道：「我不要！」紀曉芙大是尷尬，手中拿著那個項圈，不知如何下台。她淚水本在眼眶中滾來滾去，這時終於流了下來。

靜玄師太臉一沉，道：「紀師妹，跟小孩兒多說甚麼？咱們走罷！」紀曉芙掩面奔出。

無忌瞥了良久，待靜玄、紀曉芙等出了廳門，正要大哭，豈知一口氣轉不過來，咕咚一聲，摔倒在地。俞蓮舟急忙抱起，知他在悲痛中忍住不哭，是以昏厥，說道：「孩子，你哭罷！」在他胸口推拿了幾下，豈知無忌這口氣竟轉不過來，全身冰冷，鼻孔中氣息極是微弱，俞蓮舟運力推拿，他始終不醒。眾人見他轉眼也要死去，無不失色。

張三丰伸手按在他背心「靈台穴」上，一股渾厚的內力隔衣傳送過去。以張三丰此時的內功修為，只要不是立時斃命氣絕之人，不論受了多重損傷，他內力一到，定當好轉，那知他內力透進無忌體中，只見他臉色由白轉青、由青轉紫，身子更是顫抖不已。張三丰伸手在他額頭一摸，觸手冰冷，宛似摸到一塊寒冰一般，一驚之下，右手又摸到他背心衣服之內，但覺他背心上有一處宛似炭炙火燒，四周卻寒冷徹骨。若非張三丰武功已至化境，這一碰之下，只怕也要冷得發抖，便道：「遠橋，抱孩子進來那個韃子兵呢？找找去。」

宋遠橋應聲出外，俞蓮舟曾跟那蒙古兵對掌受傷，知道大師兄也非他敵手，忙道：「我也去。」兩人並肩出廳。張三丰押著那蒙古兵進廳之時，張翠山已自殺身亡，跟著殷素素又自盡殉夫，各人悲痛之際，誰也沒留心那蒙古兵，一轉眼間，此人便走得不知去向。

張三丰撕開無忌背上衣服，只見細皮白肉之上，清清楚楚的印著一個碧綠的五指掌印。張三丰再伸手撫摸，只覺掌印處炙熱異常，周圍卻是冰冷，伸手摸上去時已然極不好受，無忌身受此傷，其難當可想而知。

過不多時，宋遠橋與俞蓮舟快步回廳，說道：「山上已無外人。」兩人見到無忌背上奇怪的掌印，都吃了一驚。

張三丰皺眉道：「我只道三十年前百損道人一死，這陰毒無比的玄冥神掌已然失傳，豈知世上居然還有人會這門功夫。」宋遠橋驚道：「這娃娃受的竟是玄冥神掌麼？」他年紀最長，曾聽到過「玄冥神掌」的名稱，至於俞蓮舟等，連這路武功的名字也從未聽見過。

張三丰嘆了口氣，並不回答，臉上老淚縱橫，雙手抱著無忌，望著張翠山的屍身，說道：「翠山，翠山，你拜我為師，臨去時重託於我，可是我連你的獨生愛子也保不住，我活到一百歲有甚麼用？武當派名震天下又有甚麼用？我還不如死了的好！」

眾弟子盡皆大驚。各人從師以來，始終見他逍遙自在，從未聽他說過如此消沉哀痛之言。殷梨亭道：「師父，這孩子……這孩子當真無救了麼？」張三丰雙臂橫抱無忌，在廳上東西踱步，說道：「除非……除非我師覺遠大師復生，將全部九陽真經傳授於我。」

眾弟子的心都沉了下去，師父這句話，便是說無忌的傷勢無法治愈了。

眾人沉默半晌。俞蓮舟道：「師父，那日弟子跟他對掌，此人掌力果然陰狠毒辣，世所罕見，弟子當場受傷。可是此刻弟子傷勢已愈，運氣用勁，尚無窒滯。」張三丰道：「那是託了你們『武當七俠』大名的福。以這玄冥神掌和人對掌，若是對方內力勝過了他，掌力回激入體，施掌者不免身受大禍。以後再遇上此人，可得千萬小心。」

俞蓮舟應道：「是。」心下凜然：「原來那人過於持重，怕我掌力勝他，是以一上來未曾施出玄冥神掌的全力，否則我此刻多半已然性命不保。下次若再相遇，他下手便不容情了。」又想：「我身受此掌，已然如此，無忌小小年紀，只怕……只怕……」

宋遠橋道：「適才我一瞥之間，見這人五十來歲年紀，高鼻深目，似是西域人。」莫聲谷道：「這人擄了無忌去，又送他上山來幹麼？」張松溪道：「這人逼問無忌不得，便用玄冥神掌傷了他，要五弟夫婦親眼見到無忌身受之苦，不得不吐露金毛獅王的下落。」莫聲谷怒道：「這人好大的膽子，竟敢上武當山來撒野！」張松溪黯然道：「上武當山來撒野的人，今日難道少了？何況這人挾制了無忌，料得咱們投鼠忌器，不敢傷他。」

六人在大廳上呆了良久。無忌忽然睜開眼來，叫道：「爹爹，爹爹。我痛，痛得很。」緊緊摟住張三丰，將頭貼在他懷裏。

俞蓮舟凜然道：「無忌，你爹爹已經死了，你要好好活下去，日後練好了武功，為你爹爹報仇雪恨。」無忌叫道：「我不要報仇！我不要報仇！我要爹爹媽媽活轉來。二伯，咱們饒了那許多壞人，大家想法子救活爹爹媽媽。」

張三丰等聽了這幾句話，忍不住又流下淚來。張三丰說道：「咱們盡力而為，他再能活得幾時，瞧老天爺的慈悲罷。」對著張翠山的屍體揮淚叫道：「翠山，翠山！好苦命的孩子。」抱著無忌，走進自己雲房，手指連伸，點了他身上十八處大穴。

無忌穴道被點，登時不再顫抖，臉上綠氣卻越來越濃。張三丰知道綠色一轉為黑，便此氣絕無救，當下除去無忌身上衣服，自己也解開道袍，胸膛和他的背心相貼。

這時宋遠橋和殷梨亭在外料理張翠山夫婦的喪事。俞蓮舟、張松溪、莫聲谷三人來到師父雲房，知道師父正以「純陽無極功」吸取無忌身上的陰寒毒氣。張三丰並未婚娶，雖到百歲，仍是童男之體，八十餘載的修為，那「純陽無極功」自是練到了登峯造極的地步。俞蓮舟等一旁隨侍，過了約莫半個時辰，只見張三丰臉上隱隱現出綠氣，手指尖微微顫動。他睜開眼來，說道：「蓮舟，你來接替，一到支持不住便交給松溪，千萬不可勉強。」

俞蓮舟應道：「是。」解開長袍，將無忌抱在懷裏，肌膚相貼之際不禁打了個冷戰，便似懷中抱了一塊寒冰相似，說道：「七弟，你叫人去生幾盆炭火，越旺越好。」不久炭火點起，俞蓮舟卻兀自冷得難以忍耐。

張三丰坐在一旁，慢慢以真氣通走三關，鼓盪丹田中的「氤氳紫氣」，將吸入體內的寒毒一絲一絲的化掉。待得他將寒毒化盡，站起身來時，只見已是莫聲谷將無忌抱在懷裏，俞蓮舟和張松溪坐在一旁，垂帘入定，化除體內寒毒。不久莫聲谷便已支持不住。命道僮去請宋遠橋和殷梨亭來接替。

這種以內力療傷，功力深淺，立時顯示出來，絲毫假借不得。莫聲谷只不過支持到一盞熱茶時分，宋遠橋卻可支持到兩炷香。殷梨亭將無忌一抱入懷，立時大叫一聲，全身打戰。張三丰驚道：「把孩子給我。你坐在一旁凝神調息，不可心有他念。」原來殷梨亭心傷五哥慘死，一直昏昏沉沉，神不守舍，直到神智寧定，才將無忌抱回。

如此六人輪流，三日三夜之內，勞瘁不堪，好在無忌體中寒毒漸解，每人支持的時候逐步延長，到第四日上，六人才得偷出餘暇，稍一合眼入睡。自第八日起，每人分別助他療傷兩個時辰，這才慢慢修補損耗的功力。

初時無忌大有進展，體寒日減，神智日復，漸可稍進飲食，眾人只道他這條小命救回來了。豈知到得第三十六日上，俞蓮舟陡然發覺，不論自己如何催動內力，無忌身上的寒毒已一絲也吸不出來。可是他明明身子冰涼，臉上綠氣未褪。俞蓮舟還道自己功力不濟，當即跟師父說了。張三丰一試，竟也無法可施。接連五日五晚之中，六個人千方百計，用盡了所知的諸般運氣之法，全沒半點功效。

無忌道：「太師父，我手腳都暖了，但頭頂、心口、小腹三處地方卻越來越冷。」張三丰暗暗心驚，安慰他道：「你的傷已好了，我們不用成天抱著你啦。你在太師父的床上睡一會兒罷。」抱他到自己床上睡下。

張三丰和眾徒走到廳上，嘆道：「寒毒侵入他頂門、心口和丹田，非外力所能解，看來咱們這三十幾天的辛苦全是白耗了。」沉吟良久，心想：「要解他體內寒毒，旁人已無可相助，只有他自己修習『九陽真經』中所載至高無上的內功，方能以至陽化其至陰。但當時先師覺遠大師傳授經文，我所學不全，至今雖閉關數次，苦苦鑽研，仍只能想通得三四成。眼下也只好教他自練，能保得一日性命，便是多活一日。」

當下將「九陽神功」的練法和口訣傳了無忌，這一門功夫變化繁複，非一言可盡，簡言之，初步功夫是練「大周天搬運」，使一股暖烘烘的真氣，從丹田向鎮鎖任、督、衝三脈的「陰蹻庫」流注，折而走向尾閭關，然後分兩支上行，經腰脊第十四椎兩旁的「轆轤關」，上行經背、肩、頸而至「玉枕關」，此即所謂「逆運真氣通三關」。然後真氣向上越過頭頂的「百會穴」，分五路上行，與全身氣脈大會於「膻中穴」，再分主從兩支，還合於丹田，入竅歸元。如此循環一周，身子便如灌甘露，丹田裏的真氣有似香煙繚繞，悠遊自在，那就是所謂「氤氳紫氣」。這氤氳紫氣練到火候相當，便能化除丹田中的寒毒。各派內功的道理無多分別，練法卻截然不同。張三丰所授的心法，以威力而論，可算得上天下第一。

張無忌依法修練，練了兩年有餘，丹田中的氤氳紫氣已有小成，可是體內寒毒膠固於經絡百脈之中，非但無法化除，反而臉上的綠氣日甚一日，每當寒毒發作，所受的煎熬也是一日比一日更是厲害。在這兩年之中，張三丰全力照顧無忌內功進修，宋遠橋等到處為他找尋靈丹妙藥，甚麼百年以上的野山人參、成形首烏、雪山茯苓等珍奇靈物，也不知給他服了多少，但始終有如石投大海。眾人見他日漸憔悴瘦削，雖然見到他時均是強顏歡笑，心中卻無不黯然神傷，心想張翠山留下的這惟一骨血，終於無法保住。

武當派諸人忙於救傷治病，也無餘暇去追尋傷害俞岱巖和無忌的仇人，這兩年中天鷹教教主殷天正數次遣人來探望外孫，贈送不少貴重禮物。武當諸俠心恨俞張二俠均是間接害在天鷹教手中，每次將天鷹教使者逐下山去，禮物退回，一件不收。有一次莫聲谷還動手將使者狠狠打了一頓，從此殷天正也不再派人上山了。

這一日中秋佳節，武當諸俠和師父賀節，還未開席，無忌突然發病，臉上綠氣大盛，寒戰不止，他怕掃了眾人的興致，咬牙強忍，但這情形又有誰看不出來？殷梨亭將無忌拉入房中睡下，蓋上棉被，又生了一爐旺旺的炭火。張三丰忽道：「明日我帶同無忌，上嵩山少林寺走一遭。」眾人明白師父的心意，那是他無可奈何之下，逼得向少林低頭，親自去向空聞大師求救，盼望少林高僧能補全「九陽神功」中的不足之處，挽救無忌的性命。

兩年前武當山上一會，少林、武當雙方嫌隙已深。張三丰一代宗師，以百餘歲的高齡，竟降尊紆貴的去求教，自是大失身分。眾人念著張翠山的情義，明知張三丰一上嵩山求教，自此武當派見到少林派時再也抬不起頭來，但這些虛名也顧不得了。本來峨嵋派也傳得一份「九陽真經」，但掌門人滅絕師太脾氣十分孤僻古怪，張三丰曾數次致書通候，命殷梨亭送去，滅絕師太連封皮也不拆，便將信原封不動退回。眼下除了向少林派低頭，再無別法了。

若由宋遠橋率領眾師弟上少林寺求教，雖於武當派顏面上較好，但空聞大師決不肯以「九陽真經」的真訣相授，勢所必然。眾人想起二三十年來威名赫赫的武當派從此要向少林派低頭，均是鬱鬱不樂，慶賀團圓佳節的酒宴，也就在幾杯悶酒之後草草散席。

次日一早，張三丰帶同無忌啟程。五弟子本想隨行，但張三丰道：「咱們若是人多勢眾，不免引起少林派的疑心，還是由我們一老一小兩人去的好。」

兩人各騎一匹青驢，一路向北。少林、武當兩大武學宗派其實相距甚近，自鄂北的武當山至豫西嵩山，數日即至。張三丰和無忌自老河口渡過漢水，到了南陽，北行汝州，再折而向西，便是嵩山。

兩人上了少室山，將青驢繫在樹下，捨騎步行，張三丰舊地重遊，憶起八十餘年之前，師父覺遠大師挑了一對鐵水桶，帶同郭襄和自己逃下少林，此時回首前塵，豈止隔世？他心下甚是感慨，攜著無忌之手，緩緩上山，但見五峯如舊，碑林如昔，可是覺遠、郭襄諸人卻早已不在人間了。

兩人到了一葦亭，少林寺已然在望，只見兩名少年僧人談笑著走來。張三丰打個問訊，說道：「相煩通報，便說武當山張三丰求見方丈大師。」

那兩名僧人聽到張三丰的名字，吃了一驚，凝目向他打量，但見他身形高大異常，鬚髮如銀，臉上紅潤光滑，笑咪咪的甚是可親，一件青布道袍卻是污穢不堪。要知張三丰任性自在，不修邊幅，壯年之時，江湖上背地裏稱他為「邋遢道人」，也有人稱之為「張邋遢」的，直到後來武功日高，威名日盛，才無人敢如此稱呼。那兩個僧人心想：「張三丰是武當派的大宗師，武當派跟我們少林派向來不和，難道是生事打架來了嗎？」只見他攜著一個面青肌瘦的十一二歲少年，兩個都是貌不驚人，不見有甚麼威勢。一名僧人問道：「你便真是武當山的張……張真人麼？」張三丰笑道：「貨真價實，不敢假冒。」另一名僧人聽他說話全無一派宗師的莊嚴氣概，更加不信，問道：「你真不是開玩笑麼？」張三丰笑道：「張三丰有甚麼了不起？冒他的牌子有甚麼好處？」兩名僧人將信將疑，飛步回寺通報。

過了良久，只見寺門開處，方丈空聞大師率同師弟空智、空性走了出來。三人身後跟著十幾個身穿黃色僧袍的老和尚。張三丰知道這是達摩院的長老，輩份說不定比方丈還高，在寺中精研武學，不問外事，想是聽到武當派掌門人到來，非同小可，這才隨同方丈出迎。

張三丰搶出亭去，躬身行禮，說道：「有勞方丈和眾位大師出迎，何以克當？」空聞等一齊合什為禮。空聞道：「張真人遠來，大出小僧意外，不知有何見諭？」張三丰道：「便有一事相求。」空聞道：「請坐，請坐。」

張三丰在亭中坐定，即有僧人送上茶來。張三丰不禁有氣：「我好歹也是一派宗師，總也算是你們前輩，如何不請我進寺，卻讓我在半山坐地？別說是我，便對待尋常客人，也不該如此禮貌不周。」但他生性隨便，一轉念間，也就不放在心上了。

空聞說道：「張真人光降敝山，原該恭迎入寺。只是張真人少年之時不告而離少林寺，本派數百年的規矩，張真人想亦知道，凡是本派棄徒叛徒，終身不許再入寺門一步，否則當受削足之刑。」張三丰哈哈一笑，道：「原來如此。貧道幼年之時，雖曾在少林寺服侍覺遠大師，但那是掃地烹茶的雜役，既沒剃度，亦不拜師，說不上是少林弟子。」

空智冷冷的道：「可是張真人卻從少林寺中偷學了武功去。」

張三丰氣往上衝，但轉念想道：「我武當派的武功，雖是我後來潛心所創，但推本溯源，若非覺遠大師傳我『九陽真經』，郭女俠又贈了我那一對少林鐵羅漢，此後一切武功全是無所依憑。他說我的武功得自少林，也不為過。」於是心平氣和的道：「貧道今日，正是為此而來。」

空聞和空智對望了一眼，心想：「不知他來幹甚麼？想來不見得有甚麼好意，多半是為了張翠山的事而來找晦氣了。」空聞便道：「請示其詳。」

張三丰道：「適才空智大師言道，貧道的武功得自少林，此言本是不錯。貧道當年服侍覺遠大師，得蒙授以『九陽真經』，這部經書博大精深，只是其時貧道年幼，所學不全，至今深以為憾。其後覺遠大師荒山誦經，有幸得聞者共是三人，一位是峨嵋派創派祖師郭女俠，一位是貴派無色禪師，另一人便是貧道。貧道年紀最幼，資質最魯，又無武學根柢，三派之中，所得算是最少的了。」

空智冷冷的道：「那也不然，張真人自幼服侍覺遠，他豈有不暗中傳你之理？今日武當派名揚天下，那便是覺遠之功了。」覺遠的輩份比空智長了三輩，算來該是「太師叔祖」，但覺遠逃出了少林寺，被目為棄徒，派中輩名已除，因之空智語氣之中也就不存禮貌。

張三丰站起身來，恭恭敬敬的道：「先師恩德，貧道無時或忘。」

少林四大神僧之中，空見慈悲為懷，可惜逝世最早；空聞城府極深，喜怒不形於色；空性渾渾噩噩，天真爛漫，不通世務；空智卻氣量褊隘，常覺張三丰在少林寺偷學了武功去，反而使武當派的名望駸駸然有凌駕於少林派之勢，向來心中不忿。他認定張三丰這次來到少林，是為張翠山之死報仇洩憤。何況那日殷素素臨死之時，假意將謝遜的下落告知空聞，這一著「移禍江東」之計使得極是毒辣。兩年多來，三日兩頭便有武林人士來到少林滋擾，或明闖，或暗窺，或軟求，或硬問，不斷打聽謝遜的所在。空聞發誓賭咒，說道實在不知，但當時武當山紫霄宮中，各門各派數百對眼睛見到殷素素在空聞耳邊明言，如何是假？不論空聞如何解說，旁人總是不信，為此而動武的月有數起。外來的武林人物死傷固多，少林寺中的高手卻也損折了不少。推究起來，豈非均是武當派種下的禍根？

寺中上下僧侶瞥了兩年多的氣，難得今日張三丰自己送上門來，正好大大的折辱他一番。空智便道：「張真人自承是從少林寺中偷得武功，可惜此言並無旁人聽見，否則傳將出去，也好叫江湖上盡皆知聞。」

張三丰道：「紅花白藕，天下武學原是一家，千百年來互相截長補短，真正本源早已不可分辨。但少林派領袖武林，數百年來眾所公認，貧道今日上山，正是心慕貴派武學，自知不及，要向眾位大師求教。」

空聞、空智等只道他「要向眾位大師求教」這句話，乃是出言挑戰，不由得均各變色，心想這老道百歲的修為，武功深不可測，舉世有誰是他的敵手，他孤身前來，自是有恃無恐，想來在這兩年之中又練成了甚麼厲害無比的武功。

一時之間，三僧都不接口。最後空性卻道：「好老道，你要考較我們來著，我空性可不懼你。少林寺中千百名和尚一擁而上，你也未必就能把少林寺給挑了。」他嘴裏雖說「不懼」，心中其實已是大懼，先便打好了千百人一擁而上的主意。

張三丰忙道：「各位大師不可誤會，貧道所說求教，乃是真的請求指點。只因貧道修習先師所傳『九陽真經』，其中有不少疑難莫解、缺漏不全之處。少林眾高僧修為精湛，若能不吝賜教，使張三丰得聞大道，感激良深。」說著站了起來，深深行了一禮。

張三丰這番言語，大出少林諸僧意料之外，他神功蓋代，開宗創派，修練已垂九十載，當代武林之中，聲望之隆，身分之高，無人能出其右，萬想不到今日竟會來向少林求教。

空聞急忙還禮，說道：「張真人取笑了。我等後輩淺學，連『他山之石，可以攻玉』這八個字也說不上，如何能當得『指點』二字？」

張三丰知道此事本來太奇，對方不易入信，於是源源本本的將無忌如何中了「玄冥神掌」、體內陰毒無法驅出的情由說了，又說他是張翠山身後所遺獨子，無論如何要保其一命；目前除了學全「九陽神功」之外，再無他途可循，因此願將本人所學到的「九陽真經」全部告知少林派，亦盼少林派能示知所學，雙方參悟補足。

空聞聽了，沉吟良久，說道：「我少林派七十二項絕技，千百年來從無一名僧俗弟子能練到十二項以上。張真人所學自是冠絕古今，可是敝派只覺上代列位祖師傳下的武功太多，便是只學十分之一，也已極難。張真人再以一門神功和本派交換，雖然盛情可感，然於本派而言，卻為多餘。」頓了一頓，又道：「武當派武功，源出少林，今日若是雙方交換武學，日後江湖上不明真相之人，便會說武當派固然祖述少林，但少林派卻也從張真人手上得到了好處。小僧忝為少林掌門，這般的流言卻是擔代不起。」

張三丰心下暗暗嘆息，想道：「你身為武林第一大門派的掌門，號稱四大神僧之一，卻如此囿於門戶之見，胸襟未免太狹。」但其時有求於人，不便直斥其非，只得說道：「三位乃當世神僧，慈悲為懷，這小孩兒命在旦夕之間，還望體念佛祖救世救人之心，俯允所請，貧道實感高義。」

但不論他說得如何唇焦舌敝，三名少林僧總是婉言推辭。最後空聞道：「有方尊命，還請莫怪。」轉頭向身旁一名僧人道：「叫香積廚送一席上等素席，到這裏來款待張真人。」那僧人應命去了。

張三丰神色黯然，舉手說道：「既是如此，老道這番可來得冒昧了。盛宴不敢叨領。多有滋擾，還請恕罪，就此別過。」躬身行了一禮，牽了無忌之手，飄然而去。

金庸作品集16

倚天屠龍記 1 屠龍寶刀

The Heaven Sword and the Dragon Sabre, Vol. 1

作者／金庸

副總編輯／鄭祥琳
特約編輯／李麗玲、沈維君
封面與內頁設計／林秦華
內頁插畫／姜雲行
排版／連紫吟、曹任華
行銷企劃／廖宏霖

發行人／王榮文
出版發行／遠流出版事業股份有限公司
地址／臺北市中山北路一段 11 號 13 樓
電話／（02）2571-0297 傳真／（02）2571-0197 郵撥／0189456-1
著作權顧問／蕭雄淋律師

1987 年 2 月 1 日 初版一刷
2023 年 1 月 1 日 五版二刷
平裝版 每冊 380 元（本作品全四冊，共 1520 元）

ISBN 978-957-32-9795-6（套：平裝）
ISBN 978-957-32-9791-8（第 1 冊：平裝）
Printed in Taiwan

遠流博識網 http://www.ylib.com E-mail: ylib@ylib.com
金庸茶館粉絲團 https://www.facebook.com/jinyongteahouse

倚天屠龍記 . 1, 屠龍寶刀 = The heaven sword and the dragon sabre. vol.1／金庸著 . – 五版 . -- 臺北市：遠流 , 2022.11
面； 公分 --（金庸作品集；16）
ISBN 978-957-32-9791-8（平裝）

857.9 111015837